U0726639

捧 读

触及身心的阅读

怪谈故事集：
龙的基因

张进步
程碧

——主编

河北出版传媒集团
河北人民出版社

图书在版编目（CIP）数据

怪谈故事集．龙的基因 / 张进步，程碧主编．-- 石家庄：河北人民出版社，2021.6

ISBN 978-7-202-15481-6

Ⅰ．①怪… Ⅱ．①张… ②程… Ⅲ．①短篇小说—小说集—中国—当代 Ⅳ．① I247.7

中国版本图书馆 CIP 数据核字（2021）第 118951 号

书　　名	怪谈故事集：龙的基因	
	GUAITAN GUSHIJI: LONG DE JIYIN	
主　　编	张进步　程　碧	
责任编辑	刘大伟	
美术编辑	于艳红	
责任校对	付敬华	
出版发行	河北出版传媒集团　河北人民出版社	
	（石家庄市友谊北大街 330 号）	
印　　刷	天津创先河普业印刷有限公司	
开　　本	889 毫米 ×1194 毫米　1/32	
印　　张	13.5	
字　　数	351 000	
版　　次	2021 年 6 月第 1 版　2021 年 6 月第 1 次印刷	
书　　号	ISBN 978-7-202-15481-6	
定　　价	49.80 元	

千杯序·异人邪术 ⊙寸君

赎脸
⊙茶鲤cold

墙中袋 ⊙一之泽猫又

龙的基因 ⊙胖子不二肥

追 云　◎抱南楼

长安未知局·电视墙 ⊙何殇

目录

CONTENTS

的人最大的荣幸。

    还是《西阳杂俎》这本唐朝的怪谈集，它的作者段成式写道：

    这是一个道士说的，寒食节这天（我觉得可以理解成我们现在的清明节），在幽暗不见天日的室内，用一个盆把寒食日吃的饭扣在地上。到了夏天，这些饭粒儿全都会变成蜘蛛。

    我偶尔也在想，他这是要说什么呢？

    但大多数时候，当我想到这个小故事，脑海里就是一群饭粒儿变成的蜘蛛在爬。

    有的蜘蛛已经开始结网。

张进步

尺放在了手边。

大头小妖果然中计了，又晃着会令人发昏的大脑袋过来捣乱。

书生抓起镇尺就砸在了妖怪的脑袋上，只听"啪"的一声，妖怪被击落在地。

——原来那只是一把用了很多年的旧饭勺，那上面还沾满了已经风干的米粒儿。想来那些一闪一闪的让人看了发昏的光点儿，就是这些米粒儿了。

我记得当时何殇听完了这个故事，立即赞叹了一句："太幽默了！"

何殇是对文学有见地的人，我知道他这么说的意思，不光是说这个故事有趣。这样的一个故事，里面或许还有某种旷达、感叹，甚至嘲弄的意味。如果从这个故事所发生的时代去想，这样的一个小故事也许只是皇皇大唐宫殿后墙阴影里的一株小草。可是这样的一株小草让人难免要想到，那真是个人与万灵共存的时代！

这种越琢磨越难明的幽微之处，也常常是会心之处，对于丰富我们的生命非常重要。

在我们接受的教育，尤其是语文阅读理解中，老师常常训练我们，要去理解、分析、总结一篇文章，由此判断出这篇文章的主旨，并得出一个明确的结论。在这个日复一日的过程中，我们也就养成了习惯，每当看到一篇文章、一首诗、一幅画，首先想到的是它到底有着什么含义。

在我看来，这本《怪谈故事集》中的故事，不需经过这样的理性分析，去分析它们到底讲了一个什么道理。我们只要好好地去读那个故事就好了，充分享受读一篇故事本身所能带来的愉悦。如果在读这些故事的过程中，有些故事和其中的形象能留存在你的生命里，值得你在某个时刻去想到它，回味它，那将是写故事

2019 年 1 月 27 日到 2 月 3 日的那段时间，我和程碧在广州旅行休息了几天。至于为什么能把时间记得这么清楚，是因为在广州停留的那几天里，我写了几篇三五千字的民间怪谈故事——那是我正在准备的新书《荒野故事集》中的几篇。在每篇故事的最后，我总是习惯留下写作当天的时间和当时所处的地点。事后再看，就会变成记忆中的索引。

2 月 1 日，何殇带着家里人也来广州过年。次日我们便约好一起租车去顺德探美食。那段时间我正在津津有味地读《酉阳杂俎》，在去顺德的车上，我给何殇他们讲了一个前两天刚读完的小故事。

有一个书生，独自居住在老宅苦读。

某天读书至深夜，灯下的书案上突然出现了一个大脑袋的小妖怪，只有半尺来高。这小妖怪的大脑袋上，一闪一闪地散发着星星点点的微光，人看了就会发昏。见书生在那儿读书，小妖怪就会凑过去打扰一下；但只要书生一放下书，它就马上躲远了。

如是再三，书生不堪其扰，于是心生一计——等到那大头妖怪又一次躲远之后，他便像之前一样装作认真看书，却暗暗把镇

我有整个宇宙，想讲给你听。

长安未知局·电视墙

何殇

一

我和瑶池宫的梁兴扬道长算是老相识，他年纪不大，见识却不少。好几次，我都专程开车到他的观里，向他讨教一些传统道教方面的问题。

前天下午，我回家取东西时，远远看见他站在小区门口。他穿着便装，长发在脑后扎成马尾，一个矮胖的中年男人跟他站在一起，正向他说着什么，看上去非常急切。而道长眉头紧锁，一言不发，像是遇到什么难事，以至我走到他面前，他都没有注意。

"梁兄，怎么有空下山？"直到我出声朝他打招呼，他才看见我，十分惊讶地说："马龙兄，你怎么在这里？"

"这话应该我问你吧？"我说，"我家就住在这里。"

那个男人看见我就不说话了，从他脸上的表情可以看出，他对我的出现不是太高兴。

既然如此，我只好匆匆聊了两句，就识趣地向道长告辞，并约他抽空到我办公室来喝茶。可刚走出几步，就听见道长叫我："马龙兄，请等一下。"我只好又转回来，问他有什么事。

道长犹豫了片刻，问我："现在有空吗？想跟你聊点儿事。"

看他的样子，应该是真有事。我就实话实说，需要回家取个东西，一会儿要去办公室。

他说："我在这儿等你，跟你一起去办公室。"道长跟我说话时，那个男人似乎着急想插话，却被道长拦住了。

我家离办公室不到三公里的路程，平常上下班我都是步行，有急事的时候才会骑个共享单车。等我回家拿了东西再出来时，看见道长坐在一辆蓝色奔驰车后座上，冲我招手。

车是那个矮胖子的，道长应该是跟他说了什么，我上车以后，他换了一副与起先完全不同的表情，有点儿谄媚地问我办公室地址。他笑得很不自然，一看就是硬挤出来的。

我估摸肯定是这人遇上事儿了，请道长来解决。可是看道长的模样，这事儿估计不太好办。

果然，到办公室后，坐下刚把茶泡好，我只说了一句"说说吧"，刚才还努着笑脸的男人，就像被按了开关一样，突然放声痛哭起来。他的哭声如破锣哑镲，十分刺耳，把坐在办公室外面的菜菜都惊动了，他急匆匆地跑进来，想看发生了什么。

我也被这个男人搞蒙了，赶紧转头求助道长，可是这家伙竟然闭上眼睛打坐装起了深沉。

"贼——"我心里暗骂一句。

幸亏菜菜眼活，不忍见老板困窘，主动给我解围。

他借着年轻人的冲劲儿，走到男人旁边，拍了拍他的肩膀说："嗨，哥们儿，有事儿说事儿，别跟号丧一样，外面有女孩子，别把人吓着。"

他的话当即见效，男人的哭声应声而止。他抬起头，瞪着通红的眼睛，冲着菜菜吼道："小屁孩懂什么？你要是遇上我这事儿，想哭连坟头都找不着。"

菜菜也不生气，笑着说："这就不劳你操心了，只要你不号丧就行。"

男人不理荣荣，抹了把脸对我说："马老师，让您见笑了，我这是心里难受啊！"

我给他斟了杯茶，安慰他说："没关系，人一辈子，谁还不遇上点儿事儿，没有过不去的坎儿，只要家人平安……"

我这鸡汤才开始灌，就被打翻在地。

他急吼吼地打断我的话，大声喊道："我就是家人不平安啊！"

男人叫白利泉，延安人，四十二岁，自幼家贫，念书到初中毕业就出门打工。他从饭店洗碗工做起，奋斗了二十多年，到如今也算事业有成，在长安城区里开了四家连锁羊肉馆，每年收入颇丰。

因一直忙于事业，他直到三十七岁才结婚。老婆生了个儿子，小名金子，今年六岁，聪明可爱，活泼好动。除了老婆身体不好，不能再生育略有遗憾外，生活也算幸福圆满。

眼看金子到了上学的年纪，为了不让儿子输在起跑线上，白利泉考察了本城所有学校，看中了我们小区旁的市重点小学。他找中介在旁边买了一套房子，虽说是二手房，但有上学指标，离学校步行也就十分钟路程，所以只看了一回就毫不犹豫买下了。

过户手续办妥后，马上就请人装修。又过了半年，也就是在三个月前，全家正式搬了进来。没想到乔迁大喜后不久，就出了事。

因白利泉夫妇忙于生意，搬到新家后，还没来得及办进幼儿园的手续，所以孩子一直都在家里待着，由保姆看护。新房子住了半个月后，保姆发现孩子有些不寻常。以往金子在家时，几乎不看电视，可自从搬进新家，天天都守在客厅沙发上，一动不动地盯着电视机。

这本来算不上什么大事，可保姆发现，就算她把电视关了，金子还是不愿意离开电视机，眼睛直勾勾盯着前方，看着让人担心。

发现这个问题后，保姆就告诉了白利泉夫妇。

接下来几天，白利泉和老婆特意关注儿子，发现他真像保姆说的那样，似乎对电视（而不是节目）无比痴迷。夫妻俩有些担心，想来想去，猜测会不会是乔迁新居后，金子还没认识新朋友，有些不适应。

于是，他让他老婆最近先不要去店里，带着金子到楼下花园里多转转，或许多认识些新邻居，就会慢慢好了。

可是，过了几天，他老婆忧心忡忡地告诉他，原本喜欢户外活动的儿子，现在对出门非常抗拒，即使强迫他出去，待不了一小会儿，就吵吵着要回家。只要一回来，他就坐在沙发上，似乎魂都被电视勾走了。

除此之外，他儿子晚上睡觉也很不安宁，整晚都在做噩梦，不停地哭喊，还发出一些毛骨悚然的声音，却怎么都叫不醒。然而早上醒来后，问他做了什么梦，他却说一点儿也不记得。

夫妻俩首先怀疑孩子是生病了。当天就带他到儿童医院做检查，可是没查出任何问题。孩子只是有些精力不集中，看起来像睡眠不足。医生问夫妻俩，是不是给孩子报了太多才艺班，没时间休息。这可把他俩冤枉了，金子除了每周上一节围棋课之外，再没有报过任何班。

从医院回来后，孩子还是老样子，白天看电视，晚上做噩梦。白利泉夫妇愁颜不展，思前想后，突然想起会不会是房子装修时，使用的材料不合格，有害气体超标，孩子身体敏感，成天待在家里就受了影响。

刚好白利泉有个叫冯晓东的朋友，是做室内空气治理的专家，白利泉就请他到家里做检测。结果显示甲醛略有超标，可也不至于对人影响这么大。

冯晓东见白利泉愁眉紧锁，问起原因。白利泉就把儿子的情况一五一十说了。冯晓东听了，把他拉到一边说："咱也不是迷信，你不如找个人看一下这房子。"

白利泉立刻就明白了他的意思。自己虽然是做生意的人，但一直靠双手勤劳致富，从不相信什么神仙鬼怪造物主。可是为了儿子，不信也得信，就托朋友找高人来破局。

他这才找到了梁道长。

这时，一直闭目养神的道长睁开眼说："惭愧啊。"

我知道梁道长一向自律，只顾修身养性，钻坚研微，从不打着道门的幌子，给人看风水算命、指点婚姻财路。

道长主动向我交代，他上大学时，有个女朋友，刚好是白利泉的表小姨子，虽然分开多年，情意还在。前女友找上门求助，总不好拒绝。另外就是，道长听说这事儿关涉儿童，他也就动了恻隐之心。

"看出什么了吗？"我问。

道长摇摇头，看着我说："你也知道，风水其实是让人安居乐业的学问。过去人盖房子，讲究靠山则稳，近水则活，前后对称，阴阳平衡，其实都是生活的智慧，并不是什么玄学妄说。"

道长说的没错，风水说起来玄奥，其实都是古人对日常生活经验的总结和提炼。要想长期生活，附近必须有水源，可是临水太近，又有水灾的威胁。所以盖房子要近水而不临水。而阴阳平衡，是说房子的布局既要保证采光，又不能过于强烈，因为房子里的光线，不论阴暗还是强烈，人住着都不会太舒服。

道长端起茶杯，抿了一小口又说："现在的房子，格局都是开发商定死的，户型不满意，你可以不买。但想改是改不了，所以真要看，也就是看通风好不好，家具摆放会不会磕碰，人在房子里行动，有没有不方便而已。"

　　　　　　　　　　　　怪谈故事集：龙的基因

我看白利泉在旁边心急如焚，根本没心思听我们聊这些，就把话题拉回了正轨："那道长看白总家……"

　　"不敢，叫我小白，小白就行。"白利泉双手合十，向我致意。

　　道长沉吟片刻，才说："我看了，都挺好，通风好，采光足，格局也不错，除了是顶层，落地窗大玻璃有点儿热之外，没毛病。"

　　"那究竟是咋回事儿嘛……"白利泉还没开口，就泪如泉涌，看上去真是要崩溃的样子，能把一个人生经历如此丰富的中年男人逼成这样，看来他儿子的事，的确给他造成了很大的困扰，也可以看出儿子在他心里的分量。

　　这时，我看见道长嘴唇微微一动，似乎有话要说，却没有开口。我就找了个借口，让菜菜先照顾白利泉，把道长请到隔壁房间。

　　"究竟是怎么回事？"我问。

　　道长看着我，神情颓丧地说："这件事不是我能管得了的。"

　　道长很清楚我是干什么的，既然这话是对我这么说，那意思就很清楚了，他管不了，就是让我管呗。

　　可就算是我管，也得先把状况搞清楚，我问道长："是什么？"

　　"不好说，不像是有东西，但我总觉得有些问题。"

　　"是孩子吗？"

　　"孩子没问题，是房子。"

　　刚才还对风水发表异类言论的道长，现在竟然说房子有问题，让我对这件事情起了兴致。

　　道长见我没有继续问，就接着说："我也是属于生来就对环境敏感的人，从小一直被噩梦惊扰，之所以出家修道，跟这个也有关系。我对事情的判断，从来不是根据什么道门异术，而是来自身体的直觉。"

　　听着道长的话，我也在思索，既然他说是房子的问题，那应该大致不差，可他又说没东西，那究竟是什么？

想到白利泉无望的眼神，我对道长说："我去看看吧。"

虽然白利泉听道长说过我是干什么的，但他一时还有些无法理解。即使这样，在目前这种情况下，只要有一根稻草，他都会紧紧地攥在手里，说着立刻就要拉我去他家。

我看外面已经有了暮色，事关孩子，晚上不太方便，就以需要准备为由，跟他约好第二天一大早再去。

白利泉要请我和道长吃饭，我俩同时婉拒。下楼后，道长也不用他送，自己打车走了。白利泉临走前，对我千叮咛万嘱咐，说明天早上他准时来我家楼下接我。他的心情我也能理解。

回到办公室，菜菜和小巩同时向我问起情况。我把道长刚才说的又原封不动地讲给他俩，两个人又叽叽喳喳起了争执。

"不会是房子成精了吧？"菜菜说。

"说什么呢？你以为是海绵宝宝的菠萝屋啊？"小巩一向对菜菜不客气。

我赶紧说："你俩别争了，早点儿回家，明天我直接去，你俩把该带的东西都带上，到时候电话联系。"

第二天早上，我吃了点儿东西，下楼看见白利泉蹲在垃圾桶旁边抽烟，看见我后他起身跑过来说："马老师，麻烦你了。"

我看了看表说："等会儿吧，等我助手过来。"

他迫不及待说："要不咱先过去，边走边等？"

我看他这么着急，不忍心拒绝，只好跟着他走。到了他家楼下，他突然说："马老师，保姆我打发回去了，只有我老婆和孩子在家，你有什么要求尽管提，只要能让我儿子好，其他都不是问题。"

我懂他的意思，做生意的人，提前都会把价格谈好。我对他说："现在不说这个，我先看看，要是能解决，再谈其他的。"

他像小鸡啄米般点着头说："也好，这样也好。"

进了楼门，乘电梯上到顶层，一梯两户，左边的门半开着。

大概是听到动静，一个少妇推开了门。

她看上去不到三十岁，面容俏丽，脸色虽然憔悴，可神情之间，却有些与生俱来的妩媚。让我不太自在的是，面对一个陌生男人，她竟然只穿了一件半裸的薄睡裙，勉强遮住紧要的部位。

"这是我老婆米小兰。"白利泉向我介绍。

我赶紧在心里默念一句："阿弥陀佛。"

这是一套复式房，上下两层，一进门左手是个保姆间，右手是楼梯，走进去后，南边是开阔的客厅，北边是餐厅和开放式厨房。装修风格是这几年流行的现代新中式，在现代简约里糅合了一些古典元素；家具也是经过改造的明式风格，胡桃木质，线条简洁大方，但比原来更为舒适；其他装饰搭配也恰到好处。我大致看了一圈儿房子，没看出什么毛病。

客厅的大沙发上，坐着一个小男孩，他穿着短裤背心，安安静静，十分专注地在看电视——我注意到电视并没有开。

"金子，跟叔叔问好。"米小兰大声喊道。

那男孩把脸转过来，看见我，没有任何表情，轻声说："叔叔好。"说完，就马上把头转回去，好像电视里有让他着迷的东西。这时，我注意到这个房子里唯一不太协调的东西——电视墙。

我刚想走过去看看，米小兰就端了杯茶走过来说："马老师，您请坐。"

我坐在金子旁边的椅子上，看他那么专注，忍不住问："好看吗？"

他摇了摇头说："不好看。"这个回答完全出乎我的意料。

米小兰把茶杯放在茶几上，问还需要准备什么，我说什么也不需要。这时，菜菜打电话过来说他们到了，不过小区保安说，没有业主登记，不让外来车辆进入。我只好请白利泉到门口去接他们，因为车上拉了设备，我跟梁道长那种天生敏感的异人不能比，我必须借助设备才能干活儿。

白利泉出门后，我和米小兰无话可说。她不知道该干什么，就也坐在旁边。可以看出，她心里很紧张，两只手握在一起，不住地揉来揉去。

沉默地坐了一会儿，我开始观察那面电视墙。整面墙都是用仿石材的马赛克拼贴而成，每个小块约五厘米见方，颜色深深浅浅，拼贴没有规律，就像一幅挂在美术馆里的当代抽象画。

我问米小兰："电视墙是谁设计的？"

本来我只是随口一问，想缓和屋子里因安静而略显凝重的气氛。可没想到，米小兰听见我的问话，竟然神经质地猛然跳起来，急迫地问我："这墙怎么了？"

她如此反常的行为，让我很是好奇。本来想说没怎么，可是临出口时换了一句："看上去有些怪。"

而我这么一说，米小兰愈发紧张，竟然扑倒在我面前，猛然拽住我的胳膊说："马老师，你快告诉我，这墙怎么了？"

我轻轻地把胳膊从她手里抽出来，起身走到电视墙边，伸手摸了摸，可是除了仿造石材的粗糙感，什么都没摸出来。

"这是王永设计的。"米小兰在我身后突然说了一句。

"哦？"我转过身来，眼光刚好落在她袒露的胸前，赶紧把视线收回来，看向旁边的孩子，这才问，"王永是谁？"

米小兰的异样，让我觉察到，她说的这个人，应该不同寻常。

我话才出口，她的眼泪就夺眶而出，泪珠噼里啪啦地顺着脸颊落在睡衣上。或许是考虑到旁边的孩子，她流泪归流泪，却没有发出丝毫声音。

我一时有点儿手足无措，赶紧在纸盒里抽了几张纸递给她。这女人真厉害，上一秒还大雨滂沱，下一秒就雨过天晴。不到一分钟，米小兰就止住了眼泪，冲我笑了笑说："真是不好意思。"

我对她说："既然请我来处理这件事，我希望不要对我有所隐瞒。"

米小兰点点头说："这件事我从来没有告诉过别人，就连我老公都不知道，我可以告诉你，但是如果跟这件事没有关系，还请马老师保密。"

我说："你放心吧，如果没关系，我会马上忘掉。"

原来，米小兰上中学时，曾有过一个男朋友，叫王永。两人好了很多年，到了谈婚论嫁的地步。可是有一次王永在酒后见义勇为，致人伤残，被判了三年。在他服刑期间，当时还在酒楼收银的米小兰，嫁给了自己的老板白利泉，生下了金子。

王永出狱后，知道米小兰嫁了人，虽然失望，却也没有怪她，两人私下还经常联络。不过，米小兰强调他们各自恪守本分，从来没有做过出格的事。

由于王永坐过牢，不好找工作，也没有资金创业，他就跟几个人合伙搞起了装修，靠体力挣钱。刚开始只是零散的活儿，米小兰没少给他们介绍活儿，还给他借过钱应急。后来赚了些钱，王永就注册了个装修公司。白利泉买了这套房子后，米小兰就找到王永，把房子交给他装修。

"白利泉一直不知道你和王永的关系吗？"我问米小兰。

"不知道，我只说是老乡，不过这也是事实，我没做什么对不起他的事，也没必要什么都告诉他。"

"那你觉得你儿子的事，跟王永的装修有关吗？"

"我就是不知道啊……马老师，我好害怕是装修的问题。"米小兰说着，就差点儿哭出来。

这时，门口一阵嘈杂，我听见了菜菜说话的声音。

白利泉带着菜菜和小巩进来后，米小兰已经全然恢复正常，看菜菜拎着大包小包，赶紧跑过去帮忙。菜菜看见她的穿着，表情也明显一愣。

菜菜和小巩调试设备时，白利泉凑到我身边，小心翼翼地问："马老师，这是些什么东西啊？"

"都是些检测设备，有问题吗？"我反问他。

"没。我只是好奇，看风水不是用罗盘吗，咋还用这么多仪器呢？"

我严肃地告诉他，看风水是封建迷信，我们做的是科学检测，几句话跟他说不清楚，就理解成屋内环境治理吧，白利泉点头连连称好。

刚通上电，小巩低声对我说："马老师，这房子的确有问题。"

看见白利泉正在餐厅里安慰米小兰，我让小巩先别说话，把她拉到一旁，问她发现了什么。

"脉冲磁场太强。这样的强度，通常只有在直流电机附近才会出现。"

"会不会是附近有电机工作，比如电梯？"

"不会。"小巩一口否认，"居民电梯使用的都是交流电，只有一些控制组件使用直流电，但也是交流电转换的，不可能有这么强的脉冲。"

"你觉得是什么？"

"不好说，像是有台直流信号源，在发射信号。"

"能根据频率判断吗？"

"我试试吧，不过希望不大。"

我走过去，问白利泉能不能到楼上去看看。"当然可以，想看什么都可以。"白利泉毫不犹豫。

我和菜菜带了一个声波探测仪，和一台梅丽莎 –8704 灵魂探测仪，从楼梯上到二层。刚上来的转角处是一个喝茶的小厅，后面是长长的走廊，廊壁上挂着几幅画。共有四个房间，南北各两间。南向最大的一间是白利泉夫妇的卧室，隔壁是金子的卧室。我们看了一遍，没发现有异常。

北边两个房间。一个是衣帽间，挂满女主人的衣服。另一间是书房，却没几本书，主要用来堆放形形色色的玩具。

我正在扫描天花板，菜菜忽然惊讶地叫道："老马，这孩子跟小巩爱好一样啊。"

"小巩有啥爱好？"我随口问道。

"拼图啊。你看这里边，全都是拼图。"

"哦？"我脑子里似乎有什么闪过，却转瞬即逝。

靠近窗户的一个木架上，层层叠叠地堆满了大小不一的拼图。我随手翻看几个，有些是简单的卡通人物，有些是动植物，还有些复杂的世界名画。我想起走廊里挂的那些画，好像也是拼图。

我抽出其中最大的一幅，竟然是梵·高的名作《盛开的桃花树》。说实话，这幅图要是给我拼，半年内拼好都算快的。

菜菜这会儿已经把检测仪收起来，说道："老马，所有地方都查完了，啥都没有，要不要到楼顶去看看？"

"不用了，下去吧。"

我把那幅大图拿下楼，问白利泉是不是金子拼的。

"是，孩子从小就喜欢拼图。我和他妈常年在店里，没时间陪他，他既然喜欢拼图，我们就买了一些给他。"白利泉说起儿子，脸上满是自豪。

米小兰也抢着说："金子还参加过市里的拼图大赛，得了一等奖。"

我们说话的时候，那男孩似乎充耳不闻，一直保持着那个姿势，仿佛天塌下来，也打扰不到他。

看小巩盯着显示器发呆，我问她有没有什么新发现，她摇摇头说没有。当她看见我手里的拼图，惊讶地问："这是谁拼的？"

我指了指金子说："他拼的，怎么了？"

"我最近刚买了这个，拼了三天，完成一半了。"

她把拼图拿过去，走到金子身边，坐下来问："弟弟，这幅图你花多长时间拼的？"

金子眼睛瞟了一下，平静地说："一天。"

"啥？"小巩发出杀猪般的惨叫，"苍天！人比人活不成啊——"

突然，她就像被人掐住了脖子，夸张的惨叫戛然而止，目光像两根铁丝，被紧紧地钉在面前的电视墙上。

她的惨叫声惊动了屋里所有人。他们都跑过来问："怎么回事？"于是，他们看见了如下奇怪的一幕：

小巩和金子以相同的姿势并排坐在沙发上，身体微微前倾，双手分开，撑在腿两旁，下颌微抬，眼睛平视前方。仅有的区别是，金子面无表情，而小巩惊讶地张着嘴。

我赶紧伸手，拍了拍小巩的肩膀，刚想开口问她怎么了。

"别动。"她朝我挥挥手，看上去还算正常。我意识到，她应该是有了新的发现，就没有再打扰她，安静地在旁边等。

大约过了三四分钟，小巩忽然跳起来，哈哈大笑，就像中邪一样，把一旁的白利泉夫妇看得目瞪口呆。菜菜还算冷静，不过从他脸上绷紧的肌肉来看，应该也十分紧张。

小巩扯住我的衣服，指着电视墙，激动地说："马老师，看出来了吗？"

"拼图是吗？"我说出自己的猜想。

"对，对，就是拼图。菜菜你看出来了吗？"小巩又兴奋地问菜菜。

"啥拼图？你这是走火入魔了吧，看啥都是拼图。"菜菜疑惑地盯着电视墙，显然他并没看出什么。

我问小巩能不能看出是什么图案？她说现在看不出，必须得拼个大概，才能看出来，可是如果没有原图，仅靠直觉来拼，实在是太难了。

她忽然好像想到了什么，又重新坐回金子身边，摸了摸他的头，问道："金子，姐姐有个问题想请教你，可以吗？"

金子没有看她，只是轻轻点头说："好。"

小巩指着电视墙问："你现在是不是在拼这个图？"

"嗯。"金子使劲儿点头。

"快拼好了吗？"

金子不说话了，眼睛里一阵闪烁，似乎在思考该怎么回答。过了好一会儿，他才摇了摇头说："没好。"

小巩看了一眼我，又问那男孩："那你告诉姐姐，你知道这幅图拼好后是什么图案吗？"

听到这个问题，金子脸色突变，浑身打了个激灵，原本波澜不惊的眼睛里一瞬间充满恐惧，仿佛看到了无比可怖的事物。他的小手紧握成拳头，身体仿佛筛糠般颤抖，牙齿死死咬住嘴唇，似乎不想让自己哭出来，可泪水却像开闸一般从眼眶里涌出来。

这样的情况显然谁都没想到，交流已经没办法继续下去。我让米小兰去安慰金子，这种时候，母亲的怀抱，能给孩子最有效的抚慰。

米小兰把金子紧紧搂在怀里后，男孩终于放声大哭，并且开始挣扎，想从米小兰怀里挣脱出来。可是这种时候，米小兰怎么可能放手，于是这让金子表现得非常愤怒。他的哭喊，很快变成尖利的嘶吼。听到声音的所有人，都恨不得把耳朵堵起来。

那不是孩子发出的声音，甚至不是人所能发出的声音，而是一头困兽的垂死挣扎，企图撕开牢笼的不甘和愤怒。

白利泉一直在旁边问我这可怎么办才好。我看了看电视墙，吩咐他去找一块最大的床单来。我和菜菜合作，把墙上挂着的液晶大电视卸下来后，电视墙终于露出了它的全貌。我无法想象它是什么图案，但从色调来说，毋庸置疑，它是阴暗的。

"菜菜，给电视墙拍照。别用手机，用相机分几块拍，尽可能拍清晰。"

等照片拍好，白利泉把床单也拿来了。

说来也怪，我们刚用床单把电视墙遮起来，米小兰怀里的金子，立刻就安静了。他挂着泪珠的眼睛，惊奇地看着那条本来铺在父母床上，现在却挂在墙上的大红玫瑰床单，破涕为笑。

这一笑，让所有人都松了口气。

而小巩发现，电视墙被遮住后，之前强大的脉冲磁场立刻减弱了。如果是电机运转引发的磁场，绝不可能被一条床单影响。

我告诉白利泉，事情已经有了眉目，不过需要进一步研究。

他问电视墙怎么办？我说暂时就先这么遮着，另外专门强调，千万不要破坏电视墙，等我们找到解决办法再说。

白利泉半信半疑地嘟囔："就这样吗？"我没接他的话，吩咐菜菜和小巩收拾东西走人。

此时，金子已经恢复了小男孩应有的样子，在房间里上蹦下跳，只是时不时还会扭头，去看遮起来的电视墙。

白利泉被金子缠住下棋，米小兰送我们出来。在电梯口，她说："马老师，我们加个微信吧，有点儿什么事，我好及时联系你。"

扫码加微信时，她用只有我能听见的声音说："王永的公司在财富中心，叫莞尔装饰。"我点点头，表示记住了。

回到办公室的头一件事，就是让菜菜把照片传在电脑上，还原成一面完整的电视墙。我问小巩能不能把图像拼出来，她想都没想，直接说不行。

"不过……"她说，"可以用计算机拼，对电脑高手来说，这非常简单。"

"哪儿能找到干这个的人？"

"随便上个威客网站，只要给钱，干啥的都能找到。"

"行，这个事儿就交给你负责，钱你看着给就行。"

"好嘞，老板真够大方的。"小巩笑着，马上就上网去找人。

我对菜菜说："换身好衣服，跟我出门。"

"干啥去？"

"装修。"

我开车带着菜菜，来到高新二路的财富中心。在一楼大厅的导视牌上，找到了"莞尔装饰"。

这家公司位于十七楼的拐角处，深棕色的防盗门，门上挂着一个杂志大小的木牌，用电脑字体刻着"莞尔"两个大字和"装修设计施工"六个小字。

我伸手按门铃，却没有声音，又敲了几下门，才有人开门。一个瘦小的女孩出来，问我们找谁。她个子特别小，身材却很匀称，是一个袖珍型美女。

我告诉她，我们有房子想装修，朋友介绍了这家公司。我这么说的时候，也不知道为什么，小女孩脸上露出一副怀疑的表情。但她还是把门打开，请我们进去。

一间不足五十平方米的办公室，分成两个区域，靠门的位置是接待区，围着茶几，摆放了一圈儿仿皮黑沙发。里面是办公区，用灰色的隔断分成一个个工位。我快速扫视了一圈儿，惊讶地发现，每个隔挡里，都坐着一个老人，而且全都是老头儿，一个个鹤发鸡皮，发现有人进来，都齐刷刷地抬起头，面无表情地看向我们。这个诡异的场面，让我心里一阵发毛。

袖珍女孩让我们坐在沙发上等，她端来两杯冰水说："不好意思，我们王总刚出去，请两位稍等，我给他发微信。"她的个子实在太小了，以至于当她回到自己的位置时，我们竟然再也看不见她。

我们刚坐了一会儿，门口进来一个年轻男人，三十岁左右，瘦高个，皮肤黝黑，浓眉大眼，戴着一顶白色的太阳帽。他看见我和菜菜，本来有些冷峻的脸，立刻刷上一层礼节性的笑。

"两位好，我是公司的设计总监，王永。"

他边说边从口袋里掏出两张名片，递给我和菜菜，名片上写着"亡蛹"。

"咦？"菜菜惊异地问，"怎么是这两个字？"

亡蛹从兜里掏出一盒蓝色芙蓉王问："两位吸烟吗？"

我和菜菜都说不吸，他自己抽出一支点上，试探着问："两位是怎么知道我们公司的？"

"朋友介绍。"我说。

他的嘴角微微抽动了一下说："不知道是哪位朋友介绍的？"

"一位萍水相逢的朋友，也许你不认识他。"我说。

亡蛹听我这么一说，脸上露出几分怪异的笑："不可能。"

菜菜抢着问："公司所有的客户，你都记得吗？"

"是的，"亡蛹脸上怪异的笑容消失了，"我们公司跟其他装修公司不一样，为了让我们的设计方案不被随意更改，公司只跟绝对信任的客户签约。每一位客户，都经过严格筛选。"

"这么厉害啊？"菜菜故意大声惊叹。

亡蛹吐了个烟圈儿说："我们公司不会把客户当上帝，因为我认为普通人根本不知道自己要什么，更谈不上审美，都只是随大流罢了。而我们公司的使命，就是让客人知道什么是美，怎么样才能尊重美，学习美，欣赏美……"

他侃侃而谈，根本不像在跟客户谈话，而是像一个神父在讲台上传道。我本来就想多了解他，乐于听他滔滔不绝。

他大概是意识到自己说太多了，突然不再说话，沉默了一会儿问："你们的房子在哪里？"

"南三环和朱雀路交叉口，西北角。"我说的是菜菜去看了几回，却最终放弃购买的房子。

"紫郡长安吗？不好意思，我们不做。"亡蛹站起来，看上去应该是送客的意思。

"为什么？"菜菜问。

"我说了，我们是家严格的公司，除了选择客户，也会选择项目，如果项目位置不符合要求，我们也不做。"他居高临下，振振有词，仿佛装修是他给人的一种恩赐。

"哪儿的房子你们才做呢？"我问。

亡蛹似乎被戳到了什么，猛然转头盯住我，眼睛里闪着阴冷的光，牙缝里挤出几个字："无可奉告。"

场面一下子僵住了，我只好起身告辞。亡蛹脸色很臭，但那个袖珍美女并未受他影响，把我们送出来后，还说了一句："真不好意思，他平常不这样，不知道今天这是怎么了。"

出了财富中心后，我们刚坐上车，我的电话响了，竟然是米小兰拨来的微信语音通话。我有点儿惊异地按下了接通键。

"马老师吗？我是米小兰，金子的妈妈。"

"噢，你好，有事吗？"

"亡蛹刚给我打电话，好像非常生气，非要跟我见面，我见还是不见？"

"他说什么时候见？"

"就一会儿。"

"你现在在哪儿？"我问。

"在家。"

"可以见，但在见他之前，我们先见个面。"

我在小区门口见到米小兰，她穿着一件天蓝色的长裙，非常醒目。我招呼她上了车后，告诉她，我刚见了亡蛹，但没有提到她，要她不要说漏嘴。另外，我向她提了个要求，就是在她和亡蛹见面时，要给我电话直播，我想听到他们说话的内容。如果实在不方便直播，最好能全程录音。

米小兰同意了，她说自己除了常用的电话之外，还有一个备用手机，很少有人知道那个号码。

我们说好就用备用手机连线，又叮嘱她千万小心，免得被发现，引起不必要的麻烦。米小兰轻松地说："没事，毕竟我和他有过那么一段儿，他不会伤害我的。"

我和她试了下电话，一切就绪后，她就下车离开了。

我和菜菜回到办公室，小巩正在和其他几个人聊天。看见我，她乐呵呵地跑过来说："老板，夸我吧。"

"夸什么？"我诧异地问。

"拼图搞定了。"

"这么快？"我吃了一惊，原以为电脑再快，也得两三天，想不到还不到两个小时就完成了。

"重赏之下必有勇夫，两千块，我找了个高手，值不值？"小巩得意扬扬。

"太值了！你把拼好的图发给我，到我办公室来。"小巩的情绪也感染了我，想不到这次的事情竟然这么顺利。

我快步走回办公室，打开电脑，接收了小巩发来的图。菜菜也跟过来，凑到屏幕前，好奇地想看看究竟是什么。

图片打开后，菜菜惊叫一声："这什么玩意儿？"

他竟然抢了我的话。

可以这么说，这幅图一眼望过去，就像一潭淤泥里腐烂的枯枝败叶，红红绿绿的蚯蚓、甲虫在其间蠕动。其实这样的形容还算好听的，说得难听一点儿，这就是一个旱厕坑。

如果要让白利泉知道，自己家的电视墙竟然是这么恶心的东西，不知道他会不会现在就把家砸了？

这时小巩走了进来，我问她："这真的是拼好的图吗？"

"没错。"小巩说，"我第一眼看见，也不信，可是那人把带编号的图也发给我，我对照了半天，确定没问题。"

"会不会拼错了？"菜菜质疑道。

小巩撇撇嘴说，反驳道："不懂不要乱说，计算机拼图是先把每一个拼块编号，根据几何形状、颜色、纹理以及其他边界信息，通过信息检索匹配，一轮一轮算出来的。就算是有些小误差，但准确率在99%以上，怎么可能拼错？"

看菜菜还要争辩，我赶紧说："既然这样，那就没问题，先看看究竟是什么东西再说。"

说真的，要分辨这"堆"东西还是有点儿难度的。整幅图并不是电视墙原本的形状，而是像一张竖起来的长条桌面。一条红褐色的带子从左上角探入，一直探到右下角，把画面分为两块。

带子上有些斑驳的凸起物，大大小小的看起来像月球表面的火山口，又像是癞蛤蟆背上的毒囊，氤氲着墨绿色的烟雾。

画面的左上方，主体是半个深灰色的"眼睛"，周围蠕动着许多触角一样的细小虫子，正在相互吞噬。眼睛看着像螺旋状的黑洞，人盯久了会有微微的眩晕，仿佛眼球在不停地转动。

右下方的图像简直无法描述，一团肮脏的呕吐物里，涌动着骸骨、残肢和肉块。破损的肉翼，在血浆般的黏液里挣扎，一根长着鳞片的指爪，从画面底部伸出来，仿佛魔鬼从地狱里伸出爪子，映射着绿幽幽的磷光，鳞片的缝隙里，还渗着鲜红的血液。

"这不是全图！"我下意识地脱口而出。

"不会的。所有的拼块，我都一一对过了。"小巩着急地说。

我赶紧解释："是我没说清楚，我不是说这幅图拼得不全，我是说这幅图也只是一部分，应该还有其他更大的部分。"

我这么一解释，小巩和菜菜立刻就明白了。同时，我看见出现在他们脸上的震惊和不可思议。我相信自己脸上的表情应该跟他们差不多。

过了好久，菜菜才弱弱地问："老马，你真觉得这图只是一小部分？"

"嗯。虽然我也不希望这是真的，可事实的确如此。"

"那他妈的这事儿可就大了！"菜菜一般不说脏话，但如果说了，那一定是内心波澜四起。

小巩也缓过神来了，她倒是没有骂人，而是马上就分析起了事情的严重性："假如这幅图只是一部分，那么其余的大部分在哪里？把这么邪恶的东西做成电视墙，是只针对白利泉一家，还是有更大的阴谋？如果只是前者，倒还好解决，如果不止这一处，那就还有更多的受害者。"

"是这样。"我说，"问题的关键是，我们既不知道全图是什么，切分成了多少份，也不知道他这么做的目的究竟是什么。如果只是亡蛹对米小兰的报复……"

提到米小兰，我才猛然想起，米小兰跟我约好的电话连线，到现在还没打过来。我马上给米小兰发微信，等了很久都没有回复，我心里顿时有一种不好的预感。菜菜让我不要着急，说也许米小兰不方便打电话。事到如今，我也只好耐着性子等。

又等了一个小时，还是没有米小兰的消息，心里的不安感越来越强，我再也坐不住了，必须马上行动起来。

我记得米小兰说过她和亡蛹见面的地点，但当时我在考虑别的事，现在一时有些想不起来。

幸好菜菜说他记得，是在永阳公园里一家叫"宽严居"的会所，他曾和女朋友一起去过。我问他去会所干什么？他说是一个叫王有钱的大学同学，做私募基金赚了些钱，带他去的。

有菜菜带路，我们很快到了永阳公园，找到了宽严居。

这是一家位于二楼的高级餐厅，装修既古朴又奢华，墙上挂满了各种字画，却都是些文化名人的大路货，看来老板是个热衷于附庸风雅的土豪。

因为已经过了饭点，我们一路走进来都没有遇见客人。一个穿着灰色唐装的精干小伙子接待了我们，他问我们是喝茶还是就餐，听我说是来找人的，他惊讶地说："现在八个包间都是空的。"

"大厅呢？"

"不好意思，我们这里只有包间，没有大厅。"

我和菜菜互相看了一眼，如果亡蛹和米小兰不是临时换了地方，就是已经离开了。我又问小伙子，刚才有没有一对年轻男女在这里吃饭。

他几乎没有考虑，就说有："因为其他包间都是提前定好的，只有一个能坐四个人的小包间，平常是老板跟人谈事儿的地方，不会定出去。今天午饭时间老板打电话来，说有个朋友要带人过来，让我们把小包间给他们用。后来，来了一对帅哥美女，美女是老板的朋友米总，以前来过，我们就按老板吩咐，把他们安排在小包间里。"

"您说的朋友应该就是他们吧？"小伙子问。

我说："对，就是米总。"

小伙子说："米总和她的朋友只待了不到一个小时就离开了。要不您给她打个电话确认一下。"他一定经过很严格的训练，说话过程中，始终保持着让人舒服的明朗笑容。

"谢谢你！"我正要离开，小伙子突然又说："先生，有件事我需要跟您确认一下。"

"什么？"

"米总离开之前，把一个手机留在了前台，说如果有人来找她，就把手机给他。我不知道您是不是她说的人。"

我问他怎么才能确认。他说让我拨一下电话号码就行。

米小兰跟我见面时，把她的备用手机的号码留给了我，还让我留在通讯录里，免得拨过来时，当骚扰电话挂了。

小伙子把我带到前台，跟前台的女孩说明事由。两人也不把电话拿出来，只是盯着我看。我赶紧拿出电话，拨了米小兰的号。电话接通了，但并没有铃声。

前台的女孩问我："先生，请问您尊姓大名？"

"马龙。"

"好的，谢谢您。"女孩从前台的格挡下面，拿出一个小巧的国产手机递给我，手机没有声音，却正在振动，来电屏幕上写着"马龙"。

拿到手机后，我和菜菜赶紧下楼，回到车上，迫不及待想看看米小兰在手机里，究竟给我留下了什么。

那部手机的通话记录里，除了我刚才拨的电话，再没有过进出的电话记录。短信信箱里也是空的，连条垃圾广告都没有。微信 App 倒是安装了，可跟我加的不是一个号，微信名叫"奀仙子"，列表里只有一个好友，叫"阿米巴虫"，没有任何聊天记录，也不知道是从来没聊过，还是已经清空了。

把手机里所有内容都检查了一遍后，我才打开了手机录音。

米小兰的手机里，总共有两段录音，一段只有五秒，另一段有三十八分钟。

我先点开短的那一段，电话里传出米小兰的声音："喂喂……从来没用过，应该没问题吧。"然后就结束了，这应该是米小兰在尝试如何使用录音功能。

我又点开了第二段。

"你先出去，我们有需要的时候再叫你。"

录音非常清晰，一下就能听出这是亡蛹的声音。

"好的，两位请慢用。"这应该是女服务员的声音。

安静了一小会儿后，亡蛹急切地问："怎么回事？你家是不是去过什么人？是谁？"

米小兰说："我家去了谁，关你什么事？"

"快说，我没时间跟你猜谜。"

"你没时间？"米小兰提高声音说，"没时间跟我猜谜，就有时间害人是吧？"

"你说什么？"亡蛹变得紧张起来，"什么害人？"

"那你告诉我，电视墙到底怎么回事？"

"电视墙怎么了？"亡蛹的声音里透出几分凶狠。

"怎么了？你可别对我凶，你越凶，越说明你有问题。"米小兰似乎一点儿都不害怕。

"我有什么问题？"

"装，你还装，是不是非得家破人亡了，你才会说实话！实话告诉你，我儿子要是有个三长两短，就算倾家荡产，我也要你来偿命！"米小兰发出母老虎般的咆哮。

"你儿子？那也是我儿子，我会害我的亲生儿子吗？"亡蛹也叫起来。

我心里骤然一惊，看来米小兰先前对我说的，只是故事的一部分。她刻意向我隐瞒了那个男孩是亡蛹和她所生的事实。当然，我们只是第一次见面，她没有必要把这么隐私的事告诉我。

果然，亡蛹这么一说，米小兰沉默了。过了一会儿，她才带着几分委屈的语气说："那你说金子为什么变成了那样？"

"唉，他只是暂时这样，再等半年，就全都好了。"亡蛹的话音里包含着很大的信息量。

果然，像米小兰这样聪明的女人怎么会听不出来，她马上追问："什么半年，为什么要等半年？"

"这跟你没关系。"亡蛹的声音变得亢奋起来，"不过，我向你保证，到时候，我们一家人就可以永远在一起。"

"我们一家人？谁跟你一家人？我早就跟你说过，我米小兰这辈子是白利泉的老婆，金子这辈子都是我和白利泉的儿子，我们早就结束了。"

"没有结束，怎么会结束呢？本源降临之前，没有任何人能够结束，所有结束的想法都毫无意义。"亡蛹的声音变得非常亢奋，即使是录音，也能听出他的身体在颤抖。

"你有病吧你？"米小兰骂道。

"我是有病，这个世界都有病，已经病入膏肓了，需要一次彻底的清洗，回到本源，让一切重新开始。到那时，我的万千子孙，将会生活在一个崭新的世界里，没有虚伪，没有痛苦，跟随本源，走向永恒……"

我仿佛又见到，上午在莞尔公司的办公室里，那个对我和菜菜喋喋不休的传道者亡蛹。

"干什么？"亡蛹突然大喝一声。

"我摸摸你发烧没，怎么感觉脑子都烧坏了。"米小兰发出一阵狂笑。

"你别笑，你现在不信，到时候就会像其他女人一样，跪在我脚下……"

"哎哟，好厉害啊，还其他女人，你不是不行了吗？我不信有女人愿意跟着你守活寡。"

一阵死一般的寂静后，米小兰率先打破沉默："好了好了，别生气了。来，敬你一杯，给你赔罪，是我说错了。"

两个杯子似乎犹豫了一会儿，终究还是碰在一起，发出清脆的响声。

米小兰又问："现在你告诉我，电视墙究竟是怎么回事？"

"你是怎么知道的？"亡蛹反问。

"咦，我的问题你还没回答，你反倒来问我？"

"具体的事，我没法给你解释，但你可以理解成房子风水有问题，我做了个局来破。"

"放屁！"米小兰大声叱骂，"分明就是那个电视墙，才让我家不安宁。"

"你们女人看问题，就是短视，又不是光你们一家……"亡蛹似乎意识到说漏嘴了，马上停了下来。

米小兰立即就抓住了重点，追问道："听你这话，除我家之外，还有很多人家需要破局了？"

亡蛹有些尴尬："嗯……可以这么说。"

"有多少家？三十，五十，还是一百？"

"三百多家。"

亡蛹说出的数字让我和菜菜面面相觑。如果他说的是真的，那么这应该是我见过的同类事件中，波及范围最大、人数最广的一例。

"哎哟，亡蛹，难怪你口气越来越大，原来你发财了呀。我来算算，一家不多赚，就赚十万吧，三百家——三千多万哪！我要是有三千万，可比你嚣张多了。这样吧，你先把欠我的钱还了，再给我转一千万，我就不追究你，怎么样？"米小兰如此伶牙俐齿，不当个饭店老板娘简直都是浪费了。

"够了！"亡蛹大喊一声，愤怒地说，"不要侮辱我对本源的虔诚。"

"别说得这么悲壮，不想给钱是吧？那咱们就没什么可说的了，别人我不管，我自己家总能自己做主吧？我现在就回去叫人把电视墙拆了。"

"别……求你了，你要钱我给。一千万是吧，给我一个星期时间，我一定给你，但你要保证半年之内不动电视墙。"亡蛹看来是真急了，竟然听不出米小兰话里的玩笑，当真谈起了条件。

直到这会儿，米小兰似乎才意识到问题的严重性。亡蛹竟然愿意出一千万来保住电视墙，那么说明这个墙的价值，远远大于一千万。

她冷静地问："这个电视墙究竟是什么东西，让你这么看重？"

"你别问了，对你来说，它只是个电视墙，拆了就一文不值，但是留着，你可以得到一千万。"亡蛹看来铁了心要保住电视墙。

"钱固然重要，可没了命，要再多有什么用？"

"我说了，它对你和孩子没有伤害。"

"那白利泉呢？"

"半年之内也不会有问题，我只能保证半年，之后就不由我说了算。"

"那谁说了算？"

"本源。"

"你一口一个本源，本源究竟是谁？是你在监狱里认识的狐朋狗友吗？"

"住嘴！"听起来亡蛹被米小兰激怒了。

"那好，我不要你的钱，请你带着你的墙，滚出我们家。你不是说有三百多家吗，那也不缺我们这一家吧？我们小区里还有装修的，我贴钱让你去装，只要不再害我儿子，我管你害谁。"米小兰也动了怒。

"换不了，你以为我愿意装在你家啊？"亡蛹说，"那还不是因为你家的位置刚好合适！怨就怨你家的风水不好，不对，应该是风水好，恰好满足了本源降临的需求。"

"又是本源！"米小兰怒极反笑，"别胡编乱造了，臆想狂，真要是有什么本源，你让他来见我。"

米小兰这么说，亡蛹竟然没有被激怒，他长长地呼出一口气，声音幽幽地说："你真的愿意见他吗？"

"屁话，我说见就见，现在国家正打黑除恶呢，他还能吃了我不成。"

"好，那我现在带你去见他。"亡蛹显得异常冷静。

米小兰大概没想到亡蛹竟然真的答应了，突然有点儿紧张，停顿了片刻，她又故意放声说："光跟你吵架了，这么贵的菜别浪费，我先上个厕所，回来吃点儿东西再去。"

录音里，米小兰踩着高跟鞋，出了包间门，沿着走廊进了厕所，关上门，自言自语地说："马老师，我觉得亡蛹是中了邪了，我得先跟他去看看，有什么状况随时跟你联系。我把这个手机放在前台，希望你能拿到。"

录音到此结束了。

"怎么办？"菜菜问。

"先找人。"我赶紧发动车，以最快的速度，朝财富中心开去。

车到楼下时正值下班时间。财富中心像一个巨大的反刍怪兽，把清晨吞噬的人流又全部吐出来，等明天早上再重新吃进去。

好不容易才等到电梯，我们搭乘来到十七楼，莞尔公司的门半掩着，里面传来断断续续的哭泣声。我和菜菜互看一眼，猛地推开门冲了进去。

办公室里一片狼藉，就像刚刚被洗劫过一般。那个袖珍小女孩，正在边哭边收拾东西。看见我们进来，她收起哭声，眼神里满是警惕和惶恐。

"怎么回事？"我问她。

她抽泣着问："你们要干什么？亡蛹不在。"

我说："你不要哭，需要帮忙吗？"

她表情一怔，马上说："不用不用，只要你们不砸东西就行。"

"这是怎么了？遭贼了吗？"

小女孩气呼呼地说："刚才来了几个人，特别凶，说是要找亡蛹。我说他不在，他们就骂人，骂得特别难听，然后砸东西……"

"没报警吗？"

"我哪敢啊，谁知道他们是什么人。"

"亡蛹呢？"

"鬼知道那个王八蛋跑哪儿去了，打电话也不接。"

菜菜惊异地问："你骂你们老板是王八蛋？"

小女孩看我们不是来找事儿的，口气硬起来："我骂我男朋友，关你什么事？"

"他是你男朋友？"我问。

"有问题吗？"

我斟酌了片刻，觉得还是得说："我想问你个私人问题，如果你觉得不合适，可以不回答。"

小女孩说："啥事儿你说吧。"

"我听人说亡蛹在身体方面有些缺陷，不知道是不真的？"如此露骨地问女孩这样的问题，的确不太好，可是牵涉的事比较大，再不好也得问清楚。

她的脸一下就红了，惊讶地问："你怎么知道？"

看来是真的，米小兰没有开玩笑。

小女孩又说："他那方面的确有问题，可这是被人害的。"

"那你怎么还愿意跟他交往呢？"菜菜问。

"找男朋友，难道只是为了那个事儿吗？"小女孩不屑地反问菜菜，"他长得帅，又有才华，就算那方面不行，也比别的男的更像男人。"

"不好意思。"我赶紧把这个话题止住，"你们公司总共有多少人？"

小女孩摇了摇头道："具体我也不清楚，我才来两个月，这个办公室只是公司接待客户的一个点。"

"那其他人呢？"

"都在塬上。"

"塬上？"

"对，我们公司总部在塬上，有一个大院子，修得可好了，跟度假山庄一样，大部分人都在那边。我们是创意行业，必须得有好环境，才能激发灵感做出好方案。"

小女孩说着说着就有了亡蛹的口气，看来亡蛹对她影响不小。

"你去过吗？"

"去过一次，特别舒服，要不是我家在城里，来回太远，我就到那边上班去了。"小女孩大概是怕我们不信，拿出手机给我们看照片。果然如她所说环境十分漂亮，树影婆娑，绿草如茵，房子是用老建筑改造的，古朴的土墙上爬满了藤蔓植物，看起来有些年头。

因为只有三张照片，也看不到更多的信息。照片上，小姑娘摆出各种姿势，笑得像朵花一样。

"这地方真不错。"我赞叹道，"要是对外营业就好了。"

"虽然不对外，但还是有游客进去参观，还有摄影师专门去拍照，你们也可以去看。"

"那太好了，你知道地址吗？"

小姑娘的心情这会儿好了很多，脸上有了笑容："我是路盲，亡蛹开车带我去的，就子午大道一直往南，走了好一会儿，拐进小路，经过一些村子，最后走过一段土路上塬，就到了。"

这跟没说一样。

"路上有没有经过什么标志性建筑？"遇到这种路盲，也实在没办法，只能寄希望于路标了。

"村子旁边有个学校，门口有军人站岗。"

本城有几十所大学，有军人站岗的，只能是那几所军校，而在南边的军校有两所，陆军学院和通信学院。

经过比对，我们首先排除了陆军学院。因为陆军学院不在村里，而在一条宽敞的环山公路边，那么就只能是通信学院。

等我们开车到了通信学院时，天已经黑了。不过周围的村子里倒是灯火通明。按小女孩的说法，过了通信学院，再往前走三五分钟，就要拐进一个村子。穿过村子，就是上塬的土路。

经过几次试探，我们选定了东曲村。

这是一个新建成的村子，村民以前都住在塬上，近些年陆续从山上搬下来，在山下建起了一栋栋小楼。

沿着村里的水泥路，一直走到塬下，一条上山的小路，掩映在浓密的灌木丛后面。

长安城周围到处都是故事，此地也不例外。

闯王义军当年被赶出北京后，退守陕西，被官兵围剿，分崩离析。有一部分义军据守在此塬上，对抗官兵。这里的地势虽不够险要，但二三十米高的土塬直上直下，在冷兵器时代，也是个易守难攻的地方。

可惜孤山固守属兵家大忌，三国时马谡就犯了此忌。义军不通兵法，也没读过《三国》，最后粮尽水绝，无力防守，全都束手被擒。义军誓死不降，最后被全部屠杀，就地掩埋在村里。

沿着土路向上开，转了几个急弯后，就到了村口。首先看见的，是一棵老态龙钟的皂角树，至少活了有四五百年了。皂角树下设有神龛和供桌，桌上落满了枯枝败叶，还有一个倾倒的香炉，看起来很久都没人上供了。

我们把车停到老树旁的空地上。下车后，打开强光手电，前后左右扫视了一圈儿，目力所及之处，破败不堪，到处是断壁残垣，荒草丛生，看上去整个村子已经彻底荒废了。

菜菜倒吸一口凉气："这地儿别说晚上，就算是白天，给钱我也不来。"

我注意到左右各有一条路，通往不同的方向，就问菜菜："我们是分开找，还是走一块？"

"还是一起走吧，太阴森了。"菜菜还有些心神不定。

仔细观察后，我们决定沿左边的路进村。

这里的房子多数建于清末民国，是典型的关中民居风格，大多是三合院，块石筑基，土砖垒墙，外立面用草泥涂抹，但现在几乎脱落殆尽。只有个别院子，是后来重新整修过的，水泥抹墙，或者贴着瓷砖。但无论新旧，全都废弃了，宛如末日荒土。

村道崎岖难行，除长满野草灌木，还到处是石头瓦块。偌大的村子，除了我和菜菜的脚步声，再没有一点儿声息，整个村像一具死去很久的躯壳。

菜菜问："咱会不会走错了？这儿怎么也不像个有人住的地方啊。"

我虽然也有些疑惑，但直觉告诉我，就是这里。

"要是把灰尘带来就好了。"菜菜说。

灰尘是我们收养的一只灰猫，天生有些灵性，能感触到我们人类感官无能为力的东西，在我们很多次的行动中，它都起了关键作用。

我说："既然都来了，先找找看，实在找不到，再回去把它接过来。"

我们正要继续往前走，突然从正前方传来"嗡"的一声，听着像是寺庙道观里那种击磬的声音。

"谁？"菜菜大喝一声，同时立刻把泡泡枪从包里拿出来，紧紧握在手里。泡泡枪，其实是一个高能泡沫喷射器，跟小孩玩的那种吹肥皂泡泡的玩具差不多，只是发射出去的泡泡不是肥皂水，而是改良过的发泡聚丙烯，不仅不会破，还有巨大的黏性，可以迅速在身前结成一个两米见方的泡泡盾，用来阻挡那些无名的巨大撞击力。

可是，我们等了一会儿，再没有任何声响了。

菜菜把手电光调到最亮，朝发声的地方照过去。"咦，怎么有个庙？"

果然，就在我们前方五十米处，有一处看上去和村子一样破败的庙宇。

"走，过去看看。"我率先开路，朝着庙走过去。

菜菜说的没错，那的确是个庙。两扇木大门红漆斑驳，下方的门槛已经遗失，生锈的铁门环上挂着大铁锁。门头上的牌子已经风化龟裂，看不出原本的颜色，只有"源道寺"三个汉隶金字还十分清晰。

庙门口的石阶缝里，野草足有一尺多高，门洞墙上，长满了苔藓。看样子，至少有三五年都没人来过了。

"声音不会是从这里来的吧？"

菜菜说着，拿出蛇眼生命磁场探测器。这种探测器一般用于建筑坍塌后，查找和救援废墟下的生命。这种探测器的无线信号发射可以穿透木、石、混凝土等阻隔，最大有效距离可以达到150米。

"不对。"他看着显示器说，"不在这里，在后面。"他说着就掉转身子，朝着来路往回走。刚走几步，他又转回来。

"还是不对，马爷，你来看看，怎么会出现这种情况？"

我走过去，看了看他手里的显示器。

所有生物，都是一个磁场源，而生命磁场探测器，针对的就是生物自身携带的磁场，只要有生物在探测范围内，显示器上就会出现绿色的光斑。

而此时显示器上的情况我从来没见过。那上面的一个个光斑，就像信号灯一样，闪烁不定，忽明忽暗。就像拍卖会现场，举牌者的牌光此起彼伏。

"会不会是一个东西在跑来跑去？"菜菜问。

"不是"我说，"没有移动轨迹。"

我突然想到另外一种情况，生命磁场虽然一直存在，但也可以被屏蔽。如果有人掌握了屏蔽的手段，探测器就会失效。而在这个过程中，假如被屏蔽对象磁场突然加强，就有可能突破屏蔽，被探测器找到。

此时光斑无规则闪烁，说明生物磁场在无规则变化中。这种情形，在自然情况下绝不会发生。除非有强大的能量突然注入，比如电椅用刑，或者使用了心脏起搏器。

虽然理论上如此，可是我们还是无法知晓，这些躲在暗处的"生物",此刻究竟在做什么。

我指了指庙门说:"进去再说。"

"好嘞。"菜菜放下探测器,拿出小撬棍。几秒钟后,只听"咔嗒"一声,锁子应声而开。

很久没开的木门,被推开时发出一阵难听的吱呀声,在死寂的荒村,显得特别刺耳。

院子是坚硬的青砖铺就的,不过因为无人打理,很多已经碎裂,满地都是枯枝败叶、污泥鸟粪、破砖烂瓦。院中间有棵大槐树,繁茂的树冠像一把大伞,几乎笼罩了整个院子,使得这里空气流通不畅,弥漫着一种潮湿的臭味。

绕过大树,就可以看到正殿,门窗都是原木雕琢而成的,镂空的窗棂上原来都糊着麻纸,如今早被风吹雨打去。窗下堆了些腐坏的旧木板,都已经生出了白色的蘑菇。

我们走到窗边,用手电透过窗棂照到里面,出乎意料的是,整个大殿里竟然空空荡荡,什么都没有。

我刚想说既然没什么,就不进去了。突然耳边传来一声"嗡"响,而声源就是身旁这座大殿。

菜菜吓得差点儿跳起来,大喊道:"不管你信不信,反正我信鬼了。"

"这么不专业的话都敢说,幸亏小巩今天没来。"

"她要来了,早就吓跑了。"

"别废话,开门!"

有菜菜这个机械专家在,进任何房子都易如反掌。一分钟后,我们俩就进了这个原本是神佛大殿,如今空空如洗的大房里。

大殿其实并不大,四十多平方米,青砖地面落了厚厚的一层灰,上面有一些小鸟和鼠类的细碎足迹。房子没有些许漏雨的痕迹,墙上和房顶有浓重的烟熏痕迹,显示这里的香火曾是多么旺盛。

可是，却始终无法找到声音的来源。

"万能的马总，没招了吧？"

菜菜嘲讽我的话音未落，突然一声震耳欲聋的轰鸣在我们耳边响起。我和菜菜几乎同时扔掉手里的所有东西，捂上耳朵。脑袋就像被沙包剧烈撞击，眼前金星乱冒，眼球突突乱跳，耳朵里隆隆作响。

那轰鸣不是坍塌，也不是爆炸，而是纯粹的钟声，是寺庙里那种大铜钟被撞响的声音，而我们如同身处大钟的中心，让我瞬间有一种万念俱灰之感。

我捂着耳朵，抱着脑袋，休息了好一会儿，才感觉紧缩的脑仁缓缓放松下来。可是耳朵里，却依然荡漾着嗡嗡的钟声。

"不行了，这没把人吓死，先得把人震死。"菜菜距离我不到一米，却冲我放声大喊，看来他的听力受到了不小的损伤。

随着他的喊声，原本死寂的庙宇，似乎复苏了。屋里屋外到处传来窸窸窣窣的声音，就像夜雨婆娑，又像蝗虫过境。

可是仔细看，却没发现什么异样，就连院子里大树的叶子，都一动不动。这时，我觉得有什么东西落在我脸上，伸手一摸，却摸到一手灰。我以为是刚才的声音振动了积灰，可是灰尘越来越多，像大雪一般，扑簌簌地飞扬下来。菜菜也觉察到了异样，下意识举起手电去照。

"老板，快看，房顶在动！"他大声喊道。

菜菜说得不准确，不是房顶在动，而是房顶上的椽子在动。

密密麻麻的木椽子，像一条条大蠕虫，扭动着粗壮的身体，陈年积灰纷纷扬扬。很快我们注意到，不光是椽子，就连房顶的大梁都开始蠕动。此时的房顶，就像一条硕大的百足虫，在拼命挣扎，似乎想要从屋顶里钻出来。可是，它就像是被一种无形的力量锁住，只能在原地蠕动，却始终无法挣脱。

"万恶？！"我脑子里突然蹦出这个词，随即就叫出来。

"什么？"菜菜的注意力已经完全被吸引，灰尘落在眼里，他连眼都不眨一下。

我问菜菜："你记不记得我让你看过的《路史》？"

"记得，可是内容那么无聊，文字佶屈聱牙，没法读啊。"

《路史》是南宋人罗泌花费毕生精力所著的一本史学古籍。此书非正史，却是一本奇书，记述了荒古以来的氏族秘史、神道传说、上古秘事、地理风俗，内容十分驳杂枯燥，一般人很难读下去。

书中记载，自混沌开辟后，两大先天创世神灵——太阳烛照与太阴幽萤，共同化生我们熟知的四大神兽——青龙、白虎、朱雀和玄武。

其中有一条不常见的隐秘记录，说在四大神兽之前，曾诞生过一条虫，身具万足，有吞吐天地之能。在成形之初，它过于亢奋，万足狂奔，几乎将世界复归混沌。太阳、太阴无奈，只得将其驱逐出两仪世界。

可万足虫不甘被放逐，心怀怨念，离开的最后时刻，在世界播下了亿万恶念。此后，凡是此世界诞生的生物，无论神兽、凶兽，还是异兽或凡兽，都沾染了恶念。

恶念会在体内孕育成种，抓住机会就反客为主，驱策主体，行凶作恶，为其孵化提供养料。所以上古之时，众神灵之间经常会受到恶念驱使，反目成仇，拼死相搏。

而恶种在成熟后，就会破体而出，因恶成形，形态多样，有万千之数，故先民称呼其为"万恶"，万恶之下又各有其眷属和信徒，分支庞杂，互相窃啮斗暴，日月交食，但都奉万足虫为终极信仰，因此万足虫被称为"万恶之源"。

世态变迁，随着上古神兽、凶兽和异兽的消失，或许是凡兽之恶已不足以孕育恶种，所以万恶也在世界上隐匿了，只有其眷属和信徒分布在世间各处，接受人类的供奉和传说，以至于后来者遗忘了世间还有过万恶，更不可能知道有万恶之源的存在。

"这种故事，很可能是唐宋文人编造的，不足为信。"菜菜说。

"并不是，因为后来有人发现，在内蒙古阴山的壁画、殷墟的甲骨文，还有岐山的青铜器里，都有万恶崇拜的踪迹，只不过形象和称呼各自不同。"

"那又怎样，远古时期恶兽本来就多，残存在文明开化之初的人类记忆里，也不奇怪。可是这些，都没法解释我们头上这个玩意儿，为什么会突然出现。"菜菜眼睛一直死死盯着屋顶，唯恐它会挣脱枷锁，突然扑下来。

"它不是突然出现的，而是被唤醒的。"

"唤醒？"

"对，《纬书》里说，万恶之源在遥远的莫名之处制造梦魇，世间凡是会做梦者，都将在梦中收到它的召唤，如果把所有残存在脑海深处支离破碎的信息拼接，万恶之源将会重新降临此间。"

"这亡蛹原来是个大神啊，竟然偷偷摸摸干这么邪门的事，难怪愿意拿出一千万。"菜菜惊讶到目瞪口呆。

可是马上他又提出疑问："不对吧，难道就凭几百个电视墙，就能召唤远古大神，宇宙本源？那这大神也太不值钱了。"

"他召唤的肯定不是万恶之源，而是某种万恶。"我说。

"万恶不会消亡，只会沉睡。每一种万恶在离开之前，都会把自己的躯壳分解成无数块，分别藏匿于世界的隐秘之地。这些躯壳在经过不知多少年后，会在隐秘之地留下印记。传说如果一种万恶的印记被人找全，再拼贴完整，就能通过某种祭祀仪式唤醒。

"可是万恶凭借恶念存活，唤醒之后，如果世间恶念足够浓郁，它就会吞食恶念彻底复苏。如果恶念不足，它会重新睡去，直到下一次再被唤醒。"

菜菜听我讲完，才恍然大悟："这么说来，亡蛹可能找到了某种万恶的印记，可是为什么非得做成电视墙呢？"

"这我就不知道了，也许是仪式的一部分吧。"我摇摇头说。

"真没想到，在这个世界上竟然还有人知道万恶！"突然，一道干哑而苍老的声音，从门外传进来。

我和菜菜几乎同时回头，大殿门口，一个枯瘦的身影在强烈的手电光映照下，显得特别细长。

那是一个光头老男人，看面容至少有七十岁，腰背有些佝偻，形容枯槁，黝黑的脸上布满褶子，衰惫的眼神里闪烁着奇异的光芒。

正是这种光芒，让我感觉他异常熟悉，仿佛在哪里见过。我迅速在脑子里检索了一遍，却一无所获。

老头儿见我和菜菜都不说话，下垂的嘴角抽动了好几下，才用那种像干柴开裂的声音问："怎么？不认识了吗？"

"你是……"我正想问他是谁，旁边的菜菜就像被老鼠咬了脚趾般狂叫起来，"亡蛹！你是亡蛹？"

我这才注意到，老头儿身上穿的衣服，正是今天上午亡蛹穿的衣服，只是那顶太阳帽不见了，露出反光的秃头。

老头儿"啧啧"两声，说道："还是九〇后眼力好。"

菜菜惊讶地问："你咋老成这样了？"

亡蛹咧嘴一笑，露出一嘴残牙："老怎么了，你也有会老的一天嘛。"

"哎，你这人，明明老，还不让人说。要不是……哎，算述。"一向怼天怼地怼空气的菜菜，面对忽然出现的一张老脸，竟然卡住了。

"你们是找米小兰对吧？"亡蛹说，"我正好也奇怪，米小兰什么时候认识了你们这种人。"他说着就无缘无故激动起来，身体摇摇晃晃，结合那身原本合适，而此时看起来空空荡荡的衣服，就像一株风中的残荷。

等他稍稍缓和下来，我说："有你这种人，当然就会有我们这种人。"

亡蛹一脸苦笑地说："真是可惜了，如果半年之后你们再出现，或许我就可以给你们一个更大的欢迎仪式，可惜啊。"

菜菜问："等你彻底唤醒万恶吗？"

亡蛹没接他的话，而是看着我，眼神里那种凶狠与他此时的老态龙钟极不相称："没错，你们猜得很对，从我在监狱的煤坑里遇到它的那一刻，我就发誓，不惜一切代价也要唤醒它，回报这个满是恶意的世界。"

亡蛹说，他见义勇为，却因酒后失手，把对方打伤，坏人逍遥法外，自己却被判刑入狱三年，在监狱的煤矿服刑。

从入狱的第一天起，他就计划逃跑，却苦无机会。直到有一次下矿井，趁着管教大意，他跑进一个废弃的采空区，迷了路，在里面绕了两天两夜，最后脱水昏迷，人事不省。昏迷中，他被一个非常可怕的梦吓醒，看到自己面前有一个奇怪的图案，在岩石里闪着荧光。那个图案与他在刚才梦里遭遇的景象非常相似。

当时，他也不知道那是什么东西，却像中邪一样，用随身携带的一根铁钉蘸着煤灰，把那个荧光图案文在自己大腿上，让他惊奇的是，本来已经虚弱不堪的身体，似乎在一瞬间就满血复原。凭借这股无名的力量，他走出了庞大的采空区，被狱警重新抓回监狱。他撒谎说自己去拉屎，迷了路，所以只被关了几天禁闭，就重新下矿干活儿。

有一次洗澡时，同监室的一个老头儿看见了他的文身，非常惊讶地问他的文身哪儿来的，他把过程给老头儿讲了。老头儿欣喜若狂，扯开自己的衣服让亡蛹看，原来在老头儿的腋下，也文了一块类似的图案，虽然不尽相同，但一眼就能认出，那也是自己怪梦里的一部分。

老头儿姓王，叫王是鱼，黔东南苗人，从小爱画画，画什么像什么。由于他家里一贫如洗，就经常自己画粮票去换粮食，但他从来没被查出来过。后来他跟一个温州人合作，制造假币，在老家山区里找了个偏僻无人的地方，自己绘制印版，温州人负责印制销售。因为怕被公安查，他们经常更换地点。

有一回，他们发现了一个无人知晓的地下溶洞，准备当长期的基地。身上这个图案，就是在溶洞的石灰岩里发现的。王是鱼说，自从见到这个图案后，他就心神不宁，无心做事，所以把图案文在身上，没日没夜地研究，想知道究竟是什么东西。后来，他终于在一本苗族巫辞里，知道了它原来是梼杌遗蜕。

这个发现让他非常兴奋，当即决定不再做假币，专心寻找其余的梼杌遗蜕。可是这么一来，他断了合作者的财路，温州人不愿意，就举报了他，他最终被判无期徒刑。

王是鱼对亡蛹说："我这辈子是出不去了，你还年轻，出去后一定要想方设法找到遗蜕。"他把自己知道的毫无保留全都告诉了亡蛹。原来中国古籍中记载"上古四凶"之一的梼杌，仅仅只是"万恶"之一，传说它被舜帝流放，可能并非如此，但事实究竟如何，历经千万载，早已不为人所知，但可以肯定的是梼杌并未消失，只是沉睡于某处。据说通过遗蜕召唤出梼杌本体者，可获得无上福报。

这是亡蛹第一次听说梼杌，也是第一次听到万恶，本已心灰意冷的他，此时又找到了出狱的动力。而且自从文身以后，他似乎获得了某种幸运，经历了好几次危难都死里逃生，并且当了狱中的牢头。因为积极改造，表现良好，他被提前半年释放。

出狱前夜，王是鱼交给他一件东西，竟然是那块有文身的皮肤。出来后，他没有回西安，而是按照王是鱼的嘱咐，跋山涉水，跑遍大江南北，寻找梼杌遗蜕。

刚开始找起来非常困难，几个月才找到一处，但很快他就发现，这些遗蜕似乎有某种导引能量，会带领他到下一处。随着他找到的遗蜕越来越多，导引他的能量也越来越强，到后来每找到一处，下一处的位置就在脑子里蹦出来。整整花了一年时间，他终于找齐了梼杌的遗蜕。

亡蛹回到长安后，才知道米小兰已经嫁人。

"不过。"本来萎靡不振的亡蛹，脸上突然泛起光彩，"在我入狱前，米小兰就怀孕了，我回来后，发现自己竟然有了一个三岁大的孩子，真是失之东隅，得之桑榆啊。"

莱莱问："既然金子是你儿子，你为什么还要害他？"

亡蛹说："这也是命，要怪也只能怪白利泉买房子买错了。"

"这跟房子有关系吗？"

亡蛹咳嗽了好几声说："当然有关系。"

我追问："你既然已经找到了梼杌遗蜕，为什么还要花精力做成电视墙拼图？"

"唉——"亡蛹长叹一声，"这也是无奈之举了。"

原来，他得到梼杌遗蜕后，开始筹备唤醒梼杌的祭祀仪式。按照王是鱼讲的程序，他必须找到三百一十三个梼杌信徒，每人将一块遗蜕图案全部记在脑子里。找一个适合的地方设祭坛，所有人按照一定方位排列，在主祭人的指挥下，以信仰的力量默契配合，将图案完美拼合，沉睡的梼杌就会苏醒。

如果亡蛹是个学校的校长，或者大企业的领导，那这事儿可能并不难。可他是个刑满释放人员，根本不可能找到这么多人，能找到的只有自己的狱友。最终，他只找到十二个愿意听他的人。

条件不满足，他就动脑子，想着让包括自己在内的十三个人，把三百一十三个人的事给干了。按他的想法，只要记住图案，大不了每个人多花时间，多记一点儿。

接下来几个月，他就一边催促狱友们记忆图案，一边找适合做祭台的地方。合适的祭台要求周围五公里内不能有比它更高的地方。所以，找来找去，终于找到了这个地方，就是塬上的东曲荒村。

他找到东曲村的村长，说自己想建造一个文化园。双方谈好条件，出了十万租金把这里租下来，又花了些钱改造。所有这些钱，都是他找米小兰以创业的名义借的。

半年之后，十三个人对图案已经全都记熟，熟悉到可以背着画下来。万事俱备，亡蛹选了一个合适的日子，开始举行祭祀仪式。

刚开始还顺利，等他上了祭台，指挥其余十二个人开始拼合图案时，所有人都听见了一个难以名状的声音。那绝不是这个世界上任何一种生灵所能发出的声音，仿佛来自十八层地狱下的无边苦海深处。只是一瞬间，在场所有人就失去了知觉。等醒来后，发现除了亡蛹之外，其余十二个人，全都变成了形如朽木的老人。

这时我才明白，为什么在莞尔公司的办公室里有那么多老人。

亡蛹接着说，结果虽然无法接受，但木已成舟，唯一的希望，就是想办法完成祭祀仪式，假如真能召唤出传说中的梼杌，作为信徒和功臣，他们应该会得到回报。

于是，他绞尽脑汁，终于想出这个李代桃僵的计划。他精心测量方位，在长安南郊，圈定了三百一十三套房子，开始实施一个让人毛骨悚然的庞大计划。

他先找瓷砖厂合作，按照遗蜕图案，高价定制了三百多套仿石材拼图，接着开始不择手段地承揽装修工程。

他选定的地段，属于新开发区，几乎都是新社区，装修需求量大。可是计划虽然简单，但实施起来难度还是非常大。所以，除了自己低价接活儿之外，他还高价从别的公司手里买项目，甚至还自己买过几套房子，装修好再折价出售。

说来也怪，计划的实施竟然越来越顺利，亡蛹把这归结为"神助"，是神对自己虔诚的奖励。两年下来，圈定好的三百一十三套房，他竟然已经装了近二百五十家，这其中就包括白利泉在我们小区买的房子。

让他难过的是，在这两年里，他那合作的十二位狱友，竟然有三位已经老迈去世。惶恐和着急之余，仅有的安慰是随着电视墙越装越多，他对梼杌的感应也越来越强。

我问："难道其他装电视墙的人家，就没发现异样吗？"

"有。但谁会把噩梦跟电视墙联系在一起？再说，现代人回家后，坐在电视前面发呆不是正常的吗？"亡蛹反问道。

亡蛹这么一解释，竟然挑不出毛病。

菜菜已无力吐槽，只能感慨道："你还真是个天才！"

亡蛹脸色一黯，说："也不是所有人都会出现金子那种情况，谁能料到这孩子竟然是个拼图迷，天生对拼图敏感，在梦境的诱导之下，竟然痴迷于其中不能自拔。真是造化弄人啊，想不到意外竟然出在我儿子身上。"

他长叹一声："如果不是这个意外，白利泉也不会找你们。"

"你什么时候知道出了意外？"

"图案一遮上，我就感觉到了。每幅图发射的能量场，都会经过我这个主祭人的大脑，所有图案的变化，都会在我脑子里显示。"

我疑惑地问："你不是说必须所有人记住图案，才可以召唤梼杌吗？"

亡蛹说："或许是我把遗蜕印记放大了十倍的原因，只要有人坐在墙对面，把精神力投射在上面，就会给遗蜕注入能量。"

亡蛹说起这些时，眼睛里无悲无喜，像一个普通的老人在给我们讲述一个久远的故事。

"可是，你怎么变成这样了？"我问。

亡蛹久久没有说话，眼睛平静地看着我，似乎在回忆什么，忽然瘪嘴一咧，笑呵呵地说："这还不是因为你们吗！"

菜菜说："人不行别怨床不平，别把什么都怨到我们头上来。"

亡蛹摇摇头道："没有怨你们，我只是说个事实。你们一出现，我就知道自己没时间了，就算米小兰不说，我也很清楚你们是干什么的。"

亡蛹能知道我们的身份，这也不算什么意外的事。

我对他说："既然你清楚我们的身份，那你也应该知道，我们并没有能力阻止你。"

亡蛹伸出手，挡住照在他脸上的手电光，说："你们有没有能力我不知道，但我自己不能冒这个险。"

我问："那你就冒险提前启动了祭祀仪式？"

"我能怎么办呢？"亡蛹从嗓子眼里发出一阵哀鸣，"难道任凭这群兄弟老死吗？"

亡蛹说的没错，事到如今，他的确只能舍命一搏。无论怎么说，他做的没错，是这件事错了，从一开始就错了。

"结果怎么样？"菜菜急切地问。

亡蛹凄然一笑，指着自己的脸说："这就是结果。"

我问："米小兰怎么样？"

"她没事，是她说自己要见本源，我也算让她如愿以偿了。"

亡蛹说着朝门外走去："你们来这里，不就是想知道发生了什么吗？跟我来，让你们满意而回，不对，回不回得去，就看你们的能耐了。"

我和菜菜互相看了一眼，跟了上去。

如果不是亡蛹带路，我们可能永远都不会知道，庙旁边仅容一人侧身通过的岔道后面，竟然别有天地。

穿过茂密的灌木丛后，进入一片婆娑的竹林，幸好我们戴着夜视仪，才能勉强从中穿行。走出竹林就来到一处院落，应该就是那个小女孩说的地方。

天太黑，我们看不清院子的格局，只看到有一个鱼塘，用手电光照上去，能看到水里有小鱼在游动。

我们沿着一排古旧的平房来到后院，亡蛹指着远处说："那就是白鹭塬。"顺着他指的方向看过去，对面塬上有星星点点的灯火，在暗夜里特别显眼。

亡蛹说："你们跟着我，路不好走，小心别掉下去。"说着他就穿过矮墙上的一个小豁口，走了出去。

我们跟出去，才发现墙外竟是一道土崖，深不见底。崖壁上，一条狭窄的土台阶通向黑暗处，台阶大约一尺宽，若是一步踩不稳，就有可能掉下悬崖。

约莫下了三四十个台阶后，我们来到一个平整的土台上。到这里才看见崖壁上开了一个巨大的洞口，隐隐透出闪烁的火光。

一步踏进山洞，我的汗在瞬间就浸湿了衣服。只一步之隔，洞里洞外的温度相差了至少有十度。长安夏季如火炉，就算是晚上也得有三十多度，而此时洞里的温度远远高于外面，简直是一个桑拿房，就连吸进鼻腔的空气都能感觉到浓浓的烫意。

"你们这是在干吗？火葬吗？"菜菜抱怨道。

话音未落，一阵让人汗毛倒立的声音从山洞深处传来，苍老、悠远、冰冷而邪恶，就像一个远古的巨人，在神的火狱中煎熬发出的嘶吼。

亡蛹突然加快脚步，冲我们喊："快走！"

我们快步跟上去，越往里走，温度越高。几乎快到我能承受的极限时，眼前突然景象一变，出现了让我毕生难忘的一幕。

一团污秽的火，悬在半空中，往下滴答着褐红色的黏液，火舌就像长长的丝绸在空中舞动。七个人形肉团蜷缩在地上，瑟瑟发抖，像蜡烛一般，在火焰的炙烤下缓缓融化。

坚硬的焦土地面上，刻着一个巨大的古老符号。打眼一看，这个符号像某种象形文字，可仔细看，却又像是一组大型机械的蓝图，各种齿轮状的符号密密麻麻重叠在一起。在火光闪烁之间，机械在缓缓运转，而那种惨厉的嘶鸣声，似乎就是各个"机械部件"运转摩擦所发出的声响。

肉团融化的汁液，沿着符号的槽沟，流淌到火团正下方一个螺旋状的回环图里，像是在给这部机器加注油料，而那团污秽的火焰，就是这部机器的发动机。

"这是……有机机械？"菜菜在旁边弱弱地问。

除了刺耳的嘶鸣，没有人能回答他。

这时候，烟雾深处传来一阵咕噜噜的声音，就像是有人溺水。紧接着，一个人形的东西挣扎着，试图从黏稠的烟雾里挤出来。终于，它摆脱了烟雾的牵绊，也让我们看清了它的模样。

那是一个半透明的人形怪物，只有四肢，没有五官，身体仿佛由黏液凝结而成，它走动的样子，既像在蠕动，又像是在流动。

不夸张地说，我自出生以来，已经见过无数个没有脸的东西，可这一个是最让我毛骨悚然的，因为在它光溜溜的脸上，我照见了自己的模样。我当然知道"它"不是我，但看见自己的脸映照在一个怪形的脸上，那种感觉就像身体里有一万只虫子在钻孔。

这时，一直站在我身后的菜菜，突然走出来，直直地朝着那个半透明的怪形走过去。而那个怪物看见了菜菜，竟然伸出手，也摇摇晃晃向他走过来。如此场景落在我眼里，就像在看一幕电影——神情恍惚的菜菜一步一步走向"我"，而对面的"我"正张开双臂，欢迎他走来。

"圈——厓——吭——"情急之下，我大喝一声。

只见菜菜浑身打了个激灵，停住脚步，转头看了我一眼，猛然抬手朝自己的脸"啪啪"抽了两耳光，冲着对面的怪形"呸呸"吐了两口，像复读机般破口大骂："王八蛋，王八蛋，王八蛋……"

那个怪形似乎被骂得一愣，我刚想伸手把菜菜拽回来，异变突生，山洞深处缭绕的绿色烟雾忽然向我们翻涌过来，就像大浪一般吞没了大部分空间，一个令人牙根发酸的声音从四面八方传来，就像有什么东西在啃噬钢铁。

可以这么说，如果不是因为职业身份，我会毫不犹豫地转身就逃离这个让人不论精神还是肉体都深受折磨的地方。

随着声音越来越响，越来越近，我仿佛感觉有一个巨大的"钻头"，正从不知名之处破空而来。就在情势几乎让人崩溃的时候，磅礴而浓稠的烟雾一阵搅动，一只畸形的爪子探了出来，它绝无仅有的畸变形状，让我猛然想起，自己曾见过这个东西。

它有十二个趾，长短不一，前长后短，就像在一只婴儿的手心里，又生出一只成人的手，通体生满金属般蓝幽幽的鳞片，缝隙里涌动着铁浆般的汁液。

它刚一出现，就抓住那个无脸怪形的头，我顿时感觉头疼欲裂，就像它尖利的爪子已经刺破了我的头骨，我感觉自己身体里有些东西正在被抽空。而我面前的菜菜也抱着头，痛苦地蹲在地上。

那个长着我的脸的怪形，被爪子巨大的力量撕扯得越来越长，而它却毫不屈服，半透明的脚就像一棵树，深深扎在坚硬的焦土里。最终，那个畸形的爪子占了上风，无脸的怪形，生生从土里被拔出来，拽进浓密的烟雾里，随着爪子一起消失了。

整个煎熬的过程，可能还不到一分钟，我却像在地狱里走了一遭，如果不是有过极端训练的经历，我完全不可能强睁着眼看完这个过程，而是会像此时的菜菜那样，半蹲在地上，抱着脑袋，蜷缩成一个虾米。

我相信在菜菜的眼里，那个无脸的怪形，一定是他自己的模样。我赶紧走过去把菜菜从地上拉起来，他一脸惶恐和无助，却四处打量，似乎并不知道发生了什么，但看上去神志已经无碍了。

"好看吗？"亡蛹一脸幸灾乐祸地看着我们。

"好看你妈……他们……"菜菜这时才看见地上那几个越来越小的肉团，嘴唇颤抖着说不出话来。

"没错，这就是我的老哥儿们，看不下去了吧？可要不是你们，他们怎么会受这样的苦？"亡蛹的脸，在火光的照耀下，显得无比扭曲。

"够了！"我实在忍不住冲他咆哮起来，"我告诉你，这根本不是梼杌！"

亡蛹脸色一变："你说什么？"

我一把拽住他的领子，冲着那张衰老得有些扭曲的脸喊道："这根本不是梼杌。"

"那你说，它是什么？"亡蛹甩开我的手，反手攥住我的领子，大声问。

这时山洞里忽然安静了，地上的肉团，流动的汁液，氤氲的烟雾，全都静止下来，就连那团污秽的火焰，都像被冻结在空中，似乎所有的东西，都在等我说出那个名字。

我沉默了，沉默只因害怕，我不敢说出那个名字。我知道自己一旦说出，不仅是我，而是这里的所有人，这个山洞，包括头顶上的荒村，甚至这座古塬，都可能化为灰烬。

我的汗水像决堤般倾泻，心脏怦怦跳动，太阳穴鼓胀，就像要爆炸一样。看着眼前这一切，我心里一阵虚弱，缓缓闭上眼，我怂了。

山洞里骤然恢复"生机"，火舌缭绕，继续舔舐着地上颤动的肉团，那个机器又重新"运转"起来。

亡蛹拍了拍我的脸，放开了我的衣领，似乎也松了一口气。

"你们走吧。"他衰弱地说。

"米小兰呢？你把她交给我们，我们马上就走。"我对他说。

"马老师，我在这里。"黑暗深处里，传来米小兰清脆的声音。

我心里"咯噔"一声，我们进来这么久，米小兰竟然一直都躲起来没出现，究竟怎么回事？假如刚才她是吓晕过去，可现在听起来，她对眼前如此恐怖的场景，似乎并不惧怕。甚至直到现在，她也没有出来。

不容我细想，那几个肉团已经变成兔子大小，用不了多久，"他们"就会消失殆尽，就像从来没有在这个世界上存在过。

亡蛹干笑着说："马老师，你不肯说，我也不会逼你，俗话说朝闻道夕死可矣，那我就自己去看看，究竟什么才是宇宙大道。"

"非得知道吗？"我问他。

"您觉得我还有选择吗？"亡蛹反问。

这话我无法回答，有没有选择只有当事人自己才知道。求知问道，对未知事物的渴求和探索，可以是人类进步发展的动力，也可能是人类自取灭亡的推力。而且具体到亡蛹，并不只是求知问道这么简单。

亡蛹转头盯着半空中漂浮的火焰，忽然提高声音说："现在轮到我了，兰兰，你出来吧。"

黑暗中，米小兰缓缓走出来。她赤身裸体，在火焰的照耀下，显得既圣洁，又妖异。更让人震惊的是，她的腹部竟然微微鼓起，很明显是怀孕了。可是我记得白利泉曾说过，米小兰因为身体不好，不能怀孕了。

不容我多想，米小兰双手捧着自己的腹部朝我走来，她赤裸的双脚踩过的地方，竟然泛起微微的蓝光。她走到我身边，既没有羞涩，也没有害怕，只是平静地说："马老师，麻烦你们了。"

我们目睹亡蛹一步步走向火焰，最终，全身笼罩在火焰污秽的光芒下。他回头看着米小兰，脸上带着安详的笑容说："这下你放心了吧？好好照顾我们的儿子。"

在火焰的炙烤下，他的身体以肉眼可见的速度缓缓变为透明，就像一只无形的手在拖动 PS 的透明条。随着绿色烟雾再一次的翻腾涌动，那只十二趾的大爪子再次出现在亡蛹的头顶上，却迟迟不抓下来。

这时，我听见身边的米小兰轻轻说了一句："金子是我儿子，是我和白利泉的儿子。我们的孩子，在你被抓起来后，就被我做掉了。"

我看见半透明的亡蛹，在火光中的脸色变得无比痛苦，似乎想从里面跑出来，可是他却一动都不能动，就连嘴，也没办法张开。

可怕而丑陋的爪子缓缓向下，抓住了他的头顶，就像拔一个人形萝卜那样，把他拽入了虚空中，刹那间就消失得无影无踪。

那团污秽的火焰，明灭闪烁了好几次后，也熄灭了。

山洞陷入了一片漆黑，但只是一瞬间后又骤然变亮，我看见那些浓稠的烟雾像退潮一样，迅速向着山洞的深处退去，而那里正是发出光亮的地方。

我让菜菜照看米小兰，然后自己朝着那光亮跑去。可惜我的脚步过于缓慢，等我跑到最深处时，刚好看见尽头的洞壁上，一幅闪着七彩光芒的巨大图像，被烟雾污染腐蚀，像铁锈一般剥落下来，飘飘洒洒，化为尘埃。

在光芒熄灭的一瞬，我看见米小兰那件天蓝色的长裙，整整齐齐，平放在地上。

回去的路上，沉默了许久的菜菜忽然说："老板，咱们这次亏了，我本来想把亡蛹说的那张梼杌遗蜕的原图拿回来，收藏在我们仓库里，可惜费了半天劲儿，一眼都没看到。"

我说："最后一个看过的人也消失了，谁敢看？"

在车后座上，一直不作声的米小兰突然说："我看过。"

"啊？这么厉害——"菜菜兴奋的声音似乎突然被卡住了脖子，一路上再也没说一句话。

我们把米小兰送回家时，天色已经亮了。离开之前，米小兰突然对我说："马老师，明天我会把钱转到你账上，有些事情希望你能保密。"

我没说话，点了点头，就发动了车。走出很远，从后视镜里，我看见那条天蓝色的裙子依然还在原地看着我。

菜菜突然问："我们今天的经历，算是超出科学范畴吗？"

"不算，只是超出了我们目前所能理解的科学。"

"那我们能不能去深挖一下，看究竟是什么东西？"

我摇了摇头："不能。"

当然不能，世界万物，大道三千，人类所知晓的只是其中很小的部分，对妄图以自己有限的所知，去探求无限的未知这种行为，先贤庄子早就警告过："以有涯随无涯，殆已！"

意思就是，死定了。

长安未知局·撒豆

刘菜

我们公司位于长安南郊的一栋写字楼里。房子是马龙的，面积还挺大。因为这里原本是马龙的私人工作室，所以装修并不像一般的公司那样有专门的办公区。好在面积足够，公司的几个人都有各自的房间。马龙专门开辟了收藏室、档案室、书房之类的空间，还有几个房间平时都锁着，只有马龙进去过。

马龙前几天去北京出差了，临走给我和小巩布置了读书、学习的任务。他给我的那本书枯燥至极，是一本20世纪80年代出版的彝文研究专著，书皮破损得厉害，但书名还看得清，叫作《滇川黔贵彝文单字对比研究》。

我实在想不通马龙为什么会让我看这本书。他一走，我和小巩没人监督，第二天就开始组排吃鸡。

我们游戏正打得热闹，马龙的电话突然打过来了。

我无奈地接起来："马爷，在北京玩得怎么样？"

"玩什么玩。我有事，还得忙几天。这有个活儿，我让委托人加你，你看着处理下。"

小巩叼着烟，手指在手机屏上快速滑动几下，压低声音喊我："我倒了，快拉我！"

我翻了个白眼，问马龙："什么活儿？"

"不知道，光说是闹鬼。我最近没时间，你问问再说。"

我还没单独出过任务，想多问马龙几句，他已经挂了电话。我把手机切回游戏，我和小巩已经变成了盒子。

小巩问我："你什么事？这鸡还能不能吃了。"

"老板说有活儿要干。"

与此同时，我的微信弹出来一条好友申请的验证消息。我点击了通过请求，对面很快发来信息："刘老师您好，我叫赵晓芳，马老师的朋友介绍我来的。"

我连忙说："不用叫刘老师，叫我菜菜就行。"

就在我信息发出去的同时，她的下一条信息也过来了："刘老师，现在方便给您打个电话吗？打字……我不知道怎么说这件事。"

我回复她可以，赵晓芳的电话立刻就打了过来。

"刘老师，您好。"电话里的声音倒还算平静。

我说："您好，不用客气，叫我菜菜就行。其实我是九〇后。"

她仿佛没听到，自顾说道："听说你们能处理一些怪事……你会相信我说的都是真的，对吧？"

"当然，你说。"

赵晓芳安静了片刻，仿佛在回忆，然后缓缓讲道："刘老师，事情出在我家的房子里，那套房子是我和老公上半年结婚时买的二手房，为了上班路程近一些。可是装修完住进去没多久，每天半夜我们都能听到楼上传来一种奇怪的声音。一开始我们也没当回事，以为楼上的孩子在玩什么玩具。但是每天都能听到，就很影响休息。我和我老公上班都没精神。"

我的第一反应是，难道天花板有玻璃珠滚动声？这个故事有无数的小说电影都讲过，简直堪称灵异事件的经典。本来我还因为马龙不在，有点儿紧张，这么一听反而有点儿安下心来，毕竟他带我处理过一次类似的事情。

"有没有去楼上问问？"我问她。

"我让我老公上楼去看看。结果他发现，那家住户的门都生锈了，好像根本就没人住……"

看来这套房子有些古怪，我问她："有没有让物业联系业主进去看看？"

赵晓芳的声音有一丝颤抖地说："找过物业了。物业说，那套房子的业主是个老太太，已经去世两年了，房子也空了两年……"

我不太了解业主去世后，房子的所有权应当如何归属，又问道："老太太没有子女吗？"

"有，老太太在物业那留的紧急联系人电话，就是她儿子的。可是我们打过去电话，那个人的态度特别恶劣，根本不肯帮忙……我们没办法，就让物业去我家听听看，然后再想办法。可是那天晚上竟然什么声音都没有。等到半夜，物业就走了。我们俩累了一天，也赶紧休息。睡到两点，我们又被那种声音吵醒了……"

物业没办法我倒是有所预料，否则她也没必要找到我们了。但为了让赵晓芳尽量把事情还原，我还是追问道："然后呢？"

"那天晚上，我们俩一夜没睡。第二天，我又去找物业。物业晚上派人来，情况又和第一次来一样。先是没声音，等人走了我们休息之后，楼上才开始响。我们都快被折磨疯了，又叫了好几次物业，最后物业都当我和我老公是神经病，再也不理我们了。刘老师，你一定要相信我，那个老太太……不是，那个声音……就是来找我和我老公的。我已经几天没有回家了，每天只能住在酒店里。我老公的身体也越来越差，都病倒住院了……"

赵晓芳几乎要哭起来。

我想了想，继续问："具体是什么样的声音？"

赵晓芳似乎费了很大劲儿才缓过来，终于想出了一个比喻："像沙子的声音，往地上倒沙子……"

沙子？往地上倒？我想了想，从没听说过有这样的事情。不过既然声音是从楼上传来的，那自然得去楼上看看。

仿佛因为我半天没说话，赵晓芳又叫道："刘老师？"

"在呢。"

"我该怎么办？您能来我家看看吗？"

"我暂时还说不清楚。你稍等，我和马老师商量下给您回信息。"

赵晓芳似乎有点儿失望，说："好，麻烦刘老师。请一定帮帮我们。"

挂了电话，我给马龙发信息，把事情大致说了一下。马龙似乎在忙，只说让我们三个带上设备，去看看再说。

"我们三个？"

马龙解释道："你们俩，还有灰尘。"

赵晓芳收到我的信息，立刻发来了定位，说在家等我们。我和小巩说了情况，让她去开车，我收拾设备。

按赵晓芳的说法，我琢磨应该是楼上或者楼板里有什么东西。可能要用到超声波探测器和离子成像仪。我们还有一台叫梅丽莎 –8704 灵魂探测仪的设备，不知道马龙从哪搞来的，反正从没见过这玩意儿能探测出什么来。我想了想，为免再跑一趟，也塞进了箱子里拎着，又把灰尘塞进猫包里背上，下了楼。

小巩早就在楼下等我了。我把箱子扔进后备厢，也上了车。

"去哪？"

我看了看手机，说道："上三环，去灞桥。"

赵晓芳给我发的地址，位于长安灞桥区的最东边。那附近有好多家大型的军工国企，还有配套的学校、医院等等。当然，20

世纪建的老家属院也不少。到了地方，赵晓芳家果然是个老小区。门卫只收了三块钱停车费，就放我们进去了。

赵晓芳早就在楼下等着。她身材干瘦，头发有点儿凌乱，身上穿着普通的 T 恤和牛仔裤，显然没心思打扮。一见到我们，她就像看到救星似的迎上来，先给我塞了一包烟。我忙说戒了，先忙工作。小巩背着灰尘，我去后备厢拎出箱子，示意赵晓芳带路。她却还要帮我们提东西，就这么推拉着，三人一猫上了楼。

楼道里很破旧，上了五楼，左边的一户就是赵晓芳家。因为是新装修的房子，崭新的防盗门和旧楼道形成了鲜明的对比。

赵晓芳掏出钥匙开了门，我们进去。房间里的装修陈设也还算新，只是有些凌乱。她让我们坐，又忙着去倒茶。

跟着马龙做了几年太平人，各种各样的人我也算见识多了。许多人在见到我们时，基本都已经饱受折磨，把我们当作救命稻草，像赵晓芳这样的殷勤表现，其实算是正常的。

来之前我已经在微信上和赵晓芳沟通过，所以一进门，小巩就先把灰尘放了出来。而我则打开箱子，安装起各类测试仪器。

赵晓芳端着茶出来，看灰尘跳上了沙发，问道："刘老师，这就是你说的神猫？"

我笑道："是它。神猫是开玩笑呢。不过灰尘确实经常能发现一些……不寻常的东西。"

小巩接话说："就是太能吃了。"

赵晓芳笑了笑，看着我们忙碌。没一会儿设备安装好，剩下的就交给小巩了。我站起来对赵晓芳说："带我去卧室看看。"

"这边。"

赵晓芳带着我往卧室走去，这时我才有空仔细观察她家。她家的装修风格整体偏简约，家具也很普通，除了电视墙有点儿难看，没有什么值得留意的地方。

她家的卧室也同样如此。一张床，两个床头柜，一个梳妆台。我走了两圈儿，没有什么发现，于是又出去抱起灰尘。

灰尘在我怀里轻轻扭动了一下，似乎还想回沙发上。我抱紧它走进卧室，胳膊松开，它从我怀里一跳，直接跳到床上，再一跳，落在地板上，躺下亮出了肚皮。

养过猫的人都知道，这个动作是猫表示信任、想让人陪它玩的意思。这也说明，卧室里没有什么让灰尘紧张的东西。

我皱起眉头，转身出了卧室。灰尘也站起来，跟着我出来。

"怎么样？"我问小巩。

她摇摇头道："什么都没发现。"

一时间，我们俩都沉默了。地上的一排仪器闪着各色的灯光，衬托得气氛有点儿尴尬，也让我有点儿想马龙。如果他在，肯定能发现些什么。

赵晓芳看我不说话，试探地问："刘老师……我家的情况……是不是很麻烦？"

"也不至于。"我说，"总有办法。"

赵晓芳有些着急地说："刘老师，要不你们去楼上看看？"

"有钥匙吗？"

赵晓芳不好意思道："物业联系不上业主，那房子又没人住。你们是专业的，要不就……"

我明白她的意思，她是想让我撬门进去。虽然对我来说开锁很简单，但马龙曾经很严厉地说过，做太平人绝对不能触犯法律。

我正色道："公司有规定，我们不能做违法的事情，非法入室肯定不行。"

赵晓芳显然很失望，丧气地嘀咕："那还能怎么办……"

我问她："你们有没有试过在次卧休息？"

"第一次叫物业来的时候就试过了。睡在次卧和客厅都一样，楼上还是响。"

我皱起眉头，看来不去楼上是没法解决这件事了。但赵晓芳对我，似乎已经不像一开始那么信任了，得先稳住她。

"小巩，收拾东西吧，我去车里拿个东西。"

小巩莫名其妙道："检测设备都在这了啊，拿什么？"

"设备在这，装备又没在。"

说完，我转身去楼下车里，找到马龙那件画满符号的披风拿着，重新上了楼。小巩已经把设备都收拾起来。我把披风的衣领塞进赵晓芳家门的顶上，关上门，披风就像门帘一样，被挂在了门里面。上面的奇异符号看起来像是符箓一般。

我对赵晓芳说："你收拾几件换洗的衣服吧。"

赵晓芳不明所以，但我没让她发出疑问，以不容置喙的语气说："你把楼上业主的紧急联系人电话给我。最多两天，我会想办法找到业主，去楼上看看。这件披风挂在门口，能镇住那东西。你在酒店再多住几天，有其他状况再随时联系。"

赵晓芳听到我的安排，这才好像安下心来。她顺从地点点头，收拾衣服去了。

赵晓芳收拾完，我和小巩把她送到酒店，才回了公司。回来的路上我已经把情况告诉了马龙。傍晚，马龙才给我回信息，说他帮我查房主的地址。

马龙认识三教九流的人很多。当天晚上，他就给我发来一个地址，让我和小巩明天上门去探探虚实。

我给王见邻打电话，借了两套他们公司的工服和工牌。

第二天一早，我和小巩穿上借来的职业装，戴上工牌，拎起公文包装扮成两个地产公司的白领。王见邻问了我们要做什么，还特意让公司给我们准备了名片和企业宣传文件。

除此之外，我还收到了赵晓芳的感谢短信。她说她老公病好了很多，那件披风太厉害了。我笑嘻嘻地讲给小巩听。小巩说我越来越喜欢跳大神了，人家治好病了不感谢医生反而感谢我。我说不能这么说，马爷说我们提供的是精神保健服务。

那个紧急联系人的住处也在灞桥区，离赵晓芳家很近。我在网上查了一下，两个小区都是航天系统下属单位的家属院。

我和小巩开车去了那个小区，远远地停好车，步行到小区里按照地址上楼，敲了敲门。

等了一会儿，一个中年女人打开了门。她穿着睡衣，顶着一头乱糟糟的卷发，左脸上有颗痣。她的表情看起来很不耐烦。

小巩露出灿烂的笑容，递上名片说道："姐姐您好，我们是仁朗地产公司的。我们在网上看到您有一套房子闲置，请问可不可以由我们做代理出租或出售？"

中年女人看了看名片，却并没有接过，而是露出狐疑的眼神问："房子？"

小巩仍然保持着职业的微笑，继续说："因为我们月底要冲业绩。如果您选择我们做代理人，可以免除代理费。而且房子需要翻新的话，我们也有分公司可以负责，还能另外赠送您价值8888元的优惠券哦。"

"咣当"一声，中年女人关上了门。

她气势汹汹的声音传出来："我们家就这一套房子，你们找错人了。"

我和小巩对视一眼，我拿出手机看了看，确认了地址没错。于是小巩接着敲门。

没一会儿门猛地打开，那个女人劈头盖脸地喊道："都说了你们找错人了，有病到医院去。"

小巩忍着气，仍然微笑地问她："金海二区十四号楼六楼的房子不是您家的吗？"

中年女人的脸色本来就难看，听到小巩的话，脸直接就黑了下来，骂道："瓜皮！"

小巩的脸色瞬间就变了，但那个女人没看见，因为她骂完就关了门。

我试探着又喊了一句："您真的可以考虑下我们公司，优惠力度绝无仅有。我可以给您留一张名片。"

里面传来骂声："死骗子，滚！"

"哎哟！"

小巩抬起脚就要踹门，被我一把拉住了。我指指胸前的工牌，提示她我们俩是在工作，这才压住了她的火气。

"算了，先走吧。再想想别的办法。"

"想什么想，要想你想去。"小巩气呼呼地下了楼，掏出一支烟点了起来。

出了小区，我说："你先回车上吧，我再想想办法。"

"你还有办法？"

我理了理衬衣，说："马爷教过我一招，应该有用。"

"什么招？"

"到人民群众中去。"

小巩回车上了。我在小区外面转了一圈儿，找到一个果蔬店，进去买了几盘鸡蛋，让老板分几个塑料袋装好，拎着又进了小区。

小区的广场上，几个孩子正在一起玩闹。不远处是几个大妈，一边看着孩子一边聊天。我挤出一脸灿烂的笑容走过去，喊道："姨，公司搞活动剩下点儿鸡蛋，这些送给你们？"

一边说，我一边把鸡蛋往她们手里塞。她们看鸡蛋都递到眼前，也不拒绝，就先接在了手里。

一个大妈问："就白送的？"

我把腋下的公文包重新拎在手里，苦笑着说："本来也不是，公司搞这种活动都是为了宣传嘛。"说着我从包里拿出王见邻公司的宣传单，发给她们一人一张，"本来需要阿姨们留个联系方式，以后公司会打电话给你们推销，太麻烦了，就算了。"

"那你回去领导不收拾你？"

我装出一副苦脸说道："收拾去吧。破公司一个月才给两千来块钱，天天要顶着太阳在外面跑。反正我也干够了，不想干了。这些送给你们，我就准备辞职。"

"那可不行。"另一个大妈说，"这不成我们害你辞职了？你拿个本子，我给你留电话。他们打过来我直接挂了就完了。"

"哎哟，姨呀，怎么能是你们害我呢？我刚才在那边——"我指了指那个中年女人家的方向，"有个女的我正准备送她鸡蛋，让她留电话，人家劈头盖脸给我一顿骂，骂得可难听了……"

说着，我拿出本子和笔，递给那个大妈。她果然签了名字写了电话，其他几人也都跟着签了名。签名的过程她们还互相看了看，似乎在眼神交流。我特别懂那种眼神，因为小巩也有过，那是八卦的眼神。

"还是好人多啊！"我感动地说，"不过我也确实不想再做这份工作了，太累了……"

第一个签名的大妈问我："骂你的人长啥样？"

我假装想了想，说："卷头发，脸上有颗痣……好像是左边脸上。"

"果然是她！"一个大妈仿佛中奖了一样，一拍大腿，"我就知道是她！"

其他人七嘴八舌地说："不是一家人不进一家门。"

"有这么个儿媳妇，老太太能过得顺心吗？"

"儿女也是造孽！"

我听了一会儿热闹，一脸天真地问："阿姨，你们说什么呢？"

"小伙子，遇上她算是你倒霉。你明天去兴善寺上炷香，去去晦气。那家人……唉。"

"儿女不孝顺，老人都被活活气死了。"

她们说的这个老人，应该就是赵晓芳家楼上原来的业主，那位去世两年的老太太。

这时，终于有一位大妈说出了最重要的信息："老太太气不过，临死立遗嘱把房子直接给了保姆！老太太的儿子、儿媳不孝顺，老太太人都死了，他们又跑去跟人家保姆打官司。官司打不赢，就上门去闹……"

我心里暗暗高兴，有门了！老太太在国企家属院有房产，想必是航天下属单位的退休职工。我也在国企工作过，所以知道这些大型国企内部，都是封闭的社交圈。八卦传得快，说明关系离得也不远。

"唉——"我说，"早知道我找这个保姆去。房子给我代理就没那么多麻烦事了。"

一个大妈问我："小伙，你是干啥的？"

"我是房地产公司的，卖房、租房啥都干。只要签一份合同，我就能拿到绩效工资了。"

"我给你联系！小张人好得很，这两年让他们欺负得哟。你要是把那房子卖了，可算做了件大好事。"

我心里高兴，脸上也高兴极了，就像真的要加工资一样。那位阿姨打了个电话，没一会儿就收到一条短信。阿姨把短信上的电话抄给我，又嘱咐了我半天好好上班，一定把这套房子卖掉。卖了房子她再给我介绍个对象……

过了半晌，我才回到车上。小巩早已经消了气，自己抱着手机在吃鸡。我告诉她刚才的经过，把她听得一愣一愣的。

"这也行？"

我撩了撩头发，说："我这人从小就受各种阿姨喜欢，也不知道为什么。"

"呕——"

一回到公司，我就给那位姓张的保姆打了个电话。电话里她竟然意外地客气。想想也是，脾气不好怎么可能照顾一个行将就木的老太太，还获得了那么大的信任和喜爱。

我和她说了赵晓芳家的情况，她有点儿将信将疑，毕竟我们的工作太过匪夷所思。马龙以前就嘱咐过，这种情况最好是上门拜访。我在电话里提出来，她却犹犹豫豫，不太敢答应。我只好告诉她帮忙会有报酬，并且当场转给她两千块钱，她这才答应。

次日中午时分，我和小巩又一次全副武装来到赵晓芳家。我们三人一起在楼下等了会儿，一个胖胖的中年女人慢悠悠走了过来。她衣着朴素，但干净整齐，整个人收拾得很利落，让人很有好感。目光一对上，我就猜到是她了。

我走上前，试探地问道："张阿姨？"看她露出肯定的表情，我才微笑着自我介绍，"阿姨您好，我叫刘菜，给您打电话的就是我，麻烦您了。"

"哦，你好，你好，不麻烦……"

张阿姨有点儿惶恐地应了几句，就往单元门里走去。赵晓芳连忙去开门。

这栋楼一共只有六层。赵晓芳家是五楼。张阿姨带着我们来到六楼，也就是顶层。我这才明白了为什么赵晓芳想让我撬门。因为这扇门实在太破旧了，很难让人觉得自己是在做不法之事。门上面杂七杂八地贴了很多破胶带，还有几大块各种颜色的油漆，明显是泼上去的。猫眼的小孔里，塞着一团破塑料。门的边角，甚至已经隐约生锈了。

可以想象，老太太去世后这套房子都经历了什么。

张阿姨打开门，带着我们进去。这套房子的户型和楼下赵晓芳家一模一样。拐过玄关就是客厅，右边是卫生间，左边是厨房。正对面的墙上挂着一幅皱巴巴的水墨荷花，荷花下面是电视柜，放着一台臃肿的老式电视机。左右两边分别是主卧和次卧。

室内的采光还不错，但不知道为什么，从进门起我就觉得屋子里的光线不太正常。明明阳光正穿过厨房的玻璃门，照在客厅里。甚至到了下午，很可能大半个客厅都会沐浴在阳光中。但整个客厅在我眼里，却好像被加了一层冷色调的滤镜，而当我将目光聚焦于什么东西时，这种感觉又消失了。我试着控制目光，不断地散焦聚焦，却仍然不敢确定光线是不是有点儿不正常。

这里确实很久没人住了，地上、家具上都已经积起了厚厚的灰。

还是先工作吧。我把两个手提箱放在地上，取出设备。小巩则把灰尘放了出来。

张阿姨突然说："不好意思啊，太久没人住，水电都已经停了很久了。"

我一愣，问她："这房子现在是……"

张阿姨轻轻叹了口气，说道："唉，住又住不成，卖又卖不了……"

想起昨天小区大妈们的话，我也心下了然。老太太的儿子、儿媳一直闹事，这里确实是没法住也没法卖。张阿姨看起来经济状况不太好。这套房子大概值一百多万。她很可能舍不得就这么放弃掉，却也无法处置。可以想见，她和老人的儿子、儿媳冲突过不止一次。

小巩说："没事，好不容易来一趟，我多带了几件装备。"

说着，她从箱子里抱出一个大盒子。我一眼就认出来，盒子里装的是连接好的蓄电池、逆变器和插排。这是我闲着鼓捣出来，偶尔野外作业的时候用的，没想到小巩居然带上了。

我在心里暗暗给小巩点了个赞。

就在这时，我突然注意到，灰尘站在客厅里竟然没有动弹，而是直立在原地，竖起耳朵，似乎异常地警觉。

这套房子里……果然有东西。

灰尘看的是厨房的方向。我顺着灰尘的目光看去，却什么都没有发现。厨房和客厅中间是餐厅，摆着一张酱油色的折叠餐桌还有几把椅子。餐桌上摆着一个硕大的笸箩，里面满满地盛着绿豆。笸箩下面，还铺着几张报纸。

我走到近前，看了一眼报纸的时间，是前年的旧报纸了。

我鬼使神差地推了一下笸箩。我本想看看下面是不是还有什么，没想到一碰之下，密密麻麻的褐色甲虫从绿豆里钻了出来，到处爬。仿佛那些豆子本来就都是甲虫一样。转眼之间，已有无数甲虫从餐桌上爬到了地上。甚至有的甲虫还飞了起来，直直地朝我脸上扑来。

我连忙后退几步，伸手在面前扇了几下，把飞过来的虫子扇开。

"啊——"

小巩和赵晓芳看到满屋子乱飞乱爬的甲虫，发出了尖锐的叫喊声。

"没事的。"我看着缩在玄关的两人说，"只不过是豆象而已，没毒的，也不咬人。"

小巩都快哭出来了："不咬人它也吓人啊！"

其实豆象就是豆子里生的虫。这屋子太久没人来，豆象把这里当成天堂生儿育女，其实也挺正常的。

我转过身来，看到张阿姨打开了窗子，又一脸歉意地走过来，仿佛她还是这间屋子里的保姆似的。

"实在不好意思，太不好意思了……都怪我……"

我摆摆手道："没关系，虫子的事咱们又管不了。"

"都怪我，都怪我……"

张阿姨仿佛没听见我的宽慰，嘀咕了两句，去卫生间拿出了扫把和簸箕，开始扫地上的虫子。

甲虫绕着她飞，但张阿姨好像一点儿都不害怕。或者说，她仿佛看不到空气中的虫子一样，只顾着动作麻利地埋头扫地，而她扫的东西，正是满地的虫子。那些被她扫进簸箕的虫子，又不断地爬出来掉在地上，更多的虫子在她的扫把下，变成了微型的虫潮，一波波涌向前方。

看到虫子的刹那，其实我心里也还算平静，因为我向来不怕这些东西，但此时我又觉得眼前的一幕有点儿诡异。

张阿姨的动作很利索。在她的扫把下，虫子好像和瓜子皮没什么两样。没一会儿，大部分虫子都被她扫到了屋子一角。那些虫子被尘埃滚成了灰色，动作缓慢，似乎也变得奄奄一息，就连室内的飞虫，也少了很多。

小巩和赵晓芳这才轻松一点儿，畏畏缩缩地从玄关走出来。

我试探地叫道："张阿姨？"

张阿姨回过头，微微佝偻着，似乎还想道歉。

我赶紧问她："这些绿豆是？"

"老太太心疼粮食，自己又吃不了多少。餐厅阳光好，她就喜欢在这里晒晒粮食。"张阿姨解释道。

小巩心有余悸，一边把地上的设备都通上电，一边接过话说："心疼粮食还买这么多啊？又吃不了。"

张阿姨说："唉，老人家一个人住，没事做嘛。"

张阿姨话音刚落，我突然想到一种可能。

"张阿姨。"

"什么？"

"老太太眼神不太好吧？"

张阿姨露出惊愕的表情，呆呆地点了点头。

小巩埋头干活，奇怪地问："老人家有几个视力好的？"

我并没有解释。这句话的重点并不在老人家的视力，而在张阿姨的反应。她的表情已经说明了，我的猜测八九不离十。如果只是一般的老眼昏花，并不足以让张阿姨特别注意，甚至在经我提醒后，露出惊愕的神情。

我再次走到餐桌旁，手往箩筐里伸去。

就在这时，一阵沙沙的响声突然传入我的耳朵。

"就是这个……"赵晓芳在我身后，脸色发白地说，"就是这个声音。"

我点点头，决定先放下绿豆的事，看看这个声音究竟是什么情况。

声音是从主卧传来的。我循着声音轻手轻脚地向前走去，推开了门。

卧室里一览无余，靠墙摆着一张款式老旧的木床，上面没有被褥。床的斜对面，大概是赵晓芳家梳妆台的位置，摆着一只小桌。桌上有一个香炉，香炉两侧放着两个烛台。

香炉和烛台一看就很廉价，亮得出奇，显然是塑料制品。香炉里自然没有香，但还有些香灰。那声音，正是从香炉和烛台背后传来的。

我不知道怎么描述那件东西。那是一个泥塑，在我读过的所有书、看过的所有电影和动漫里，都没见过和它类似的造型。它似乎是某种蹲坐着的动物，又像是某种未知文明的建筑。不同形状的扭曲柱体，毫无规律地挤在一起。光线的明暗使得它似乎有诡异的两个点，像是眼睛；又有一团柱体虬结的部分，像是牙齿拧成了一个死结。跟我刚进门时对室内光线的感知一样，我的目光散焦和聚焦看它完全是两种感觉。我越是仔细看去，越觉得这些纯粹是我的想象。但不经意的一瞥，它又神似某种生物的造像，正冷冷地盯着我。

它为什么会发出声音来？

不知何时，其他几人都站在了门口。我眉头紧皱，拿起手机给泥塑拍了张照片，发给了马龙，希望他能看出些端倪。

我转过身，看到张阿姨定定地看着泥塑，神情有些恍惚。

"这是老太太的宝贝吧？"

说话的同时，我怕小巩打岔，不待她说话就抢先说："小巩，把灰尘抱进来。"

任谁都能看出老太太很看重这尊泥塑，否则也没必要供着。我问的几乎是一句废话，但张阿姨点头回应我的时候，表情有了细微的变化。那似乎是……紧张。

这表情和刚才我问她老太太的视力时一模一样，她一定知道些什么。

我继续问："这是在哪买的？"

张阿姨答道："她说是去超市里买菜，人家送的。"

"造型还挺奇特，我都没见过，有什么名字没有？"

张阿姨摇了摇头。

小巩抱着灰尘进来，把灰尘放到地上。此时泥塑里仍然不断地传来沙沙声。灰尘一落地，立刻紧张地盯着泥塑，弓起了后背，仿佛如临大敌。

我看了看手机，马龙没回复我。但以目前的情况看，一定是泥塑有古怪。声音的来历我已经猜得七七八八，只是我不知道张阿姨为什么表现得如此古怪，也不知道赵晓芳夫妻是因为什么，才"唤醒"了这尊泥塑。

我抱起灰尘，想把它放到泥塑近处。没想到灰尘挠了我一下，就迅捷无比地逃了出去。灰尘性格温驯，在我的记忆中这还是它第一次挠我。

没办法，我只好先解决眼前的问题了。

我整理了一下思路，先问小巩："刚才是所有设备通上电，这玩意儿才响的吧？"

小巩点点头。

我对赵晓芳解释道："你听到的声音来自这尊泥塑，虽然还不知道它的来历，但它发声明显是需要条件的。刚才我们进门后所做的事里，唯一有可能让它发声的就是给那些设备通电。至于是电磁信号还是什么，不太好说，但解决起来并不麻烦。用排除法，把你家的电器一件一件搬开，花几天时间就知道是哪件让它响了。或者张阿姨同意的话，我可以买下这尊泥塑，你就没有烦恼了。"

张阿姨赶紧说："不用，不用。我把它扔了就行了。"

我有点儿意外，似乎张阿姨不想卖掉这尊商场送的泥塑。

"扔了多可惜，挺好的东西，价钱咱们好商量。我老板有钱，就喜欢收藏这些稀奇古怪的玩意儿。"

张阿姨坚定地摇了摇头，不再说话。

我不好再勉强。张阿姨既然不同意卖，自然也不会扔掉。但只要处理掉这个声源，赵晓芳家很大概率就能恢复正常。好歹这单活算是拿下了。

我正想叫小巩收拾东西，门外的灰尘突然发出了一声刺耳的叫声。

我和小巩暗叫不好，连忙跑出房去，只见灰尘站在厨房门口，对地上成堆的虫子视而不见。只是面对厨房蹲着，瑟瑟发抖，间或发出怪异的叫声。

小巩想过去抱灰尘，看了看虫子，又不敢上前，就推了我一把。

我心中无奈。灰尘反应大的地方，一般都挺邪门的。我看了一眼我们带来的手提箱。小巩几乎带上了公司的全部装备。我从里面找出泡泡枪拿着，才往厨房走去。马龙曾说塑料泡泡可以挡住一些奇怪的东西。我不知道什么算奇怪的东西，但眼下却只能靠它防身。

出乎我的意料，厨房里除了厨具餐具，什么都没有。虽然到处都落了灰，但看陈设，这间厨房算得上很整洁了。我又把橱柜一一拉开，检查了一遍，仍然毫无发现。

我回头看灰尘，它的眼神似乎看的就是我站的地方，而我的身旁是水池、砧板，还有菜刀。

菜刀……我突然有了一个很恐怖的想法。

"小巩，带鲁米诺试剂没？"

"鲁米……"

我深深地看了一眼小巩，示意她别说话。小巩意会到了，从箱子里拿出一小瓶喷剂，忍着对虫子的恐惧走过来，把试剂和胸前的太阳镜一起递给了我。

我戴上太阳镜，举起喷剂，朝眼前轻轻按了两下。

透过太阳镜，我看到蓝紫色的荧光亮了起来。荧光极为强烈，我毫不怀疑，即使不戴太阳镜，肉眼也能看到这些光。

荧光在砧板、水池和地面上，绘成了一幅抽象的泼墨画。画的边界是颜料喷溅的形状，而中心则都是黏稠的荧光。

鲁米诺试剂是用来检测血迹的，也就是说，这幅泼墨画的颜料，是血。

我觉得自己的心跳速度陡然加快，想到张阿姨刚才的表现，腿似乎都有些发抖。

我不敢想下去，戴着太阳镜走回客厅，手背后关上了厨房的推拉门。小巩显然也看到了荧光，脸色微微发白。毕竟我们平时工作虽然也有危险，但往往危险都来自未知。如果张阿姨真的做了那样恐怖的事，那这份危险也太过具体了些。

我明白现在我不能乱，我是来工作的。我在心里默念了几遍马爷保佑，强行让自己镇定下来。

我再次左右看看，确定室内并没有什么武器。如果发生冲突，以我的体格应该应付得来。这时我才摘下太阳镜，放下泡泡枪，看向张阿姨。

"张阿姨，绿豆都是老太太让你帮她买的吧？"

张阿姨对这个问题倒显得很平静，她点了点头。

我这才把刚才的猜测说了出来："我在一本清朝的笔记小说里，看到过这么个故事。说是一个寡妇，为了排遣寂寞，晚上就把一大盘红豆撒在地上。然后数豆子，捡豆子。这样一直重复，直到天亮。或者把心神耗费过度，才能半昏半睡休息。长此以往，早早的眼就花了。旧社会这种事很多，王国维还为此写过一首诗：'匀圆万颗争相似，暗数千回不厌痴。'"

我回过头，发现她们几个呆呆地看着我，似乎不理解我说这些做什么。

小巩说："叫你刘老师你还真把自己当老师了？"

我笑了笑，我从箩筐里抓了一把绿豆撒在地上。一只混在里面的甲虫翻滚着，伴随着沙沙的声音，在地上爬行起来。

"赵姐，你听到的声音就是这个。老太太寡居多年，这些绿豆，恐怕不只是晒，也在晚上打发时间用吧。"

张阿姨轻轻点头，声音很低地说："老人家没事做，只能这么打发时间。"

赵晓芳想了想，突然有些害怕地说："可是……老太太已经去世两年了……"

我点点头道："我知道。你们可能听说过这样的新闻。有些山谷之类的地方，打雷时会发出各种奇怪的、非自然的声音。那是因为自然界里有四氧化三铁，可以录音。在雷雨天气里，石头恰巧把附近的声音录了下来。我猜测，那尊泥塑里应该也有这种成分，所以老太太撒豆子的声音，在某个雷雨天被录在了泥塑里。恰巧你家有什么东西，就像录音机里的磁头一样，每天反复播放撒豆子的声音。"

自从我神叨叨地把披风挂在赵晓芳家门口，她就一直对我深信不疑。听完我一顿胡诌般的解释，她明显安下心来。

我正在犹豫要不要直接问张阿姨关于血迹的事，门突然被推开了。

一对男女气势汹汹地冲进来。女的正是前几天骂我和小巩的那位，但她好像没认出来我们俩。一进门，她左右看看，找到张阿姨，立刻指着她的鼻子骂了起来："不要脸的贱货，你还有脸开这扇门？"

男人手中拎着一根棍子，也恶狠狠地骂："这是我妈的房子，你想干吗？"

原来这两位，就是老太太的儿子和儿媳。

张阿姨从进门起就表现得很紧张。我从厨房出来后，她本来已经放松了些，此时被骂了两句，表情突然又变得神经质起来，似乎既害怕，又愤怒。

我有一种不祥的预感，拉了一下那个男的，劝解道："有什么话好好说，没必要这样吧。"

那人看了我一眼，疑惑道："你是谁？我们家的事，关你什么事？"

我指指赵晓芳，说道："这位是你家楼下的业主。你家里有不干净的东西，影响到人家正常生活了。我受她委托来处理这件事。"

他似乎没听明白，皱眉问："啥玩意儿？"

我换了个说法解释："你家影响到了楼下，你们家的事随便，但是讲点儿文明，也别影响邻居好吗？"

他这次听明白了，一边把我推向门口，一边说："这是我家，影响你啥了？走走走，赶紧走！这地上都什么玩意儿？全拿走！"

我被他推得趔趄了一下。小巩扶住我，也生气了，说道："你这人会不会好好说话？有毛病吧？"

我拉了拉小巩，避免冲突激化，却见张阿姨猛地冲到厨房门口，拉开门，提起菜刀，又冲了出来。

我头皮一麻，大喊一声："张阿姨！"

张阿姨被我的喊声惊到，动作明显一滞。那对夫妻也被我吓了一跳，转过身，正好和提着菜刀的张阿姨对上。

刹那间，张阿姨的表情又狰狞起来。我甚至都来不及反应，就看到她挥刀对着男人的脸劈了下去。

还好男人的手中握着棍子，他下意识抬起胳膊，棍子竟然将刀挡了下来。

张阿姨毕竟力气有限，菜刀被棍子一挡，掉在了地上。我刚想上前，她弯腰又捡起了菜刀。这时候我才发现，张阿姨的双眼，竟然流下了泪水。

"别欺负我……"张阿姨喃喃说道，"我没做坏事，房子是老姨给我的，是我的，别欺负我！"

那对夫妻明显被吓到了。可能他们侮辱张阿姨已经成了习惯，万万没想到她竟然会如此暴烈地反抗。他们的表情软了下来，再不敢说一句话，脚步慢慢后退，退到了玄关。

赵晓芳已经躲到了门外。小巩也不知如何是好，看向了我。

我上前一步，尽量让自己的语气和善一点儿："张阿姨，有什么咱们慢慢说，有我帮你呢，没人能欺负你。"

张阿姨猛地一扭头，盯住了我。这一盯，竟然让我后背一凉。因为我看到，她发红的眼中满是恨意，那是绝对不应该出现在看我的眼神中的恨。

心念电转之间，我突然想到如果是马龙，他一定会做的一件事。

"小巩，稳住张阿姨。赵姐，把你家钥匙给我。"

"什么？"

两人几乎是同时对我的话发出了疑问。赵晓芳出于信任，手下意识摸出了钥匙包。我来不及解释，一把抢过钥匙，朝楼下奔去。

只有一层。我一步三阶，瞬间来到楼下，打开赵晓芳家的门，一把扯下马龙的披风，又三两步重新冲回楼上。

几个人已经都退到了门外。只有小巩还在门口，极力安抚着张阿姨。看她的表情，几乎要哭出来，显然安慰的效果不甚理想。

我甚至一秒都没停，一步冲过小巩，直接用肩膀撞开了张阿姨。本就双手颤抖的她，被我一撞之下跌倒在地，菜刀也掉在了地上。我一脚踢开菜刀，冲进主卧，用披风把沙沙响着的泥塑一把包住，抱在怀里，这才开始剧烈地喘息。

希望我的想法是对的。

我走出门外，看到张阿姨瘫坐在地上。她没有去捡菜刀，让我终于安心了一些。

"张阿姨，你还好吗？"

张阿姨抬头看看我，神情中满是迷茫。

"对不起……"

张阿姨似乎终于明白了刚才发生的事。她从地上站起来，像换了一个人似的，又恢复了那个拘谨的保姆角色，满脸都是愧疚和自责。

我说：“没关系的，不怪你。”我把裹着泥塑的披风包袱抖了抖，“怪它。”

其他人看情况好转，也都进来了。

张阿姨站在一旁抹着眼泪。那对夫妻一进来，女的又指着张阿姨骂道：“你这个……”

我狠狠地瞪了她一眼。可能因为我刚才的表现，她被我一瞪，把没说完的话又咽了回去。

男人也心有余悸，问道：“你刚说你是干什么的？这是怎么回事？”

我没回答她，转而问张阿姨：“老太太送你房子，也是有条件的吧？”

张阿姨点点头，终于开始讲述。

“老姨一开始也就是晒晒粮食打发时间，没事的时候就跟我发牢骚，说儿子不孝顺，很久都不来看她一次。”

我看了一眼那个男人，他脸上有点儿挂不住，但经历了刚才的事，也不敢说什么。

张阿姨继续讲：“我心疼她，就问她要不要养只猫陪着，她也说不用，后来有一天，她从超市里带回来那个东西。”她指了指我手里的泥塑，“一开始也没什么。老姨把它放家里，就当个摆设，只不过擦洗得勤快了些。过了几个月，她又让我买来香炉烛台，还有黄纸和香，每天把它当神像供着。我看她终于有事做了，也替她开心。突然有一天，老姨说她一个人住着无聊，想买个什么小动物当儿女养，还能陪她说说话。我就去买了只豚鼠，图个养起来方便。可是豚鼠没几天就死了。我就又买其他的。买过鹦鹉，买过兔子，买过猫……”

我已经隐隐猜到了，但听到这里，还是忍不住叹了口气。

"有一天，垃圾袋破了。我才知道里面是一只死猫。我真的没想到……我特别怕，但老姨说只要我一直给她买宠物，这套房子就送给我。她立了遗嘱，还给我钱……"

那对夫妻听到这里，脸色都变得铁青。男的撂下一句"胡说八道"，便扭头离开了，但他的话却已经明显变音。女人也跟着他，蹬蹬地下了楼。

小巩还是气不过，刚才厨房的血迹也吓得她不轻。我虽然猜到泥塑有古怪，但也没想到那样血腥的场面，竟然是一个老太太用菜刀，砍死自己当作儿女的小动物留下的。

连赵晓芳都气不过了，质问张阿姨道："然后你就一直帮她买动物，供她虐待？"

张阿姨哭着说："我也不想……可是……"

我低头把地上的装备装进箱子，一把合上箱盖，发出响声，打断了她。

"赵姐，这没事了，去你家吧。"

我至今也不知道张阿姨怎么处理的那栋房子。想来，那对夫妻应该没什么勇气再去那套房子了。毕竟张阿姨讲的事太过惊悚，她那天的表现也过于骇人。

小巩一直好奇我是怎么做到的。我只好告诉她，其实情况紧急的时候，我也来不及思考分析，全是靠直觉行动而已。那件披风其实不只让赵晓芳心安，其实好几次也给过我强烈的安全感。

让我俩烦恼的是，那之后的第三天，我们才找到了唤醒泥塑的东西。那竟然也是超市搞活动，他们低价买来的东西——一张磁疗床垫。只有人睡在上面，才会有某种磁场让泥塑发出声音。因此物业来了几次，都没能听到怪声。

而赵晓芳说的去次卧客厅休息，竟然是在主卧被吵醒后才去的。之后她下意识以为，在哪休息楼上都会有响声。

找到根源后，赵晓芳把磁疗床垫直接扔掉了，没几天她老公也出院回家，夫妻俩还给我们公司送了一面锦旗。

关于泥塑，我和小巩也讨论了几次。从发生的事情来推断的话，那尊泥塑很可能有刺激、放大人的恶念的能力。所以老人对儿子的不满会变成仇恨，这才虐待动物；所以张阿姨的窘迫促使她生出了贪婪之心，这才拼命想守住房子。而且泥塑……似乎会让人想要占有。

老太太和儿子、儿媳一直给张阿姨施加精神压力，持续了好几年时间。再加上这尊泥塑的影响，让张阿姨变得有些神经质，所以那天才会有那样的行为。

这种推断听起来太过邪门，因此我和小巩一直没敢把泥塑摆出来，只是用披风包着放在收藏室里。真实情况如何，还需要马龙来研究。

但奇怪的是，马龙一直没回我的信息。

直到又过去几天之后，马龙突然发短信问我："你相不相信，有人自称在深山里修行了十年，最终成仙了？"

我自然说我不信，顺便问他泥塑的事，但他又不回我了。凌晨的时候，他给我发了最后一条短信。短信只有三个字："向天坟。"

我不明所以。第二天给他打电话，却一直不在服务区。

接连几天之后，我才猛然反应过来——马龙，难道失踪了？

升仙

三

和我相识的，是真正的阿花还是「它们」？

南方多丘陵。

秋日晴好，蔚蓝的天空把世界都衬托得鲜活起来。

树叶因为温度和向阳方向呈现出不同的颜色，连绵不绝的小山被染得五彩斑斓，青色、黄色、橘红或是依序递进，或是交织缠绵，宛如绚烂的蝴蝶翅膀。

这些蝴蝶翅膀飞快地从车窗向身后疾驰而去。

我看了一会儿，斑驳的树影时明时暗照在脸上。我觉得那些生机勃勃的颜色过于刺眼，将视线从窗外收回，随意从身侧捡了本书来看。

"仙人者，或竦身入云，无翅而飞；或驾龙乘云，上造天阶；或化为鸟兽，游浮青云；或潜行江海，翱翔名山；或食元气，或茹芝草，或出入人间而人不识，或隐其身而莫之见。面生异骨，体有奇毛，率好深僻，不交俗流……"

这本书是《太平广记》。

边上还有零落的几本《山海经》《列仙传》《列异传》《博物志》，里面都是关于神仙的传记异闻。

小时候我还曾央求大人说神仙鬼怪的故事，学会识字后就自己津津有味地偷看这些闲书，后来接触西洋科学后，转而变得对这些嗤之以鼻，再也没碰过。

哪晓得十几年后，这些东西居然成了我的救命稻草。

我家是京中大户，我是家中独子，自幼衣食无忧。后来赶时髦去西洋留学，原本家里打算让我去学医，但第一次看见显微镜下的细胞后，我便对生物学产生了浓厚的兴趣，执意改成了生物学。

学成归国后，我进入一家大学研究所工作，得了个教授的头衔。既能继续研究我心爱的生物学，又能保证薪水丰厚、地位清贵，我的人生似乎会这么事事顺遂下去。

谁知年前我突然在实验室晕倒，被送到医院检查，才查出头部生了一个肿瘤。

而且生长速度很快，基本可以断定是恶性肿瘤。

院方建议进行开颅手术，先将肿瘤切除，后续再用药物控制，否则肿瘤越长越大，就算一时不死，也会影响我的脑神经、视神经，引发癫痫、失明等症状。

但这种大手术目前的成功率只有五成，稍有差池可能就会在手术台上毙命。

母亲一听要在脑袋上开个洞已快吓晕，边哭边骂，说医生是庸医，嚷着要收拾东西带我回家。

父亲沉默一阵儿，也说："既然西医成功率这么低，回去试试中医吧。"

我出院回到家中。

接下来就是不同的大夫上门给我诊脉、扎针、药浴、火烤，我每天被灌下苦涩的药汁，还要尝试各种偏方。

蟑螂、人的指甲、刚出生未睁眼的老鼠仔、动物粪便等等令人匪夷所思的东西，都有可能出现在我的汤药和食物里。

被折腾得难受时，我哭闹过，抗拒过，母亲抱着我哭。后来看到巍峨如山的父亲都哭了，我也就不敢再任性。

能拖多久就多久，随便怎么折腾吧，权当尽孝。

半年之后，我去医院检查，医生说肿瘤恶化长大了。

一位孙大夫与我家有旧交，他后来直接找到我父亲说了一件奇事。

"湘西境内的万枫山村，供着一位在世仙童，或许令郎到那里才有一线生机。"

"仙童？"父亲听后神色惊疑不定。

如今西风渐进，许多封建迷信的东西如雪融冰消，改变着人的思想。

孙大夫说："大约两三年前，我曾去过那里收药材。万枫山村处于群山环绕之中，村里住着三十多户人家。

"我去的时候，正好遇到他们举行'请仙'仪式。村中的巫通过占卜，选定'仙童'，也就是接纳仙人上身的人。那年巫选中的，是一个得了肺病的小女孩。之前我顺手为那孩子诊断过，她的内脏衰竭破裂，稍有动作就会大口咳血，我断定她活不过三日。巫为她举行请仙仪式后，喂她服食'仙种'，眼见那孩子就渐渐好起来。

"巫说，那是仙用了仙力修补他在世上行走的肉身。

"仙童能感应天时，预见灾祸，查找失物，还能治疗疾病和外伤。万枫山村的田地颇为贫瘠，就是靠仙童的预言力量，决定每年种植什么样的谷物，才让整个村子延续下来。我在那里待了半年，这些都是我亲眼所见，绝无半点儿夸张。"

我父亲说："我们是多年朋友，自然相信孙兄不会拿这种事开玩笑。"

"每任仙童在世的时间只有三年，三年之后仙童会飞升成仙，届时巫又会举行升仙仪式，仪式上仙童跳起天舞，上天将派遣神鸟迎接仙人返回天庭。'升仙'我虽未见，但我问过村民，他们全都信誓旦旦地说是真的。"孙大夫说，"我也不能保证仙童一定能治好令郎，只是如今这种情况，恐怕是最后的机会。"

父亲犹豫再三，终于决定带我去湘西求仙。母亲体弱，出不得远门，未能与我们同去，留下来守家。

路途遥远，坐了整整两天两夜的火车，然后换乘轿车继续走。

虽然舟车劳顿，但不用再关在家里吃磋磨的药，我感觉身体倒更轻快些。

坐了一整天轿车，虽然窗外的秋景甚好，但看久了也腻味，我迷迷糊糊地睡去。

醒来时，我发现身下铺了厚厚的被褥，车壁变成木板的了，车身有节奏地摇晃，前面不时传来挥鞭子的破空之声和吆喝声。

我坐起身来。

父亲斜倚在我对面。

"父亲，这是到哪儿了？"我问。

"快到了。山路太窄，轿车开不进来，只能坐骡子车。"父亲的目光慈爱，"是不是太颠了，难受吗？想吐吗？"

我摇摇头。

前方传来用人的声音："老爷，快到了。"

我挑起帘子朝外看去。

清新的空气扑面而来。

晨曦之中，位于山脚下的村庄徐徐展现在眼前。

村里房屋错落有致，后面的山坡上有大片梯田，农作物即将成熟，满眼一层层整齐的金黄色。

村前有一口水潭，潭水清澈见底，山林中雾气随风缓缓流落水面，缥缈灵动，犹如给整个村子披上一层薄纱。

一只水鸟一掠而过，水面上泛起涟漪。

隐隐听见风中传来鸡鸣犬吠声。

"是个山清水秀的好地方。"父亲下车后赞叹道，"或许真是神仙居所呢。"

他抓住我的手，忍不住发抖，眼神既紧张又充满希冀。

我们在向导的指引下找了一家人借宿。

稍稍休整一天。次日用过早饭后，寄宿的那家男主人波叔带我们去觐见"仙童"，跟我们去的用人担着一担送给仙童的礼品。

仙童住在村东头祠堂边上，门前就是水潭。

我能感觉到父亲情绪激动，不过，接受过西洋教育的我，无法再相信这些怪力乱神的东西。

生物学与西医学其实有相通之处，当日与我的主治医生谈过之后，我对自己的病情十分了解，已无妄想。我只将这当成一次陪伴父亲的旅行，所以，踏入仙童住所时，我心中很是平淡。

进入仙童房间后，光线暗了下来。

四周弥漫着一股草木淡淡的香气，闻着就觉心神宁静，自然而然房间氛围就变得庄重严肃。中间有个火塘，上面挂着一口大锅，底部被烟火熏得发黑，里面发出汩汩声，香气似乎正是从那里生出的。

火光忽明忽暗，已有几名前来拜访的客人排在前面，坐在草垫上，不时低声交谈着什么。

正前方悬着一扇竹帘，帘后映出模糊的身影，帘子左前方端坐着一位老妇人。

老妇人看上去已经很老了，白发白眉，满是皱纹的脸上长了许多老人斑，眼睑因为衰老耷拉下来，几乎完全遮住了眼睛。

村民低声告诉我们，帘后坐着的是仙童，那位老妇人是巫。

我心中嗤笑一声，这房间的布置和那些"出马仙""下阴""问米"之类的通灵人士一样，将光线弄得昏昏暗暗，再在香烛、草药里掺点儿轻微致幻作用的东西，气氛搞起来，就能大把捞钱了。

等待的客人按顺序一一上前。

有人是家里的牛走失了，有人是家宅不安怀疑有鬼闹事，有人是问要出门做生意是否顺利。

这些都由巫出面解决，仙童未发一声，若不是竹帘后的身影不时还会动一下，我都要怀疑那里面的是不是假人。

这愈发让我觉得，所谓仙童，只是眼前这位巫为了提高身价弄出来的噱头。

轮到我们时，父亲刚想开口说话，就听见门外有人大喊："救命！救命！"

一行人风风火火地抬着一人闯了进来，"仙童！巫！二牛上山摔断了腿，求你们救救他！"

我们见情况紧急，赶紧避让开来。

"我的腿！我的腿！"被抬着的伤者是个年轻男子，不断发出哀号声，左脚血肉翻起，露出白森森的已折断凸起的骨头，令人胆寒。

我好奇地站在一旁围观，想瞧瞧她们是怎么解决这种问题的。

若只是敷点儿草药包扎伤口的寻常方式，那也太对不起"仙童"的名号了吧，我心底生出淡淡的嘲讽之意。

守在伤者旁边的妇人应该是他的母亲，妇人一边拢住他的头不让他看自己的伤口，一边说道："不要看，忍一下，仙童马上就会治好你了。"

"仙童，请救救二牛，他还年轻，不能没了腿！"护送他来的人纷纷跪下哀求。

巫用手指掀起右眼眼皮，看了二牛的伤处一眼，吩咐道："去拿一只碗来。"

很快有人拿来一只干净的碗。

巫接过后从竹帘下方递入，我瞧见一只细小白皙的手伸了出来，取走碗。

那只手上的肌肤白皙到半透明，甚至能看见青色、紫色的血管。

没过多久，那只手又将碗递出，碗里多了小半碗绿色黏稠的液体。

巫拿着碗走到伤者身旁，口中念念有词，叽咕一阵儿，然后将碗里绿色的液体缓缓倾在伤处。

黏液一坨一坨地滴在翻起的血肉上，伤口居然以肉眼可见的速度在缓缓生长愈合。更为惊人的是，那根断骨突然发出咔嚓一声响，缩了回去，回到它原本该待的位置。

那一声骨响，在场的众人都被吓了一跳，随即又露出热切的神情，看向竹帘后的身影。

果然是仙术啊。

伤口继续痊愈，直到伤处覆上一层油皮，巫才开口说："再敷上药草包好，伤口注意不要碰水，脚不要挪动，过几天就好了。"

"是！是！"二牛的家人感激不尽，连连磕头，"谢谢仙童，谢谢巫，你们可是救了二牛一命哩，等他好了，叫他亲自来磕头。"

贫瘠又闭塞的村子生活不易。若瘸了条腿，行动不便，许多农活都做不了，拖累家里不说，更别妄想能娶妻生子，后半辈子都被毁了。

巫坐回原位，这次她眼皮都没抬，淡漠说道："好了之后来侍奉仙童三个月。"

"是！是！好的。"他们迭声应了，欢欢喜喜地抬着伤者出门。

我目瞪口呆地看着这一切。

这完全不科学。

难道世上真有仙人？我十多年来努力学习建立起的科学世界观似乎岌岌可危。

不，我摇了摇头，将那些危险的念头抛出大脑。

世界上的物种丰富多彩，人类目前的认知还很渺小，或许是某种未知的特殊物质产生的效果。

边上那只碗的壁上似乎还挂着一点点残留的液体，我突然好想收集起来研究一下成分。

可惜身边什么试验工具都没有。

经过这件事，我父亲对仙童和巫的态度更为虔诚了。轮到他上前，他先递上礼单，然后开始讲述我的病情。

巫听过后，叫我坐到她面前。

此时我还处于神思未定的状态，茫然中被巫抓住了手腕。

我还没反应过来，巫已经松开我的手。

"晚了，治不了。"她简单地给出答案。

"为什么？"我父亲在一旁发出惊叫，随即意识到自己失态，放低声音哀求，"您这么一摸就能定人生死吗？就算摸得出，有没有可能出错，您再仔细摸摸看，我儿是不是还有生路？"

他又转向竹帘，对着里面说道："仙童能不能看一看？仙童您能生白骨活死人，求您大发慈悲吧！"

竹帘后突兀地响起一个稚嫩的女子声音，语气平淡："我做不到，而且他并不相信我，还在心里嘲笑我。"

这是我第一次听见仙童开口说话。

此言一出，房间里所有人都看向我。父亲面带责怪之意，其他人则是隐隐有些敌意。

我被说中心底的想法，既惊愕又觉神奇，表情尴尬，只能保持沉默。

父亲连忙解释："我儿西洋留学回来，读洋鬼子的书读傻了，我代他向仙童和巫道歉，若能救他一命，我愿献上一半家产作为供奉。"

波叔走到巫身边，附耳说了几句，估计是在介绍我父亲的身家。

巫听后依然摇了摇头，说道："凡人不识真仙，仙人也不会与凡人计较。生死天定，仙童能力有限，她不会撒谎，说做不到就确实做不到。草药可以稍微延缓你儿子的病情，让他不那么痛苦，但没法救他的命。"

父亲朝我身上打了几下，按着我的头向竹帘方向磕头，他红着眼圈苦苦哀求，但巫始终没有改变说法。

最后父亲无奈，只得说："能延缓也好，请仙童和巫赐药。"

我们拎上几大包草药离开仙童的房子。

出门前，我觉得有什么人在注视着我，视线几乎凝成实质，让我如芒刺在背。

我忍不住回头看了一眼。

与竹帘后的视线刚巧对视，那双眼睛从缝隙间隐约可见，似有种非人的冷漠。

与那样的视线相对，不知为何我感到脊背生凉，仿佛有什么东西从背后一寸一寸地爬了上来

我再仔细看，却什么也没瞧见了。想来也是，如此昏暗的光线怎么可能看得清楚。

是错觉吧。

又回到要喝苦汁子的日子。

我盯着碗里晃荡的汤药看了半天，下定决心，一口气灌了下去。

苦得发寒，我连忙再喝杯白开水压一压。

"父亲，药已经拿了，我们什么时候回去？"我向一旁的父亲问道。

"不急。"父亲说，"我打听到下个月就是仙童羽化的日子，村里将举行'升仙'仪式，我们看完再走。"

我估计，父亲还是不死心，他能在京中凭一己之力赚下偌大家业，心性坚韧，脑子灵活，肯定是想多留一段时间找仙童和巫磨一磨，看看还有没有别的法子。

因生病自觉时日无多，我已辞去研究所的工作，也并不急着回京，想起那日亲眼所见的奇事，觉得留下来看一看"升仙"未尝不可。

若能证明仙人是真的，地府鬼怪或许也是真的。

即便无法改变必死的命运，但知道死后不是虚无，而是有处可去，死亡好像就没那么恐怖了。

于是，我们继续在村里住了下来。

我现在除了每天早中晚喝掉三碗中药外，倒意外地清闲。

万枫山村位于武陵山脉中，四处随便走远一点儿，就进入山林中，有充沛繁多的生物种类。没过两天，我就忍不住带着放大镜和珍爱的相机开始到山里转悠，观测生物。

只几天工夫，就看到过好几种罕见的蝴蝶、鸟，甚至还遇见过一群金丝猴，还有丰富多彩的植物。只可惜如今相片洗出来都是黑白色，拍不出这些生灵之美的万分之一。

每次进山，我都不敢走得太远，只是选择一个方向直走，到时候再沿原路返回，路旁的树叶和野草成为我的路标，使我不至于迷路。

原本父亲担忧我的身体，坚决要让用人陪我进山，我觉得颇不自在。父亲后来见我精神越来越好，每次都按时回来，也就不再勉强。

我摘下一小串水青树的叶子，夹在空白本子里，打算回去再处理成标本。

水青树是古老的子遗植物，属于落叶乔木，又有裸子植物的解剖学特征，我只在书上见过它的图片，未曾见过实物，此时遇到只觉心满意足。

我深深吸了一口气，空气中满是秋天的味道。每走一步，脚下都会发出枯叶被踩到的沙沙轻响。

我掏出怀表看了看，已是下午五点，到了该回去的时候。

我收好本子，放进挎包，里面还有一把地质锤，几块我采集到的岩石片、矿石片，一个军用水壶，塞得满满当当。

身体的另外一边背着我的宝贝相机，哐当哐当地往回走。

我走到远远能看见下方村落的位置时，突然听到前方灌木丛传来异常的声音，看过去还发现枝叶摇动，我以为是小兔子或是其他小型野兽，有些好奇地放轻脚步走近。

越过那丛灌木，我吃惊地睁大眼睛，是一个蒙着头的男子将一个小女孩按在地上，双手掐住她的脖子。

我捡起旁边的一块石头呵斥道："喂！你这个禽兽！在干什么呢？"

那男子回头见有人，眼神流露出慌张，匆忙逃走。

我素日从未与人动过手，自己心里其实也慌得很，见那人逃走，我长舒了口气。

"真是畜生，居然对这么小的孩子下手！"我紧皱眉头，见那孩子躺在地上一动不动，就颤抖着伸出手去探她的鼻息。

手指触碰到对方人中部位，第一感觉是肌肤冰凉，还没来得及摸到呼吸，就见小女孩双眼一睁，正与我对视。

"哇！"我被唬了一大跳，朝后连退几步。

她坐起上半身，侧头向我看来，不发一言。

小女孩穿着蓝染布的衣裙，看着不过十一二岁大，肌肤极为白皙细腻，一双大眼，长长的睫毛。村里其他孩子都是黑黑瘦瘦的，似乎污泥都渗入肌肤里，拖着鼻涕，脸上起着两团高原红。这孩子与他们一比，长得像天使一样可爱，难怪有人起歹心。

思及此，我心里又暗暗咒骂了蒙头男子一遍："畜生！"

我对小女孩说："刚才路过，看到有个男人在对你下手，我一吆喝他就跑了，你有没有哪里受伤？"

小女孩弯起双腿撸起裤管，两边膝盖处都磨破了，有很严重的擦伤，血流不止，青红发肿，血肉还渗入许多细小的砂石。

她看了一眼，抬起一只脚来，伸出舌头想去舔那伤处。

"别动！"我立刻喝止她。

小女孩停止动作，不解地朝我看来。

"你这样会让细菌进入伤口，导致发炎的。"我掏出水壶，将她的伤处冲洗一番。

又从旁边找了几棵蒲公英揉烂，给她敷在伤口上。

蒲公英有清热解毒和消炎的作用，眼下条件有限，只能将就着用一下。

我再找了几片叶子和草根给她略做包扎，说道："先这么着吧，回去之后你再告诉你家大人重新处理一下。"

小女孩点点头，表情天真懵懂。

我叹口气，问道："你叫什么名字啊？"

"阿花。"

"阿花，你先活动一下脚，看有没有伤到骨头，能不能走？"

我说。

阿花点点头，站起身来动了动脚。

看她眉头微皱"嘶"了一声，就算没伤筋动骨，伤处应该也很疼。

一个柔柔弱弱的小女孩，遭此大难，惹人怜惜。

"来，阿花，我背你回村。"

阿花眨巴几下眼睛，顺从地伏在我背上。

这孩子出乎意料的轻，大约是偏远山村的孩子有些营养不良。

我一边朝山下走一边叮嘱道："下次别一个人到山里来了，很危险的。"

"嗯。"

"今天的事除了跟父母说实话，村里其他人若问，只说不小心摔的，我也会保密。"村里民风闭塞，我担心这事泄露，不知有什么污言秽语落在阿花身上。

"嗯。"

不管我说什么她都乖巧地答应。

没走多久，我发现她的手不老实地在拽相机盒。

到底是小孩子，估计根本就没明白方才发生的事，也不知道害怕，这样也好。

望山跑死马，走了一阵儿我觉得有些累，就停了下来，将她放到一块石头上坐好。

"这个，叫相机。"我坐在一旁打开相机盒，取出相机，"它就像画画一样，把拍到的人和景物保存到纸片上，让当下的一瞬永远保留下来。"

阿花面露好奇之色，小心翼翼地伸出手来摸了摸，问道："这个小铁盒什么都能画吗？"

小姑娘天真可爱，生得又好看，我来了兴致，说道："叔叔给你拍一张。"

"脸朝这边，笑一个。"

"咔嚓——"

"现在你的画像保存在这个小铁盒里了，不过现在还看不到，要等叔叔回去用专门的药水洗出来。"我有些开心地说，"等相片洗出来以后，我会寄到村子给你的。"

"嗯。"阿花认真地点头。

下山的时候遇到几位村民，他们见到我之后，都是神色一正，站到路边鞠躬。

"你们好？"先前也没见他们这么多礼啊？我有些莫名其妙地点头回礼。

进入村里后，一位中年妇女指着阿花的脚叫了出来："仙童大人怎么受伤了？"

"什么？"

"仙童受伤了？"

"外乡人背着呢！"

一时间好几个人围了上来，搬出一张竹椅来，把阿花给接了过去。

"是谁伤了仙童？是你吗？"有人目光不善上下打量我。

"不是他。先送我回去。"阿花被四个人抬起，居高临下地看着我笑了一下，声音平淡清冷。

这个声音。

此时，阿花和竹帘后的那个身影方我脑海中重叠了起来。

她被一群人簇拥着匆匆离去。

"仙童？"那应该能轻易治好她膝盖的伤吧。感觉自己辛辛苦苦背她回来是被戏弄了一番，心里怪不得劲儿的。

不过，那个想要伤害她的男人，又是什么人啊？

这天晚上,我被家家户户的狗叫声吵醒。

我朝对面看一眼,发现父亲也醒了。

我们站到窗前向街上望去。

一列举着火把的队伍从西边行了过来,待走得近些,我看清楚了那些人的样貌,都是村里的村民,我们借住的这家男主人波叔也在其中。

队列中的人们拖着一个竹编的猪笼,里面有个男人在不断地挣扎。

"好痛!放开我!"

"那不是阿花,不是我妹妹!你们都被骗了!"

"我只想杀掉那个妖怪!"

"放开我!你们想干什么啊?"

不时有人挥着木棍打他两下。

"老实点儿。"

队伍的最后,是两顶四人抬椅,前面坐着的人是巫,后面坐的是阿花。

行到这栋房屋前,阿花突然抬头朝我看了一眼。

她的瞳孔中跳映着火把的光芒,幽暗深远,看不出任何情绪。

队伍缓缓走过,我问父亲:"那个人被装在猪笼里,不会是要……"

父亲点点头道:"应该会被沉潭吧。"

"这是杀人!就算有大罪也不能这么用私刑啊?他们这是犯法的!"我吃惊地说。

"现在还是有许多地方,宗法族规大过法律,我们管不了的。"父亲严厉地看向我,"把今晚看到的事忘掉,我们身在异乡,能保全自身就不错了,千万别惹祸。"

"是……"

第二天出门，村庄平静如昔，我站在高处眺望，水潭倒映出蓝天白云，风过处波光粼粼，静谧祥和，好像什么事都没发生过。

我强迫自己不再去想昨夜看见的那一幕，将思绪悉数投注于眼前的大自然中。

我在一根树枝上发现了一只颜色奇怪的毛毛虫，它有四对腹足，体上有刺，看着像凤蝶科，但又和所有我知道的凤蝶科幼虫形态有所差异，我连忙用相机拍了下来。

犹未满足，又掏出本子来速写，一边画一边啧啧称奇。

这虫子羽化后也不知会变成什么样，说不定是没有被记载过的新品种。

"你喜欢虫子？"身后突然响起人声。

我闻声望去，阿花不知什么时候悄无声息地出现在我身后。

"不，不是，只是对这方面有兴趣，我本来学的就是生物学，专门研究这些的。"

阿花神色有些迷茫："你们还专门学习和研究虫子？"

这样的阿花就像一个普通的山村小姑娘，与昨夜高高在上的仙童判若两人。

我的态度不知不觉中也放松下来，解释道："世上有很多人研究各种各样的东西，将知识记录传承下来，让后辈们学习，然后研究得更深更远。"

"为什么要这么做？"阿花侧头问。

"让人类更加了解这个世界，了解自己，学会利用这些知识，更加进步，活得更好。"我说，"你是不是没上过学？"

"他们说，我只在凡世待三年，我的责任是庇佑这个村子，没必要像普通小孩子一样生活。"她突然俏皮地笑了一下，"多跟我讲讲村子以外的事吧，这样我就饶恕你对我的不敬之罪。"

接触到这样的阿花，让我觉得所谓"升仙"完全就是巫的骗局。

巫可能掌握了一些尚未被科学探知的神秘力量,利用阿花这样蒙昧无知的小孩,将她们圈禁在这个小山村里,被信徒们拥立成为神明,却失去了自由。

我无力对抗整个村庄解救她,心中生出怜悯,只能如她所愿,向她讲述一些大山以外的世界。

我说得没有条理,想到什么说什么。

自来水,电,自行车,学校,英国糟糕的食物,不同肤色的人类,进化论,火车,电车,飞机……

我们闲适地坐在山坡上,阳光照在身上暖暖的,阿花看向天空。

有飞鸟在我们上方徘徊。

"人类好厉害啊,居然能造出飞上天的机器。"阿花说,"你坐过吗? 在天上什么感觉?"阿花问我。

我说:"在起飞和降落的时候有些头晕想吐,其他时候还好。会穿过云层,感觉离天空日月特别近。俯瞰下方,看见大地、山川、河流,它们都在你的脚下,显得很小,却会看见世界广大无垠……"

阿花露出悠然神往的表情,说:"我'升仙'之后也会飞的,到时候我也能看到了。"

我沉默下来,和她一起静静地看着天空。

举行升仙仪式的这天还是来临了。

陆陆续续有些外来的信徒也赶到村里参加仪式。

仪式从三天前就开始做准备,仙童不再接见拜访的客人,开始不饮不食,净身净心。

村里到处张灯结彩,村民们喜气洋洋,到处都是一派热闹的节日气氛。正式的仪式是从这天早晨六点开始。

他们准备了一顶五彩銮轿,仙童高坐其上,由八名青壮年男子抬着,前后跟着仪仗队,分别为黄伞一人、日月扇二人、提灯四人、提炉四人。又有人扮作仙女在前方引路，且歌且舞，后面跟着乐生、舞生，还有执旗者、指牌者、钟鼓手、号手等等。加上参加仪式的村民和信徒们，形成浩浩荡荡的长龙，蜿蜒着向东边的山上走去。

我和父亲也夹杂在人群中。

如此奇景，父亲说什么也不肯错过，原本就是为了看升仙仪式才在村子等到现在的。

于我，现在更多的是担忧阿花。

父亲跟我讲过孙大夫对"升仙"的描述，"仙童跳起天舞，上天将派遣神鸟迎接仙人返回天庭"，这些话听起来都不靠谱，我猜度是巫用的障眼法，实则可能是觉得阿花年纪大了，不好操控，要换一个小孩子上位，她可能会伤害阿花，甚至杀人灭口。

我忧心忡忡，若是发现巫要谋害阿花，我能怎么做？眼睁睁地看着阿花死吗？若不然，我又如何应对这些深信不疑的村民？

队伍游走到东面的山崖之上。

这里崖顶颇为平坦，面积也大，一百多人的队伍站在这里毫不拥挤。

山风凛冽，钟鼓声越来越快，歌舞也越来越急。

巫一抬手，所有人都停了下来，屏息静气。

一时间，这天地中仅剩下呜呜作响的风声。

盛装的阿花缓缓从銮轿步出。

她穿着华贵的锦袍，头戴珠冠。我站在人群中，只能看见她的背影。

巫开始低声吟唱起来。

我听不出字词，又或许这歌原本就没有歌词，只觉曲调虽然简单，却沧桑古朴，与这山林、这方水土共鸣着，让人陷入玄妙迷醉的状态。

随着巫吟唱的节奏，阿花舞动了起来。

她一面向悬崖尽头行进，一面施施然去掉凤冠，褪下首饰、衣裙。

她很快成了赤裸的状态，乌黑油亮的长发垂坠至大腿处。

此情此景，让人生不出淫邪的念头。

她迎着朝阳，踮起脚尖，双手举起，微微扭动腰肢，蜿蜒曲折，如同灵动的蛇。

一步，两步……

"你们看她的脚！"附近不知是谁发出惊叹声。

我闻言朝阿花脚下看去。

第一眼我以为是自己看花了眼，使劲儿揉了揉眼睛再看，是真的，阿花的脚悬在空中，离地约有一尺高的距离。

父亲也注意到了，他面露狂喜之色，忍不住道："羽化升仙！这是羽化升仙啊！果然是真的，世上真有仙人！"

这里已是崖顶，上空无任何可借力的地方，他们不可能弄根透明的绳子之类的手段造成这种假象。

人们纷纷跪倒在地，虔诚地呼唤，有些人已在癫狂地哭喊。

"仙人渡我！"

"仙人保佑我家人长命百岁！"

"仙人！求求你让我发财！"

"仙人别走啊，求你让我恢复青春，我愿献上所有家产！"

前面的仪仗队早有准备，派了青壮年男子围了半圈儿将所有人拦住。

阿花如同在登阶梯一般，每向前一步，便离地一尺。待行到悬崖边，她已离地约有两人高的距离。

她不再前进，而是在半空中继续跳舞。

巫叫了一声，如同鹰的长啸，回音在山谷间久久回荡。

这声音如同一个信号，阿花的身上起了变化。

　　　　　　　　怪谈故事集：龙的基因

她原本白皙到半透明的肌肤浮现出奇怪的灰色，从脚一直向上蔓延，到了两边手指尖，突然冲破手指伸了出来，没有任何血液流出，直接生出两条触须包裹住手臂。再一转身，两只眼睛里也伸出同样的触须来。

四条触须在她的皮肤下蠕动翻转，伸出缩入，露出来的部分柔软弯曲，时而交织，时而分离，更像群蛇乱舞。

我觉得这种诡异的场景似曾相识，某种不好的记忆被从脑海深处勾起，但只是浮光掠影，具体的情节我怎么也想不起来。

我后退半步，身形有些不稳，喃喃道："这是仙人吗？仙人怎么会是这样？"

父亲扶住我，低声道："书上不是说，仙人有种种异状吗，本来就不是人类了，或许，也有这样的仙人吧。"

就在这时，天空中传来一声鹰唳。

我们抬头看去，一只巨鹰在上空盘旋，渐渐朝人群飞了下来。

"神鸟使者！神鸟使者来迎接仙童返回天庭了！"村民们高兴地说。

这鹰张开翅膀至少有十米长，如此巨大的鹰不知是什么种类，读了许多生物学书籍的我，从未看到有如此记载。

人们狂热而欣喜地纷纷膜拜神鸟，居然没人担心鹰是不是会伤人。

它一掠而下，两只有力的爪子将阿花牢牢抓住，然后振翅朝天空飞去。

这一幕发生得太快，我没来得及反应，阿花已经被带走了。

"阿花！"我向前追了几步，大叫。

她似乎听到了，远远回头，我只瞧见她嘴角微微翘起，绽放出奇异的笑容……

第二天，我和父亲离开村子，启程回家。

又是一番长途跋涉。到家后，我觉得疲惫不堪，狠狠睡了一整天才好。

"早上好，父亲，母亲。"

我坐到餐桌旁准备用早饭。身体休息好了，我的胃口似乎格外好。

我喝了一大碗肉粥，又吃了两根油条，一碟小笼包，两个煎蛋，还觉意犹未尽。

父亲看着我吃下许多东西，得意扬扬地向母亲邀功道："看，我就说孩子已经治好了，你不用担心。"

我听着不对劲儿，问道："父亲，这话是什么意思？"

"你没发觉吗？我们到村里后一个多月的时间，你再没有发过病，对吧？"

我仔细回想，的确如此。我迟疑道："不是因为服用巫的草药吗？"

父亲露出神秘的笑容，说："我花费那么多心血，可不是只为了延缓你的病。"

"父亲，你还做了什么？"

"我花了一千块大洋，求得了一颗'仙种'。"

"仙种？怎么弄来的？"我疑惑地看着父亲。

"有钱能使鬼推磨，我通过波叔收买了在巫身边帮忙做事的人，让她偷出一颗仙种，混在草药里让你喝掉了。"父亲解释道。

父亲和母亲慈爱地看着我。

父亲道："你看看，他是不是比去之前气色好多了？"

"嗯。还是老爷有办法。"母亲附和道。

"不过，三年之后的升仙会是个麻烦事，我会再找找高人，看能不能上表天庭，推拒掉这事，让孩子长长久久地留在人间。"

"好歹赚了三年，哪怕到天上当神仙，只要知道孩子活着过得好，我就安心了。"母亲含泪笑道，"我觉着，还是先给儿子找个媳妇，也要在世上给他留个血脉。"

"这事你操持就行。"

父亲看向我，说："过一阵子，你再去医院检查一下，大家就安心了。"

我的体内有一颗仙种？

我会变得像阿花一样？

这次万枫山村之旅将我的世界观击得粉碎，之后的好几天，我仍然处于一种茫然的状态。

这天，我记起这次旅行拍的照片还没洗，便拿着相机到了暗房。

家里专门把一个杂物间搭建成暗房给我洗相片。

相纸浸泡在显影液里，图像从无到有，显出淡淡轮廓，逐渐清晰；然后挟入定影液中定影；再清洗、烘干。

暗室唯一的光源来自一只亮度很低的红灯泡，相片仅仅能看个大概。

我一张一张地端详，一边回想湘西美丽的山水和那些可爱的生物。

我的视线突然停了下来，那是唯一一张拍摄对象为人类的相片。

是阿花的相片。

我们在山上相遇那次我给她拍的。

昏暗的光线中，我隐约觉得相片上有不对劲儿的地方。

我急急取下这张相片，走出屋外。

骤然来到明亮的地方，颇觉阳光刺眼，我揉了揉眼睛稍做适应，就赶紧查看那张相片。

视线由模糊变得清晰。

相片上的背景是瓦蓝的天空，中间是笑容灿烂的少女的脸庞，山风吹拂，她的长发在空中飞舞。

但是，她左边的眼睛没有黑色的眼瞳，全是白色，右边的眼睛部分也大多是眼白，只在右下侧有一只小小的瞳孔，朝画面外看来。

那明显不是人类的眼睛。

就像是某种生物居住在那具身体里，透过孔洞向外窥探。

我惊叫一声，将相片丢远。

我突然想起来了，我在升仙仪式上看到天舞时不适的缘由。

在英国留学时，有一天教授很珍惜地带了一只蜗牛来上课。

蜗牛原本很胆怯地缩在壳里，看不出什么异常来。

教授把它放在有风和阳光的窗台上。

没过多久，蜗牛伸出触角，开始不断地蠕动。

出乎意料的是，那是一只肉体五彩斑斓的蜗牛，我们啧啧称奇。

教授说："你们再仔细看看？"

我仔细观察后才发现，有两条彩色的毛毛虫在蜗牛半透明的身体里进进出出。

"噫，好恶心，这是什么？"

"这是'僵尸蜗牛'，"教授解释道，"是一种奇特的生物寄生现象。"

"蜗牛会吃下带有寄生虫虫卵的鸟粪，因此被寄生。寄生虫成熟后就会像这样模拟毛毛虫，吸引鸟类的注意，主动被吃掉，然后在新宿主鸟类的身体里交配、产卵，形成生物链。"

"那么，蜗牛是什么时候死去的呢？"有同学问。

"最开始还是活着的，到了现在这样彻底被虫子控制的时候，里面应该已经被吃空了，只剩下一层躯壳。"

那么和我相识的，是真正的阿花还是"它们"？

　　和煦的秋日晒得人有些发热，我却觉得寒意沿着脊背缓缓地爬了上来，就像有虫子在皮肤下蠕动。

追 云

抱南楼

四

有一天，我看到村外不远处的天空中有朵云，云里有许多星星落了下来。

历史的真相往往掩藏在野史异闻里。

这是赵远入职《民间异闻报》时，总编告诉他的话。

因为这些东西都是人写的，即便是人夸张想象后才写出来的，也是建立在真实之上的。将那身扭曲变形的外衣剥离下来，你就能看见真相。

《民间异闻报》是一份在湘北发行的地方小报，主要刊载一些各地奇闻轶事、野史八卦，在业内看来，实在算不上一份合格的报纸。但它卖得很好，每期销量越来越高，广告也越接越多。总编每日进出时红光满面，细看脸上写的都是"有钱"二字。

这日，眼看过了中午饭点，冯寓清带着小赵随意停在一家路边的小吃摊吃东西。

两人点了炒粉，店家送了一大碗免费白汤。

别说，这路边摊看着不起眼，味道是真的好，还分量十足。老板用的是汤炒，做法是加入高汤，炒到米粉将汤汁完全吸入，鲜美入味，藏在米粉里被浓郁的酱汁包裹着的瘦肉和香菇又给人一场惊喜的邂逅，在唇舌间交织成美妙的乐曲。

小赵呼哧呼哧地吃完，一脸饕足。

去柜台结账时，他瞧见一叠免费提供给客人阅览的报纸中，赫然就有《民间异闻报》，虽说是时间有点儿久远的几期，也让他十分惊喜。

自家报纸已经流传到隔壁省了？他拿起一份报纸瞧了瞧期号，熟练地翻到第三版，一篇标题为《暮远镇男人产子真相揭秘》的文章下方有一行小字——"记者冯寓清，实习记者赵远"。

他的眼睛眯成一条缝，美滋滋地一遍又一遍看着自己的名字。

脑袋上方突然传来叽叽喳喳的鸟鸣声。小赵抬头一看，发现上空聚集着各种鸟儿，盘旋不去，在秋日天光中留下美丽的剪影，形成颇有意趣的画面。

小吃摊就是用茅草和泥巴搭的简陋棚子，右边空地接了水管，有个十三四岁的少年蹲在木盆前洗碗。他穿着过于松垮的打着补丁的衣服，一看就是用大人的旧衣改的，头发蓬乱，手被水泡得发白。

少年感觉到注视的视线，抬头见是客人，身子微微瑟缩一下，露出讨好又怯弱的笑容。

小赵生出些许怜悯之意，还想送点儿零钱给他，就见少年看向天空，面色大变。

小赵顺着少年的视线望去，方才那群飞鸟突然朝南方飞去。

少年将手里的碗一丢，撒腿就朝门外跑。

"欸！欸！"老板追了出来，手里还拎着炒勺，大叫道，"小兔崽子，不做活儿跑哪里去？"

少年匆匆回头莫名其妙地说了一句："那朵云飞走了，我要去追！对不起老板，我不做啦！"

老板和小赵同时愣了一下。

"我见这小鬼脑壳有病，一个人在外流浪可怜，才好心收留他，怎么这么不靠谱！"老板在原地跳脚。

小赵站到方才少年所在的位置，学他的样子看向天空。

追云？这孩子莫非真如老板所言，精神不正常？是因为这样才变成流浪儿的吗？

他身后响起汽车喇叭的"嘀嘀"声，一辆半新不旧的深蓝色福特汽车停在那儿，驾驶室的人喊了句："上车！"

"冯老师！"小赵连忙上车。

小车开出不过几十米，就追上了那位少年。

"叫那孩子上来。"冯寓清吩咐道。

小赵依言探出身去，冲少年道："孩子，上车吧，我们顺路可以送你一程的！"

少年的脚步不停，转头看向他们，神色有些迟疑。

"轮子跑得可比你脚快，你还可以节约点儿体力。"小赵又劝。

少年想了一下，立刻手脚并用地爬上后座。

冯寓清同时低声在小赵耳边说了句"问问他"，小赵心领神会地点点头。

见少年不安地盯着前方天空，小赵对他说："你给指着方向，要是转向就告诉我们啊。"

少年点点头，嘴巴紧紧抿成一条线。

"你叫什么名字啊？"

"我叫福生。"

"今年多大了？"

"已经满十四了。"

回答得清晰有条理，看上去精神正常啊。小赵接着问："福生啊，你怎么一个人出来？家里大人不管你？"

这次过了许久才听到少年回答："我，我是一个人偷偷跑出来的。"

怪谈故事集：龙的基因

"你这孩子！"小赵顿时把挖线索的事忘在脑后，面露不赞同的神色，"告诉我你家地址和家人的姓名，我们想办法帮你联系他们，让他们来接你！"

"我不能回去！我要去找妹妹，她在云里等着我救她！"福生说。

"算了，你们不会相信我。"福生情绪突然低落，又道，"你们把我随便放在路边吧，我自己走。"

他的语气既疲倦又委屈，却意外地倔强。

小赵偷看了一眼冯寓清的神情，后者微微点头示意他继续，于是说道："信，我们相信你。"

"大人都是骗子，自己看不见的东西就觉得这世上不存在。你们虽然嘴里说相信我，但心里也认为我是脑子有病！"

"我们不一样。"小赵将刚才顺手拿的报纸递了过去，"我们见的古怪事多了去了！我们是记者，专门报道这些奇异的事。你看，这就是我们的报纸。"

福生没有伸手接，看了几眼，脸色微微涨红，说："我……我不识字。"

"没关系，我念给你听。"

"《暮远镇男人产子真相揭秘》——这篇就是我们冯老师的大作，我附带着也贡献了一点儿小小的功劳。还有啊，《福建人鱼骨真伪鉴定历程》《营口坠龙事件亲历者采访实录》《震惊！神农架发现一毛孩被狼群养大》……"

福生越听嘴巴张得越大，这个世界原来还有这么多稀奇古怪的事？

"所以，你愿意给我们说说吗？"

"我家住在贵州一座山里。有一天，我看到村外不远处的天空中有朵云，云里有许多星星落了下来。"

小赵已经掏出笔和小本子奋笔疾书，闻言转头问："云里落星？是流星雨吗？"

"不是，流星雨我常见的，流星是'唰'地一下从空中飞过去了，这个不一样，这些星星像雨一样，拖着长长的金色的雨丝慢慢从那朵云里飘下来。有时候稀稀疏疏，有时候会密一点儿。

"白天也能看见，就是没有晚上那么显眼。而且那朵云很奇怪，别的云跟着风走，它却一直停在那里，两天都没动。

"我问了几个一起玩得好的朋友，他们有的说也看见了，有的说没看见。我们就约好夜里一起去那儿耍。临出门时，我妹妹宝生黏着我不肯让我走，我只好背着她一起去。

"我真后悔啊，如果没有带着宝生去就好了，如果我狠狠心拒绝她就好了。"福生重复念叨了好几句。

"宝生只有三岁，平时阿爹要做活儿，都是我带得多，所以特别亲我。

"我们点燃了火把，素日山路都是走惯了的，大家说说笑笑，走得很轻松。

"夜空中只剩下那一朵停留的云。

"不时飘落的星星成了最明显的指路牌。

"距离看着近，实际上也走了小半个时辰才到。

"那些如雨般的星星，近在咫尺。

"'哇！'能看得见的人都情不自禁地发出惊叹声。

"大家被笼罩在这朵奇怪的云下面，整个视界都被不断下落的'星星'占满。

"天空似乎只剩下一朵巨大的、由那些金色星星组成的花朵。

"每一颗星星坠落的轨迹，都是它的花瓣。

"有长有短，千丝万缕。

"一丝未尽，另一颗星又坠了下来，累累如珠。

"那是一种无法用言语描述的绚丽景象。

"可是，看不见的人不知为什么还是看不见。

"'嘘，不要大声。你们看！'

"我们所在的位置是一处小山坡上，闻言探头探脑趴着朝下看。

"月光清亮，能清晰看见，几十只动物聚集在山谷里，有狼、野狗、虎、豹、大蟒等等，都正仰首向天。

"我们都压低了声音，连宝生都乖乖捂住自己的嘴。

"奇怪的是，那些动物并未互相争斗，而是显得有些焦躁地转来转去，有时候会突然腾空跃起。

"'这么多野物啊，要是我阿爸来就好了，发财了！'有人悄声说。

"'它们都在这里干什么啊？是不是妖怪修炼在拜月啊？'

"'嘘，声音小点儿。'

"'我，我知道了，它们在吃星星。'我看着天空，那里盘旋着许多飞鸟，许多星星落入鸟群后就消失不见，但还是有些遗漏的飘了下来。

"一个敏捷的身影在半空中一跃而过，落在另外一棵树上，飘落的那个小光点儿就消失了。

"'树林里还有猴子躲着，好狡猾。'

"'那些星星是不是好东西啊？我也想尝尝。'一个孩子含着手指说。

"我们中有好几个小伙伴看不见落星，又觉得害怕，纷纷说道：'没什么好看的了，我们回去吧。'

"我们几个能看到的人恋恋不舍，盯着空中移不开眼珠，有人说：'从来没见过啊，再看一会儿吧。'

"宝生好像也看得见，趴在我的背上露出傻里傻气的笑容，还伸出手来，想去抓住那些美丽的星星。

"突然之间，空中的飞鸟轰然而散，而下方的动物也都以迅捷无比的速度四下散开，淹没在树林间。

"'怎，怎么？'有人本能觉得不对劲儿。

"四周的枝叶摇摆，我只觉得全身汗毛倒立，似乎马上就要发生很恐怖的事情。

"'我们快跑！'我喊道。

"'怎么了？怎么了？'还有几个人没反应过来。

"'快跑！快跑啊！'

"我背着宝生拼命地向后逃，可还没跑两步，风突然变大了，顿时飞沙走石，别说睁开眼睛看路，连呼吸都变得困难起来。

"地上的落叶被卷起，旋转着朝天上飞去。

"我感到上方有股大力在把我往上吸，我不得不使劲儿抓住身边的小树抵抗这股力量。

"可是背后的宝生力气小，我发觉她搂着我脖子的小手在慢慢松开。

"'宝生！抓住我啊！别松开！'

"'哥哥！哥哥！'宝生最后带着哭腔叫了一声。

"我扭头，看见了让我心胆俱裂的一幕。

"宝生徒劳地在半空中挥舞着手脚，被风卷着，混合着那些落叶残枝一起被吸到天上。

"云中凭空探出一张大口，将所有的东西包括宝生一起吞下，然后重新没入云后，再也看不见踪迹。

"风过之后，我们惊魂不定，继续逃，一路上各自呼叫着对方的名字。

"大概跑出一两里路后，身后没有了动静，所有人才渐渐停了下来。

"我们清点人数之后，发现除了宝生之外，其他人都还在。

"大家的脸上和四肢多少有些擦伤，衣服被撕破，狼狈不堪。

"'现，现在怎么办？'有人问。

"'我们赶紧回村向大人求援吧？'有人迟疑着开口。

"'他们会信吗？'

"'我今晚偷偷跑出来的，阿嬷知道了会打死我！'

"'宝生都出事了，你以为还瞒得过去啊！'

"大家面面相觑，最后视线都落到我的身上。

"我嘴唇直抖，一直盯着那朵云，久久不语。

"星星们重新悠悠地飘然而下，一如往昔，似乎之前什么也没发生过。

"我握紧拳头。

"'哎，你们看一看，是不是我的错觉？那朵云好像开始动了。'有人突然叫道。

"众人闻声望去。

"'好，好像真的在动。'

"我望着向远处飘去的云朵，迈开腿奔跑起来。'跟我阿爹说一声，我去追云了！我一定会把妹妹找回来！'"

"你就这样一个人跑出来了？身上连钱也没带？"小赵忍不住问，"你就没想过，这云一直在天上，你也奈何不了它，怎么让它把妹妹还给你？"

"开始我没想那么多，就想着只要一直跟着它，说不定能找到机会。"福生的眼睛亮了起来，忍不住露出笑容，"不过，我跟了这半年，发现它离地面越来越近，我觉得总有一天它会落下来的，会落到我能触摸到的位置！"

小赵闻言看了看他说的那朵云，好像确实比较低，显得格外突出。

"那个，你说的星星还在下吗？"

"有时候有，有时候没有，不过现在正在下。你看，那些飞鸟都在抢食那些星星呢。"

小赵死死地盯住云，可是什么也没看到。

他有些丧气地接着问："呃，你有没有想过你妹妹已经……"他闭上嘴，感觉这个问题问不出口。

"我知道你想问什么，我妹妹还活着呢，"福生凝视着天空，"我不时能听见宝生在叫我。"

"有时那声音从天上传来，有时直接在我耳边响起。"

"哥哥，哥哥。"

"宝生一定在云里等着我救她。"

追到后半夜，云突然停住不动，他们一行人也跟着在路边停了下来。

四周一片漆黑，荒无人烟。

这趟一口气跑了五个多小时，一百五十多公里。

小赵不禁咋舌，对福生说："还好你遇上我们，不然这么远的路你两条腿怎么追得上？"

福生说："以前它没一口气跑这么远。我也遇到过赶不上或走岔路的时候，等它停住的那些天就能追上来了。不知道为什么，从半个月前它的速度突然变快，停留的日子也变短了。"

一路上保持沉默的冯寓清终于开口道："我们抓紧时间，今晚就在这里稍做休整。等天亮之后，再去找找附近的城镇，要给车子加油了。"

"好。"

还好车里准备了干粮和水，三人用压缩饼干和火腿罐头对付了一顿。

福生吃得狼吞虎咽，看着就是很久没吃饱过的样子。

小赵心中发酸，这半大的少年一路上不知吃了多少苦，追逐着一个虚无缥缈的希望。

在外讲究不了那么多，吃完后三人只漱个口就算洗漱完毕。

福生可能累了，没多久就头靠车窗望着云发呆，眼睛闭上又睁开，眨巴眨巴的，不久终于睡了过去。

确定他真的睡熟了，小赵才低声说道："冯老师，我们真的跟这条线吗？傅老板宅邸中鬼唱戏的那件事不去调查了？"

"线人投稿的时候就说那鬼坚持唱了一个月了，也没新变化，晚点儿去应该不打紧的。"

"哦。"

小赵看看福生，再看看天空中那朵貌似平淡无奇的云，问道："老师，您相信他说的话吗？"

"我们都知道，这个世界上没有神仙鬼怪。从他的描述看，我觉得更像是心理受创后不愿面对现实的臆想。"

"因为无法承受自己害死妹妹的罪恶感，所以把元凶设定为虚无缥缈的妖怪。你看，他还说听见妹妹在耳边叫他，这不是幻听吗？"

"要是查到最后结果是他得了精神病，文章肯定登不了，总编会不会不给报销差旅费啊？"

冯寓清保持着仰首看天的姿势，没有肯定或否定他的猜测，只是露出一个有点儿奇特意味的笑容。

此时四下漆黑，看不太清他的五官，不知何处而来的微光反射出他那棱角分明的轮廓。

小赵不由得心中感叹，冯老师长得真好，就是太瘦了，苍白得厉害，他吃东西也特别少，不会是生病了吧？

车外荒草在风中摇曳，不时能听见秋虫凄怨的叫声。

"人生真是太短暂了。"不知为何，冯寓清说道。

他的眼睛在黑暗中璀璨如星。

"还只刚刚看见那扇大门，人就已经老了。"

"真想活得再久一点儿。"

"再久一点儿啊。"

车内萦绕着一种沧桑又无奈的气氛，小赵不知怎么接话，只无意识地"啊"了一声。

刺眼的阳光照入车窗，让小赵醒了过来。

他揉揉眼睛，看向身后，福生四仰八叉地在后座睡得正香。

身侧驾驶室位置的冯寓清不知什么时候早已醒来，正看着窗外某处。

"冯老师，早！"小赵问声好，好奇地顺着对方视线看去。

"嘶——"他倒抽一口凉气。

离车几步远的地方，许多动物盘踞在荒野中。

鼬獾、狐狸、野狗、黄鼠狼……

"是我们不小心闯到动物窝里了吗？"小赵不由自主地压低说话的声音，生怕触怒这些大自然原本的主人。

"还是——"他想起了福生的描述，"难道，这孩子说的是真的？"

"趁这云还没动，我们先找找附近的村镇，吃点儿热乎东西。"冯寓清说完，发动汽车，按下喇叭将那些动物吓远了些，飞驰而去。

他们很快找到公路，沿着路找到一个小镇，询问之后才知道，现在他们所在的位置是江西和福建交界的地方。

早餐吃的是当地人大力推荐的馄饨。这边叫作扁食，汤水清澈，馄饨皮薄馅大，柔软无力的白皮透出中间的一团粉来，肉馅鲜嫩，烫舌，又舍不得这口香甜，一边呵气一边唇舌翻动，一碗下去，身心都被暖熨帖了。

补充了食物和水，给车加满油，他们又重新回到那朵云附近。

就这样，他们跟着福生开始了追云的旅程。

"这一次，云停留的时间大概是二十六小时，比上次提前了两个小时。"小赵在做记录，他又翻开地图找到刚刚离开的城市画了一个圈儿，"它在一路往南走。"

过了半个月，云比初见时又低了许多，显得体积愈发庞大。

不时会有飞鸟追逐其下。

小赵会想象福生描述的画面，那些拖着金丝的星星悠然落下，鸟儿在群星间飞舞，争相吞食。

他转头带着酸意看了福生一眼，暗道："为什么只有他看得见呢？"

他没意识到，在产生如此想法时，原本的质疑已经不知不觉消失了。

空中鸟群忽然四下散开。

福生睁大眼睛，几乎在同时大叫道："又要来了！飓风要来了！我们快跑！"

小赵还没反应过来，就见冯寓清急打方向盘，车身几乎大半腾空，然后踩死油门，飞快地朝来路奔驰。

道路两旁的树枝在东摇西摆，风声大作，小石头子儿打在车窗上不断发出"啪啪"的声音，就像在下冰雹。

前面的车窗被铺天盖地的尘土遮住了视线，几乎看不见路。

小赵觉得气喘不上来，死死抓住车门把手，连声念佛。他扭头去看福生，只见福生透过车后窗盯着那朵云，脸上浮现出惊惧无比的表情。

"你看见什么了？"

"说话呀，你这样让我更害怕！"

视线中，后面那片平地须臾之间生出一股龙卷风来，许多树木之类的杂物被搅在风中，旋转着朝云里飞去。云也因风卷动，气蕴流转，形状有了些微变化。

"好大，巨大！"福生的嘴唇哆哆嗦嗦，好不容易发出了声音，"它……它整个头露出来了！它张开的嘴巴好大！好大的一颗眼珠在转动！"

一想到云中伸出一颗巨大的头颅，嘴可吞吐日月，眼珠滴溜溜地朝下看来，小赵不禁打了个寒战。这种时候，又觉得还是看不见比较幸福。

汽车已经飞奔出去老远，虽然四下依旧有风，但已经处于安全地带了。

冯寓清停下车，然后下车向龙卷风处张望。小赵和福生见了，瞧了瞧周遭没有异状，也跟着下车。

"喂，福生，你说看到它的头了，它的头长什么样子？"小赵问。

"鱼头，像是很大很大的鱼的头，嘴巴下面还有胡须。那些星星，原来是它身上的鳞片，它动一下，星星就会掉一些下来。"

躲在云里的，原来是条大鱼。

"它隔段时间就来这么一下子，是搞什么呢？"小赵喃喃问道。

"是要呼吸吧，就像鲸鱼一样，隔一阵子要到海面上透气。"冯寓清说。

"乖乖，走哪儿就起龙卷风，这不是大祸害吗？"

"这应该是它少有的状态，不然早就被人发现了。鳞片掉落，离地面越来越近，说明它正在逐渐衰弱，或许它生病了，也有可能它——"

"快要死了。"

冯寓清遥望天空，说道："像福生这样有特殊能力的人虽然少，却也不是罕见，他们村里就有好几个。但关于这种大鱼的记载相当少，想来它原本应当是翱翔九天之外，远离人世的。"

　　"那它休息的时间为什么越来越短，前行的速度越来越快？"小赵翻看着自己的记录，"这不是它身体在好转的表现吗？"

　　"鱼类有洄游的习性，它是想在死前竭力回到自己的故乡吧。"冯寓清回答，"以上仅仅是我的猜测而已，你不用当真。"

　　"什么嘛！老师您是生物学家，又说得这么理所当然，我都当真了！"

　　福生一直静静听着，此时突然急急问道："大鱼可能会死吗？那……那我妹妹呢？我妹妹怎么办？"

　　冯寓清弯下身子，与他目光平视："你还能听见妹妹叫你的声音吗？"

　　"能听见的！"福生认真地点头道，"方才就是听见宝生在叫'哥哥小心！'，我才察觉要起风的！"

　　"都走到这里了，也不能放弃，我们只好继续追下去。看看它旅程的终点，到底是在何方。"

　　那龙卷风滚滚而上，衔接着天与地，更让人觉得眼前苍茫一片。

　　而人，渺小无比。

　　又过了十来天，这天傍晚时分，那朵云低沉得离他们头顶只有十几米的样子，看上去触手可及。

　　和开始相比，云变得稀疏了不少，有些地方只剩下薄薄的一层，能透过云层看见背后天空的颜色。

　　在福生的描述中，云朵已经遮不住大鱼的身形，几乎展露出全貌。

　　它有着金色的背部和鱼鳍，腹部则呈现半透明状的米白色，稍微转动一下身子，立时就有许多鳞片从身上脱落下来，化作金色的星星飘落。许久许久鳃盖部分才会微微动弹一下，吐出的气息凝结成薄薄的几缕云雾。

听起来确实如冯寓清猜测的那样。

眼前绚丽而变幻莫测的天空之中，这只庞大而神奇的未知生物正走向生命尽头。

车子穿行在一片小树林间。

突然隐约听到一阵阵奇怪的哗哗声，空气中传来腥甜的味道，福生掩住鼻子问道："有点儿臭，这是什么味儿？"

"这是海的气味。"冯寓清回答。

穿出树林，眼前视线豁然开朗，深蓝色的、看不到边际的大海出现在他们面前。

云在缓慢地向海面上飘去。

而他们的路也到了尽头。

这里是一处临海的小山崖。

车子停了下来，三人下车四处张望。冯寓清皱眉道："如果云到海上的话就麻烦了，这附近没看到人烟，现在去找船的话不知道来不来得及。"

福生是在山里长大，从未见过海，初次见到一望无际的海洋的震撼尚未褪去，听见冯寓清的话立刻警醒过来："那我妹妹呢？我妹妹怎么办？"

他朝山崖尽头跑去，对着云大喊："大鱼！大鱼！求求你把妹妹还给我啊！"

"你听见了吗？把妹妹还给我！"

"宝生！宝生啊！"他强忍了一路的眼泪终于滴落下来，转为号啕大哭。

天空中突然响起一个奇异而洪亮的声音。

高亢、悠远，绵绵不绝，似引起了天地回荡。

"这是什么声音？从未听过。"小赵惊疑不定，"难道是大鱼的叫声？"

"咔啦"一声响，不远处突然掉下一块小石子。

小赵朝上方看去，就见空中许多黑影在直坠而下。

树枝、石头、山藤、衣物、枯草等各种杂物纷纷掉落。

"怎么了这是？"他还站在原地没反应过来，身后突然有一股大力拽住他，使他向后连退了好几步，下一秒立刻有棵三尺来粗的大树重重砸在方才他所在的位置，若没避开，不死也残疾。

小赵被吓出一身冷汗，双脚发软，赶紧向拉了他一把的冯寓清道谢："冯老师，谢谢您救了我！"

话音未落，他们前面不到十米的地方又落下一块大石。

"这里太危险了，我们赶紧离开！"冯寓清说。

福生死死地盯住天空，说道："是大鱼在朝外面吐东西！"

他突然尖叫一声，音调都变形了："宝生啊！那是宝生！"

空中那些杂七杂八的东西中有个花花绿绿的小点儿。

福生高兴极了，伸出手臂来，完全顾不上躲避那些空中坠物，朝小女孩落下的方向奔去。

"小心啊！福生你接不到的，危险啊！"小赵叫道。

他很想提醒那孩子，从这么高掉落下来，可能非但接不到妹妹，自己都会被砸死。

可福生孤身流浪大半年，为的就是这一刻，现在谁要是拦他估计他会跟人拼命。

冯寓清沉声道："仔细看看四周这些坠物，以它们的体积和降落的高度来看，它们比正常的速度慢很多。"

小赵闻言看了一眼四周，果然如老师所说，所有东西下落的速度有些异常。

"难道？"

"大鱼在努力控制吧。"冯寓清说，"所以，还是有机会的。"

说完，他就冲了上去。

小赵愣了一下，也跟着跑。

那个花花绿绿的小点儿离地面越来越近，能看清楚真是一个穿着花布裙子的小女孩。

三个人都伸开双臂，眼睛盯着空中，不断调整自己的位置，不仅要判断小女孩的落点，也要躲避其他体积大的坠物。

小赵紧张地咽口唾沫，心里到底还是害怕的。就在这时，他听见耳边"唰"的一声风响，是旁边的冯寓清腾空跃起。

"老师？"

眼前不是幻觉吧，那么瘦弱的老师哪儿来的力气，居然能一跃两三米高？

简直像在飞一样。

他稳稳地在空中抱住了宝生，两人一起落下。

小赵清晰地听到"咔嚓"一声骨头断裂的声音，心中大叫不妙，跑过去一看，小女孩呼吸均匀，眼神有些迷蒙，像是刚刚睡醒，齐耳的短发幼细发黄，脸色红润，正好奇地看着他们，并无痛楚之色，应该无碍。

福生站在一旁，伸手接过宝生。

"宝生！"

"哥哥！你来接我啦！"

"宝生，我终于把你找回来了。"

两兄妹拥抱在一起。

一旁的小赵发现冯寓清右手臂弯曲成不正常的幅度，担忧地问："老师，你的手是不是受伤了？"

"没事，只是有点儿扭着了，明天就会好的。"他毫不介意，右手随便甩了甩。

"陆续还是有东西落下来，我们先离远些。"

他们迅速上了车，驶离此地。

离开树林后，冯寓清一个右转，沿着一条与海岸线平行的道路行驶。

小赵看见夕阳已经落下。大海尽头那片玫瑰色的天空中，那朵他们追了一路的云，缓缓，缓缓地落到海上。

海面被云压得整个凹陷下去，而以凹陷处为中心，由远而近，雪白的浪花一层比一层高，朝岸边呼啸而来。

还好他们所在的海岸地势比较高，那浪花溅起的水沫从车窗飞入，小赵被扑湿了脸，却并未给他们造成更多的伤害。

云完全没入海中，小赵似乎看见，深蓝色的海水下方有个巨大的模模糊糊的黑影，但很快那黑影就与海水浑然一体，再也看不见了。

车内一时寂静。

过了许久，才听见福生小声问："它死了吗？"

"可能吧。"冯寓清回答。

"大鱼是好的还是坏的？"福生迟疑地问，"我原本很恨它，现在它把妹妹还给我了，看见它死，我又觉得很可怜。"

"它——应该无所谓好坏，它活它自己的，与人类无关。它把宝生还回来，或许是它有意识的一点儿慈悲，也或许只是它本能的行为。你的怨恨和可怜，它也不在乎。世上的生物，原本都是如此。"冯寓清思索着回答，看见福生一脸茫然，又笑了一下，"或许你长大以后就懂了。"

他扫了一眼宝生，沉吟一会儿开口道："福生，我想问你一件事。"

"什么？"

"宝生离开的时候，头发就这么长吗？"

"是啊，有什么不对吗？"

当然不对。

小赵心中一跳，他扭头向后看去，宝生笑嘻嘻地靠在福生身上，看着就是一个普普通通的小女孩，对于他们的谈话内容她现在还听不懂。

宝生失踪已经过了大半年，为什么头发一点儿也没长？

而且福生还说过，他不时能听见宝生在叫他。

"很明显，大鱼拥有一种异常的能量。那些动物和飞鸟都在抢食'落星'，也就是大鱼的鳞片，应该本能地知道那是对它们有好处的食物。"

"所以，在大鱼体内待了大半年，宝生的身体可能被影响了。"

福生紧紧地抱住妹妹，问道："那她会怎么样？我妹妹会有事吗？"

"她可能会与普通人有一些不同，具体有什么变化现在还不知道。"

"不管变什么样，她都是我妹妹，我已经长大了，我能养她，我会好好保护她！"福生握紧拳头说道。

冯寓清想说什么，后来又咽了下去，只说："嗯，你要努力。"

一行人在最近的一座渔村停了下来，冯寓清和小赵商议了一会儿，决定今晚带着兄妹俩在这儿找地方借宿，明天再去镇上，发电报与福生他们的家人联系。

两兄妹将来怎样生活，与他们家人接触后再决定。

清晨，曙光微亮。

小赵推开房门走出屋外，发现冯寓清站在走廊上，凝望着海面。

"老师，您这么早就起来了？您手臂的伤怎么样了？"

"已经完全好了。"冯寓清挥舞了一下右手给他看。

"那就好。"

"倒是你怎么起这么早？平常叫你都起不来。"

"我昨晚根本就没睡着。"小赵挠挠头，"我是第一次经历了那么神奇的事。明明很疲倦，脑子却无法抑制地胡思乱想，没有一点儿睡意。"

"大鱼可能已经活了成千上万年却无人知晓，而它逝去，也同样默默无闻。即便我们几个人知道它曾经存在过，我们写下来登在报纸上，也没有人相信——想到这些，我就觉得心底有座要喷发的火山被大石压住了，无处宣泄，抑郁难言。"

冯寓清在晦暗不明的晨光中侧首看向他，突然笑了，说："我们只是旁观者，大鱼自己应该并不在意这一点。你有什么好不甘心的？"

"老师，我看见了那扇门。"小赵说，"我好像稍微能体会您说那番话的心情了。"

他还有另外一句话没敢问。

他回想起当时冯寓清仰望夜空的奇异神情。

那时老师眼中映射出的，是否有满天落星？

老师是不是也像福生一样，能够"看见"。

"对了，老师，能不能把车钥匙借给我出去一趟？"

"怎么？"

"离开前，我还想去昨天那个山崖上看一看。"

"走吧，我也一起去。"

一路上两人未再多做交谈，车子在逐渐明亮的天空下安静地前行。

很快就到了昨天的山崖。地上仍是一片狼藉，各种杂物横七竖八地散落一地。

他们下了车，站在崖边看着初升的朝阳。

这里是附近地势最高的地方，太阳正从海面升起，水面上波光粼粼，水鸟在空中悠然翱翔。

"我其实一直有个猜测，落星的情形让我想起某本书上的记载……"温柔的晨风中，冯寓清说道。

"我知道了！"小赵大叫道，"'因庚申夜月华，其中有帝流浆，其形如无数橄榄，万道金丝，累累贯串垂下。人间草木受其精气即能成妖，狐狸鬼魅食之能显神通。以草木有性无命，流浆有性，可以补命；狐狸鬼魅本自有命，故食之大有益也。'是袁枚写的《续子不语》！"

"老师，你怀疑那些星星就是帝流浆？"小赵越想越兴奋，觉得发现了某个历史真相，总编没有骗他，"随园先生也是能'看见'的人！他在某个庚申夜见过鸟兽等待落星的情形，因此写入小说里。"

不是无人知晓的。

一百多年前，曾经有人与我们同样见证了大鱼的存在。

太阳逐渐从原本可以直视到了有些刺眼的程度。

"好了，我们回去吧。"冯寓清说，"怕那对兄妹醒来后看不到人会不安。"

"嗯。"

他们转头回到车上时，忽然听见海中响起一声奇异的鸣叫，响彻天地。

"是昨天那种叫声！"小赵睁大眼睛，"是大鱼吗？大鱼没有死？"

他们赶紧下车，冲到崖边。

海水中浮现出一个巨大的黑影，然后冲出了海面。

就在它冲出水面的那一瞬间，全身被海水包裹着，小赵清晰地看见了它的全貌。

圆圆的大眼睛、嘴巴、背鳍、胸鳍、腹鳍、尾巴……还有闪闪发亮的金色鳞片，精精神神，摇摇摆摆地向上飞去。

小赵很快就看不见它了，却看见海面上多了一小团云，那团云由薄薄一层转为厚实的一团，继续向天空升起。

这团云的体型明显比原先的云要小许多。

"那是大鱼的孩子吗？"小赵兴奋地大叫，"我看见了，我终于看见了！老师你看见了吗？"

"看见了。"冯寓清露出温柔的笑意，看着那朵云，"有死亡，也有新生，循环不绝，天地万物皆是如此。"

小赵哇哇大叫，激动地跑来跑去，像个小孩子一样。

将来，一定也会有人见到它，知晓它的存在。

他心中的火山喷射了出来，如同此时的朝阳，光亮无比。

唱戏

抱南楼

我当时就意识到，那绝对不是人！

恰逢小雪节气这天。

苏省明洲昨日还是温暖如春可以单衣出街的天气，一夜之间寒潮袭来，穿棉袄都挡不住透骨的冷风。

这种时候，坐在明亮而干燥的茶馆里，手捧一杯散发素雅香气的茉莉花茶，看着窗外雨中来来去去的行人，莫名就会生出幸福感。

"丁零——"茶馆的门被人推开。

进来的是位年约六十岁、头发花白的老者，他容貌普通，身穿一件藏蓝色簇新的袄子，看着家境尚可。他将雨伞收起，朝茶馆扫视一周，就径直朝小赵他们这个座位走来。

他微微躬身，举止像有长久保持这种姿势的娴熟感，小赵判断此人有在大户人家里当仆役的经历。

老者对他们问道："你们就是《民间异闻报》的记者吧？"

"是，您是那位来信提供线索的李先生吧？"

"我不过是个在傅家做事的下人，大家都叫我来伯，你们也这么叫我好了。"

来伯坐下后熟稔地叫人加杯子添茶，语气有些呛地说道："你们怎么才到，比约定时间都晚了一个多月了。"

"路上遇到了一些其他的事……"小赵回答，"怎么？您说的傅家鬼唱戏那事结束了吗？"

"哪有！那鬼闹得更凶啦！"来伯一拍大腿。

"第一个听到那声音的人就是我。

"是在两个多月前吧，那阵子下了许久的雨，好容易转晴，夜里出了又大又圆的月亮，我从老爷的院子出来，路过花园。

"老爷当年修这个花园的时候，引了一道活水进来，在里面建了一口池塘，我就是在沿着塘边走的时候，听到了那个声音！

"唱的是《白蛇传》里的《断桥》。"来伯用手指在桌面上击节轻声唱道，"想当初，桥亭三月春光好，一见许郎情丝绕。但愿此生长相聚，做对同林比翼鸟。"

他的声音苍老嘶哑，柔声唱来，居然有着别样的动听之处。

"您怎么断定是鬼？也可能是院子里别人唱的，或是邻家传来的声音。"小赵说。

"那声音就像在你耳边发出，后院大得很，邻家的声音传过来哪有这么清晰。至于说是院子里有人唱戏，那就更加不可能啦。"

来伯先四下看了看，露出一种讲八卦的隐秘神情："傅家是禁止唱戏的。现在明洲人都不知缘由了，只有老一辈的可能还有几个记得。老爷当年年少风流，行事恣意，娶了一个女戏子进门。虽说是做妾，却从未娶妻，家里下人都要称那位为'夫人'，老爷关起门来一心一意和她做夫妻。如今当家的少爷，也是夫人亲生的。正因如此，提了戏好像是讥讽夫人的出身一样，她进门后，别人再不敢提'戏曲'二字。曾有那心里实在喜好，没忍住口里唱两句的，轻则被打板子，重则被赶出傅家再不雇用，之后无人敢犯。"

他慢悠悠地吸了一小口茶水，继续道："所以，我当时就意识到，那绝对不是人！"

"我拔腿飞奔，那个声音东飘西荡的，完全听不出是从哪里发出，它一下子在前面，一下子在后面，甚至有时感觉就贴在我背后，弄得我起一身白毛汗。等我跑到灯火通明的地方，几个守夜的人果然在杂物房喝酒赌钱，我原本该狠骂他们一顿的，那时也顾不得了，跟他们说了这事，大家一起冲到花园里寻找，没瞧见任何踪迹。就在这时，那唱戏的声音又幽幽响了起来……

"打那以后，这唱戏声就时常有人听见，不仅是晚上，白天也会唱，把大家都弄得人心惶惶。傅家待下人一向优厚，平常外人求也求不进来，如今这会儿，原本的下人已走了大半啦。"

"这个鬼唱戏只唱《断桥》吗？"小赵问。

来伯愣了一下，说："不，不止，《断桥》这几句翻来覆去唱得最多，还有《珍珠塔》《沉香扇》《碧玉簪》等很多名剧，都是断断续续的几句。"

"呃……想来那鬼也不是专门唱戏给人听，难不成还会唱完整一折子戏不成？"小赵忍不住开了句玩笑，见到来伯瞪眼看他，立刻意识到自己的失礼之处，"对……对不起。"

"来伯，你说那鬼现在闹得更凶了？"冯寓清见到小赵的窘迫，替他接着问道。

"是啊！也就是这一个月以来，鬼不仅唱戏，现在还开始叫人了，有时叫'三宝''三宝'的，有时还发出咯咯的笑声。你们说说，这不是更吓人？"

冯寓清沉吟一阵儿，问道："您老人家既然在傅家多年，想必了解许多旧事，对于这'鬼'的真身，你有没有怀疑的人？"

"怪不得是拿笔杆子的学问人呢，一下就问到点子上。这事你若是问别人估计都不知，也就问到我才能答上来。"来伯神情严肃，"我怀疑，鬼就是当年的夫人。"

"为什么？"

"那声音跟夫人的声音挺像。而且'三宝'是少爷的乳名，如今府里大部分人都不知道。

"夫人去得古怪。她本是戏班的名角儿，当年风头正劲的时候突然倒了嗓子，所以才会嫁入傅家。被老爷接进门后头几年，两人恩爱无比，同进同出。不过生下少爷后，她的身体就开始不好，后来更是得了怪病，请了无数大夫，整日躲在房里不见人，后头那几年，家里除了老爷，别人再没见过她。"

"夫人得的是什么怪病？"

"大夫们都是从外地请来的，老爷给了重金酬谢，他们自然守口如瓶。我们做下人的也不太敢问。我只模模糊糊听说，是夫人背上长了东西。"

"然后呢？"冯寓清问。

"大概是在少爷六岁那年，老爷有天突然私下叫我搬袋盐到后院一趟，让我把从他们主院到少爷院子的一整条路上都铺上盐。"

"盐？"

"应该是用来驱邪的。第二天，老爷就宣布夫人过世了，家里开始办丧事。按理要有人给夫人清洗、穿衣、整理遗容的，老爷没让任何人进屋，都由他自己做，等让我们进去的时候，棺材已经盖上了，老爷直接让人钉上棺盖。所有人都没见到棺材里面到底是不是夫人，或者说有没有人……"

来伯继续说："我怀疑夫人早就被老爷杀了。都说'久病床前无孝子'嘛，何况只是女人。老爷厌弃了夫人，一时失手，又怕被人知晓，就说是患病不能见外人，实际上已经将她埋了。但夫人死得不甘心，过几年出来作怪了，老爷就先用盐来驱赶，再举行一个正式的葬礼，做了场法事来镇压她。如今又出来闹，可能是当年的封印失效了。"

小赵手中的笔唰唰写着，边听边点头。对于像来伯这种未接触过现代教育的人，这已经是他最合理的推测了。

"傅家现在情况怎么样？"

"嗐，前一阵子少爷请了一拨和尚道士，隔几天少奶奶请了几个洋鬼子教士，都没什么效果。如今府里新进来一位'下阴'的婆子，每天在那儿开坛做法，热闹极了。"

冯寓清微微颔首道："来伯，您提供的情况我们都记下了，我们这几天会开始进行调查核实，整理之后就会发到报纸上。这是给您的线人费。"

他递过去一块银圆，来伯接过，对着吹口气拿到耳边听了听，露出满意的笑容，起身离去。

小赵活动了一下发酸的手指，看着记录的内容，问道："老师，您觉得事情的真相是什么？"

"你觉得呢？"

"留声机！不，那个太大了，很容易被发现。是了，外国不是有人新发明了什么钢丝录音机吗？听说那个体积比较小。我想可能是傅家的仇敌，在他家院子里藏了一个，再由内应控制机子，制造出这种有鬼的假象吧。"

"唔，如今国内想要弄一台录音机，再找人在众人面前偷偷控制机子，每次都能不被发现，难度很大。不过，这也是一种方向。我们还需要继续调查才能确认啊。"冯寓清说。

小赵问："老师，接下来怎么做？我先去找傅家的邻居、亲戚、下人之类的采访吗？"

"不，我们直接上门吧。"

"哈？"

翌日，小赵跟着冯寓清站在傅家大门前。

或许因为他们是开车来的，如今有车是身份的象征，冯寓清名片递进去后，傅家很快出来一位管家接待。

"小的姓米，我家少爷本想亲自迎接，无奈琐事缠身，不知冯先生从何方来，有何指教？"对方彬彬有礼地打探他们根底。

冯寓清淡然一笑，神情显得格外高深莫测："我们路过此地，无意中见贵府上方云气黯淡发黑，恐有邪气入侵，家宅不安。我本是修行中人，在这红尘中打滚，一为炼心洞悉世情，二为积攒功德，所以上门看看有什么可以帮忙的。"

小赵瞧见米管家半天没出声，注视他们的神情转为鄙夷，大概是觉得又来了伙骗子吧，他心里紧张万分，若这第一步被拦住，可没法潜入调查了。

就见冯寓清不慌不忙，双眼朝米管家面上一扫，含笑道："管家已经过了不惑之年，却依然还能碰上桃花运，真是令人羡慕啊。"

米管家的脸色立刻变了，既震惊又忌惮，见冯寓清不再说话，举起茶杯欲饮，连忙开口："冯先生且慢。"

他又转头对旁边站着的下人说："怎么给冯先生他们上这么粗劣的茶，快换了今年的明前茶来。"

立时就有人重新换过茶水，连点心也一并换过，和先前明显不是一个档次。

米管家继续陪着他们说话，其间冯寓清又说他明年四月有弄璋之喜，让他喜不自禁。态度也更加恭敬，又笑问冯寓清："这山、医、命、相、卜，不知先生是哪个门里人？擅长什么？"

"我是山字门里人，主要是祖上传下一些秘术，炼己炼心，学得久了，多少会出一些小神通。不过都是些外法，不值一提。"

小赵听得一愣一愣的，暗自惊叹：老师就是老师，连管家的隐私都不知什么时候调查准备了，说得还挺像那么回事的。

等他们用了两块点心，喝过一道茶后，米管家才起身说道："少爷这时应当有空了，让我为先生引见。"

他引着两人出了门厅，朝后走去。

跨过一道院门后，出现了一个面积颇为宽广的花园，园中有个池塘，塘水看着不深，其中荷叶凋敝，十几尾肥硕的锦鲤在水下悠游而行。

池塘上横着一座小小的观景桥，米管家带着他们从桥上穿过园子。

小赵眼睛一亮，放慢脚步环视四周，这里应该就是鬼唱戏的第一现场。

米管家带他们从这里走，本也存着考校之心，见小赵举止异样，心中暗赞：果然高人法术高深，连弟子都有所感应，可惜那鬼这时不来一嗓子，不然就可以亲眼见见大师施法驱鬼了。

从花园右侧一道海棠门穿出，一行人走到主人院落门口，就听里面有男子声音在呵斥道："我听不得这虫子吃叶子的声音，还不拿去丢掉！"

"我不……妈……"一个男孩边哭边叫。

"这是我给他养的，怎么了？"女子的声音响起，"你家和我姚家都是做丝绸生意起家的，谁小时候没养过这个，居然还因为这事对儿子动手？从小到大他挨过谁一指头？你就是借故想和我闹！"

"我没有！"

"我看是牧师说得对，你已经被附体了！只会请那些装神弄鬼的人回来把家里弄得乌烟瘴气。我带小景先回娘家住一阵子，你不把家里这些鬼事解决，就不用来接我们！"

"混账！瞧瞧你这堂堂大家千金说的什么话！"

门"吱呀"一声开了，一位头发烫着时髦波浪卷的女人牵着一个六七岁的男孩走了出来，与冯寓清他们一行人直面而行。

米管家连忙低头躬身问候："少奶奶好，小少爷好。"

女人瞟了他们一眼，轻哼一声，蹬着高跟鞋嗒嗒地走了。

擦身而过时，小赵注意到那个脸上还挂着泪水的小男孩手里捧着个纸盒，里面有四五条白白胖胖的蚕宝宝。那些蚕宝宝正努力地大嚼，将桑叶啃出一个个小坑，发出细微的沙沙声。

"老爷，这位是冯先生，这位是他的弟子赵先生。"进门后，米管家向立在当中的中年男子介绍。

随即又上前对这位傅少爷耳语几句。

傅少爷眼睛亮了一下，立刻热情地说道："难得冯先生慈悲之心，若能解决我家宅问题，必定不吝酬金。"

"钱财不过是身外物。我心血来潮游历到此，正好遇上这事，想来或许是与府上有些因缘，所以厚颜上门叨扰。"

"是，多谢先生。"傅少爷苦笑一声，"这事闹了两个多月，全明洲都在看我傅家笑话，我也就不怕丢脸，直接和先生说说。"

于是他将园中有鬼唱戏的事讲述了一遍，听起来大致与那位线人来伯说的一致。

"先生不知要施展什么手段？是要看宅邸风水还是家人面相，或是要起坛作法？我好叫人准备东西。"傅少爷或许是被逼急了，全然不顾失礼，急急地直接提出要求。

"傅少爷暂且不用这么急。"冯寓清安慰道，"这鬼虽然闹了两个月，但至今无人受伤，想来它尚未成气候，不争这一时。我是想着，等鬼唱戏的时候在现场亲眼瞧一瞧才好。"

"是是是，应当的。"傅少爷迭声应了，"这两个月我也摸出了些许规律，那鬼若是开声，一般是在上午九点，晚上八点也会出来闹一阵儿，今日上午已经唱过，那就等晚上再劳烦先生。"

他吩咐米管家道："请先生他们先去休息，安排一顿酒席，中午我请先生吃饭。"

米管家于是又带着他们出来，路过花园时，见左边的园门里出来一个青衣老者，小赵一看，发现就是来伯。

"哟，来伯，又来看老爷啊。"米管家先笑着和他打招呼。

"是啊，我听说老爷最近睡得不好，我寻了个土方子送来，顺便进来请个安。"

随意交谈了两句，来伯就继续朝前走了。米管家回身对冯寓清他们解释道："这位原先也是家里的管家，跟了老爷几十年，一直没成过亲没有子女，少爷当家后，老爷把他放了出去。老爷还在后街给他买了个小宅子，又从府里拨了两个小子伺候，家里主子都得敬着他。他的日子极逍遥，如今不时就会进府来陪老爷聊聊天。"

冯寓清点点头，望着那人的背影若有所思。

时间很快就到了晚上，用过晚饭没多久，傅少爷正陪着冯寓清喝茶聊天，就见米管家气喘吁吁地跑来说："少爷，冯先生，那鬼在园子里开始唱戏了！"

"冯先生，拜托了！"傅少爷神色紧张，对冯寓清抱拳行礼道。

"先去看看吧。"

傅少爷点了几个青壮的下人，点燃火把，陪着冯寓清他们一起朝花园走去。

没几步路，就隐隐听到幽幽的戏声传来："碧波潭碧波荡漾，桂花黄疏影横窗，空对此一轮明月，怎乃我百转愁肠……"

这声音悠扬婉转，气韵悠长，一听唱戏的就是个会家子，只是一想到可能不是人，在这漆黑的寒夜中听来就平添了几分鬼气。小赵不由得打了个寒战，默不作声地牵住了前面冯寓清的衣角，亦步亦趋地紧跟其身后。

冯寓清回头瞄了他一眼，倒没挣开，小赵就厚着脸皮继续了。

几名下人举着火把将整个花园巡视一遍，重新回到傅少爷站着的花园门前。

果然没发现任何可疑的人。

月光如水，园中的草木和它们的影子一起在风中轻轻摇曳。

声音就是这么凭空出现，肆无忌惮地回荡着。

唱了几句，那声音又唤道："三宝，三宝，过来，到娘这儿来！"

傅少爷忍不住鼓起勇气叫道："哪儿来的孤魂野鬼，敢占你家爷爷便宜！"说完立刻又缩回下人围成的圈里，"请先生出手！"

"唉。"又是一声女人的长叹，小赵觉得那声音像在耳边吐气一样，心中发毛。

就在此时，冯寓清突然迈步向前，小赵咬了咬牙，跟了上去。

"老师，现在我们怎么办，会不会露馅啊？"

"声音的本质是通过振动产生的一种波。"冯寓清轻声说道，"它经空气传播向四周扩展，如同石子投于水中泛起的涟漪。"

他抬起右手，轻轻摆动，修长的手指如同在与夜风嬉戏，继续道："所以，感觉到这种波动，逆向而行，就能找到它的源头。"

小赵不由得也学他的姿势抬起右手，除了风，什么也没感觉到。

这时，他们已经行到观景桥的这边桥头。

冯寓清停下脚步，对小赵说："你看这桥下是不是有东西？"

小赵连忙朝边上跑了几步，探出身子去看。

月光清晰地照耀出某个白色物体的一角，随着潺潺的流水微微起伏。

"来几个人，把这个东西搬上来！"

似乎有了实体，大家对这鬼就没这么恐惧了，傅少爷亲自上前举着火把照明，下人们卷起裤脚去捞那东西。米管家知事，连忙吩咐人去准备姜汤。

随着白色物体被人挪动，女人的声音也变得断断续续，时有时无。

"下面好像有东西卡住了！"

"哎？我——"

"有点儿费劲儿，哎哎？"

"你别往那边拉，朝这边——啊！"

他们说话的声音中夹杂了奇怪的停顿和惊慌。

一番折腾，终于将那物体搬了上来。

女鬼的声音停了下来。这是一个几乎有大半个成人大小的螺旋形的壳，通体洁白，顶上的部分有被风化形成的孔洞。

下水的人们将壳搬上来后，全身发抖地在原地跺脚。

"这是田螺壳？"傅老爷用火把上下照了一照。

"不，按照形状和壳的纹理来看，应该是蜗牛的壳。"冯寓清说。

"这般大个蜗牛，实属罕见。"傅少爷没觉得田螺和蜗牛有什么差别，只是感叹一声，"这便是女鬼的真身吗？"

小赵忍不住好奇，扶着壳将头探到里面看了看，正想说这壳里是空的，就发现自己只是嘴巴张开，什么声音也发不出来。他大骇，急退了几步，离开蜗牛壳后，他惊慌的叫声才响了起来。

"啊！——"

方才下水的人缓过气来，惊恐地说："少……少爷，这壳邪门！能把人变成哑巴。方才我们碰到它的时候，就说不出话来了！"

傅少爷连忙朝后跳了几步。

冯寓清独自上前，凑近细看了看，又上手摸了摸。

"傅少爷家中可有留声机？"

"有……有的。我妻子特别喜欢那些洋人玩意儿。"

"那种黑胶唱片能记录声音，这蜗牛壳应该也是类似的原理，只不过区别是，它是彻底吞噬人类的声音，然后存储在这壳里。"

冯寓清又招呼小赵过来，两人一起动手将壳朝左边略推了一下，部分蜗牛壳暴露在月光下，原本已停止的女鬼声音再度响起。

"想当初，桥亭三月春光好，一见傅郎情丝绕。但愿此生长相聚，做对同林比翼鸟。"女鬼重新唱起了《断桥》。

冯寓清轻轻拂过蜗牛壳被光照射的地方，一些粉末窸窸窣窣地随之飘落。

"像留声机能把唱片的声音放出来一样，日光或者月光会分解这种蜗牛壳，从而将原先吞噬的声音释放出来。"冯寓清接着解释，"蜗牛壳被卡在桥下，每天日升月落，只有特定时间光线的角度才能照到壳上，所以鬼唱戏的时间比较固定。"

他们把壳又推回树影下，声音果然停止了。

傅少爷听明白原理后不再害怕了，只是将心思转到另外的地方："是谁跟我家有仇，故意要把这玩意儿藏在这里，想害我家宅不宁吗？"

"或许不是。"冯寓清指着壳说道，"看这纹路里土咬的痕迹，应该已埋在地下多年。我怀疑蜗牛壳原本是被埋在地下水脉附近，前两个月大雨，水脉变大，将它冲了出来，顺着水流路过，就被卡在这儿了。"

傅少爷听过之后安心不少，他现在只剩下一个问题，蜗牛壳的声音是怎么来的？

难道真是自己去世的母亲的声音吗？那又是如何形成的？

冯寓清问："您打算如何处置这个蜗牛壳？说起来，也是一件稀罕物，想必会有人争相目睹呢。"

傅少爷也稍微动了下心，但一想到这两个月被这玩意儿闹得家宅不宁，况且也不知里面还存储了什么声音，怕牵涉昔年母亲的阴私，终于开口道："还是将它毁了吧，如今我只求个安生。"

"这壳质地坚硬得很。"冯寓清敲了敲蜗牛壳，"应该放在日光下一边暴晒一边将它砸碎，就能毁掉。"

"傅少爷，我想捡点儿碎片回去研究一下，不知是否介意？"冯寓清说。

傅少爷想了想，点头道："先生帮了我傅家这么大的忙，这么一点小小的要求当然没问题。"

"不可以！"有人突然出声。

所有人闻声望去，只见来伯扶着一个六十多岁的老者颤巍巍地从边上的阴影中走出，也不知已经到了多久。

"爹？您什么时候来的？"傅少爷连忙上前迎接老者，自己亲自扶着他的手臂。

傅老爷呼吸急促，焦急地说道："这蜗牛壳是我的，你叫人给我搬到我院子里去，谁也不能给！"

傅少爷以为老爷子起了贪念，神色迟疑地道："爹，既是你的，以前我怎么没见过？这东西古古怪怪的，也不知会不会有害处……"

"我不管！你快叫人把壳给我搬去。"傅老爷急得脑门上青筋暴起。他年前中过一次风，如今还有半边身子行动不便，傅少爷生怕把自己爹气出个好歹，只能依从。

他命人搬蜗牛壳，又亲自扶着他爹往回送。

第二天，也不知那位老爷子说了什么，傅少爷果然没有再提赠送蜗牛壳碎片的事，只说了许多抱歉的话，又送了两份礼物外加一盒子银圆，送冯寓清他们出府。

小赵茫然地坐在车里，看着满满当当亮闪闪的银圆是挺开心，可是整个事件还有许多环节藏在迷雾中，现在被人家请出来，线索断了，感觉心里空落落的。

"老师，这件事就这么结束了，我们这就走啦？"

冯寓清发动小车，目视前方，说道："不，我们先住两天，等等看。"

等什么？

直到两天后，小赵在茶馆看见那个身影进门，他才知道答案。

"来伯？"

来伯依旧穿着初见时那身藏蓝色的袄子，只是现在他脸上神情轻松，看上去仿佛年轻了几岁。

小赵扭头对冯寓清问道："老师，您一早知道来伯会出现？"

"来伯对于傅家老爷而言，就如同米管家对傅少爷，是心腹、亲信，按理说应当忠诚无比，但当日讲述事件的时候，你没觉得他的语气对傅老爷流露出敌意吗？"

来伯坐下后，翻过为他准备的那个空茶杯，默默注满茶水。

"您一直想查清楚当年夫人的死因吧？"

"夫人未嫁入傅家前，艺名'海棠娇'，是雅仙班的台柱子。我们那一辈儿的年轻人嘴上不说，实际上心里都喜欢，不，是仰慕她。她长得美极了，唱得也好，扮上戏登台一亮相，整个人似乎都在发光，我跟着老爷去看戏，就这一眼，便此生都陷进去啦。"来伯抿了一口茶水，"老爷也一样，从此就开始热烈地追求夫人。"

"我知道自己只是个身份低微的下人，肯定比不过老爷，不过能跟着时时见上夫人一面，也觉得满足。

"日子久了，夫人对老爷也动了心，只是她真心喜欢唱戏，有点儿舍不得，知道嫁入傅家后不可能再出来抛头露面，因此一直没答应老爷的求亲。直到有一次她在台上唱《断桥》，突然失了声。"

"就是鬼唱戏出现次数最多的那一段吧？'想当初，桥亭三月春光好，一见许郎情丝绕。但愿此生长相聚，做对同林比翼鸟。'"冯寓清哼了几句后说，"那个时候，壳就开始吞噬她的声音了。"

"偶然一次失误，观众还可以原谅，但次数多了，就砸了招牌，戏班就不再让她上台了。她没有办法，只好答应嫁给老爷。虽然是做妾进的门，但老爷发誓说今生只有她一人。最开始那几年，两人恩爱幸福，我一旁看着也高兴。

"但渐渐的，夫人失声的情况越来越频繁，等到生了少爷坐完月子，情况急转直下，她已经完全出不了声了。"

"光照能够分解壳，她日常若是出屋子晒晒太阳，或许还能稍微拖延缓解。但中国女人坐月子，是不能见风见光的，估计就是那一段时间，激发了壳的生长。"冯寓清说道。

来伯看向冯寓清，遗憾道："那个时候，若能认识先生就好了。"

"之后老爷就渐渐不让夫人见外人了。屋里日夜不见光，夫人的病想来就是这样越发严重。"

"等……等一下！"小赵这时候终于听明白了，他语无伦次，"你们的意思是，那个蜗牛壳长在人身上？"

"那一夜我见到蜗牛壳，就全都明白了。"来伯露出悲哀的表情，"后来老爷拖着少爷回到院子，把一切都说了出来，我在一旁偷听到了。"

"那东西长在夫人的背后腰间，最开始只是一处皮肤比较硬，夫人没在意，结果生完少爷后，壳的顶端就长出来了。老爷请大夫来挖过，但越挖反而会变得越大。后来就不可抑制地越长越大，夫人的身体也变得瘫软，无法站立行走。最后只剩下头颅还没有变化，身体已经完全变成蜗牛了。"

"老爷照顾夫人的时候，难免会碰到那壳，渐渐发现自己也会有失声的情况，他以为夫人那种病传染给他了。而且夫人虽然身体起了变化，但身为母亲，总会担忧想念孩子，有几次夜里她偷偷溜出，去探望少爷。"

"傅少爷有个毛病，讨厌那种沙沙的声音。"来伯继续说，"普通的蜗牛有两万五千颗牙齿，用来咀嚼食物，只不过太细小普通人听不到。以那个蜗牛壳的体积来推断，夫人后来进食的时候，声音会比较大。"

"或许是因为年幼的傅少爷见过夫人，受了惊吓，只是当时年纪小不记得了，但对那种声音本能的恐惧却一直留在脑海深处。

"老爷已经无法再把这个怪物当成昔日恋人，终于起了杀心。"

"他想杀了夫人，可夫人一下缩回壳里，那壳砍不动刺不穿。他在食物中下毒，夫人吃了也安然无事。他也不敢叫人帮忙，怕传出去让傅家成为笑柄。所以最后……"来伯浑浊的眼珠溢出泪水，"原来害死夫人的真凶是我……"

"什……什么啊？"小赵还没懂。

"盐啊。"冯寓清说道。

"啊！"小赵惊呼。

一时室内无声。

来伯平复了一下气息，从怀中掏出一个小布包，说："我终于得到了答案，谢谢你们。这个，是给你们的谢礼。"

冯寓清解开布包，里面是两片莹白如瓷器的碎片。

"你不是想要来研究吗？"

"蜗牛壳碎了？"冯寓清问。

来伯嘲讽地一笑："老爷原本是让那壳晒太阳，听着夫人生前的声音，做出缅怀深情的样子。可是第二天，那壳突然发出了夫人凄厉的惨叫声。"

"好痛啊！"

"好烫啊！救命！救命！"

"所以老爷很快让人把蜗牛壳砸碎，我就偷偷藏了几片。"

"傅老爷现在……"

"他受了这番惊吓再次中风了，如今已变成无法说话无法行走的废人。"

眼前的茶杯水汽袅袅上升，坐在对面的客人已经离开。

小赵长叹一口气："人居然会变成另外一种生物？"

"不是偶尔也会有人长出尾巴、全身长毛那种情况……"冯寓清把玩着蜗牛壳的碎片，"所以，变成蜗牛也不奇怪吧。"

"那完全不一样啊。"

"你知道进化论吧？"

"有听说过，就是说人是猴子变的吧。"

"这种生物假说拥有大量的远古生物化石和实验作为依据，是目前生物学最核心的思想之一。"冯寓清说，"所有生物物种是由少数共同祖先，经过长时间的自然选择过程后演化而成。"

"物种的进化关系，就像一棵树。"冯寓清抬起手，指向窗外那棵松树的树干底部，"最下面的，是最原始的生命单细胞生物。原始的单细胞生物经过漫长的自然选择、变异和进化，才出现越来越多的物种、越来越复杂的生命。"

"稍微上面一点儿，按照不同方向发展，分为三个枝丫，分别是真菌界、植物界、动物界。"他的手指指向松树中间那个枝丫，"这里是动物界，它从原始鞭毛虫、草履虫之类的单细胞动物开始，演化出腔肠动物、扁形动物、线形动物等等。"

"接着出现的是鱼，后来一部分鱼朝陆地发展，进化成为两栖动物，然后是爬行类、鸟类、哺乳类动物——"冯寓清的手指沿着树枝一路向上，到了最顶端，"最后是人。"

"所以，人体内或许存储着从单细胞生物一路进化历程的某种遗传物质。我们某个微小的部分里，有和那些先代动物同样的细胞。"

"说起来，志怪小说中不是常有那种，与人类结婚后，露出妖怪真身的故事吗？"小赵突然灵光一现，急急说道，"《白蛇传》

的白蛇喝下雄黄酒，显出原形。还有狐仙嫁与书生后，无意间露出狐狸尾巴，有人藏起仙女的翅膀与之成亲，后来仙女找回翅膀飞走了……他们莫非都是与傅家夫人相同的情况？"

"并不是妖怪显出原形，而是人因为体内的遗传物质出差错变成了另外的生物！"

"可能吧。"冯寓清淡淡地应了一声。

"不知那些故事中的人真实境遇是什么样子啊？"

"还能如何？不能容于人世，不是生离，就是死别。"

那些悲欢离合，都已湮没在历史长河中了。

视线

陈也

六

她确定，自己一定被什么东西窥视着。

周六上午，她从无梦的睡眠中醒来。虽然拉了窗帘，但房内很亮。她拿起枕边的手机，屏幕上显示现在是十点二十七分。

睡到自然醒真惬意。她心满意足地下了床，关上空调，拉开窗帘，打开窗通风。随着热浪一起涌进房中的，还有那道视线——黏糊糊的、令人不快的视线。

最近，她总觉得有一道视线如影随形地跟着她，尤其是在家中，似乎有什么人躲在角落里窥视自己。她独居，房子是一室一厅，没养宠物，家里没有其他活物，这道视线是从哪里来的呢？一开始她以为只是错觉，毕竟自己才刚开始独居，可能还不习惯。可有一次，她感受到那道视线宛如实质一般直射过来，令她毛骨悚然。她确定，自己一定被什么东西窥视着。

那是一个多月前的某个晚上，她在公司加班到晚上八点。六月末的天气已经很热了。回到家中，她先冲了个澡，到开着空调的卧室穿衣服。忽然，她觉得有一道视线落在身上，缓缓抚摸着她的身体。她觉得恶心极了，那感觉就像被什么怪物黏糊糊的手指抚摸了一样。她迅速穿上衣服，拉开窗帘，眺望窗外。她的第一反应是有人在外面偷窥自己，但她家住五楼，窗外正对一条大马路，车辆川流不息，根本不可能有人能看到她。她又拉上窗帘，在房间里寻找那道视线，结果徒劳无功。房间里只有一张床、一张桌子、一把椅子、一个书橱和一个简易布衣柜，根本没有可以藏人的地方。她关上灯，黑暗中只有自己的呼吸声，以及空调吹出冷气的嘶嘶声。她依旧能感受到那道视线，它就贴在自己的后背上。不知过了多久，渐渐不再感觉到那道视线，她松了一口气，但没敢开灯，钻进被子里用手机看了一部喜剧片，然后睡觉。

自那以后，她愈发频繁地觉得那道视线纠缠着自己。她在家中翻箱倒柜地找了一番，确认无人藏匿。但那视线愈发猖狂，她不在家时，那道视线也细细地扫视了屋中的各个角落，把书橱中的书一本一本抽出来翻阅，然后插回原位，桌上的笔记本、三菱水笔、玻璃杯也被一一把玩。当然，她没有证据，一切都不过是她的感觉罢了。

她是个敏感的人，敏感到自己都嫌麻烦。她觉得 T 恤领子上的商标摩擦着脖子不舒服，还经常从烧开的自来水里喝出异味。T 恤的商标剪掉即可，但水总是要喝的，只能忍耐，尽量减少水在口腔中停留的时间，迅速咽下。她打算把那道视线当成有异味的水一样对待，既然无法摆脱，就只能接受。

但情况愈演愈烈，有时她走在街上都能感觉到那道视线。有一次，她觉得自己的后脑勺被什么人盯着，猛然回头，把身后的路人吓了一跳。"不能这样下去，说不定我是得了什么病，抽空去看心理医生吧。"她心想。

她在窗口伫立半晌，随即去洗漱，总之，先无视它。

她从冰箱里取出昨晚买的三明治当早餐，又烧水冲了一杯咖啡，然后回到房间，打开空调，边刷朋友圈边吃了起来。三明治里夹了火腿、芝士和黄瓜，分量很足，不需要再吃午餐了。

她望着窗外热辣的阳光和路灯粗短的影子，决定今天就待在家里看书。她从书橱中抽出卡尔维诺的《看不见的城市》，坐在桌前读了起来。

　　读着读着，她茫然起来。这些连绵的城市无限扩张，城市的规模远远超出了人类的感受力，城市仿佛成了活物，而生活在其中的人类则被作为其生命的一部分遭受同化。她忽然想到，自己一直感受到的那道视线，会不会来自城市呢？也许就是城市从它的墙角、天花板、路灯、栏杆射出视线，窥视着自己的一举一动，如影随形。

　　她摇了摇头，这太荒诞了，休息一会儿吧。她想起之前买了一盒十二支装的冰棒，好像还剩一支，于是她打开冰箱，发现盒子里空空如也。可能记错了，她失望地把空冰棒盒子丢进垃圾桶。她原本并没有很想吃冰棒，现在却想吃得很，怎么都抑制不住，只能下楼买了。好在楼下就有便利店，她本想换身衣服，随即放弃，穿着睡衣就下了楼。

　　走到便利店门口，她感到那道视线依然追逐着自己，是在比较高的位置。她一抬头，看见了一个监视器。对啊！监视器！之前怎么没想到呢。她顾不得买冰棒，匆匆回到家中，仔细搜寻起来。

　　说不定有人在家里安了监视器，偷窥自己的生活。现代科技这么发达，监视器可以被伪装成任何东西。她一丝不苟地排查起来，床底、书橱、衣柜和墙之间的间隙，能找的地方都找了个遍，最终一无所获。这时，她盯着自己的手机，觉得上面的摄像头极为可疑，于是赶紧把手机塞进抽屉里。过了五分钟，她又把手机掏了出来。"真是神经质。"她自嘲道。

　　马路对面的公寓楼里，许哲望着相机取景器里的景象，扑哧一声笑了出来。他将视线从取景器里移开，看了一眼墙上的钟，

　　　　　　　　　　　怪谈故事集：龙的基因

已经两点半了。糟糕，今天下午和朋友约好三点一起去游泳，不快点儿恐怕要迟到，他赶忙把泳裤、毛巾等塞进包里，出了门。

许哲今年刚高考完，这个暑假格外漫长，天气又热得不像话，每天无所事事，既无想做的事，又无该做的事。他的爸爸是个摄影记者，把自己淘汰下来的相机、三脚架和一个中长焦变焦镜头给了他，让他培养个爱好。他之前对摄影毫无兴趣，得了这么一套器材也不知该怎么用，每天坐在房里用镜头眺望窗外，倒发现了一桩乐趣——窥视马路对面公寓里住户的生活。只要用手轻轻转动镜头，就能把远方的事物迅速拉到眼前，将细节放大，清晰地呈现在眼前，太神奇了。在外面穿西装打领带的上班族，在家中却袒胸露乳地喝啤酒；看起来温柔体贴的家庭主妇，居然经常打孩子。最令他感兴趣的，是住在五楼最靠边上的女人，她二十岁出头的样子，独居，相貌清秀，身材苗条。他是独生子，也没谈过恋爱，对年轻女性几乎一无所知，在观察她之前，他从未想过女孩子是这样生活的。

刚才她又做出了令他不理解的举动，然而他不得不出门，没法接着观察，真可惜。

许哲乘公交车来到海边，朋友言川已经到了。

"你又迟到了。"言川说。

"不好意思。"

两人跳进海里游了起来。海边人不少，但还不到拥挤的程度。有人躺在花花绿绿的沙滩伞下睡觉，有人套着游泳圈在离岸不远的海水中嬉戏，还有孩子正在专心致志地用沙子堆城堡。沙滩上有不少被冲上岸的海带，湿漉漉的，散发着腥甜的味道。

他们游了许久。太阳西斜，沙滩上的人少了一大半，他们上了岸，躺在一块礁石的阴影里，百无聊赖地观察着海潮和阳光的变化。

"想喝点儿什么吗？我请你。"许哲说。

"雪碧。"言川有气无力地说。

许哲站起身来，随意拍了拍身上的沙子，走向一旁的小卖铺，很快就拿着两瓶雪碧回来了。雪碧装在玻璃瓶里，盖子已经被打开，上面插着吸管，汽水的气很足，噼里啪啦地冒着泡泡。许哲将一瓶雪碧递给言川，瓶口浮着白色的冷气。言川接过，拿掉吸管，咕咚咕咚一口气喝下半瓶，然后长长地打了个嗝。

一个女孩拿着冲浪板从海中走来。她的肤色晒得恰到好处，身材曲线玲珑有致。言川的视线不由得被她吸引，一直看着她走近，又目送她消失在远方。

"唉，高中最后的夏天，我为啥非要跟你一起过？"言川叹道。

"这能怪我吗？只能怪你自己找不到女朋友啊。"许哲说，"不过说起女人，我倒是看得都不爱看了。"

"哦？"言川立刻来了兴致，"说出你的故事。"

许哲本打算把偷窥的事当成秘密，但现在话已说出口，如果不接着说，言川会认为他是在说大话，嘲笑他。而且，许哲也想找人分享这个秘密。于是，他就说起了自己偷窥对面公寓的事。

"高考后，我爸见我无所事事，就把他不用的相机和镜头给了我。但是天气太热，我懒得出门，于是就在家里捣鼓起来。一开始我只是想拍拍窗外的风景，但外面只有一条马路，对面是一栋十层高的公寓。我家住五楼，这栋公寓正好挡住我的视线。"

"所以你就偷窥起对面公寓里的人的生活起居？"言川问。

"我不是故意的，只是碰巧把镜头焦距调到最远，发现对面房间里的景象清晰地呈现在眼前，就像可以捧在手里细细把玩的模型一样，真的很震撼。于是我就观察了起来。"

"简直跟希区柯克的《后窗》似的。"

"后窗？"

"是希区柯克的一部电影，讲的是一个摄影记者偷窥邻居的生活，并由此识破一起杀妻分尸案的故事。"言川解释道。

"真可怕。不过现实可没这么有戏剧性，大家的生活虽然形形色色，但并不至于发生血腥暴力事件。"许哲说，"过了不久，我就注意起了一个年轻女人，她也住在五楼，观察起来很方便。从我家可以看见她房间的窗户，还有旁边的阳台。她是个上班族，朝九晚五，偶尔加班。她喜欢读书，几乎不做饭，每天洗澡，衣服攒着一周洗一次。到了晚上，她会把窗帘拉上，不过一开灯，她的身影就会朦朦胧胧地映在窗帘上，别有一番情调。"

"她没发现？"

"应该是没想到吧，毕竟外面是一条大马路。但她有时会紧张兮兮地找着什么，可能隐约有所察觉。对了，有一天下午我看电影回来，下车时正好遇到她下班回家，我就鬼使神差地跟在她身后。观察了这么久的人突然出现在眼前，这种感觉很不可思议，就好像虚构的人物变成了实体。我甚至觉得，只要上前拍拍她的肩膀，她就会缩小变成人偶，让我装进口袋里。但她毕竟是真实存在的人，我对她的生活极为了解，她却对我一无所知，所以我不可能上前跟她打招呼，只是默默走在她身后。她好像感觉到了我的视线，猛地回头，我们四目相对，可把我吓坏了。我告诉自己，不要慌，她根本不认识我。于是我强装镇定，继续往前走，随后过了天桥。回到家中，我的心脏依旧狂跳不已，衬衫已经湿透了。"

"真刺激。"

"可不是嘛！"

"你爸妈就没发现？"言川问道。

"他们工作都比较忙，而且他们进我房间一定会先征得我的同意，不用担心。"

"但偷窥毕竟不是什么好事，而且长此以往总有一天会露出马脚。我觉得你还是趁早收手为好。"

"没事，暑假快结束了，上了大学我一定好好做人。"

喝完雪碧，两人约定下周同一时间还来游泳，之后各自回家。

周日早晨，她一早就醒了，把攒了一周的衣服放进洗衣机，然后边听歌边拖地。

那道视线还在窥视着她。这么无聊的生活，究竟为何看得津津有味，她不理解。

衣服洗好后，她取出来装进桶里，到阳台上去晾衣服。今天依旧是个晴天，蔚蓝的天空中飘着一大片羽毛状的白云。她把袜子一只一只地夹到圆形晾衣架上，再把架子挂到晾衣竿上。随后把 T 恤、裤子挂到五颜六色的塑料衣架上，晾了几件，衣架不够用了，于是她进屋去取。

那道视线注视着她这一连串动作，随后跟着她进了屋。

真是纠缠不休，她心想。不对，今天似乎有些不同，除了视线，她还感觉到了别的什么。是气息，房间里有其他人的气息。

她站在房中，屏息凝神，环顾四周。白墙上一道弯弯曲曲的裂缝吸引了她的注意，那里面似乎有什么。她惴惴不安地盯着那道缝隙。缝里渗出了什么东西，在墙上逐渐扩大，像是水迹。

漏水了？不，不像。那玩意儿动起来了，它顺着墙壁溜到地面上，迅速向她滑去。它边移动边变形，很快就呈现出人的形状，像深灰色的影子一样无声无息地贴到她的脚边。

她吓得瑟瑟发抖，想要逃跑，但脚就像被粘在地上般动弹不得。她定定地站在房中，像被拔掉了插头的机器人。

不久之后，那影子般的不明物体消失得无影无踪，她也像重新接通了电源一样活动起来，先抬起手，握拳，再把手指缓缓伸开，

　　　　　　怪谈故事集：龙的基因

动作一开始有些卡顿，但很快就流畅起来。她又开始抬腿、弯腰、转头，一不小心把头转了一百八十度。这样可不行，她赶紧把头转回原位。

好的，接着去晾衣服吧。她随手拿了几个塑料衣架，若无其事地回到阳台。

马路对面，许哲目瞪口呆地瘫倒在椅子里。

周六下午，到了许哲和言川约定一起游泳的时间，言川在沙滩左等右等，就是不见许哲的踪影。许哲虽然经常迟到，但从未爽约。言川想起上周许哲说的事，不由得担心起来。他拨通了许哲的手机，没人接，又打了他家的座机，许哲的妈妈接了电话。

"阿姨您好，我是言川。我和许哲约好今天下午一起游泳，他没来，手机也没接，我有些担心。"

"你好。"电话那头的女人说道，"真是不好意思，许哲有些不舒服，他已经把自己关在房里将近一周了，饭也不怎么吃。倒没生病，只是精神不太好。"

"这样啊。"许哲莫非是沉迷于偷窥，对现实生活丧失了兴趣？这样下去不妙啊。

言川说："阿姨，我明天下午想去看望他，方便吗？"

"当然。真是麻烦你了，谢谢。"

次日是个难得的阴天，言川步行去许哲家。他们住的地方只隔了两站路，言川之前到许哲家里去过几次，轻车熟路地一下子就到了。

许哲的妈妈给言川开了门。他们寒暄了几句。

"他在房间里，你们聊，我就不打扰你们了。"许哲的妈妈说。

言川点点头。

他敲了敲房门，说："许哲，是我。"

"请进。"

言川推门走进房间，顺手把门带上。许哲坐在桌前，在素描本上画着什么。厚厚的窗帘拉得严严实实，三脚架摆在墙角，上头固定着一台佳能相机，黑白相间的镜头显得很夸张。

许哲回过头，跟言川打了个招呼。他虽然看起来没精打采，但并不像言川想象的那么邋遢，言川暗自松了口气。

"昨天你妈妈说你不舒服，天天窝在房间里，我有些不放心。"

许哲抱起素描本，坐到床上，把椅子让给言川，说："这周发生了太多事，你先坐，听我慢慢道来。"

言川坐了下来，问道："发生什么了？神秘兮兮的。"

"我看到了奇怪的东西。"说着，许哲摊开素描本。只见上面画了栋公寓，最左边的外墙上贴着个人形黑影，看样子正在往上爬。

"这是什么？"言川一头雾水。

"我也不知道。事情是这样的，上周日上午，我照旧用镜头窥视她家，看她起床、用洗衣机洗衣服、拖地，她每周都如此。然后，她到阳台上晾衣服，晾到一半，她不知为何又转身进屋了。我从取景器中移开视线，望着公寓，等她出现。就在这时，我看见外墙上有个奇怪的阴影，不知从哪里冒出来的，形状有些像人。我一开始以为是小偷，但定睛一看，我发现它是扁平的，人不可能长成这样。它贴着墙壁噌噌往上爬，我赶紧把镜头对准它，调好焦距，打算拍照，但它一下子就消失了，好像渗进了墙里。而且，它消失的地方正好就在她房间的外头。"

"她没事吧？"

"我也很担心，但她很快就出来了，看样子好像没事。我长长地舒了口气，想着刚才看到的阴影可能是飞过的鸟投下的影子，是我想多了。但很快我就意识到，她那样子根本就不是没事，虽

　　　　　　　　　　怪谈故事集：龙的基因

然外表看不出来，但我观察了她这么久，对她的动作很熟悉。她的行为举止怪怪的，和往常不同，形容不好，总之不太协调。她刚才遭到恐吓了吗？需不需要我的帮助？我一边注视着她一边想着，突然，她抬起头，我们四目相对，她朝着我的方向露出了一个微笑——不，那么瘆人的表情根本就不是微笑。她看起来就像是一个机器人拼命模仿人类的表情一样，僵硬地扯着嘴角，露出白牙。"

"她发现你了。"

"一定是这样的。我立马移开视线，瘫在椅子上，吓得无法动弹，过了好久才缓过来。"

"她肯定是发现你在偷窥，故意吓唬你吧。"言川说。

"我也考虑过这个可能性，所以之后又鼓起勇气继续观察。说实话，如果是这样反倒好些。那天晚上，她和往常一样拉上窗帘，打开灯。我透过镜头望着窗帘上晃动的身影。她走到窗前站定，影子变得清晰起来。她拉开窗帘，打开窗，又对我笑了……"许哲猛地打了个寒战，停顿了一会儿，接着说道，"我立刻关掉相机，盖上镜头盖，把它挪到墙角。那样的笑容，我这辈子都不想再看到了。"

"虽然很诡异，但归根结底不还是没事吗。"

"不，还有后续。自那晚开始，我感觉到了一道视线，始终冷冷地注视着我，如影随形。我怀疑有人像我一样，从什么地方偷窥我，于是我不论白天黑夜都拉着厚厚的窗帘。但视线并没有消失，仿佛有什么东西躲在我的房间里，无时无刻不在窥视我。"

许哲这么一说，言川也感到一股恶寒，似乎有什么东西在盯着自己的后背。

"我把房间翻了个遍，什么都没有找到。"许哲接着说，"我以为是错觉，就出门换换气。谁知那道视线依旧纠缠不休。走在路上时，我总觉得有人躲在角落里看我。外面可以躲藏的地方太多，令我更加害怕，于是我只好每天待在房间里。"

"但这样下去也不行啊，你要不去看看医生？"

"再过两周吧。"许哲说，"目前它对我没造成什么危害，而且我不想被人当作是脑子有问题。"

言川点头表示理解。

如果是其他人听许哲这样说，一定会认为是幻觉，但言川却相信那道视线是真实存在的。因为从刚才开始，他就感到有一道视线落在他的后背上。

身后一定有什么，言川战战兢兢地转过身，背后只有一堵墙。等等，墙上有一道黑魆魆的裂缝，里面好像藏着什么。

是什么呢？那好像是……一双眼睛。糟糕！四目相对了！

言川抑制住颤抖，把身子转了回来。许哲不解地望着他。

"我接下来有点儿事，先走了。下次再聊。"这个房间不正常，不能再待下去了。

言川逃也似的离开了许哲家。

时间还早，天色却已晦暗。黑云压城，深深浅浅，重重叠叠。空气中没有一丝风，看样子马上就要下大雨了，但厚重的云只是沉沉地坠着，雨水迟迟不落下来。

言川走在无人的街上，感到既闷热又压抑。那道视线好像跟着他出来了，贴在他身后，令他喘不过气来。言川猛地回过头，身后连人影都没有。

不过，那视线令他很在意。他往回走了几步，停在一道间隙跟前。这是两栋建筑中间的间隙，阴暗、潮湿，长着杂草，如果侧着身可以勉强挤进去。言川一动不动地望进间隙里，没有发现什么异样。他摇了摇头，继续向前走去。

间隙中，一双眼睛睁了开来，注视着言川的背影。

蒸发

陈也

七

他说他看到了，老头儿整个人慢慢变淡，最后消失得无影无踪。

"这是在哪儿拍的？"荒木站在一张照片前问道。

"怎么样？拍得不错吧？"我不无得意地说。

这是一张黑白照片，拍摄于黄昏。照片上，一个像是流浪汉的老头儿裹着一床棉被从阶梯上走下，身后拖着长长的影子，他胡子拉碴，头发蓬乱。我想通过这张照片传达出一种日暮途远、人间何世的寂寥。

"我不懂你的艺术，只是想找照片上的人罢了。"荒木冷淡地说。

荒木算是我的邻居，他开了一家侦探事务所，在我的画廊楼下。我本科毕业后来日本留学，读写真专业，硕士毕业后，在东京开了这间画廊，举办写真展、卖写真集和摄影书，同时自己也会拍摄一些项目，现在画廊里展示的就是我拍的《时与光》，这组照片刚获得了一个不值一提的摄影奖。但画廊的盈利不多，我的主要收入来源是给杂志拍照，以及在补习学校当老师，辅导中国留学生申请摄影相关专业。

荒木的侦探生意不太好，闲暇时他经常上来看照片。反正展览是免费的，而且基本没什么人，我挺欢迎这个客人，常常跟他聊天，一来二去就熟络起来。有时画廊结束营业后，我会下楼找他喝酒、闲聊。荒木总穿得一身黑，乱糟糟的及肩长发，留着胡茬，半眯着眼像没睡醒似的，好在他长得不错，看起来像个有故事的大叔，若是换了别人，妥妥的就是一个流浪汉。

"你等等，我翻一下笔记。"我多少有些失落。

照片下方写着拍摄日期是 2019 年 3 月 2 日，地点是东京。我打开 A5 的黑色线圈笔记本，找到相应的日期。

"在谷中银座。"

"日暮里车站附近？"

"对。"

"这张照片可以借我用用吗？"他问道。

"那可不行，我还得展览呢。"我又补充道，"不过我可以再洗一张给你。"

"那麻烦帮我把人放大一些，其他地方裁掉就行，谢谢。"他又向照片凑近了点儿，说，"洗成彩色的吧，别用 PS 处理。"

"我这是用胶片拍的。"跟外行真是难以交流。

"哦，听说暗房也能处理照片，你只要帮我洗出来就行了，别加效果。"

"我是搞纪实摄影的，不会修改照片信息。"他在暗示什么？

"这就奇怪了，这个老头儿的身体比其他人要浅淡。"

"怎么会？"我赶紧凑了上去，好像真的比较淡，像是失去了一部分实质，看起来有些朦胧，但对焦是没问题的，轮廓很鲜明。

"你再看他的影子，和旁边的栏杆的影子相比，黑得也不那么浓郁。"

"你这么一说还真是。"之前我一点儿都没有察觉，亏我还是个摄影师，真是惭愧。

"这是怎么回事？就像……"他蹙起眉头思索了一会儿，说，

"就像蒸发掉一半似的。"

真是名副其实的人间蒸发。

我和荒木第一次见面时聊的话题就是蒸发。那是去年的 8 月，为了纪念广岛和长崎的核爆，我办了一个核爆写真展。其他人都在看硕大的蘑菇云、荒凉的废墟，他却久久凝视着一张没什么冲击力的照片。那张照片里是一个十岁的男孩，他背着死去的弟弟，在火葬场等待弟弟火化。男孩咬紧渗血的嘴唇，借此表达沉重的哀伤。

"真是残酷。"我对他说。这张照片也是我最中意的，见他这么入迷，我觉得找到了知音。

"其实我不觉得广岛和长崎的核爆事件比其他战役惨。"他望了我一眼，又把视线投向其他照片。

"嗯？"我有些不解。

"核爆造成的悲剧无比紧凑，处于核爆中心的人还没反应过来就化成了水蒸气，瞬间蒸发得无影无踪，让人深感震撼。但一个人从出生、成长，再到生病、死亡，这整个过程就像一出延时版的核爆事件。"

"你的意思是，核爆同人一生的遭遇没有本质上的区别？"我似懂非懂。

"嗯。所以比起数字，我更关心眼前的个体。"说着，他又将视线转向照片中的男孩。

"总之，希望世界和平。"

"对！对！"他笑着挠了挠头，"不好意思啊小哥，你一定觉得不知所云吧。我只是随便说说，忘了就好。"

但他的见解太过独到，令我印象深刻。一想到自己可能正在慢慢蒸发，我就不由得感到恐惧。好在我还有摄影，虽然人终有一死，但我可以留下自己存在过的痕迹。

"为什么要找这个人啊？"我问道，"莫非是什么危险分子？"

"你想多了，不过是失踪的老人罢了。"

"老年痴呆吗？家属一定很着急。"

"据说没有痴呆。家属啊……那两姐妹就是自作自受，她们谁也不愿意照顾父亲，相互推脱，把父亲独自留在那间小破屋里，隔几个月想起来了才去一趟。"

"那老头儿的妻子呢？"

"几年前去世了，之前是夫妻两人一起生活，彼此还有个照应，妻子死后，老头儿就成了孤家寡人。小女儿发现他不见了的时候，一开始还以为父亲只是去遛弯儿了，等了许久都没回来，这才着急了，向邻居打听。有人说已经一个多星期没见过他，有人说三天前才看到过，还有人根本不知道附近住了这样一个老头儿。报警后，警察也没有认真对待，因为失踪的人口实在太多。"

"这么看来老头儿是自己离家出走成了流浪汉。人生真是无趣，到处都是规划好的路线，几十年重复同样的工作，过着相同的生活，甚至连老了之后成为流浪汉的路线都是规划好的。"

晚上，我帮荒木把照片洗了出来。他答应我，如果找到老头儿就请我吃饭。

过了两天，我关店准备回家，下楼时正巧遇到荒木从外面回来。

我叫住了他："荒木，那个老头儿找到了吧？你可别忘了请我吃饭啊。"

"没有。"他用袖子擦去额上的汗水，说，"好热啊，进来慢慢聊。"说着，他打开侦探事务所的门。我跟在他身后走了进去。

"谷中银座那一带流浪汉挺多，光是打听老头儿就费了不少工夫，他们之间很少交流，与其说是同伴，不如说是竞争者。后来好不容易才遇到一个认识的，但他也已经很久没见过那老头儿了。他说老头儿迷路了，不知道自己是谁，也不知道家在哪儿。那时还是冬天，寒风凛冽，怪可怜的，他就教老头儿怎么用报纸取暖，怎么在自动贩卖机找别人落下的硬币，后来还分给老头儿一床被子，喏，就是照片上他披着的这床。"

"后来呢？老头儿去哪儿了？"

"不见了。按他的说法，是蒸发了。"

"蒸发？这是比喻？"

"不，他说他看到了，老头儿整个人慢慢变淡，最后消失得无影无踪。不过也可能只是精神错乱。据我了解，近来有不少徘徊在那一带的流浪汉莫名其妙地失踪了，不过他们都是没有身份的人，早就被社会系统排除在外，根本没人在意。他这样说也可能只是想引起人们的兴趣。"

"可是照片上……"

"咚咚咚——"敲门声打断了我的话。一个女人推开了门。

"不好意思，请问还在营业吗？"

我和荒木一同朝门口望去。她是个四十岁左右的女人，打扮得体，穿了一件深灰色的连衣裙，剪裁得当，没有装饰。大眼睛，高鼻梁，脸上和脖子都没有一丝皱纹，虽然精致，但看着有点儿假。

"请进。"荒木说。

荒木请女人坐到沙发上，自己坐在她的对面，问道："请问喝点儿什么呢？茶还是咖啡？"

"水就好。"女人答道。

"帮客人接杯水。"荒木对我说。

明明是光杆司令，倒挺会使唤人。我边在心里抱怨，边用一次性纸杯从饮水机里接了杯水，摆在女人面前。

"那我先失陪了。"我觉得自己待在这里有些不方便。

女人却抬起手留住了我："没关系，一起听听吧。"她可能把我当成了助手。

荒木拍了拍身边的座位，于是我坐了过去。说实话，我还真挺好奇。

"请问您要委托我调查什么呢？"

"找人。我丈夫失踪了。"

又是失踪！

"请具体说说，您的丈夫是怎么失踪的？"

"那是一个多星期前的一个休息日，对了，是海之日。那天下午，天气很热，我丈夫想喝啤酒，冰箱里没有了，他就拿了钱下楼买，他只拿了点儿零钱，钱包都没带，穿着拖鞋、背心就下楼了，然后他再也没有回来。"

"报警了吗？"

"报了，警察还调了监控，我丈夫是走楼梯下楼的，我家住五楼，楼层不高，有时他懒得等电梯就会走楼梯。监控拍到了他走进楼梯间的身影，却没有拍到他走出来。丈夫就这样宛如蒸发般消失得无影无踪。但警察见没有犯罪迹象，立刻失去了兴趣。"

"接下来我想了解一下他的个人信息——年龄、工作、出身等等。"荒木一副波澜不惊的样子。

"他四十二岁，在广告公司工作，是个普通的上班族，不抽烟，偶尔喝酒。他是广岛人，老家有个哥哥，父母和哥哥住在一起。我们有个十六岁的女儿，在读高中，一家三口生活在一起。"

荒木只是听着，并没有做笔记，我怀疑他能不能把这些信息记在脑子里。

"最近有没有发生什么对您丈夫打击比较大的事？"

女人闭上眼回忆，她的双眼皮的线条深深地刻在眼皮上，八成是割的。

随即，女人睁开眼，说："两个月前，我丈夫的伯父去世了，独自死在公寓里，直到尸体发臭了才被邻居发现。伯父年轻时来东京做生意，我丈夫刚读大学那会儿还在他家住过一阵子。后来伯父的公司破产了，没脸回老家，就在东京租了一间公寓，一直独身。我丈夫以前受过伯父的不少关照，总觉得伯父死得这么凄凉是自己的责任，心里很愧疚。"

荒木点点头，表示自己在听着。

"但我不认为丈夫会因此离家出走。人终有一死，伯父晚景凄凉也是他自食其果。大家都有各自的生活，丈夫是个有责任心的人，不可能抛下我和女儿。再说，他连手机、银行卡都没带，能去哪儿！"女人将右腿叠在左腿膝盖上部，她的小腿线条优美动人。

"可以给我一张您丈夫的照片吗？"

女人从香奈儿的黑色皮包中取出一张证件照说："这是不久前他更新驾照时用的照片，可以吗？"

荒木点点头，接过照片，说："对了，您丈夫平时戴眼镜吗？"

"他只有工作时才戴，度数不深。失踪那天没戴。"

"好的。我想看看您丈夫失踪的地方，您什么时候有空呢？"

"明天下午两点怎么样？"

"行。"荒木取出价目单说："这是价格，先付一半，找到人后付清全款，没问题吧？"

"嗯。"

女人付完钱离开后，我懒洋洋地靠在沙发上。荒木掏出烟吞云吐雾起来。

"又是失踪，一开始只是流浪汉，大家并不在意，现在蔓延到了一般居民，就像传染病一样。"我说。

"东京失踪人口本来就多。"

"像这样平白无故蒸发得无影无踪的也很多吗？"

荒木沉默了。

反正这个问题也讨论不出什么结果，于是我先回去了。走在路上，我忽然觉得这座城市就像迷宫一样——不，不只东京，所有城市都是一样的，呆板的水泥墙，相同的门牌，交叉的道路，所有城市都是同一座迷宫，人走着走着就不知消失到了哪里。

过了一周，荒木来找我一起去吃晚餐，我们去了附近的居酒屋。

他虽然平时看起来就很慵懒，但这次的精神状态似乎更差了，黑眼圈浓重，一副有气无力的样子。

"你没事吧？"

"眼下没事，之后就不好说了。"他开玩笑似的说道。

"那个从楼梯间消失的上班族找得怎么样了？"

荒木摇摇头，说："毫无踪影。我到他住的公寓楼看过了，那个楼梯间的转角处有窗户，午后阳光可以照进去，十分明亮。我站在窗口眺望，远方翻滚着云彩，亮部雪白，暗部厚重，宛如石雕，看得久了，感觉云彩成了实体，下面的城市倒成了虚无缥缈的东西。"

"你这个想法很危险啊。"为了调节气氛，我打趣道。

荒木喝了口加冰威士忌，接着说："我在楼梯间上上下下走了五趟，没发现什么特别的。楼顶有个天台，但门锁着进不去。楼梯间的窗户只能打开一点点，一个成年男性绝对钻不出去。"

"就像蒸发一样消失了。"

"蒸发，他家隔壁的小女孩也是这样说的。她说那个叔叔有超能力，光线可以从他身体里穿过去，就像蒸发了一样。她妈妈让她不要胡说，还向我道歉，说小孩想象力丰富，给我添麻烦了。"说着，荒木从口袋里掏出我拍的那张老头儿的照片放在桌上，说，"可我觉得她说的是真的。"

我点的拉面端上来了，隔着腾腾的热气，我觉得荒木的身体也变得浅淡起来。

"如果我失踪了，有件事想拜托你。"他的声音有些干涩。

"别说这种话呀。"

"我是认真的。"荒木说，"如果你超过一周没见到我，麻烦你去我家里通知我儿子。"

"你还有儿子？"我惊道。荒木这种人怎么看都不像有家庭的样子。

荒木苦笑着点点头，说："二十一岁了，总是把自己关在房间里，快三年了，从不出门，说白了就是家里蹲。"

"你妻子呢？"

"跑了。这也是我的错，十七年前，我一声不吭地从公司辞职，她觉得跟着我过没前途，就在某个夜晚离开了——也可能是清晨，总之，我中午起床时发现她不见了。"

"你也不容易啊。"

"我对于持续不变的生活感到厌烦，但仔细想来还是我的错，大家都说人生就是如此，其他人都能接受，为什么我不能？儿子变成这副模样，也是因为我这个不合格的父亲。"

"不，不是这样的，你没有做错。大家凭什么认定人生就是如此。那些接受这样人生设定的人才奇怪呢。"这种话由我这样的人说出来真是毫无说服力。

"谢谢。"说着，他取出了一张便笺纸和一封信，"便笺纸上写着我家的地址和楼下邮箱的开锁密码，钥匙在邮箱里。如果我蒸发了，请到我家去看看我儿子是不是还活着，如果活着就把这封信给他，如果死了……就报警吧。拜托你做这种事真是不好意思。"

"没事。"我收下了。

"如果你蒸发了，需要我帮忙做什么吗？"他又恢复了吊儿郎当的样子。

我笑了起来，埋头吃面。

说得那么严肃，搞得我紧张兮兮的，原来是开玩笑啊。侦探在寻找失踪者的过程中自己失踪了，又不是荒诞小说。荒木肯定没事的。

然而这不过是自我安慰。

荒木宛如人间蒸发般，再也没有出现。侦探事务所大门紧闭，我的画廊又办了核爆纪念展，他也没有来。自上次见面过了一周，他始终没有出现。

周五是画廊的休息日，我在这天下午去荒木家。

他家在葛饰区的柴又，位置偏远。

下车后，我打开谷歌地图，输入他家的地址，地图显示步行需要九分钟。天气炎热，空中没有一丝云彩，太阳烤得人头晕目眩，空气掠过皮肤有种烧灼感。我一分钟都不想走，只想躲进空调房里。

但来都来了，总不能就此打道回府吧。我叹了口气，迈开了步伐。地图上的小点儿动了起来。

路上空无一人，街道狭窄，两旁低矮、破旧的房屋面无表情，电线在头顶凌乱地交错着。一只乌鸦飞过，发出凄厉的叫声，吓了我一跳。它在地面上投下浓重的暗影。

我蓦然惊觉，自己的影子比这只乌鸦的影子浅淡得多。我又看周遭其他物体的影子，电线杆也好，树也好，墙也好……我的影子比这所有物体的影子都浅淡很多。

食癌兽

陈也

八

我好奇心起，顺着声音传来的方向跑去，只见一棵大树下，一群动物正围成一圈儿啃咬着什么。

"我一开始以为是猫。"换药时，陆京野对我说道。

"什么？"

"袭击我的动物。"

陆京野是两周前经急诊收入医院的，听急诊的同事说，那时他浑身鲜血淋漓，意识不清，口唇发绀，大家都认为他没救了，现在能恢复成这样堪称奇迹。

他是在一座烂尾楼里被几个玩捉迷藏的小孩发现的。这座楼荒废了好多年，据说当时建到一半，房地产公司破产了，这座灰色的建筑就这样留了下来，融进背景中，丧失了存在感。那几个小孩也是一时兴起跑进去玩，看到地上躺了个人，他们吓坏了。好在有个孩子机灵，赶紧去通知大人，这才救回了陆京野的一条命。

经检查，陆京野的双侧足部、小腿、手以及胸腹部、面部等处广泛出现软组织损伤，疑似野兽所为。但若真是野兽，行为未免太有逻辑了，他的大血管和骨骼均未受损，那伤口与其说是被野兽撕咬出来的，更像是被什么人实施了酷刑。但警察在现场并未找到其他人的痕迹。

虽说只是表层的皮肤、结缔组织和肌肉缺失，但皮肤是人体最大的器官，他约一半的表皮已经被损毁，情况不容乐观。陆京野立刻被送进重症监护室，五天后脱离危险，转到了整形外科，等伤势恢复进行皮瓣转移手术。我是他的管床医生。

因为情况特殊，有时会有警察前来询问，再加上媒体也常来采访，所以陆京野被安排在单人病房。

今天是周六，不忙，我便同他攀谈起来。

"你说袭击你的动物是猫？"

"一开始我是这么认为的，但现在我也不太确定。"

他的伤口恢复得出奇的快，脸上的纱布已经拆了，虽然还无法做太多表情，但说话、进食基本没问题。他缓缓讲起了遭遇袭击的始末。

"第一次被袭击是在十月上旬的一个黎明。我虽然是自由职业者，但是生活规律，每天早上五点都会去晨跑，那天也一样。十月份的时候，太阳升起比之前晚了，天空呈现出沉郁的黛蓝，路灯还亮着，柔和的黄色灯光看起来很美。黎明之前黑色与光的这种暧昧的交替令我陶醉。我跑过无人的街道，跑进了附近的公园。身上微微出汗，被初秋的凉风一吹，舒服极了。公园里有一片樱花林，春天樱花盛开时，很多人到这里赏樱、野餐，到了秋天则无人问津。这也难怪，人们若要赏红叶根本不会到这里来。樱花树叶一片一片变黄，树林呈现青黄相间的色泽，一派萧条。若不知道，根本看不出那是一片樱花林，也很难想象樱花烂漫的盛景。"

"我知道这个地方，春天也去赏过樱花，没想到秋天是这样一幅景象。"我说。

"可不是嘛。但那天有些不同。我跑进樱花林中，脚下的落叶发出嚓嚓的脆响。忽然，我感受到一种异样的氛围，林中有种隐蔽的热闹，像在举行看不见的宴会。就好比你路过一栋豪宅，虽然门窗紧闭，但你能感知悄然流泻出的音乐声、人们杂沓的舞步声、餐具的碰撞声，从而得知里面正在举行宴会。我当时就是这样的感受。听说这片樱花林是古代坟墓的遗迹，我心想，春天人们宴飨的场所，到了秋天，就会成为孤魂野鬼宴飨的地方。我不禁害怕起来，但已经跑了一半，与其掉头，不如咬咬牙穿过去。我接着往前跑，这时，一阵窸窸窣窣的声音传入耳中，而且越来越响，听着像是咀嚼声。我好奇心起，顺着声音传来的方向跑去，只见一棵大树下，一群动物正围成一圈儿啃咬着什么。它们在远处，看起来一片模糊，我放慢脚步，屏住呼吸，小心地靠近。原来是一群野猫，它们正在啃咬的，居然是一只身长超过一米的猎犬！"

我吃了一惊，呆了半晌，说："不愧跟老虎是一家，这群猫战斗力太强了。"

"是啊，我当时也很震惊，但好在不是鬼，我松了口气。正打算离开，一只猫发现了我，是只玳瑁猫。它冲我叫了一声，双眼发出绿幽幽的光。我本无意打扰它们进食，转身要走，突然，那只猫迅速扑了上来，在我的右小腿上咬了一口。我生气了，飞起一脚把它踹飞，匆忙逃出樱花林。"

"去打狂犬病疫苗了吗？"我着急地问道。

"被猫咬了还要打狂犬病疫苗啊？我不知道。不过这种事已经无关紧要了。我回到家中检查伤口，咬得不深，没怎么出血，所以我就没在意，只用水简单冲洗了一下。没过几天伤口就愈合了，诡异的事也随之发生。新生的皮肤凹凸不平，逐渐隆起，深处隐隐发痒，好像肉里有什么东西要顶出来了。另外，右脚跟也开始发痒，一挠就脱屑，像鳞片般簌簌掉落，外层的皮挠掉后，里面粉色的肉就露了出来，一碰就流出淡黄色的液体。很快，我的右脚跟也长出了密密麻麻的小肉芽。"

"可能是真菌感染。"这样的症状在我看来并不值得大惊小怪。

"是吗？我没想那么多，觉得可能是脚气，等到冬天自然就好了。但事情没那么简单。"他咽了口唾沫，接着说，"猫又出现了。那是一个晚上，我正在写稿子，忽然听见一声猫叫，悠扬、嘹亮。一声叫完紧接着第二声，猫就这么扯着嗓子不停地叫着，一声比一声高亢，令我烦躁不安。我住的附近野猫不少，时不时发出叫声，但这样叫一个小时不停歇的我还是第一次遇到。那声音越听越不像猫叫，简直像是人捏着嗓子模仿出来的。猫叫声离我很近，搞不好是有人在楼下恶作剧，这么想着，我来到阳台上。外面稀疏地矗立着几根路灯，微弱的光线照出空无一人的街道。'喵——'猫又叫了起来，我顺着声音的方向低下头，赫然发现一只猫蹲在阳台的角落里。它用绿幽幽的双眼盯住我，示威般地又叫了一声。"

"野猫在晚上钻进家里，还真挺吓人。"我及时回应他。

"而且我家在九楼，我都不知道它是怎么爬上来的。那也是一只玳瑁猫，虽然我不确定是不是咬了我的那只，但还是有些后怕。我赶紧回房，把阳台门锁上，又拉上窗帘，只求它不进到屋里来。之后我戴上耳机接着写稿子，写完之后已经将近凌晨两点，我摘下耳机，万幸，猫已经不叫了，周围十分寂静，只有秋虫衰微的叫声传来。"

我一边听着，一边拆下他小腿上的纱布，掏出手机选取不同的角度拍了几张照。主任说陆京野的情况特殊，交代我每次换药前都要拍照发给他。

"伤口长得怎么样？"陆京野问我。

"挺好的。"不，其实不太妙。还是和主任讨论后再说吧。

"那就好。"他露出了安心的神情，接着说，"那晚之后，玳瑁猫就开始频繁地出现在我的身边，不论是晨跑还是出门买东西，它总是隔着一段距离跟在我身后。与此同时，我身上的皮肤病也开始蔓延，从右腿长到了左腿，一直到双手、手臂、肩膀、背部，而最开始的右腿已经长起了一团肉块，右脚跟的皮肤也透出不祥的蓝黑色。我没法再放任不管，打算先去药店买点儿药来抹。我向卖药的中年女人描述自己的症状，药店外，玳瑁猫正隔着玻璃门明目张胆地望进来，就像在监视我一样。这会不会只是我的幻觉呢？我不由得产生这样的想法。说不定只有我自己看得见猫。为了验证我的想法，我问卖药的女人：'门外有什么东西吗？'她朝门外看了看，说：'一只猫呀。'一副理所当然的样子。我长长地舒了口气。女人见状，狐疑地盯着我，可能是觉得我脑子有问题吧。我十分尴尬，买了一支消炎软膏，匆匆离开药房。"

"这种情况还是尽快就医比较好。"我一边说着，一边用镊子夹起一颗棉球，沾上褐色的碘伏，由内向外绕着圈儿进行消毒。他的伤口恢复得差不多了，但长了密密麻麻的息肉和滤泡，呈粟粒状，有的滤泡破裂了，渗出清亮的液体。

"伤口疼吗？"我问道。

"不疼不痒，什么感觉也没有。"

"什么感觉也没有……"

"怎么了？"他紧张起来。

"没事，不用担心。"我安慰道。

我想主任并没有把陆京野的情况全部告诉我，不过或许他自己也不清楚。

陆京野点点头，继续说了起来："我本来也想去医院，但拖着拖着，就发生了那件事。我的双脚都长了奇怪的东西，已经没法晨跑了，但由于习惯，早上还是不到五点就醒了。那时已是十月中旬，醒来后，我发现自己腿上、背上流出的血和脓液把床单弄得脏兮兮的，右腿上的瘤子一夜之间变得硕大，跟吹气球似的。我觉得恶心透了，这一定是猫搞的鬼，只要把猫杀了我就能好起来，我对此深信不疑。"

"正巧此时，猫又叫了起来，我起身朝窗外一看，好家伙，那只玳瑁猫就在楼下。我不顾身体不适，迅速穿鞋下楼，猫边叫着边往前走去。想逃，没门儿！我虽然走不快，但也尽量紧随其后，现在想来，其实它是有意引诱我。总之，我跟着它走到了那个烂尾楼，等在那里的是一群猫，黑猫、白猫、三花猫……它们目露凶光，似乎已经饥肠辘辘。猫们急不可耐地朝我扑了上来。"

我不由得打了个寒战。

"我并没有失去意识，只是无法反抗。它们先是吃掉了我右腿上的瘤子，说实话，一点儿都不疼，反而有一种麻酥酥的快感，觉得自己摆脱掉了一个沉重的负担。吃完瘤子后，它们又很有节制地啃掉脚跟上溃烂的肉。我不知在那里待了多久，意识模模糊糊的，分不清白天和黑夜，只觉得自己身上不断有什么东西长出来，而猫们则定时来把它吃掉。"

"这已经超出我的理解范围了。如果你说的是真的，那这群动物还是猫吗？"我疑惑道。

"我不知道。"他摇了摇头，接着说，"我记得自己出门时明明带了手机，但想报警求救时，却发现手机已然不见了踪影。不知道是不小心弄掉了，还是被这群狡猾的动物扔了。总之我毫无招架之力，只能任由它们宰割。"

"这件事你告诉警察了吗？"

"我说了，但他们根本不信，还提醒我媒体最喜欢搞噱头，在媒体面前说话谨慎一点儿，小心被当成疯子或骗子。我原本对媒体就没什么好感，所以只跟他们说我是被某种野兽袭击，至于是什么我也不清楚。这不算是撒谎。"

"嗯。"一时间我的脑海中涌现出无数种猜测，那像猫的动物究竟是什么怪物？基因变异？人工制造？未知物种？不论如何，它的能力太神奇了，虽然可怕，但反过来也可以为人所用，从它的唾液中说不定能提取到促进生长、修复的因子。不过，万一被开发成生化武器……

我摇了摇头，把这个可怕的想法从脑海中甩出去。我给他翻了个身，继续换药。

给陆京野换药是个体力活，换完后我已是大汗淋漓。

回到办公室，我把陆京野伤口的照片发给了主任，他只是简单地回复"收到"。

我一张一张地点开这些照片，放大观察，越看越觉得异常。伤口虽已长好，但边缘参差不齐，颜色也深浅不一，粉白色、黄褐色、蓝紫色，毫无规律地交错在一起。有的地方皮肤增厚，显得十分粗糙，有的地方则糜烂、出血、渗液。这需要做活体组织检查才能确诊。

周一早上查房，进到陆京野的病房中时，主任对他说："恢复得不错，过一段时间就可以动手术了。"

主任的神色没有一丝异常。他一定看过照片了，伤口变成那个样子怎么能说是"恢复得不错"呢？我感到不解，但没有当场询问。

查完房后，我见主任没什么指示，主动问道："老师，三十一床的陆京野需要做点儿什么检查吗？"

"不用，和先前一样换一次药就好，记得拍照。"

"可他的伤口……"

"再观察一段时间。第一台手术八点开台，我去手术室了。"

望着主任离去的背影，我觉得他一定有什么事瞒着我。他是一个尽职尽责的医生，以前从未这样敷衍了事。

我带着换药包来到病房，拆开陆京野腿上的纱布，骇人的景象暴露在眼前——昨天的粟粒性结节今天已经融合、增大，亮晶晶的隆起，如同熟透的樱桃。其他地方的皮损也以肉眼可见的速度向外扩展。我不动声色地拍照、消毒，然后敷上新的纱布。

晚上回到家中，我查阅起了文献，想弄明白这究竟是什么病。足跟的病变挺像黑色素瘤，边缘呈锯齿状，蓝黑色，表面粗糙伴鳞状脱屑。如果真是黑色素瘤，贸然活检就很危险了，若不将病变完整切除，可能引起转移。可陆京野是因为外伤入院的，肿瘤早就破溃了，说不定身上其他地方的皮损就是转移的肿瘤，如果是这样的话，那活检就完全没有问题。

对，明天给他安排个活检。打定主意后，我打算关掉电脑去睡觉。在这之前看看新闻，我打开网页，点开热门新闻。

屏幕上，美女主播一脸凝重地说："本月市内发现十二具尸体，均毁损严重，其中七具尚未确定身份，警方已展开调查。尸体多发现于废墟、山中、湖畔等人迹罕至之地，请各位市民注意安全……"

"喵——"

窗外忽然传来一声猫叫，吓得我一激灵。

"喵——喵——"

叫声凄厉、高亢。

"喵、喵、喵、喵……"

其他猫也跟着叫了起来，声音短促、嘹亮。

我朝窗外一看，只见一群猫井然有序地在路上行军。它们的眼中闪着点点幽光，那架势宛如狩猎。

我猛地拉上窗帘，惊魂未定地瘫坐在椅子上。

第二天查房时，主任对陆京野伤口的异常依旧只字未提，我已经不指望他了。查完房后，我预约了活检，带上冰盒去了陆京野的病房。

打开缠在陆京野手指上的绷带时，我和他都吓了一跳，只见指尖长出了一个深紫色的菜花状突起，上面覆盖着一层黄色的脓液。

"这玩意儿之前也长过。"陆京野黯然道。

"做个活检确诊吧，能治好的。你大难不死，必有后福。"

消毒后，我取出刀片，从结节的根部下刀，打算把它整个取下。刀锋一划开表皮，暗红色的血就汩汩地涌了出来，同时散发出一股死鱼内脏的腥臭味。我慌了，手忙脚乱地切下那个突起物，赶紧进行止血。

"没关系，慢慢来。"陆京野反倒淡定地安慰我。

取了组织后，我把它送到了检验科。结果要过几天才能出来。

把照片发给主任时，我顺便报告了给陆京野做活检的事，主任没说什么。谁知，第二天陆京野就不见了。

第二天一早，我来到办公室，打开电脑，却没找到陆京野的电子病历。奇怪，难道是系统出了问题。我又来到护士站翻起了病历夹，他的纸质版病历也不翼而飞。

我心中升起一丝不祥的预感。赶到病房一看，陆京野果然不在，他的生活用品也全都不见了。病床铺得整整齐齐，已经消过毒。陆京野存在的痕迹荡然无存。

我害怕起来，自己该不会卷进什么阴谋里了吧？

"怎么啦？"一位护士见我站在病房前，关切地问道。

"原先住在这里的病人呢？"虽然不抱什么期望，我还是试着问道。

"三十一床的陆京野呀，昨晚转院了。"护士若无其事地说。

"哦。"我暗自松了口气，太好了，不是凭空消失。

但我随即又觉得奇怪，如果是转院怎么可能没有转院记录。

这事儿蹊跷。

查房时，主任没有进陆京野的病房，他果然知道陆京野转院的事。我假装不经意地问道："老师，陆京野转去哪家医院了？"

"查完房你到我办公室来一趟吧，关于这个病人还有些后续事项要交代。"

我点了点头。

今天不是手术日，相对比较清闲。查完房后，我跟随主任进了办公室。他关上了房门。

"老师，陆京野到底得的什么病？他真的转院了吗？"

"确切地说，是转移到了其他机构。"主任顿了顿，语重心长地说，"我不知道你了解到什么程度，不过关于这件事，知道得越少越好。不知道反而是一种幸运，万一哪天被问起，你还能理直气壮地说：'我不知道。'"

我有些不服，但又觉得主任说得有道理。而且不论我是否接受这个事实，主任都不会告诉我实情。意识到这一点，我只能放弃。

"嗯，我明白了。"我说。

不久后，电视上出现这样一则新闻："上个月市内发现的十二具尸体的真凶已捕获，原来是一只从动物园逃跑的孟加拉虎。目前老虎已被安乐死。具体情况有关部门正在进行深入调查。"

从那以后，我再也没有听到过关于陆京野的消息。这个城市里的野猫也在一夜之间消失得无影无踪。

千杯序·异人邪术

寸君

夜是有月夜。

酒是绿醅酒。

菜是父亲的拿手好菜。

一共四碟，两荤两素。

喝酒的是父子两个。

母亲已经进了里屋。

菜有些凉了，故事却还是热的。

"所以，后来募勇团怎么样了呢？"宋灵尧又给宋牧远倒上一杯酒，自己从碟子里夹了一块已经有点儿冷了的羊肉吃了起来。

"解散了。"宋牧远说，"当时的御史们弹劾剑南节度使段崇豢养私兵，图谋不轨。好在先帝念旧，没有惩处段崇，反而是把他调回长安，做尚书左仆射。段崇一生出将入相，临死前两年还封了侯，可以说是位极人臣了。"

"可是，他心中还是有遗憾，虢人的赤戟城一直没能拿下。烈帝驾崩后，两京兵力日渐衰弱，更没有人想去管虢人了。段崇的心愿竟是一直没能完成。"宋牧远接着说，"对于皇上来说，封个侯何其便宜的手段。所谓出将入相，不过是明升暗降，我朝真正掌有实权的尚书左仆射，除了诸葛空大人，还没有第二个吧？"

宋牧远忽然换了话题："朝廷叫你做这个兵部令史多久了？"

宋灵尧说："不过几个月而已。"

"三十六年啦，没想到，你会去当年我打仗的地方。"宋牧远喝了口酒，"这次用兵的目的是什么？"

宋灵尧说："我去不是用兵，是监军，现在的募勇团和当初不一样了。功劳大的能够给官职了，节度使掌握了用人的权力，皇上不放心啊。这次长安调车骑大将军麾下二军一万人赴剑南，会同剑南节度使姚简瀚麾下三万人以求屠灭赤戟城，我此去，是为兵部掌兵符。"

宋牧远忽然笑了一下："灵尧，你想没想过，剑南节度使正二品，一个军的将军从四品，为什么叫你一个区区从八品的令史做监军呢？真出事了，你能监得住谁？"

宋灵尧说："我本来也不愿意去的，可是我今年刚到兵部，只我资历最浅，旁的人可以向侍郎抱怨，这话我说不出口啊。"

"但愿你不会像当年的募勇团一样成为弃子。"宋牧远说，"现在剑南募勇团有一个团副叫作华金笃，是我当年的生死兄弟，你到了剑南就先找他。在战场，手里没有兵可不行，这个兵部都是文官，动起手来什么都不会。"

宋灵尧说："这壶没酒了。"他右手抬起，念力一起，用以手御物之术将三丈外的一壶酒御使过来，拍开泥封给宋牧远倒满了。

宋牧远说："天下之大，身负奇术之人又不止你一个，当真身临险境，奇术也未必便能救命，多一个人护持，多一分安全。答应爹，到了剑南就去找华伯伯。"

"爹，你放心。"宋灵尧也给自己倒上酒说，"剑南节度使

　　　　　　　　怪谈故事集：龙的基因

的募勇团团正是将军衔，华伯伯作为团副如无意外该是都尉，人家是从五品的武职，比我可高多了，于情于理，我到剑南又怎么可能不去拜会他呢？"

"早歇了吧，明儿你就该出发了。"宋牧远说。

宋灵尧将杯中酒饮尽："我娘进里屋有一阵子了，怎么还燃着烛？"

这时黄玉雉从里屋出来，手里拿着一袭狐裘披风。

"儿啊，你现在出发，到了蜀中已经是冬天了，这披风今夜赶上了，你带着，到了那儿记得换上，打仗在外风吹日晒，你这个身子骨可得注意了。"黄玉雉"哗"的一声打开狐裘披风，一领雪白的披风映得深夜的斗室似乎都亮了几分。

宋牧远说："一看你就没打过仗，穿这么白，洗不出来啊。"

天湛二十一年秋，宋灵尧以长安兵部令史衔领剑南监军，赶赴耀州前线。

到了蜀中时，果然已经是冬季了。

长安出发的大军其实早就到了前线，车骑大将军本人并不亲临，领军的两位从四品将军都直接归剑南节度使姚简瀚调度。

因为是兵部特派的监军，虽然官阶只有从八品，但姚简瀚仍特意从前线赶回成都治所为宋灵尧接风，并在此同宋灵尧一路出发启程前往耀州大营。

其实此时国朝的节度使早就与三十六年前不同了。当年的节度使虽然一人掌地方军政大权，但还是朝廷委任的官员，其手下高级别的官员任命也必须经过两京吏部选派。

天湛之后，两京对地方的控制力逐渐减弱，加上四方蛮夷纷起，以两京之力也难以供养庞大的边军。所以大部分节度使实际上已经成为地方的王，只要不造反，人事、兵权、钱粮均是自己说了算，只每三年入长安朝拜皇帝，议定未来三年为两京供奉的赋税即可。可以说节度使一职在当地权势滔天，不亚于皇帝。

像姚简瀚这样会亲自到前线督战的节度使已经很少见了，大多都是委任给手下的将军，自己坐镇中枢罢了。

宋灵尧一入蜀中就受到了极高规格的待遇，比在长安时受人重视多了。

姚简瀚每隔几日都要见宋灵尧一面。他不出现时，往往安排自己手下的掌书记官韩粲陪同宋灵尧考察军营，了解战事。

有时候姚简瀚的二儿子姚仲章也会亲自陪同，只要是姚仲章到来，必然带着好酒好肉，美人歌舞，弄得军营中诸将欢欣鼓舞。

只是到耀州大营已半个月了，却没见到募勇团的任何一个人。

宋灵尧因为一直无法获悉真实的军情，这一天强烈要求务必要巡营，尤其是武器库、粮草等至关重要的地方，不管韩粲怎么以酒肉相劝，就是不行。

韩粲只得放下酒壶，一边赔笑一边说："老弟和之前来的几位监军可不一样，在这军营里好吃好喝，哪天前线有人立了功，你一纸文书递回兵部，说不定就把这身蓝袍换绿袍了，非得去做这些事干什么？"

宋灵尧说："长安兵部很多官员从未亲履战场，会议每每多是纸上谈兵，读前线战报也是想当然居多，我既然有机会亲自到战场上来，自然应该多学一些，日后换身绿袍可不是止境。"

韩粲一拱手："灵尧兄好志气啊。"

国朝官服体制，一二三品官员着紫袍，四五品着红袍，六七品着绿袍，八九品着蓝袍。如果是王侯勋贵，还可以在紫袍之上滚一道金边，此之谓"满朝金紫"。

宋灵尧也是一笑："混混日子，自然可以过得不错，但真想做些事就不同了。"

韩綮说："听灵尧兄的，咱们这就去巡营。"他放下酒壶，在前头引路，扭脸又说，"灵尧兄想要升迁，姚节度能使上大力气，如能成为姚节度的自己人……回到长安平步青云又有何难？"

宋灵尧听了，便只笑笑，不再说话了。

耀州大营驻军达四万众，又兼有民夫、力役等，所占面积极大，巡营一圈儿光走下来就得半个多时辰。

此营粮草充足，粮仓守卫森严，井然有序。

武库亦有充足兵力轮班把守，甚至营中就有铁匠，可以随时生产前线所需的兵器。

宋灵尧走了一圈儿后问："募勇团在哪里？"

韩綮说："募勇团直属姚节度，长安兵部无权过问。"

宋灵尧想再说些什么，却忍了下来，节度使与长安、洛阳两京的微妙关系实在难以轻易解说清楚，为这些义理上的事和韩綮一个小小的掌书记争论也没有什么意义。

就在宋灵尧想要回自己营房时，一队士兵押着十几个虏人从营外归来，宋灵尧迎上去问："这些是何人？"

这队士兵的首领是一个从八品参伯，他一抱拳说："回禀监军，这是募勇团刚刚俘虏的虏人战士，我们要押往大帐为他们请功。"

宋灵尧看着这些虏人衣衫褴褛，面有惊恐之色，心中略略有些不忍，便别过眼神，和韩綮一路走回营房。

"韩先生，请代我向姚节度禀明，如有出征的机会，务必带上我。"宋灵尧说，"闷在营房中，可学不会什么，我在长安太学攻读尚书左仆射诸葛空的《兵书十二册》，颇有心得，如有机会想到战场上印证。"

"一定一定。"

又过了三四日，宋灵尧频频催促要随军出征的事，哪怕是斥候的巡逻也可以，韩粲实在推脱不过，这天晚上就等来了姚仲章。

姚仲章绝口不提宋灵尧的要求，只安排歌舞伎大跳艳舞。

这些姑娘都是剑南当地女子，长得娇小水灵，白皙可人。她们在这营房之中或赤裸双足舞于红毯之上，或袒胸露背匍匐餐桌之前，舞风之大胆实在罕见。

好在营帐内火盆摆了足足五个，这些姑娘衣着单薄也并不觉得冷。

姚仲章一边与宋灵尧把酒一边说："宋兄身负青云志，姚某有句话想叮嘱叮嘱。"

宋灵尧拱了拱手，示意姚仲章继续向下说。

姚仲章一巴掌拍向自己怀里舞女的屁股，示意她躲开点儿，然后凑向宋灵尧说："长安官场，波谲云诡，现在已经没有人不为自己考虑了。龙椅上那位和先帝没法比，宋兄与其在长安为官，不如到我父亲幕中，当真有施展胸中抱负之时。"

宋灵尧一拱手："多谢公子的美意，可宋灵尧家业都在洛阳，学业亦在长安，无心在这西南边陲久驻。"

姚仲章说："那也好办，宋兄贵为监军，今日虽然只有从八品，赶明儿我父亲就要送你一件大功劳，你这几日就在营房之中和这几个小美人好好玩耍，等前线大捷，你拿着这功劳到兵部去，定然可以高升，到时朝中有事，还望多照拂我姚家。"

宋灵尧说："灵尧别无他求，只想亲履战场，将战场上的一切详述备录，到监军日满，自然回长安复命。"

姚仲章说："放着好好的日子不过，为何非要去战场上吃苦？你可知虏人狡猾，一次出兵未必就能寻得其主力，想要真的打上一仗，可并不容易。"

宋灵尧说："一来，当年我父亲即为剑南道节度使募勇，他未曾击败虏人，但当年几次战斗他都给我讲过，我为人子，能亲往父亲当年的战场一观，意义非凡。再者，他的同袍有在今日募勇团中者，我想见见那些叔叔伯伯，想来姚节度和公子雅量，也不会拒绝。至于长安兵部的公行文书，灵尧自然会写，不该问的不问。兵部所辖权限，仅止于原属车骑折冲府的一万士兵，剑南的府兵及募勇，灵尧概不过问。"

姚仲章说："当真只是父亲的心愿？"

宋灵尧说："公子不信，可问募勇团中一位团副，他自然知道我父亲。"

"哪位？"

"华金笃。"

宋灵尧和华金笃是在出征的路上相见的。

募勇团一千人奉命围堵正在侵扰乌龙堡周边农田的虏人散兵游勇。

这些虏人小股部曲不敢打堡子，也不敢和国朝军队正面相争，一般见了就跑。这一次募勇团一千人分为六队，中军主力五百人由都尉团副华金笃亲自带领，余下各自由一位屯将带领一百人四散开来相机行事，务求多击杀虏人。

宋灵尧自报家门之后，华金笃并没有表现出明显的热情，而是冷嘲热讽地说："你爹可比你结实强壮得多，一个只知道读书的书呆子到战场上来做什么？日子到了赶紧回去，免得伤着了，我没法向你爹交代。"

宋灵尧自来对这些横加指责的长辈都没有什么感觉，既不反驳也不顺从，只给个耳朵就算了，好在华金笃从军多年，也不是个话痨，两人并辔而行，哪怕无言也不尴尬。

华金笃的五百人募勇团行了一天，并未遇到半个虏人，当晚在附近要冲安营扎寨，准备明日行军。

他好歹还是领着宋灵尧看了该当在何处下寨，怎么埋锅造饭，营帐如何快速营建等基础的行军常识。学这些本领时宋灵尧却对华金笃恭敬得很，时不时地提些问题，往往切中要害。但华金笃既不鼓励也不否定，只自顾自地把自己想说的说完，还嘱咐一句："打仗和读兵书不一样，刀剑无眼，你要是怕了，就回去吧。"

宋灵尧从腰间取出一把短剑拍了拍说："华伯伯放心吧，灵尧不怕。"

宋灵尧当晚和衣睡下，他出门在外往往心无定所，难以放松，再加上天寒地冻，露营野外，他很难入睡。不过裹着母亲黄玉雉赶制的狐裘披风，心中确实燃起一股思乡之情，宋灵尧就在这颇想回家的感觉里，胡乱地睡着了。

一片乱梦中，忽然觉得火光闪现，有刀剑相击之声。

宋灵尧赶紧坐起身子，从榻边小桌上取了自己的短剑在手，踏步出了营帐。

虏人奇袭，人数不知。

此时已经有不少募勇被击杀。

宋灵尧挂念华金笃安危，自己也不与虏人战斗，以平地飞腾术赶往华金笃营帐。

却见华金笃手执陌刀与亲卫一同正和七八名虏人作战。

华金笃虽然五十多岁，可骁勇异常，一刀斩下一个虏人，直接将其拦腰斩断。

宋灵尧之前虽然也见过死人，甚至见过亲近之人在自己面前被伤害，可战场之上如此快的死伤枕藉还是头一次见。

华金笃见了他，连忙高喊："到我这来，傻站着做什么？"

这时一个虏人的弯刀斩了下来，宋灵尧神念有觉，自己飘然而起，让过了弯刀，跟着右手一推，隔着三丈远将那虏人推倒在地。

宋灵尧落地后，又有五六个虏人攻了上来，他只得飘然身起，神念一动，飞向华金笃处。

华金笃和亲卫七八人将那五六个虏人围住，陌刀七上八下，那几个虏人登时碎为数段。

"你会奇术？"华金笃问。

宋灵尧回答："会一点儿。"

华金笃说："那便自保，我们突围出去。"

宋灵尧说："其余兄弟们呢？"

华金笃说："国朝的监军可不能死在我的军中，你出去就是胜利。是宋牧远的儿子，就跟我走，什么也别问。"

当夜华金笃奋力以向，带着自己的二十几个亲卫精锐保护着宋灵尧杀出重围。

宋灵尧第一次亲临战阵，始知经年练兵远比打仗时一刻更为重要。

如士兵战阵不熟，混乱里不能相顾，那就是散兵游勇，没有战斗力。

而在混乱的战场中，一个人的力量显得如此微不足道。

第二天清晨，遇到一队斥候方才知道，昨日奇袭的虏人足有两千多人，他们探知有募勇团主力在此，急速集结，以迅雷之势吃掉了华金笃派出去的五队人马，趁夜合围，目的就是要整个打掉华金笃的部队，打个大胜仗。

此时华金笃手下集结回来的士兵约有百人，与强大的虏人主力难以一战，只能向东返回耀州大营。好在斥候传递消息，姚简瀚已经派齐烈山将军领五千人驰援，务必要吃掉虏人的大股部队。

华金笃看着地图，当即便说："现在走还留得一条命在，但愿齐烈山的人马快到了。"

当下这一百余名募勇便原路返回，他们已经没有马匹，只能步行。宋灵尧第一次发现，对于打仗来说，耐力非常重要。当没有马，却有负重；没有水和食物，却有伤痛时，一个人有多能坚持，往往决定了他能否活下来。

华金笃决断虽然快，但还是没能逃出虏人的算计。他们向耀州方向行了两三里后，即有一队约五十人的虏人骑兵追了上来。

华金笃分明看到其中三骑直接掉头返回，那是叫援兵去了。

华金笃横执陌刀："来不及走了，灵尧，你身负奇术，先回去叫救兵来，我们拖住虏人。"

宋灵尧却拔出了腰间的短剑说："要走就一块走，反正我不会独自离开。"

华金笃说："没有你爹的本事，就别学你爹，杀过人吗？"

宋灵尧没有回答，而是看准了迎面突袭的一名骑兵，他突然将短剑掷了出去，用以手御物的奇术御使短剑刺进那骑兵的咽喉，又飞回自己手中："杀过了。"

华金笃说："好，今天让你见识见识国朝的绝世战法，以步克骑。弓弩手，抛射！陌刀队，破马阵！"

随华金笃逃出来的募勇团中，陌刀队其实只有三十余人，弓弩手也不过十来个，剩下的是长枪手和刀盾手。募勇团作战的主力向来是陌刀，虽然只有三十人，但面对敌方骑兵毫不畏惧。

十人一排，结成三排破马阵，在弓弩手的抛射掩护下层层推进，陌刀过处，人马俱碎。

五十多个虏人骑兵登时人仰马翻。

一轮冲锋过去，募勇团只损失了不到十个人，虏人骑兵却只剩二十多个了。

骑兵首领正在犹豫，宋灵尧御使短剑取了他的性命，其余虏人四散逃离。

宋灵尧对华金笃说："现在怎么办？"

华金笃说："开打之前对方的骑兵就已经回去报信了，咱们没有马，想跑是不可能了，只能尽快找地方据守，等待齐烈山的援军。"

宋灵尧迅速地看着周边，忽然发现西边有一处山坳，那里道路狭窄，只可容一二人通过，如果扼住咽喉所在，能坚守一阵儿。

"华伯伯，那里如何？叫刀盾手两人一排守住狭窄的通道，弓弩手在山坡和树干上攒射，长枪手和陌刀队先保存实力，如果守不住还可背水一战。"宋灵尧身子已经飘起，人在半空中说。

华金笃手搭凉棚，向远处望了望："你小子兵书不白读，募勇团，向西前进，列阵待援。"

宋灵尧没想到的是，虏人来袭时完全与自己的计划不一样。

宋灵尧原本想利用地势与虏人消耗，以待齐烈山援军，没想到虏人来的竟然是一支主力大军，极目远望，尘烟海海，怕不是要有近万人？

宋灵尧仍在观察，他渴慕战场的刀光剑影，他想要看饱战士的英姿。

然而他被华金笃一把按趴下了："举盾！"

华金笃沉着的声音里已经能听出一丝慌张。

如蝗箭雨射下，铁盾铮铮鸣奏，有的人却没能挺过这次齐射。

宋灵尧被华金笃压在身下，华金笃之上还有四名刀盾手的四面盾牌。

箭头射进铁里，射进人的骨头里，射进身边人的大腿里的声音像是噩梦一样钻进了宋灵尧的耳朵里。

原来战场是这样的，宋灵尧想。

纵马封侯、决胜千里不过是戏文里的故事，真实的战场就是血肉相搏，就是生死相拼。

漫长的一轮箭雨终于过去了，宋灵尧觉得后脑上湿湿的，他摸了摸，是血。艰难地抬起头，是华金笃的左臂被箭射中，顺着伤口流下血来。

华金笃脸上有泪，他缓缓地说："没想到，牧远当年救了我们，今日，我竟护不住他的儿子。"

宋灵尧伸手帮华金笃抹去眼泪说："华伯伯，咱们就算战死，也不能这么窝囊。"他钻出华金笃身下，隔着盾牌向远处望去，虎人派出了大概一百个人，手执弓箭、长枪、盾牌缓缓向这边移动。

而自己这方的募勇已经死了大半，可能剩不下三十人了。

宋灵尧咬咬牙，双手拍地，平地飞腾而起，他身在半空将全部的神念集中于双手，用以手御物之术将战阵之中能御使的箭矢、长枪、横刀全都驾驭起来，一时间他的身周有百十把兵刃不止。

华金笃看着在自己头上三尺御使武器准备决一死战的宋灵尧，仿佛看到了三十六年前那个以气为盾保护包括自己在内五十多名募勇的宋牧远。

父父子子，何其相似。

宋灵尧素来克制，生平从未高声语，此时却由胸腔里发出一声从来没过的长啸，双臂齐挥，御使着那百余兵刃射向了来袭的虎人。

那些兵刃里有弓箭、有横刀、有长枪、有陌刀。

当者辟易，无所阻拦，哪怕是盾牌也在长枪和陌刀之下碎裂断折。

来袭的虎人百人队仓皇逃离，死伤大半。

宋灵尧极为疲累，他像是脱力一般缓缓落下，如果华金笃没有扶住他，几乎就要摔倒。

虽然所剩的募勇不多了，但他们还是发出激昂的怒吼。

可宋灵尧脑海里萦绕的却是刚刚那些冲锋上来的虎人眼睛里的惊恐。

虎人，也是人啊。

宋灵尧一个没坚持住，坐倒在地上。

这时，周围还活着的募勇举着兵器呈戒备状态缓缓往后退。

"齐将军的援军怎么还不来？"

一个身穿淡蓝色长袍的老虎人拄着一根藤杖独自走来。

可他的身上散发着淡淡的绿光，映得面目无比可怖。

募勇们见惯了生死，可却没见过这样的巫术。

那个老虎人说："身上有奇术，不错不错。"他拿着藤杖双手抱拳说，"老朽是赤戟城祭司乌骨鲁，小朋友如果能胜了老朽手上的奇术，今天就放了你们回去如何？"

华金笃看看宋灵尧说："你要是没有把握，就不用拼命，齐将军的援军想必是要到了。"

乌骨鲁冷笑说："华都尉这么聪明的人，难道还没明白吗？没有援军了，你们大营的方位，就是节度使幕府中人告诉老朽的，这样的事，又不是发生一次了。"

华金笃没有受伤的右手握紧了陌刀，指节已经发白，想说话，却不知道说什么。

宋灵尧此时有些缓过神来，问华金笃说："华伯伯，这位祭司是什么意思？剑南节度使幕府中有赤戟城的内应吗？"

乌骨鲁说："小朋友，你先活着离开这里，再想以后的事吧。"

宋灵尧想了想，勉强站直身子说："好，怎么比？"

乌骨鲁笑了笑说："你们国朝之人，喜欢用香计时，不如这样，老朽看你们带出来的兵，也就剩下不到三十个人了，一炷香后，但凡还能活下来一个，我就放你和华都尉离开。"他说完早有虪人递上了香炉，乌骨鲁缓慢地点上香，插到香炉里，完全没有理会宋灵尧是否同意。

香燃上后，乌骨鲁身上青惨惨的绿光更盛，他形如鬼魅闪到一个枪兵身旁，手掌凝成爪，已经将一团绿光按进了他的胸腔。

那个枪兵痛苦地软倒在地。

宋灵尧此时全身酸软无力，想要催动平地飞腾术却飞不起来。华金笃立时下令："陌刀队，结阵御敌。"华金笃自己出身陌刀兵，此时对战身负奇术的赤戟城大祭司，他深信不疑的也只有陌刀。

七八名陌刀士兵顽强地结成战阵，将陌刀横斩而出，乌骨鲁身形飘忽，虽然不像宋灵尧那般能够离地三尺，但绝非寻常士兵所能轻易应对。

与陌刀同时做出反应的，是一名弩手。他稳稳地射出一箭，竟然蹭着乌骨鲁的耳朵飞了过去。

乌骨鲁扭头看去，那个弩手站在士兵中平平无奇，浑然不像有什么特殊本领的样子。

乌骨鲁一个闪身，已经来到距那个弩手三丈远的地方，弩手来不及装箭，他身边两个弩手各自射出一箭，另外一个弩手直接把自己的弩机递给这个弩手，他后发先射，一箭朝着乌骨鲁的脑袋就射了过去。

乌骨鲁浑然不惧，右手抬起直接扔出一团绿光，带偏了三支弩箭，绿光直直地砸向那个弩手。

宋灵尧拼尽全力使出以手御物之术，将那团绿光带偏一点儿，擦着弩手的头盔而过。

这门以手御物奇术虽然是以神念控物，但有时宋灵尧的掌心能感觉到他自己所御使之物的质感，这团绿光无形无质，入手却有一种令人特别烦恶的感觉，端的诡谲。

乌骨鲁见自己一击未中，有些愠怒："小子报名！"

那名弩手整了整头盔说："剑南节度使募勇团弩手，米修身！"

华金笃看了看米修身的侧脸，忽然感觉有些像一个故人。

乌骨鲁说："好，一炷香后，你如能活着，老朽也放他们走。"说完他就身子一纵，左掌成爪扑向了米修身。

华金笃立刻指挥道："全力护持！"

马上就有三个盾兵挡了过来，但乌骨鲁来势实在太快，其中一个盾兵直接撞了上去，乌骨鲁身形消瘦，且年事已高，虽有奇术却承受不了重击，略略让过，一爪抓在那个盾兵后颈上，登时将他抓毙。

乌骨鲁刚刚站定，身侧有两杆枪插了过来，乌骨鲁一团绿光射出，砸死了一个枪兵，跟着左手接过一杆枪头，将那个枪兵拉到自己身边，右手就要下爪，但那枪兵却移动到一半不动了。

却见宋灵尧左手握住右腕，正用以手御物之术和乌骨鲁抢人。

乌骨鲁笑着说："老朽看你还有几分气力。"

宋灵尧说："我又何必与你拼力气？"

果然，那个士兵当即撒手，宋灵尧用力一带，就把他拉开至乌骨鲁四五丈远。

乌骨鲁再要动他，身边立刻有几把陌刀砍了过来。

乌骨鲁一怒将长枪向宋灵尧掷去，可惜他奇术虽强，但身体却已经衰败，长枪离宋灵尧还有一两丈时就已经落地了。

就这样，乌骨鲁每每想要攻击哪个人，宋灵尧就用最省力的方式把那人拉开，其余的士兵就以各自的兵刃干扰乌骨鲁，弄得乌骨鲁哪怕身负奇术竟也分身乏术，浑没了刚来时的意气风发。

眼见得一炷香很快燃尽，乌骨鲁叹了口气说："罢了，不和你们玩了。"他身子向后一纵，从腰间取出一个小牌牌。

那个牌牌远看像是青铜所制，但因为年深日久布满了锈迹。

宋灵尧快速地在小时候父亲宋牧远给自己讲的奇怪故事和自己长大后阅读过的浩如烟海的被称为"小道"的奇异书籍中搜索着有关这个小铜牌的信息。

但留给他的时间实在太短了，乌骨鲁已将左手食指咬破，将鲜血涂在那小铜牌上，铜牌周身顿时散发出远比乌骨鲁身上还要盛的绿光。

在这绿光里，乌骨鲁须发飞扬，神情可怖。

宋灵尧还在思索应对之法时，小铜牌中猛然射出一道绿色光芒，直接洞穿了两个士兵的胸膛，包括一面盾牌。

"跑！"宋灵尧想不出别的办法，只好对着士兵高喊。

但他自己的脚步却是迎上去的。

华金笃却一个箭步冲到他前面，将清瘦的宋灵尧向后一拽。

与此同时，米修身双手各持一弩，射出了两箭。

乌骨鲁没有被弩箭所干扰，仍狠辣地射出绿光，又击杀了四五个士兵。

华金笃不顾受伤的手臂，拼了命地将陌刀横斩，却被铜牌中射出的绿光所阻，然后乌骨鲁踢了他一脚，好在胸前有明光铠阻挡，并不多疼。

这时宋灵尧高喊："射铜牌！"

米修身听了，立刻夺过同袍手中的弩机，迅速瞄准射出一箭，他不及停歇，又从地上捡起一个上好了箭却未及发射的弩机，射出一箭。

乌骨鲁怕铜牌落地，果然闪躲。

就在这一瞬，宋灵尧以平地飞腾术欺近了乌骨鲁。

乌骨鲁冷笑说："你这点儿本事，还想如何？"

宋灵尧不说话，仍是迅捷向乌骨鲁移动。

乌骨鲁担心铜牌中箭，但仍从铜牌里射出一道绿光，直袭宋灵尧胸口。

宋灵尧面不改色，似乎是早就已经想好了。

左手向自己身体右后方一挥，右手却从身后向左前方一挥。

眼见得绿光就要射中宋灵尧，华金笃大喝一声："闪开！"左手习惯性地一摸腰间，却见自己的横刀不见了。

宋灵尧身后炸开了一个大洞。

乌骨鲁腰间插着一把横刀。

小铜牌中了一支弩箭，此时稳稳地插在地上。

香炉里的香已经燃尽。

乌骨鲁蹲在地上，显然很疼。

宋灵尧走上前把他扶了起来："您年纪大了，本来不想伤您，只是那铜牌太过厉害，不得已。"

乌骨鲁强挤出一个笑容："你一直叫人射铜牌，原来是故布疑阵。很好，敢用身子赌自己能引开我的攻击，你这小子也算有勇有谋了，日后定能穿上国朝的紫袍。"他说完推开宋灵尧扶着自己的手，"你的敌人，不是虏人，是剑南道上的大人们，我今日不杀你，此后的路更凶险，自己走吧。"

宋灵尧却说："大祭司，那铜牌究竟是何物？"

乌骨鲁哈哈一笑："铜牌是我，千军万马也是我。"他说完，身体便化作一股青色烟霞飞进了铜牌之中，身后的千军万马此时也如烟散尽。

铜牌化作一道青光，向赤戟城方向电射而去，仿佛从未来过。

宋灵尧看着窄路上的士兵尸体，不禁一阵悲从中来。

华金笃刚要说话，宋灵尧一抬手，他手臂上插着的箭直接被带了出来。

　　华金笃疼得单膝跪地，伸手捂住了伤口。

　　米修身和另外几个士兵赶紧扶住他。

　　宋灵尧语气平和地问："华伯伯，剑南道中，到底有没有赤戟城的内应？"

千杯序·六龙回日

寸君

天佑二十一年秋。

长安。

庆丽宫。

月夜。

一个红衣太监引着霍夷在宽阔而冷寂的宫道上走着。

深宫之中，霍夷每走一步都很艰难。

霍家几代猎人，在霍夷这一代终于能够进宫面圣，光宗耀祖了。

红衣太监说："霍都尉切记一会儿见了圣上务必要施全礼，圣上没有令，不可以抬起头，更不能用眼睛直视圣上。"

霍夷点点头："多谢公公提点。"

红衣太监又接着说："圣上问什么答什么，不要多说话。"他又突然压低声音说，"那畜生安全吗？"

霍夷说："公公放心，还年幼，安全。"

红衣太监说："这一次，聂相和老奴的性命可都绑在你身上了，要是圣上有半点儿差池，你的那个霍庄可是会被连根拔起的。"

霍夷忙抱拳说："公公放心，霍夷以性命担保绝对万无一失。"

庆丽宫偏殿。

勤勉的烈帝仍在批阅奏折，他的身边有一个妃子默默坐着，烈帝已经有半个多时辰没有搭理她了。

在烈帝的龙案之下，尚书右仆射聂道阮垂手而立："圣上，累了吧，也该歇歇了，要不见见霍夷？"

烈帝抬起头问："什么时辰了？"

聂道阮说："子时都过了。"

妃子也娇嗔道："圣上，奴奴都等了你好久了。"

烈帝揽过她的肩膀说："不叫你白等。宣霍夷进来吧。"

宫门半开，红衣太监引着霍夷进来了。

霍夷双膝跪倒，行了三跪九叩大礼，然后说："皇家猎龙队队副、都尉霍夷参见圣上。"

烈帝说："起来吧。听说你养了六条龙？"

霍夷赶紧站起来，低着头说："谢圣上。禀圣上，去年臣和夏侯镜老侯爷一起猎龙时带回来六枚龙蛋，经过一年的研究，目前只孵化出一条龙。"

烈帝说："那，另外五条是孵不出来了，还是时间没到？"

霍夷说："禀皇上，龙蛋的孵化非常复杂，正常情况下需要由母龙和公龙轮流完成。我们现在只能猎龙，却没有掌握驯服龙的技术……所以没有办法用龙来孵化，于是……"

烈帝打断了霍夷的话："不用说困难，我知道这事儿有多难。你就说六条龙能保住几条，有多大把握。"

霍夷说："至少三条。"

烈帝说："你说现在还没有掌握驯服龙的方法，你觉得随着喂养现在这条龙，有可能掌握吗？"

霍夷说："如果有更多的猎龙人、方士、身负奇术者和多年研究古代典籍的人加入，臣以为驯服龙只是时间问题。"

烈帝说："聂卿，这件事交给你，霍都尉需要什么，就给他什么，他手下的人需要什么，就满足什么。五年，我要一条被霍都尉驯服的龙。"

霍夷又扑通一声跪下："谢圣上。"

烈帝说："国朝连年征战，西域望风而降，可我还是总想要国朝的边疆再大一点儿，再大一点。自古以来猎龙人贩鳞卖肉，说是无上荣光，其实还是猎人那点儿小家子气，没有胆魄。我要你霍都尉驯服龙，让龙在人的监管下繁殖，就像几千年前人类驯服马，用马来作战一样。我，要一支骑龙的军队。"

霍夷把头埋得更低了，他只想过养龙吃肉，敬献皇家，却从未想过眼前这位千年不遇的雄主竟是要用来打仗。

霍夷脑子里回现着猎龙的场景，那纵横九天的英姿，那锋利如刀的鳞片……

烈帝说："这支军队如果成了，霍都尉，你就是国朝的大功臣，想做几品官，自己选。想封哪里的侯，也自己选。"

聂道阮说："霍夷，还不谢圣上恩典？"

烈帝说："不急。"他走下龙椅，走到跪倒在地的霍夷面前说，"天子，就是真龙，这些畜生如能为我所用，国朝可万年不改，周边四夷定将望风而降。霍都尉，我想看看你养的那条龙。"

霍夷说："圣上，龙性灵秀、凶猛，请您略略退后。"

烈帝冷笑说："天地间，没有能伤朕之物，霍都尉不必担心。"

霍夷又磕了一个头，站起身来。

这时隐藏在宫殿暗处的龙卫都将手按上了刀，以备有危险时能够随时处置。

霍夷解下了自己左手的皮质护腕，露出了精壮的胳膊，胳膊上正如手镯一般盘着一条熟睡的碧绿小龙。

霍夷轻轻摸摸它的头："乖乖，圣上想见见你了。"那条小龙睡得正熟，被霍夷弄醒，轻轻地打了一个喷嚏，一脸的不愿意。

霍夷说："腾云，还不下来？"

小龙腾云发出一声轻轻的龙吟，从霍夷手腕上跃下。

腾云落地之时，忽然变大变长，从一条只有手镯大小的龙，变得如狮子一般大小。

它在宫殿里来回踱步，时不时地发出龙吟。虽然此时还能看得出它确实年幼，可眉眼轮廓上已经略略见出龙的威武。

烈帝慢慢走近腾云，伸出手想要摸摸它。

霍夷轻声说："圣上……小心啊。"

聂道阮也示意红衣太监随时保持警惕。

那腾云见陌生人烈帝向自己靠近，双目中也现出了惊恐神色，轻轻向后退去。

烈帝慈祥地笑了笑，慢慢地走近。

腾云突然发出一声害怕的龙吟，张大了嘴朝着烈帝喊。

暗处的龙卫横刀出鞘，就要上前。

霍夷的心已经提到了嗓子眼。

烈帝却伸出手示意谁也不要动。

他已经距离腾云不到一尺，右手轻轻地抚上了腾云的头："你是国朝的未来啊，快快长大，朕和国朝的雄图伟业，都要靠你实现了。"

龙性灵秀，腾云听懂了烈帝的话，在烈帝的手掌下轻轻地蹭着自己的脖子，一时间好像只是烈帝的一条宠物一样。

烈帝将腾云的身子揽进自己的怀里，也不管它身上的腥味，轻轻地抚摸着，就好像在抚摸女人一样。

宫殿里，其余人都纷纷跪下，山呼万岁。

烈帝发出了不可掩饰的大笑。

天佑四十一年，春。

南海豢龙堡。

腾云在高空飞舞，此时的它，已有数十丈长，身载五十名训练有素的弓箭手。

这些弓箭手可利用龙的高飞低回、龙背的起伏转折，发起对敌人的突袭任务。

此时的霍夷虽然不过四十余岁，但鬓角已经有些花白。

身边立着豢龙堡的核心要员，他们都对腾云的表现非常满意。

拄着一支铁拐的苏新一抱拳说："恭喜霍都尉，圣上的心愿，今日终于实现了。"

霍夷长长地叹了一口气，并没有说话。

腾云婉转低回，落于地上，背上的弓箭手依次下来，并将绑在腾云身上的鞍辔取下。

驯龙师飞灿三步并做两步跑过去，轻轻地拍拍腾云的脖子，示意它可以深入大海，饱餐一顿。

腾云发出一声龙吟，转眼滑入水中。

水面上激起一片巨大的水花。

苏新说："千百年来，又有哪个王朝像国朝一样有能力豢养龙呢？霍都尉，我们都跟着您走进了历史。"

霍夷干笑了一声："老苏啊，你又不是没本事，非要靠着拍马屁，都这么多年的老朋友了，怎么这毛病还是改不了呢？"

飞灿不是国朝人，她的父亲是北边的牧马民族。

这个民族的人从小长在马背上，和马的关系比人的关系近。

本来长安和牧马民族的跃马城关系一直和睦，那年不知道跃马城的王想起来什么，一定要和长安开战。

军队还没过玄塞，就被国朝的大军击溃，一路打进了跃马城。

烈帝并不是什么仁主，那两年是国朝鼎盛之时，敢在这时候挑衅国朝，跃马王被车裂而死，牧马民族的男丁被杀了一半。有技艺的族人被掳，成为奴隶。

飞灿的父亲就是其中之一。他因养马之术极强，曾经管过烈帝的马。那些马儿被他喂养得神俊异常，随烈帝到处扬国朝天威。

霍夷觉得龙与马有相通之处，想要训练龙作战，与千百年前训练马作战的方式应该相同，就向烈帝要了飞灿的父亲来豢龙堡。

那年飞灿三岁。

腾云也三岁。

飞灿和腾云一起长大。

后来，飞灿的身子不再长了，腾云还一直长。

严格来讲，腾云算是飞灿的杀父仇人。

有一次父亲训练腾云时，惹怒了腾云，被它吃了。

那天铁木阵、香饵、长枪都用上了，腾云就是无法平息自己的怒气。

霍夷已经在考虑要不要射龙眼了。

是小小的飞灿出现在腾云面前。

腾云血红的双眼瞬间变得乖顺温和。

从那天起，只要有飞灿的地方，腾云就是一头温柔的龙。

甚至会变化得如一只猫的大小，蹭在飞灿的怀里撒娇。

也是从那天起，十四岁的飞灿接替了自己的父亲，成为豢龙堡的首席驯龙师。

现在，飞灿和腾云都已经二十岁了。

霍夷的计划本来万无一失。

但他千算万算却忘记了一件事。

那就是人类的寿命在龙的寿命面前不值一提。

人生几十年光阴，甚至包括烈帝在内，都太过着急地想要见成效了。

可龙的生长却是一件几百年的事。

腾云的孵化成功是个意外。

其余五枚龙蛋都还像个石头一样躺在那里，毫无动静。

龙，不着急。

可霍夷已经年近半百，他还能有几个十年来等这五枚龙蛋全都孵化出来呢？

另外，龙骑兵的人选也十分挑剔。由于龙要高天飞腾，所以要求士兵的射术精准。但因为要骑龙高飞，不可以给龙带来太大的负担，这些人的体型又不能太大，体重要轻。

人的身体并不适应高飞，在平地能百步穿杨的好手，在马背上弓马娴熟的战士，到了高空上会怕高，会呕吐，会因为不了解龙的习性而坠落。

训练五十个龙骑兵的代价高昂。

现在这五十个人，是二十年来从几千人中筛选出来的。为了这五十个人，有千百人付出了健康的身体，甚至年轻的生命。

烈帝的态度也从最开始五年的无所不应，变得爱答不理。

长安的言官们已连着很多年弹劾豢龙堡劳民伤财、收效甚微。

霍夷有时候在怀疑，自己好好一个猎人，为什么要来练兵呢？

他有点儿想念还留在皇家猎龙队的黄波，和来豢龙堡两年就申请调到剑南卫戍的赵烈了。

人生的这盘棋局，要是和光阴对弈，就没有办法回头了。

海滩上。

飞灿赤着小腿和双足，平躺在沙子上。

不远处是腾云在放纵恣意地高飞。

云和太阳，龙和大海，这本是多么美好的画面。

飞灿已经成熟的少女身体在海水的轻轻拍打下显得十分诱人。

可在南海豢龙堡中，每个人心里想的都是功名。

他们早就看不到少女身上的美，也看不到龙身上的美了。

一双穿着靴子的腿横在飞灿的面前。

飞灿赶紧爬起来，向靴子的主人行屈膝礼。

霍夷上下打量着少女，看得飞灿浑身都不舒服。

"跟你说了多少遍，不要让腾云飞这么高，万一回不来怎么办？"霍夷的语气严厉，"下次再让我看到，你自己去领四十大板。"

飞灿小声说："腾云不会走的，他的兄弟姐妹都在这。"

霍夷说："你说什么？"

飞灿说："都尉，我能明白腾云的意思，他不会走的。"

霍夷说："明天又要进行骑射训练了，叫腾云早点儿休息。"

飞灿又行了一次屈膝礼："飞灿明白。"

霍夷已经转身要走，又扭回身来说："长安言官的弹劾越来越严厉了，咱们要尽快拿出成果来，明年开春我想请兵部的要员来考察咱们的战术，今冬你还要再辛苦些。"他说完换了一种平和而又慈祥的语气说，"等兵部的考察通过了，我就去了你的奴籍，抬你做良家女。"

霍夷走后，飞灿抬头看了看还在盘旋的腾云，心里想的却是：我本来就不在意这些。

惊喜来得很是突然。

那只小龙破壳而出的时候，豢龙堡里的大多数人还在沉睡。

小龙略带沙哑的龙吟声，唤醒了在龙室外挂着长枪打盹儿的侍卫。

这个老兵喜得双眼直流泪，撒丫子就去敲鼓。

不到一刻，豢龙堡的要员几乎全都赶到了龙室。

不同于腾云的通体翠绿，这条小龙全身乌黑。

龙的黑和其他动物不同，这种黑带有一种来自天空的透明和神秘。

此时这条小龙才刚刚有一只小狗大小。它匍匐在地上，惊恐地看着周遭的一切。

霍夷、苏新和其他几名豢龙堡的要员都围在一旁，早有医师上前对霍夷说："母龙。健康极了，再有两年就能长成。"

霍夷奋力地掩盖着自己内心的欣喜，走上前去想要摸摸它。

可小黑龙却龇出小小的牙，发出还毫无威胁的龙吟。

"你哥哥叫腾云，你就叫……墨云吧。"霍夷努力向墨云示好，缓慢地走过去。

但小墨云仍保持警惕，不停地发出龙吟。

当霍夷的手轻轻碰到墨云的头时，墨云表情狰狞地发出怒吼。

在众人听来，是震天一般的龙吟声。

腾云，盘旋在龙室的上空。

飞灿闯了进来："都尉，这是他的妹妹，叫腾云看看她吧。"

霍夷听着就在自己头上只有一个天花板之隔的天空里，腾云那好像生气了一般的怒吼，点了点头。

腾云怕吓到墨云，把自己的身子变得像一个成年人那么大。

墨云匍匐在草地上，看着自己的哥哥，不敢动。

腾云小心翼翼地走过去，用自己的大脑袋轻轻地蹭着墨云的小脑袋。

本就是亲兄妹的他们，在同类的气息里取得了相互间的信任。

不到一刻的时间，腾云就和墨云玩了起来。

豢龙堡的人已经很多年没有见到腾云这么开心了。

他把墨云顶在肚皮上，让她顺着自己的鳞片滑上滑下。

他把墨云顶在头上，带着墨云蹿高低飞。

腾云还不敢高飞，墨云太小了。

就这样嬉闹了半个时辰。

霍夷对飞灿说："可以了，叫腾云和墨云都休息吧。"

飞灿走了过去，轻轻抚摸着腾云，叫腾云把墨云交出来。

腾云没有搭理飞灿，只是轻轻地回头拱了她一下，继续逗弄墨云。

飞灿说："腾云，听话。"

腾云忽然回头冲着飞灿怒吼，发出了一声巨大的龙吟。

他口中的水把飞灿整个人都浸湿了。

周遭的士兵执起长枪。

苏新的手中也凝起了气箭。

一条成年龙的破坏力是十分恐怖的。

飞灿却没有害怕，她张开双臂，语气温柔地说："腾云，是我，没事……没事的。都尉他们只是想看看墨云，喂她点儿吃的，不会让你离开她的，没事……你相信我。"

腾云圆睁的双眼渐渐缓和下来，他轻轻发出一声龙吟，环顾周遭，无奈地把墨云从怀里放了下来，又用头轻轻顶了墨云一下，把她交给飞灿。

飞灿上前把墨云抱在怀里，腾云身子一纵，回到九天之上，又变成那个身长数十丈的庞然大物，一头扎进了海里。

兵部寄来了转录的言官弹劾奏折。

霍夷收到了有一马车那么多。

现任兵部尚书是前尚书右仆射聂道阮的门生，虽然一力护持霍夷的豢龙堡，但此时国朝的形势已经大不相同了。

宁侯诸葛空就任尚书左仆射以来，逐步掌握了大量的实权。诸葛空和烈帝是完全不同的两类人。

诸葛空极度务实，他擅长劝课农桑、与民休息，对烈帝一切好大喜功和轻启战端的政策予以规劝。

年迈的烈帝也许是明白了自己的一生已经达到了国朝皇帝的巅峰，不可能再往上发展了，他越来越信任诸葛空，想要用诸葛空的执政方针来巩固住国朝巅峰的国力和民力，再现天佑初年时的盛景。

而诸葛空对驯养龙骑兵团这样的事完全不感兴趣，每年花在豢龙堡的一大笔军费，足够救活两个州的灾民。

霍夷见了这些弹劾的奏章，把自己和苏新、掌书记官关在屋子里三天三夜没有出来。他们炮制出万言奏折向长安、洛阳两京讲解龙骑兵团的运作方式，以及今年取得的突破性成果，以期能获得更大的支持。

奏折递出去后，霍夷长长地舒了一口气。

虽然只和烈帝见过一面，那已经是二十年前的事，但烈帝一直没有取消霍夷的专折奏事权。这封奏折没有任何人敢扣留。

只要烈帝能见到，豢龙堡就一定能继续驯龙、孵龙。

霍夷想到了霍庄家中的儿子。

如果一代人不行，那就两代人。

腾云突然发难抢夺墨云这件事发生得毫无征兆。

士兵们以为腾云只是在正常进食，没想到他们自己瞬间就成为龙的点心。

龙是灵兽，也是凶兽。

二十年的驯化对于他们的寿命来说太短暂了。

还远远不足以将骨子里的血性削平。

腾云远比普通的龙了解人。

比起当年自己父母面对铁木困龙阵时的样子，腾云的躲避和攻击显得异常的有效。

在豢龙堡，没有人能真的困住他。

当硕大的腾云纵横高越，打死打伤了百十个士兵之后，他高傲的龙头正死死地盯着霍夷。

霍夷的身后，是关着墨云的小小龙室。

霍夷命在旦夕。

横在霍夷和腾云之间的是飞灿。

"别杀他，我知道你听得懂。"飞灿高喊。

"我帮你救墨云，还有你的弟弟妹妹们，答应我，别杀他。"飞灿双目泪流，但身子却向前又移动了一点儿。

腾云怒吼，张牙舞爪，但终究没有攻击。

霍夷说："飞灿，你这是在叛国！"

飞灿说："都尉，我爹去世之后，我有怨过你。后来，我就把你当自己的爹来对待。都尉，你想过没有，龙是属于天空和大海的，他不属于这里。人永远不可能像驯服马一样驯服龙。"深吸一口气，她说，"放他们走吧。"

霍夷拔出横刀说："除非杀了我。"

腾云猛地凑到他脸前，发出龙吟。

霍夷登时就被吼倒，双手抱着头，极为痛苦地在地上打转。

飞灿闯进龙室，抱起墨云，又费力地把另外四枚龙蛋放在一个木箱中推出来。

飞灿把箱子打开，腾云张开嘴，把四枚龙蛋全都含进嘴里。

飞灿摸摸他的鼻子，又狠狠地抱了一下墨云，终于把墨云交给了腾云。

这时豢龙堡的士兵都集结过来，也早有弓弩手准备好要射击。

腾云又抬高头颅，高声龙吟，爪击尾扫击退了十几名士兵。

然后，他温柔地低下头，示意飞灿爬上来。

飞灿摇摇头："不，那是你高贵的脊背，我不应该上去……你走吧，带着你的兄弟姐妹走吧……"

腾云摇摇头，坚持让飞灿上来。

身后已经有更多的士兵逼近。

"跟他走吧。"霍夷说，"龙的世界里，没有奴隶。"他疲惫地躺倒在地上，仿佛放下了二十年来的重担。

飞灿看着霍夷，不知道该说什么。

腾云却张嘴说话了："吾……喜欢你。"

飞灿惊呆了，整个人木讷地看着腾云，不知道该说什么，也不知道该做什么。她从未想过腾云会说话……更从未想过腾云会有人类的情感。

此时腾云双目中全是温柔，他像宠物一般撒着娇等待飞灿的回应。

"一起……走……"腾云的话说得并不利索。

墨云在哥哥的臂弯里扭动着身躯，示意飞灿一起来。

飞灿抹干了眼睛里的泪，脱掉了满是泥土的鞋子，赤着脚踩上了腾云，骑在了腾云的脖子上。

龙飞九天，转瞬就不见了。

霍夷看着飞灿留下的一双鞋子，也有眼泪流了下来。

豢龙堡忽然让他觉得一阵眩晕。

这时苏新闯了进来，他顾不得满目狼藉，大口喘着粗气说："一个月前……圣上驾崩了……"

二十二年后的霍庄。

霍夷正在庄园里摘果子。

年迈的他弯腰再站起已有些费力，但仍坚持自己采集食材。

只有自己亲手采的东西，才会对它有感情，才能烹调出美味。

就在他抬起头擦擦汗、捶捶腰，想要看看日头到了哪里时。

天边传来一声龙吟。

跟着在太阳之下，白云之上，有六条龙一同出现，婉转低回，不断盘旋。

其中一条碧绿的巨龙飞得最低，那条龙上分明骑着一个中年女子和一对青年男女。

那女子不住地向霍夷招手，脸上挂着开怀的笑。

霍夷也向她招手，脑子里萦绕的都是多年前的夈龙堡旧事，浑然没有注意一只通体雪白的鹿已经悄无声息地袭来。

杀死一个司机

周方军

十一

我只是好奇，像这种老实人，怎么会有人买他的命？

李卫国从汽车旅馆里出来的时候已是深夜。他驾驶路虎汽车从寂静的街道驶过。四下无人，十字街口的指示灯亮起红灯。

突然，副驾驶座那侧的车门传来一阵敲窗声。随后，紧锁的车门插销弹起，一个穿着松垮球衣球裤的男人打开车门坐了上来。

李卫国眉头一皱，不知道对方使了什么手段。他犹豫地打量着这个看上去不怀好意的男人，开口说道："这位先生，我想您上错车了吧？"

"怎么会，我怎么会认错李卫国李先生？"那个男人从口袋里掏出一个手机，调出视频点击播放。李卫国的耳边瞬间响起一阵痛苦却又兴奋的呻吟——这个熟悉的声音正是他不久前发出的。

身为企业老总，他在外面光鲜亮丽，却有着不为人知的癖好。他一直掩饰得很好，时不时花钱找专业的女人满足一下需要，从未发生过意外。

他本来对今晚的那个女人很满意。她出众的脸庞、傲人的身材在皮衣皮裤的衬托下给人一种想要臣服的威压。他跪在女人脚边，偷偷抬头看她的时候，看见她拿着皮鞭，嘴角扬起戏谑的笑。那样的笑容令他感到兴奋和羞辱，他本以为那是一个专职从业者专业的嘲笑，现在想来，她是在嘲笑自己被玩弄于股掌之中。

"你们设计勒索我？"李卫国强压住情绪，问道。

"李卫国，四十三岁，有一家估值过千万的外贸公司，和妻子感情恩爱，育有一女，曾在海外留学，是个高才生。"男人没有接茬，自顾自地从车后座的车载冰箱里取了一罐百威，旁若无人地打开喝了一口，"如果你不希望这段视频流传到你老婆手里，那就在明晚这个时间来这里，带五十万的现金。"

说完这段话，男人头也不回地从车上下去了。

第二天深夜，这个男人拎着一个旅行袋走进一家五星级酒店的房间，莫灿灿正躺在酒店套房客厅的沙发上，专心致志地涂指甲油。

落地大窗倒映着她修长的腿，鲜红的指甲油将她的皮肤衬得更加雪白。

眼前这个年轻的男人名叫周力学，是她半年前在一次行骗过程中救下来的。此后，他们一直搭档，做成过几单大买卖。

周力学生性散漫，但擅长揣摩人性、破译电子产品；他排斥计划，常常违背莫灿灿的指令，却又能随机应变、化险为夷。尽管如此，莫灿灿还是不止一次地警告他，这样下去总有一天会像之前那样，再栽跟头。

莫灿灿见他进门，朝他问道："那个老男人有没有耍什么花招？回来的时候身后有没有尾巴？东西都检查过了吗？"

周力学满不在乎地把行李袋丢给莫灿灿，懒洋洋地说道："不就是一个土大款吗，能玩出什么花样？莫姐我跟你说，要不是你拦着，我不从他身上扒一层皮下来，就白瞎我在江湖上混了这么多年。五十万，不痛不痒的，够干些什么……"

"你知道什么，凡事留一线，千万不要把人逼急了，兔子急了还咬人呢。"莫灿灿一边教育周力学，一边拉开行李袋的拉链。

在满满一袋钱上面，赫然出现了一张印着野狐图案的卡片。

莫灿灿的身体颤抖起来，她强忍住内心的震惊，在沙发上靠了一会儿，然后把卡片放到贴身的口袋里，装作不经意地起身，不顾周力学的絮叨，离开客厅走进套房的主卧。

莫灿灿坐公交来到城郊一处偏僻的小区。小区十分破旧，是老式水泥建筑。楼房北面背阴，墙上爬满青苔；小弄堂的地面横七竖八地裂开，裂缝里长出细长不一的杂草。

她循着卡片上的地址走进一幢楼房，爬楼梯来到六层。台阶右侧房门上镶着 602 门牌的房间没有锁门，莫灿灿轻轻一推，走了进去。

和破旧的楼房外表不同，房间里仿佛是一个新的天地，豪华的装修却不失房子主人独特的品位。奶白色的墙面上悬挂着盆栽和野兽派的画作，二十六寸液晶显示屏对面的手工真皮沙发上，一个瘦削阴沉的男人和一个中年胖子半躺着，看着电视屏幕上的真人秀节目。他们听到声音，目光移了过来。

胖子看到莫灿灿，兴冲冲地起身走到门口，把她迎了进来："莫姐，好久不见。老大在里屋呢。"

莫灿灿闻言脸色一变，说道："我愿意过来，是想见见你们。"

"你瞧你说的这是什么话，什么你们我们的。没有老大，就没有我们这个团队。"

"她也配做老大？"莫灿灿冷冷地顶了回去。

胖子被莫灿灿搞得有些狼狈，他把求助的眼神投向沙发上那个瘦削阴沉的男人，男人却没有任何反应，依旧静静地看着电视上的节目。

胖子正准备说些什么缓解尴尬，一个好听的女声从阳台那头传来：“灿灿，欢迎归来。”

温暖的阳光下，一个短发女人打开阳台的门。风吹起她的头发，眼睛在发丝间若隐若现，透出夺人的光。她有一副凹凸有致的身材，刻意用宽大的牛仔裤包住，身上的气质却依旧无法掩藏。

莫灿灿撇撇嘴，冷言冷语地说道：“你还活着？”

女人却一点儿也不生气，把头转向窗外，目光里透着一丝沧桑和无奈：“是啊，人总得活着。”

说着，她像是放下了心中的包袱，语气重新轻松起来：“你们都还在，真好，我想你们了。”

“对对对，一家人在一起最重要。”胖子听到女人的话，生怕莫灿灿继续出言顶撞，急忙接过话题，“大家这段时间都过得怎样？”

女人感激地看了胖子一眼：“我替宝哥报仇了。”

“报仇好，报仇好。什么？你替宝哥报仇了？”胖子一愣，这才反应过来，“你是说宝哥是被人害死的？”

女人点点头，说：“一年前，宝哥意外去世，我当时怀疑不是一起简单的事故。经过调查，我发现了一个和我们一样，通过制造意外来进行谋杀的组织。他们和我们那时候做的一笔单子有关，宝哥应该是发现了什么，所以才引得对方杀人灭口。直到上个月，我把对方一网打尽，这才敢再来见你们。”

“听你的意思，你都是为我们好咯？”莫灿灿冷笑一声，说道，“那你为什么要拿走那笔钱？”

“那笔钱和那个组织有关，我怕连累你们，所以没有知会就拿了钱离开了。”女人从房间的角落拖出一袋现金，打开，“我知道你们这段时间过得艰难，这笔钱你们分了，包括我那份，算作我对你们的补偿。另外，我希望大家可以重新回来，继续跟着我干，我会保护好大家的。"

"谢谢老大。"胖子看到钱，眼睛发亮。他乐滋滋地起身将钱分成三份，递给莫灿灿和娄一斌——那个瘦削阴沉的男人。

娄一斌点点头，收下钱没有点数。莫灿灿却一把打掉胖子递过来的钱。

离开团队以后，莫灿灿一直靠设局行骗为生，尽管多了一些风险，但日子过得滋润，不像胖子和娄一斌一样生活潦倒。她盯着那个女人，一字一句地说道："程瑾瑜，我不需要一个二话不说就离开我们的老大，也不需要你的保护，更不需要你的钱。"

"莫姐，你别这样，老大从来没亏待过我们，我们跟着她……"

"闭嘴。"莫灿灿打断胖子的话，对着那个短发女人说道，"我现在有我自己的合作伙伴。没有你，我过得更好。"

短发女人没有说话，她走到莫灿灿身前，伸手就朝她的胸口抓去。莫灿灿本能地躲闪，一把抓住短发女人的胳膊，短发女人反手挣脱，同时举起右手控制住莫灿灿的双手。在莫灿灿的尖叫和反抗中，短发女人从莫灿灿胸口摸出一粒纽扣状的金属，然后掐断它背后的金属线，丢到杯子中："我想，你的新同伴并不如我们来得靠谱。"

在莫灿灿惊讶的眼神中，短发女人对她说道："灿灿，我承认你的设局能力非常突出，但有时候并不全面。你这次敲诈的对象李卫国，他的身份并不那么简单。李卫国表面上是海归高才生、杰出企业家，但他暗地里则做着黑社会垄断暴利行业的勾当。你设局到他身上，却没有调查清楚他的情况，如果不是我替你把附在现金上的跟踪器拿走，恐怕你现在就不是站在这里，而是躺在医院里了。"

短发女人又指了指杯中的那枚窃听器，说道："更重要的是，你的搭档明明检查了旅行袋，看到了放在里面的卡片，却假装不知情，还在你身上放了窃听器，恐怕哪天他把你卖了，你还在帮他数钱吧？"

"好了，现在我们可以来说说这一次的任务了。"程瑾瑜掏出几张照片放到桌子上，"这次我们的目标是李海东，三十四岁，货车司机。早年在货运公司跑长途，前几年攒钱买了一辆二手货车，自己接活儿干。没有什么不良嗜好，生活规律，夫妻和睦，有一个三岁的女儿，大家说说看有什么想法。"

"老大，这还不简单，我们在刹车上动些手脚，让货车失控不就得了？"胖子阿邦说道。

"不行，车子发生意外，警察一定会去查看车子的刹车，大火也很难抹去动过的手脚，很容易被人发现。"程瑾瑜否定道。

"要不让莫姐接近李海东，把他灌醉了，制造醉驾车祸的意外？"在一旁一直没有发声的娄一斌提议道。

"恐怕不行。"程瑾瑜再次摇了摇头，"李海东这人滴酒不沾，而且他和老婆的关系非常好，甚至有些怕老婆，灿灿想要得手，难度也很大。"

"我觉得，我们是不是可以试着在轮胎上做点儿文章？"程瑾瑜见众人不再说话，沉思了片刻，望了望窗外的烈日，提议道。

"轮胎？"胖子阿邦反问道。

"没错，轮胎。"程瑾瑜说道，"普通自重两吨左右的小轿车，轮胎的标准胎压是二点五个大气压，而大货车的胎压则要达到七到十个大气压，如果发生爆炸，胎内气体在短距离内瞬间产生巨大的冲击波，它的威力相当于一颗手榴弹，足以致命。"

娄一斌皱了皱眉头，说道："轮胎爆炸的原因无非有两个，其一是由于温度过高，其二是轮胎过于陈旧，在给予施压的过程中就会发生爆炸。如果我们想要制造轮胎爆炸的意外，任何一种都没法很好地控制。"

程瑾瑜露出得意的微笑:"那如果双管齐下呢?"

"你是说——"娄一斌恍然大悟,他把目光投向程瑾瑜,看到程瑾瑜对他肯定地点了点头。

"大家还有什么意见和想法吗?如果没有,就按照我分配的来执行。"程瑾瑜将自己的想法写到房间的黑板上,然后对众人说道。

"我有个问题。"全程没有说话的莫灿灿突然开口说道。

"是计划中有什么遗漏的地方吗?"

莫灿灿摇摇头:"我只是好奇,像这种老实人,怎么会有人买他的命?"

"不要忘了当初我们成立组织时一起发过的誓,不对无辜之人下手。"莫灿灿不顾阿邦和娄一斌的脸色,继续说道。

程瑾瑜笑了笑,她知道莫灿灿依旧在意之前的事情。她没有生气,而是从电脑上调出一份资料,放到莫灿灿面前:"二十年前,李海东曾经因为酒驾逃逸,之后改名换姓,滴酒不沾——委托人应该就是当年受害人的家属。"

阿邦远远跟着李海东来到岛城货物集散地,趁着他进去交接货物的时候,跑到货车边上。

这辆二手货车在经过长期的长途奔波后,由于缺乏保养,早已破旧不堪。轮胎表面几乎已经看不清纹路,几处隐隐的裂缝预示着轮胎寿命即将终结。

阿邦快速取下货车左前轮的气门嘴帽,然后随便在地上捡了根树枝,对准气门嘴慢慢地扎了下去。

弹簧被轻轻按压,嘶嘶的漏气声传了出来,阿邦观察着轮胎干瘪的状况,然后拧上气门嘴帽,快速地离开了现场。

李海东交接完货物，在路边匆匆吃了个午饭，回到车上开回宁市。

在莫灿灿下达货运任务的时候，她从众多路线中特地挑选了宁市到岛城的这条线路。如预料中的那样，李海东为了节约成本，空车回城的时候选择了不用付费的石子小路。

正值炎夏，太阳火辣辣地烤着地面，在车上望向远处，能看见地面由于高温与空气密度不一致导致的光线扭曲，令人有一种地面被扭曲的错觉。

即便如此，李海东依旧舍不得打开车里的空调，只是开着车窗，加快车速，企图用阵阵热风来缓解燥热。

货车在石子路上颠簸，李海东渐渐察觉到了轮胎的问题。

一开始，他以为方向盘的沉重和跑偏是由于路况的原因，但很快，多年司机生涯的经验令他意识到情况不对。

李海东跳下车，隔着鞋子都能感受到地面滚烫的温度。他检查了四个轮胎，发现胎面上都沾着不少尖锐的石子，这些石子棱角分明，不像是常见的石子路上的石头，怕是运石料的货车在这条小路上颠簸掉下的。

但对李东海而言，问题的关键并不在这些石子上，而是货车左侧前方的轮胎胎压似乎已经不足。

李海东犹豫了一下，想起不远处便有一个修车的小店，于是回到驾驶座，放慢车速，朝修车店驶去。

程瑾瑜看着李海东驱车前往这条路上唯一的修车店，拨通了莫灿灿的电话。

此时，莫灿灿正在一辆出租车上。

她所坐的这辆出租车早已被做了手脚，只等程瑾瑜的一个电话，莫灿灿便控制出租车发生故障。

这条石子路很少有人经过，路两边也没有任何的商铺。出租车司机下车检查完冒烟的引擎，回到驾驶座上一拳狠狠砸在方向盘上，大骂了一声。

莫灿灿假意询问，顺着司机的话把修车店的电话给了他。

修车店老板接到电话谈好价钱，带着工具箱锁上修车店的门，便出发了。

娄一斌早早等在店后头，等店主一离开，便钻出来走到店门前，从身上掏出一根铁丝，轻轻捅了几下，门锁便开了。

他又回到一旁，把早就准备好的玻璃镜子摆放到调试过的位置上，将阳光投射聚焦到店门前的地面上进行加热——那里是唯一的停车位，周边早早地被程瑾瑜安排满各色物件填充了位置。

大约过了十分钟，李海东的货车在一片尘土中驶入修车店，照计划的那样，停在了加温后的空地上。

李海东下车，叫唤了几声老板，没人搭理，他走到玻璃门前轻轻推了一下，门开了。

他在店里望了望，见没有人，走到充气泵面前，拿起来准备往外走，犹豫了一下，又放下了。

程瑾瑜在远处观察着李海东的举动，拨通了娄一斌的电话："娄一斌，有意外，我数三声，你出去假扮修车店老板，去修其他车，让他自己打气。三，二……"

程瑾瑜刚数到一半，远处传来一阵发动机的声音，一辆私家车驶入修车店，停在了货车后面。娄一斌急忙叫停准备出去的瘦子，坐观其变。

私家车的门被打开了，一个二十三四岁的男人从车上走下来——周力学！

周力学叫骂着走进修车店里，走到李海东面前，看了他一眼，然后从他身边拿起充气泵走出门，对着自己的轮胎充完气，然后在柜台上丢下两张钞票，开着车扬长而去。

李海东看着周力学放下的充气泵，犹豫了一下，终究拿了起来，走到自己的货车边上。

一般的充气泵压力表都在顶端，而这家小修车店使用的是老式的充气设备，压力表在尾端，不易观察。李海东有些生疏地操作着，丝毫没有察觉轮胎滚烫的温度。

在炎夏正午时分，长途加速行驶使轮胎处于高温状态，再加上特制石子的摩擦伤害，以及修车店门口加温后的地面，本就磨损老化严重的货车轮胎，在李海东粗暴地充气操作下轰然爆炸……

"本台讯，七月二十八日中午，宁市货车司机李某在某个体汽修店意外身亡。我台记者从宁市警方处了解到，李某未经相关操作人员许可，自行给轮胎充气的过程中因操作不当导致轮胎爆炸，在送往医院的路上不治身亡。有关专家提醒各位司机朋友，高温天气容易发生各种意外，希望大家注意车速，及时检查车况，尤其在行驶前要记得注意观察胎压以及轮胎的磨损情况……"

程瑾瑜看着电视里的新闻，把厚厚的三个文件袋放到莫灿灿、阿邦和娄一斌面前。她看着三人露出喜色的脸，又从身上掏出一张照片："我们还有一个额外的目标。"

莫灿灿一愣，看着照片上的男人，正是她之前的搭档，周力学。

"老大，可不可以留他一命？"莫灿灿求情道。

程瑾瑜摇摇头："他三番两次接近我们，甚至介入我们的行动中。为了我们的安全，我们必须——"

莫灿灿看了看阿邦和娄一斌，他们对于程瑾瑜的话深表认可。莫灿灿紧咬嘴唇，欲言又止。最终，她开口道："老大，我求你让我亲手送他上路。"

程瑾瑜盯着莫灿灿的眼睛，许久，她点了点头。

出租车行驶至市区繁华地段的一家咖啡馆门口，周力学坐在窗边，看见莫灿灿进屋，起身绅士地为她拉开椅子，桌上已放好一杯符合莫灿灿口味的咖啡。

"你拿着钱，今天晚上就走。"莫灿灿掏出自己的文件袋放到桌子上，"她要杀你，我们弄巧成拙了。"

周力学眯着眼，盯着莫灿灿看。

"今天晚上八点，城郊码头。我会给你的卡里再汇二十万。"莫灿灿见周力学没有说话，继续说道，"我不能逗留太久，我先走了，保重。"

说完，莫灿灿起身离开了咖啡店。

周力学用手指叩着杯壁，玩味地看着莫灿灿的背影。

咖啡店外，伴随着一阵刺耳的刹车和撞击声，正在穿过马路的莫灿灿被一辆飞驰的轿车撞上，在空中划出一道完美的抛物线，重新坠落到地面上，而咖啡厅里，悠扬的蓝调音乐依旧。

周力学的视线从窗外收了回来，替从后厨走出来的程瑾瑜重新换了一杯咖啡。

"谢谢你让我亲手为哥哥报了仇。"周力学感激地看着程瑾瑜说道，"只是我很好奇，你为什么要做这一切？"

程瑾瑜喝了口咖啡，不急不缓地说道："一年前，我察觉到团队里有人出卖了我，就拜托宝哥帮我暗中调查，宝哥刚通知我有所发现，晚上就发生了意外。为了保护团队的其他成员，我决定消失，直到一个月前将那伙人一一处理。"

"但自始至终都查不出团队里谁是叛徒，于是我决定以身做饵，重新召集团队。我料定那个叛徒肯定会忍不住再次出手。果然，她想要把你安排进我的团队，然后寻找机会暗算我，却万万想不到我们两个早就联系上了。"

周力学戏谑地笑了笑，他又忍不住问道："我很好奇，你是什么时候推测出我和宝哥的关系的？"

程瑾瑜没有直接回答："宝哥去世后，我曾经去过他长大的孤儿院，院长跟我说起他的童年。他告诉我，宝哥小时候有一个非常要好的玩伴，长大后失去了音讯，直到宝哥去世的消息传开，那个玩伴回了一趟孤儿院。

"而李卫国口袋里的追踪器并不难发现，作为一个对电子产品了如指掌的黑客，你却没有移除李卫国的追踪器，这很容易就让人推测你是想要顺水推舟借刀杀人。因此我把你的照片发给了院长，从他那里确认了你的身份，这才与你取得联系，设下这一出好戏。

"只是我有一点搞不清楚，尽管李海东有他该死的理由，但是你为何会下单委托我们去制造意外杀死李海东？

"一开始我还以为，你是为了替宝哥报仇，想要设计将我们一网打尽，投入监狱。"

周力学闻言抬起头，他看着窗外，缓缓说道："你知道宝哥为什么会进入孤儿院吗？在他三岁的时候，一辆失控的货车撞死了他的父母，而那辆货车的司机，正是喝醉酒的李海东。"

程瑾瑜闻言沉默不语。

良久，她起身走到周力学身边，拍拍他的肩膀："事情终于得到解决，如果你愿意，欢迎加入我们。"

周力学转过头，从挂在椅子上的挎包里掏出一份材料，放到桌上。他盯着程瑾瑜的眼睛，极力控制住自己的声音，说道："如果我告诉你，你解决的那个团队，只是一个巨大组织的外围，而莫灿灿也只是在一年前意外被招揽进那个组织的成员，你会怎样想？"

"他们不会放过我们的。"周力学看着程瑾瑜因为震惊而颤抖的手，缓缓说道，"这，只是开始。"

屋外，原本被晚霞染红的天空突然暗了下来，豆大的雨滴打乱了路上行人的节奏。

一切，像极了电影开篇的画面。

而这，只是开始。

青年旅舍

周方军

张文看到那个老头儿的时候，刚加完班从办公楼里出来。

那是凌晨时分，天已微亮。

张文的公司位于曲城靠近郊区的一个新兴创业科技园区，从市区坐公交车到这里需要近两个小时的时间。尽管这里享有三年免租的政策，但偏僻的位置和不完善的配套设施使得这里鲜有企业入驻。张文到这家公司快两个月了，除了同事，见过的旁人不超过十个，而且大多是园区的工作人员。这一度让张文觉得，这座园区像极了大城市里的鬼楼。

园区外，柏油马路崭新得看不出任何车辆行驶过的痕迹，路口的红绿灯也还没开始正常运作，只有一闪一灭的黄灯提醒着人们，这块空地已是被人类征服的领域。

张文啃着饼干，走上人行道，地面上一层胶质的半透明黏液粘住他的鞋子。他咒骂了一声，抬头看了看头顶的树——身为农村人，连他都不认得这是什么树，地上这些黏糊糊的东西，不知道是树叶分泌的液体，还是树上肥胖的白色虫子的排泄物。

这些白色虫子让张文想到了公司那个喜欢压榨员工工资和休息时间的老板，他大腹便便又秃头的样子，简直跟蠕动的白色虫子完美重合，这让张文忍不住笑出声来。

清晨的风吹过，植物的芳香混合着泥土并不难闻的腥味。

曲城的地理位置和民众的环保意识使它四季如春，因为空气中的颗粒物稀少，所以即便是在清晨，空气中的水汽浓重，也产生不了雾气。

这是张文来曲城的第三年，他一次雾天也没碰见过。对于来自雾都的张文来说，这座城市也许更加繁华，也更有人文气息，却始终少了那么一丝韵味。

现在是早上五点半，距离回家的首班车发车还有半个小时，张文从人行道的台阶上走下来，来到柏油马路中间。眼前是代表着现代文明的高楼和马路，缝隙间那些隐约可见的荒地和原始森林却提醒着他，这座园区依旧被荒芜包围着，只是用金属外壳掩盖了它虚弱的内里。

"吱嘎——吱嘎——铮——"张文的耳后传来破旧踏板的声音和金属撞击声，他一回头，看见一个穿着黑灰色袍子、骑着自行车的老人。

车子是二三十年前流行的二八式，横梁已经生锈，链条却像刚刚上过油。车后座上垂挂着一个布包，鼓鼓囊囊的，不知道里面装的什么。老人整个被包裹在袍子里，看不清他的脸。袍子看上去很旧，上面沾满泥土和灰，带子上挂着像是镰刀、小锄头模样的工具，金属撞击声就是它们互相碰撞发出来的。

张文不自觉地盯着那位老人看，不知为何，他让张文想起了那些都市志怪故事里的人物。

他说不上老人到底哪里古怪，感觉老人与周围的环境格格不入，可又像是逐渐融入到了整个环境中。慢慢地，老人周围好像有了一种暮气沉沉的感觉。

张文紧紧盯着老人，目光随着他的身影移动。老人却仿佛没有看到他一样，自顾自地往前骑着，很快超越了他。

张文看着他，不知不觉地跟了上去，周围也不知道从什么时候开始变得朦胧起来——起雾了。

"吱嘎——吱嘎——铮——"

张文像被声音蛊惑的动物，本能地朝着声音的源头加快脚步，想要追上老人。

雾气不知从何时起包围了张文，透过灰蒙蒙的雾气，可以瞧见的一小方天空也被乌云挡住。

四周暗了下来，像是回到了夜里，周围静悄悄的，似乎连温度都一下子降了几度。

张文看不清路，也看不清前方老人的身影，空气中泥土和草木的味道变得异常浓重，水汽打湿了他的衣服，紧贴住后背，汲取着身体的热量，让他不由得打了个寒战。

只是一恍惚，老人突然消失在浓雾中，找不见了。

张文慌张起来，园区附近是尚未开发的荒芜郊区，除了树木，谁都无法保证那里会不会生存着什么野生动物。

他试图重新找回方向，但在浓雾中无能为力，远处的声音也不受控制地离他越来越远。

那串声音终于消失，雾气也慢慢散了。浑身冷汗的张文发着抖站在原地，发现自己离公交站台只有不到一百米。

公交车来了，停靠在站台旁，车门缓缓打开。

张文走上去，投下硬币。

"我回到家之后就和老板提出了辞职，从此，我再也没有去过那个地方。"

黑暗的房间里，只有微弱的烛光映出男人的轮廓。他身穿西装，蜷缩着身子，双臂环住膝盖，结束了自己的讲述。

他看看周围沉默的几个人，把目光投向那个肩膀宽大、身上满是肌肉的壮汉。

周军在他二十余年的户外生涯中，从来没有见过眼前这样令人诧异的景象。

那是悬崖下的一片平地，不算茂密的草丛两侧，两棵一人臂展宽的云杉像极了奇幻电影里举行仪式的魔法门石柱，巍然地耸立着。树下的灌木丛杂七杂八地混杂着各式植物，多以叶子为锯齿状的蒿草、黄荆为主。

当周军上前一步的瞬间，所有植物像接收到信号一般，猛地朝他的方向刺过来。

是的，刺了过来。

那些植物，包括两颗云杉在内，它们如同向日葵转向太阳那样，不约而同地将枝叶对准了周军。

这种强烈的攻击感令人想到热带食虫草捕食的动作，他的后背因为紧张微微冒汗。

周军是一名导游，准确地说，是一名针对高端客户开发偏僻驴友路线的户外自驾旅行导游。他开辟的西北雪山峡谷路线是圈子里的标杆，没有任何人有这样的魄力和能力，可以带领一支支外行的队伍穿行在这样凶险壮观的原始自然景观中。

半年前，圈子里突然冒出一个无名之辈，在周军原有路线的基础上增加了一项深山之行，从他手里抢走了一大批客户，这让他感受到了危机。

当看到那人的宣传海报时，周军一眼认出了海报上的那个年轻人——他半年前参加过自己的队伍，谎称是一名纪录片导演，出于创作需要详细询问了周军旅行的路线和拓展的经历。

这让周军感到无比愤怒。他明白，报复对方唯一的方法，便是重新开拓一条从来没有人走过、且只有自己可以带队成功的户外旅行路线——这，便是他出现在这片原始森林的原因。

这片原始森林位置偏僻，当地人也因为流传的神话传说对这片林子敬畏不已，鲜少踏足。因而，这里的树木都有着上百年的树龄。视野之内，满眼都是合抱之木，郁郁葱葱。古树的树冠彼此相连，遮天蔽日，太阳光透过重重树叶，只能在地面上留下斑斑点点的光亮。地面上积攒的落叶厚厚一层，一脚踩下去，会有偏黑的黄褐色泥水涌上来。周军刚踏入这里，便感受到林间独有的阴冷。

他一边用相机记录下这里的环境，一边考量路线，思索用怎样的工具可以让一个普通的游人跨过沿路倒伏的树木形成的路障，又用怎么样的技巧才能让他们穿越像沼泽般冒着气泡的泥潭，以及各式各样奇石组成的陡坡。

周军翻上一个坡，来到一个小悬崖前。悬崖上的草木不多，不少已经倒伏，就像有人破坏过一般，些许已经枯黄。这是一条不错的路线，不高的悬崖用绳索工具悬吊下降，对于客户会是一个不错的体验。

周军熟练地从悬崖上下降到地面，收好工具，拿出相机准备记录下这个场景。一抬头，他看到了自己二十余年的户外生涯中从未见过的景象。

这片平地变化的景观就像坐飞机穿越了热带、温带和寒带一般，所有对生长环境需求都不同的植物聚集在一处，然后同时向他发起了进攻。

周军本能地举起双手，放慢脚步，一步步退回到靠近悬崖的平地上。那些植物便重新恢复了原状。

眼前神奇的现象让周军惊讶不已，也让他感受到了一丝莫名的诡异感。他拿起相机，打算记录下这令人称奇的景象，弯腰起身时发现远处被植物遮挡的一块平地上，似乎躺着一个老人。

他急忙从背包中拿出医疗箱，试探地往灌木丛中走。那些植物依旧本能地朝他刺过来，只是这些动作似乎比刚才少了些许攻击感。

周军深吸一口气，克制住心中的紧张，一步步朝老人接近。

也许是感受到了周军的善意，那些植物的枝叶慢慢舒张开来，回归原位。周军连忙小跑几步来到老人身边，俯身查看他的情况。老人是因为脑部受到重击而昏迷不醒，周军用医疗箱里的工具简单处理了一下，便背起老人，往森林外面走去。

老人经过检查并无大碍，只是轻微的脑震荡，但奇怪的是，他一直昏迷不醒。周军每天都会抽空来看望他一次，不为别的，老人身上发生的神秘事件，便足以引起周军强烈的好奇心。更何况，出现在原始森林深处的老人，显然对那里有一定的了解，说不定会为他探索开辟路线提供意想不到的帮助。

五天后的清晨，周军在医院旁边的便利店买了一篮水果，站在通往住院部的电梯里，心中突然涌上一股难以名状的不安。

电梯上行到六楼，周军同护士台的小姑娘打了个招呼，然后朝老人的病房走去。刚到门口，便听到"啊——"的一声尖叫。

像是心中的预感得到了验证，周军急忙冲进门去，病房里只有一个护士。老人的病床上空无一人，只有一圈儿人形轮廓的花草，枯槁干瘪。

"后来，警方过来调查了事情的经过。早上查房的护士看到老人醒来，便去前台咨询医生重新配药，再回到病房，老人就不见了。"壮汉说着，从床头的背包里掏出一朵土黄色的花，示意这就是故事里那个人形花草里的一朵，"当时邻床的病人和家属一起到走廊里散步锻炼，所以没有人知道房间里发生了什么。警方调看了医院的监控，没有发现老人出门的画面——也就是说，老人就这么在房间里凭空消失了。

"最后警方给出的结论是，不明身份的老人可能是觉得自己无法支付医疗费，就从窗口爬出去逃走了。

"那可是六楼啊。"壮汉摇摇头，显然不认可这个说法，"更何况，那个老人怎么看都不像是穷困出身。相反，他和我平日里接触的那群富贵人家一样，身上有一股特殊的气场。"

"我要讲的故事没有张哥和周大哥那么神秘、传奇，甚至算不上一个故事。"一个身材肥胖、看上去却十分讨人喜欢的男生最先从壮汉的故事中走出来，他有些紧张地看了看大家，"周大哥讲的故事让我想到曾经拍摄过的一场活动，是一个植物学教授的讲座。当时，我认为只是一个民科的理论，听完周大哥的故事，我对自己当时的判断产生了怀疑。"

薛波毕业后当起了摄像师，从事这行总能遇到各式各样的人，林海龙林教授就是他在工作时遇到的。

那次活动持续了六天，林教授的讲座被安排在最后一天。薛波经过前五天的拍摄，已经疲惫不堪。院士、教授们的讲话千篇一律，充斥着难懂的专业名词，这让薛波这样的外行人如听天书，直打瞌睡。

而林教授的讲座，却一下子把薛波给吸引住了。

林教授的讲座甚至没有准备 PPT，只是用投影展示了一些用手机拍摄的照片。林教授很瘦，戴着一顶棒球帽，看上去很难接触，但说起话来滔滔不绝，插科打诨。他讲的主题是发现本地珍稀植物的过程。

"冥冥之中""命中注定""我突然灵光一现"这样的用语，

加上挖掘珍稀植物的过程又如探险一般充满波折，薛波差点儿以为这是一场惊奇讲坛的故事会。

　　讲座到了中场，林教授喝了口水休息了一下，突然转移话题。

　　"我们做植物研究的都知道，达尔文的进化论是开天辟地的，但他的学说也有一个致命的漏洞，就是自然选择。自然选择只是揭示了一个结果，我们不能把进化的结果作为唯一的原因。除了自然选择以外，还有什么是影响植物进化的原因呢？

　　"我在三十年前就开始思考这个问题，并且这些年一直在实践中努力探索。

　　"直到几年前，我突然有了一个大胆的猜想——通过我上半场的讲座，相信大家也都发现了，那些原本以为不可能在我们这里出现的珍稀植物，都被我一一找到，甚至在农田的杂草堆里，都能找到热带的珍稀植物。

　　"于是我猜，是不是植物也有意识，也可以像人一样自由地选择相对适合自己生长的地方，并主动去适应这个地方。

　　"有了这样的念头，我开始关注国外的相关研究——北卡罗来纳州立大学生物学家在论文中指出，在捕蝇草所捕食的昆虫中，极少有蜜蜂和甲壳虫，绝大多数是蜘蛛和苍蝇；而相关的物理振动、化学机制等理由，都不能很好地解释捕蝇草的高度选择能力。这让人不由自主地产生联想——捕蝇草是否因为具有思维意识，知道蜜蜂对于植物生长的意义，才进行了这样的选择。

　　"此外，英国诺维奇约翰英纳斯中心的细胞生物学家卡洛琳·迪恩发现，和小麦等许多农作物一样，拟南芥只有在过冬之后，才会在春天开花，他们称这种现象为'春化'。这让人也不得不产生联想，植物本身是不是也具有记忆？

　　"类似的例子还有很多，但始终没有一个人敢站出来反对达尔文的进化论，对着大众高喊一句——植物和我们人类一样，它们也有意识！"

………

这番诡辩让薛波不住地皱眉，近似民科的论调让薛波想起在媒体上看到的类似新闻，这是一群靠博人眼球的观点赚取吸引力的伪科学者。

"这场讲座的后半场，我再没有仔细听。"薛波摇晃着自己肥嘟嘟的脑袋说道，"但是课后，底下的听众纷纷上台围住林教授跟他交流，这让我感到奇怪。

"——那群听众都是从全国各地被邀请过来的植物园负责人，他们为何会对这样一位哗众取宠的伪专家视若明珠，我一直想不明白，但听完周大哥的故事，我想也许是我井底之蛙了。"

薛波不再说话，房间里的其他三个人也明白了他讲述这段经历的缘由。

也许，那些终日和植物打交道的负责人和专家，对于植物拥有意识这样的说法，会更感同身受一些吧。

张文、周军、薛波三人把目光投向了屋子里的另一个人。那人身材瘦小，像一个瘦骨嶙峋的猴子。他躲在角落的窗帘后，一边听着三人的故事，一边摆弄着笔记本电脑。

像是察觉到屋子里突然的安静，他终于抬起头看了看其他人，然后张开口，发出沙沙的声音，语调阴郁，和屋里的氛围完美地融合在了一起。

我是奶奶从小一手带大的，但一直没有见过爷爷——不仅是我，父亲也没有见过爷爷。

从我父亲出生那一刻起，爷爷就没有在这个家里出现过。

奶奶是个典型的农村妇女，要强能干。因为家里没有男人，所以她一边操劳田里的庄稼，一边操持家务，既当爹又当娘，一把屎一把尿地把父亲拉大。

因为家里穷，奶奶没少受村里人的欺负。村头七大姑八大姨聚在一起嚼舌头，最爱拿奶奶的事编八卦。有人说奶奶是做小三怀的孕，也有人说奶奶是被人休了的正房，还有人说奶奶其实根本没有结过婚，我的父亲是她在其他村走亲戚时捡到的婴儿……

每当这些八卦传到奶奶耳朵里的时候，她都假装没听到。直到有一次，有人说爷爷是山上的土匪，把奶奶强抢去，留下了父亲这个匪种。当天晚上，奶奶拿着家里的菜刀冲到那户人家里要拼命，吓得那个长舌妇当场给奶奶认错道歉，奶奶这才罢休。

从此以后，村里再也没有人敢传奶奶的家长里短，但也都心照不宣地认为，是那个农妇误打误撞猜对了奶奶的遭遇，才惹得奶奶恼羞成怒。

村里人不敢提，父亲更是不敢说起爷爷。长此以往，爷爷在家里成了禁忌。我们以为关于爷爷的事将永远成为一个秘密，事情却因为奶奶的一场大病发生了变故。

那时候我上大二，等我考完期末考试的最后一门课程，家里才打电话告诉我奶奶病危，因为怕耽误我考试，所以一直瞒着我。

我当天就坐高铁回到老家，奶奶已经从重症监护室推了出来，被安排在住院部一楼靠近太平间的一间病房。

奶奶看见我，脸色红润了不少，挣扎着坐起来，然后挥散其他人，只留下父亲和我。

"阿强。"奶奶抬起手，伸向父亲，父亲赶忙上前握住，"从你出生开始，我就没有提过你爸爸。我知道你心里好奇，甚至对我有些怨恨，但是我都当作不知道。"

父亲连忙摇摇头，却没有说话。他和我一样，已经预感到奶奶要在临终前，把爷爷的事情告诉我们。

"村子里面的人都喜欢讲我们家的事情，我都可以装作不知道，但他们绝对不可以说你爸爸的坏话，"奶奶的语气有些激动，"他是神仙，我的命都是他救的，你是神仙留下来的根，我努力抚养你是为了把神仙的血脉传下去。"

我和父亲面面相觑，对奶奶的话丈二和尚摸不到头脑。

"我年轻的时候被土匪抓上山，晚上趁他们喝醉酒逃了出来。打小我就经常肚子痛，因为没有钱看医生，所以都是熬一熬就过去了。没想到，这毛病在我逃跑的时候发作了，我痛得躺在地上不能动弹。等到发觉我逃跑的土匪找了过来，我自觉没有机会，就抱着寻死的念头朝那群土匪冲了过去。但我毕竟是一个女人啊，他们一群人有刀有枪。他们要留着我消遣，所以只是把我压在身下绑了起来。就在我绝望地以为自己这辈子只能留在土匪窝里的时候，神仙出现了。"奶奶的眼神望向天花板，陷入回忆中，"他从一棵树上飘下来，随着他落地，周围的植物就像活了一样，同时伸出枝叶朝土匪们打过去。几声空枪的响声和惨叫声过后，那片林间只剩下我和神仙两个人。

"我知道自己遇到了神仙，顾不上疼痛朝他跪下磕头。他本来打算走，看了我一眼，又不走了。他把我从地上扶起来，然后在我肚子上轻轻揉了揉，我的肚子竟然神奇地不痛了。

"他告诉我，他在我身体里种了一颗种子，让我回去好好对待这个孩子。"奶奶看了一眼父亲，继续说道，"我当时不明白他在说些什么。如果是生孩子，那我和他也没有做什么。后来我才想起来，他是神仙，和我们凡人不一样，随手一摸就可以留下了他的血脉。他救了我的命，要借我的身体生下你。阿强，那个神仙就是你的爸爸啊。"

父亲皱了皱眉，想要开口反驳，终究没有说话。

奶奶讲完这个故事，像放下了最后一桩心事。一旁的监护仪突然发出一声长鸣，随着绿蓝红的曲线纷纷变成直线，病床前乱成一团。

屋外的亲属冲进来，围着奶奶痛哭。医生匆匆赶来，注射各类抢救的药物。

我被挤到窗边，在一旁像个无关的陌生人。

不知为何，我丝毫不觉得悲伤。我静静地望着窗外，仿佛那儿有谁会出现。

突然，一个老人，一个穿着袍子的老人从窗外闪过，我本能地觉得那人就是奶奶故事里的神仙，我的爷爷。

我急忙追了出去——奶奶病房外的草地枯了一片，像被人喷了农药，失去了生命。

我在医院的长廊追上了那个老人。或者说，是他站在那里等着我。我望着他，看清了他的脸。他的脸色白得吓人，皮肤没有皱纹，却莫名给人一种沧桑的感觉。

空气里不知何时起了雾，淡淡的一层，让老人显得更加神秘。

他看看我，率先开口："你——是她的孙子吧？"

我一愣，随即反应过来，他是在说我的奶奶。

我点点头，问他："你就是那个神仙？"

"那不是什么仙术，只是和植物交流的本事。"他不置可否地接话，"你是植物的孩子，如果你愿意，你也可以。"

他盯着我，像说一件再平常不过的事："你看那棵树。"

我顺着他指的方向看过去，那是一棵再平常不过的梧桐树，只是看着看着，我仿佛慢慢融入其中，视线和思维脱离了我的身体，来到了那棵梧桐身上。

我仿佛成了一棵梧桐，静静地看着周围的一切。眼前的这块土地、拆了又建的楼房、送别白发人又迎来新生儿的人们、纷扰的世界，就这么静谧地在我眼前稍纵即逝。我好像和这片土地有了关联，又好像和周围的植物发生了交集。一瞬间，这片土地上的沧海桑田，一下子涌入我的脑中。

等我重新回到自己身体的时候，那个老人已经消失，而我，也不必再问出心中的疑惑——我已经对一切了然。

我回到病房，奶奶的病已经痊愈。父亲和亲戚们正在感谢医生，医生在疑惑奶奶奇迹般康复的身体。

我看到所有人的眼睛，但只有奶奶的眼睛望着窗外，透露着智慧的光。

她知道，爷爷曾经出现在那里，用那片枯萎的草地，再一次给了她生命。

屋子里，张文三人一脸震惊地望着床帘后那个瘦猴一样的男人。

"你……说的，是真的吗？"薛波问出了三人心中共同的疑问。

瘦男人露出瘆人的笑，对着壮汉说道："在你讲述自己的故事时，我的植物朋友告诉我，你的确去过那片原始森林，但不是为了旅游路线，而是为了考察杀害那个年轻人的场地。"

他看着壮汉阴晴不定的脸，走到他身边，俯身贴着他的耳朵轻轻地说道："另外，爷爷让我告诉你，不管怎么说，你救了他的命，他很感激你。"

瘦猴继续往前走，来到房门前，按下开关打开了灯。

"来电了。"

他看着三人畏惧的眼神，终于忍不住哈哈大笑起来："喂，你们不会信了吧？我是一个小说家，听完你们的故事，就顺着编了一个——不信你们可以看我电脑，我把你们故事里的元素都记录下来，写了至少三个版本的小说。"

壮汉率先跟着笑了起来，称赞起瘦猴讲故事的能力。

在强颜欢笑中，四个人各怀心思地回到了自己的床上。

第二天薛波起床的时候，其他三人都已经走了。

他收拾好行李准备离开的时候，路过瘦男人的床，他鬼使神差地掀开床上的被子。

被子底下，一圈儿围成人形的枯黄花草躺在床单上，青年旅舍的房间里死一样的沉寂。

鹿离歌

青春青理

十三

在所有人的目光中，璃光鹿带着两个粉琢小娃和裕春，在风里凭空消失了。

裕春挽着裤脚站在溪边，将最后一件衣衫在流水里捣洗干净，提起来拧干，摸索着放进了竹篓里，这时，邻家大婶的喊声在不远处响了起来——

"春儿，看天色快要下雨了，早些回去，莫教你爹爹担心！"

她应了一声，又摸索着拾起脚边的竹竿，轻声唤道："阿黄。"

旋即一个"汪汪"的声音欢快地自前方溪里朝她奔近。黄狗上得岸来，摇头摆尾地甩了甩水，一团毛茸茸的触感绕在她的脚踝处，又湿又暖又痒。

锦国二十八州，这丰水村在栖州最东边，青山如黛，水美鱼肥。村里四十来户人家大多姓武，裕春的爹却姓关，是外来户。

据说裕春出生那日爹娘正巧途经此地，匆忙借了间茅屋接生，不曾想却遭遇难产。尽管爹爹身为郎中，使尽浑身解数，辅以药草疗养，娘也只熬了不到半年就撒手人寰，留下一个七尺男儿对着嗷嗷待哺的女娃一筹莫展。

所幸乡亲邻里时常照拂帮衬，裕春一天天长大。一晃十五年过去，裕春已出落成一个朱唇皓齿的亭亭少女。

只是她的瞳孔上依旧像覆着一层灰雾凝冰，犹如千年不散。

她是个盲女。

自四五岁稍微懂事起，裕春就不再睁着那双灰白的眼睛了，怕吓着人。她隐约知道自己与旁人是不同的。她无法想象碧水烟波是什么颜色，日升月落又是什么景象，她的世界甚至没有黑色，只有一片虚无。

但她能听，能摸。

日子久了，她还能在爹爹出门采药时，帮忙做些家事。

裕春提着竹篓，跟着阿黄的叫声紧赶慢赶地往回走。风忽然就大了，树声婆娑。走到竹林中央的时候，第一滴雨已经落了下来。

很快就变成了瓢泼大雨。

裕春只好把竹篓顶在头顶，哗哗雨声里，阿黄忽然急促地叫起来，她似乎也感觉到了异常，停了脚步屏息聆听。

渐渐地，一个若有若无的叫声断断续续地从西北方传来。

裕春循着声音一步步靠近，直到呜咽声近在咫尺。她用竹竿敲打跟前的草丛时，碰到了一个坚硬的物件。

她犹豫了一下，蹲下身去，摸到了一只冰冷的铁齿夹，以及一条骨节分明的兽腿。

这片竹林在半山腰，并不大，又是裕春回家必经之路，丰水村的猎人从来不在这里置放捕兽夹，而且他们的狩猎方式也不是这种绑着布条的制式，这是从哪里来的？

裕春心生疑窦，接着摸到了分叉的兽角，大致判断出这小兽是一只鹿。

奇怪的是，鹿身上摸起来很干净，没有一丝一毫淋湿。

"别动。"

她双手摸到锯齿的空隙，才发现以自己的力气很难徒手掰开，只得将竹竿插进开合处，又找了根新竹，两相交叉，直至手脚并用，才终于打开兽夹。

裕春只觉得手上一轻，那小鹿挣脱开来，对着她"呜嗷"几声。

"快走吧，下次可要小心了。"她也不管对方听不听得懂，急声催促道。

小鹿顿了几秒，似是回头跑了。裕春浑身已经湿透，待到耳里除了雨声并无他响，才忽然朝着空气中喊了声："谁？"

无人应答。

她刚刚恍惚听到了一声很轻的"啊呀"声，可是凝神细听，又什么都没有。

大概是自己多心了，裕春想着，俯身在地上摸到几株植物，凑近嗅了嗅，然后稍一用力拔出，这才和扑兽夹一同收起，唤了阿黄继续上路。

到家时爹爹还没回来，她换上干净衣服，不多时，还是发起了烧，自己熬了碗姜汤喝下，躺在床上昏昏沉沉就睡了过去。

雨势将停未停的时候，两人一马站在了竹林那处陷阱旁。

方士宴单撑着一把纸伞，端量了片刻草丛里的半截细竹和杂乱的踪迹，道："捉住了，又被人救了。"

"你如何确定捉住的一定是璃光鹿，而不是别的什么走兽？"马背上的男人披着蓑衣，远眺着竹林尽头的方向。

"这鹿最喜食银霜草，偏这草只在白露至霜降时分疯长。"宴单有些可惜地看着那几处被挖空的小洞，甚是心疼，"在下费劲儿弄了些当食饵，本以为万无一失……"

"不急，左右出不了这座山。"男人看看时辰，提起了缰绳，"后日午时，武骑尉差不多也该到了，你不是说璃光鹿出，必生瑰宝异象吗？走，去看看出了什么宝物。"

马蹄扬起，向前方疾驰而去。就见宴单自袖里掏出两张符箓，喃喃念了几句咒语贴在靴上，整个人便像翎羽一样轻轻飘了起来，好似没有重量一般。

他脚尖点地，借力跟上。

雨霁初晴，青草被风一吹，摇落几颗闪着微光的雨滴。

裕春迷迷糊糊间做了很多碎片式的梦，梦里有鹿鸣有鸟叫，还有各种车马辚辚和鼎沸人声，再然后所有的嘈杂声忽然一瞬间寂静了，于是那声极轻的"啊呀"声显得异常清晰可闻。

一个尖细稚嫩的小女孩嗓音响起："她拿走了璃宝的存粮！"

另一个声线略粗的小男孩接过话来："差得不多，再找找吧。"

"你们是谁？"

裕春小心翼翼地开口问道，岂料交谈声立即戛然而止，随之而来的是一阵风吹摇铃声。她循着声音伸出手，摸了个空。

醒来的时候，外屋正传来爹爹关山和武铁生的说话声。

武铁生是猎户家的独子，年纪只比裕春大两岁，两人算是青梅竹马。铁生个头敦实，性子有点儿毛躁。他一路风风火火飞奔进来，嗓音如雷贯耳："山叔！快看这是啥？我在山里挖到的！"

一块菱状的石头被塞到了关山手心。那石头呈鲜红色，转动时泛着金刚的光泽，通体呈微透明状。

朱砂。还是纯度很高的镜面砂。

关山犹自发着愣，铁生已经期期艾艾地凑近来问道："山叔，这下我娘是不是有救了？"

铁生娘的病缠绵悱恻已有两三年，时常胸痛咳嗽，关山给开的药方多是百合、天冬、白及、川贝和灵芝几样，可一直没什么好转。

"别想多了，你娘的病用不上。"关山答道，又问，"村长知道了吗？"

"阿钱也挖了一块，没我这个成色好，这会儿多半告诉他爹了，咱村里哪有能瞒得住他们家的事。"

铁生悻悻然，似乎不甘心自己竟是做了无用功，又问："山叔，你会不会炼丹？不是说方士们都用这个炼长生药吗，为什么我娘用不上？"

"长生药……"关山笑着敲了他一记脑门，"傻小子，你倒是见谁炼成过？都是传言罢了。"

铁生郁郁而走。关山转头就看见倚在帘边的裕春，不知站了多久。

"你都听见了？"他抬手摸了摸女儿的额头，已经不那么滚烫了。

"嗯。"

裕春蒙着被子睡了一觉，出了身汗，感觉已经好了大半，听到爹爹舀水准备生火烧饭的声音，她支吾着问："铁生娘……得的是肺痨吗？"

关山洗灶的动作略微一滞。

裕春从小经他言传身教，大多数寻常药草她闻闻便能辨出，把他一身的本事也学了个七七八八，猜出这事并不难。

"唉……是的。"他索性不再隐瞒。

"铁生性子直，这事还是不要给他明说。"或许是想起了裕春娘，关山有些唏嘘，叹道，"从阎王爷手里借命，借得了初一，还能借得了十五吗？"

朱砂其实并不算什么稀罕物，但也确实不是寻常人家时时刻刻用得起的。

山泽国有。

朝廷对金银铜盐矿的开采管制甚严，但其他矿产多使用听人私采、官府收税的形式。村长在矿脉附近探查几番后，当夜便召集全村开了个会。

丰水村发现朱砂矿的消息很快便传了出去，没两天官府就派来了人。磋商半日，按"三十取二"的税率定了下来。

接着便有矿商上门谈生意。

全村的人都兴高采烈，这简直是坐拥一座钱山，只要有矿就能吃穿不愁，比起之前日出而作日落而息的日子实在是好上许多。

采矿等事宜轰轰烈烈地开展起来。十里八乡有不少的劳壮力也加入到队伍里。一时间，连在溪边捣衣的大婶们也难得地不聊家长里短了。

"他二嫂，你说奇不奇怪，那司务大人刚签了契纸，后脚又来了一队骑兵队，看着人数至少三十人呢，咱们这安生挖矿的，怎么弄得像要抓逃犯似的。"

"你没听说吗？那些兵爷在找一头鹿，说无论谁看见了报上去，核查属实，直接领走五十两白银！我一会儿正打算去溪上流附近碰碰运气……想想，五十两呢！"

鹿？裕春不由得竖起耳朵认真聆听。

"有这事？哎呀，什么鹿这么值钱？"

"也没说清究竟是什么鹿，反正你一看，就知道不是寻常的鹿。"

裕春回到家，摸索着帮爹爹收拾院落里晾干的药草时，还在想着阿婶们的对话。她隐约觉得，那鹿就是自己救过的那只。

不知怎么的，她有些心神不宁。

关山给阿黄的食盆里放了些鱼骨剩饭，整理好自己的药篓，里面除了药材还有一些瓶瓶罐罐的药丸。除了日常出诊，他还定期给邻村一个药商送货以维持生计，一来一回得耗上三四个时辰。

"爹爹走了，春儿没什么事就不要出门了。"他想起最近村子里人多口杂，不放心地对着女儿叮嘱。

"知道了。"裕春点着头。

脚步声远去。

裕春回了屋里，突然想起什么，踮起脚尖在衣柜顶拿下一个木盒子打开，里面是那日她从捕兽夹附近挖到的植物，她没闻过这种草香，摸了几回也没辨识出是哪种药草。

竟是忘记问爹爹了，她懊恼着想。

日央时分，铁生心急火燎地冲了进来。他在外屋里屋未见着人，直奔进厨房，把正在煮粟米的裕春吓了一跳。

"春儿，你爹呢？"

"去桐永府送货了。"她刚扔进一把柴火，"怎么了，出什么事？"

铁生一个铮铮男子汉，急得声音都在颤抖："我娘……我娘咳血了！"说着他拔腿就要往外走，"不行，我得去求个大夫过来。"

"等等。"

裕春站起身往锅里又赶紧舀了一瓢水，擦了擦手说，"让我去试试吧，你这会儿下山，怎么来得及？爹爹约莫再过两个时辰就回来了。"

匆忙之中，她只来得及拿了一套银针、几瓶应急药丸，和着那不知名的植物往袖兜里一塞。

铁生背着裕春大步健飞地往回赶，他抄了一条近道，也没注意一路上竟是一个人影都没遇到，过了一座树桥没多久，忽然右脚一崴，半截身子栽进了松软的土里。

猎人惯用的落坑陷阱。

铁生自是熟悉这一套，只听得头顶风声大作，有个黑影急速落下，他来不及细想，拼尽全力把背上的少女往旁边一扔。

裕春摔在地上翻了几个滚，七荤八素有些发蒙。她不知道发生了什么，但能感受到重物坠地震得地面都在颤抖，听见利器刺破血肉和铁生哀号的声音。

她惶恐不安，大声叫道："铁生——"

"我……没事。"

铁生的左腿被一把扎在圆木机关上的尖刀插入，血肉模糊，深可见骨。他咬着牙，把目光转向囚笼外十几丈远的地方。

那里列着一队骑兵，呈扇面阵型，兵强马壮，手上均持有弓弩，领头的是一个身披铠甲的武将，旁边还站着两名男子。

宴单远远地看见误伤了村民，惊问："怎么还有旁人？"可罗盘上摇摆不定的指针让他来不及分心。

武骑尉沈景龙沉默不语，昌平侯只略微皱了皱眉，然后视若无睹地注视着前方。

他们都在等待着此行的目标。

然后那只鹿终于出现了，就在指针咕噜噜停在正北方那一刻。

昌平侯终于明白为什么这种兽会被称为璃光鹿。

即使日色还未西沉，依然能看见那鹿身上散发着绚烂的微光，倘若在夜间，恐怕会更为耀眼醒目。

这只鹿四肢修长，似花朵的梗茎般优美，鹿角蜿蜒，左右各悬挂着一枚古铜铃铛。它抖了抖耳朵，翕动一下鼻孔，闪闪发亮的鹿蹄速度飞快，似是一起一落，眨眼就立在了裕春身边。

昌平侯抬手，一把紫檀大弓递到了他手心。

他的手很稳，左手持弓，右手勾弦，只是略一瞄准，箭矢如流星般破开空气，带起呼啸的风声，疾速激射而出。

璃光鹿却是轻轻巧巧就闪了开去。箭矢几近洞穿后方一株杨树，足见其力道之猛。

"收！"

宴单发话，沈景龙挥了个手势，所有士兵拉弓搭箭，满弦，箭射。

每一道箭尾都系着一条挂有黄纸符箓的红线，按着特定方位射出，璃光鹿自然是听到了，它有些急，低头去咬裕春的衣袖。

裕春坐起身，尚不知铁生已经疼得双目泪流，昏死过去。此时阵法初成，宴单不敢马虎，他喃喃念咒，红线如有灵一般首尾衔接，凌空升起，徐徐逼近。

鹿角上的铃铛一闪，竟幻化出两个粉雕玉琢的巴掌大的娃娃，其中一个羊角辫女娃冲着宴单喊道："你这臭方士怎的如此不要脸？朱砂矿都赏给你们了，还想打鹿神的主意？"

另一个童髻男娃落在了裕春肩上，催促道："姐姐，快把你身上的银霜草拿出来！"

裕春从没有像此刻一样痛恨自己目不能视，她想知道铁生怎么样了，眼前究竟发生了何事，可是周遭一片混乱，箭矢声、马蹄声、风声、方士的念咒声……林林总总让她完全无法思考。

银霜草……银霜草长什么样？

电光石火间，两个娃娃的声音和她的梦境重叠起来，她惊醒般伸手去掏自己的袖兜。

"是这个吗？"

裕春摊开的手心，三株银叶状的植草静静躺在其间。

鹿舌一卷而空，璃光鹿突然低下鹿角，勾起裕春的领口猛地一个仰首，她整个人瞬时腾空，跌坐在鹿背上。

她吓得一声惊叫。

红线已泛着锐不可当的锋光切割过来，所过之处林木尽碎。璃光鹿腾挪闪跃，它虽然速度极快，每一次扬蹄有如瞬移，但阵法在宴单的操纵下，不断缩小着包围圈。

"璃宝为什么还不走？这方士有些道行，再拖下去可就晚了！"女娃娃有些不满地嚷道。

璃光鹿伸长脖子发出一阵悠长清越的鹿鸣，两个娃娃似是听懂了，互相对视了一眼。

裕春犹自紧抓着鹿角，惊惶得快要哭出声，忽然感觉自己的眼皮被强行撑开，灰白色的眸子正对上迎面而来的宴单，冷不防把他吓得一颤。

那本该缠上鹿蹄的红线便差了一厘。

湿漉漉的鹿舌舔舐上少女的双眸。

虚空里传来极轻微的一声"咔嚓"，仿佛万年冰层中陡然裂开了一道隙缝，纷纷繁繁的光线携着风呼啦一下涌入裕春逐渐清晰起来的双瞳。

平地生起了一阵大风。

于是在所有人的目光中，璃光鹿带着两个粉琢小娃和裕春，在风里凭空消失了，杳无踪迹。

一无所获的宴单随着昌平侯、骑兵队一同返回都城辰州，在村口与一个背药篓的郎中擦肩而过。

关山还未到家，就已经从乡亲们口中得知裕春失踪的消息。

他在那片林地疯了似的找了三天，没有任何结果。四十岁的青壮年，似一夜之间老了十几岁。

起初大家都说裕春被鹿神接走去做使者了，从此长生不老，入了仙籍。

时间久了仍然毫无音讯，便又说她已经投胎转世，魂魄已过奈何川，来世会投个好人家。

他们劝关山想开点儿。

这么说的时候，没有人知道，裕春就站在关山身边，以一种悲凉的目光注视着他们。

真实的世界是什么样子的？

光滑的卵石，粗糙的树皮，冰冷的雪霜，温暖的阳光，平缓的溪流，尖锐的菱石，金黄的秋叶，透明的雨滴，银色的鱼群……

她一样一样触摸，将从前感知世界的触觉、嗅觉和眼前的视觉一一对应起来，只是，她的眼睛明显还多了别的说不清道不明的东西——

她能看见一朵花的开谢，一棵树的枯荣，一只鸟的生死，一个蚁群的汇集与覆灭……是的，如今她能看见世界了，却没有人可以看见她了。

璃光鹿离开之前，鹿角上的小女娃说："你是人，人神殊途，我们没法带你走，这可怎么办？"

她也不知道怎么办。

她这双眼也不是人该拥有的，她被两个世界同时遗忘了。

一晃五十年。

这些年里发生了很多事。铁生的腿伤一直没好利索，成了瘸子，翌年他娘病逝，再后来他娶了妻，生了俩娃，又学了门木匠手艺，活儿倒是越做越炉火纯青。

他此生没有再接近矿脉。

关山长年郁郁寡欢，于四十七岁那年忧心而终，也是铁生张罗着办了后事。

裕春经常在爹爹的墓前一坐就是一整天，不说话。

再后来铁生举家搬去了县里，听闻开了间木匠坊，生意还不错。子承父业，这手艺和招牌在若干年后也交到了他两个儿子手上。

丰水村已经矿老山荒，再不复当年山清水秀的丽景，村民们但凡有点儿能耐的，都携家带户地往村外迁移。

最后整个村子几近渺无人烟。

这天，山上来了一个年轻人。

年轻人骑着一头驴，身着一袭白衫，神态好似游山玩水般悠闲，他双眸清亮明澈，一路东瞧西望，登上山顶时，竟一眼就看见了坐在迎客松下的裕春。

毛驴"呱嗒呱嗒"地绕着她转了三圈儿。

"有意思。"他摸着下巴点点头，"有意思，真有意思。"

年轻人连着说了三声有意思，裕春这才回过神来。

她已经很久没有开口说过话了，一时竟不知如何接口。这个白衫男子……大概是这么多年以来，唯一能看见她的人类了。

哦不，倒也不是唯一的，十几年前，宴单曾经来找过她一次。

彼时的方士两鬓斑白，而眼前的裕春依然是印象中少女的模样，仿若时光在她身上没有留下丝毫印迹。

他手上捧着一个鎏金莲花座，座上燃着一缕奇香，这香气能让他们彼此沟通，但也仅限于此。

两人之间，仍然隔着两个世界。

"你后年会添孙儿了。"裕春看了他半晌，道，"幼时辛苦，四十兴荣，衣禄不少，子女来迟……你一生行事善恶参半，如果可以，杖乡之年你不要北上……会死于战乱流矢。"

简短几句，已道尽他的一生。

宴单起先愕然，片刻后释然。临走之前向她行了一礼，似是愧疚，又似是敬重。那之后便再没见过。

年轻人"嘿哟"一声从驴背上跳下来，木屐啪哒踩在青草地上。

他饶有兴趣地打量着裕春。

"既不在人道，又入不全天道，此番两难，前所未见。"他想了想，又问她，"你要不要跟我走？"

裕春睁着一双同样明澈的眼睛，只是眼神茫然，不解其意。

"天机窥视多了，会折寿，做个普普通通的女孩子多好嘛！"

年轻人说着，就那么随手一挥，指尖所划过之处泛起一道无形的涟漪，仿佛世间那层单薄而透明的坚实壁垒被他轻而易举地撕开了一道裂缝。

然后他一把抓住了少女的手，轻轻道："来。"

那只有力的手带着记忆中肌肤的滑腻触感，很暖，也很真实。

强烈的酸楚忽然就涌上了裕春的眼眶，眼泪从她眼里滚珠似的掉下来，怎么都止不住。

她生怕对方会松开，手指紧攥着他，终于放声大哭。

她等这一刻等了很久很久，久到她都快要忘记自己是谁，关于爹爹、铁生、阿黄、璃光鹿、药草香、丰水村山脚下的小清溪……遥远得都像是前几世的事了。

"莫哭莫哭。"年轻人替她擦掉几行泪，又在她眉间轻轻一点，"我便将你这天眼封印在左眼里，不到关键时刻，不可轻易睁开。"说着他莞尔一笑，"当然，作为报酬，你得成为我入世之后的第一个弟子……"

"从今往后，你便叫问一吧。"

裕春将手覆在自己湿润的眼睫上，试图将平自己的心绪，她依然抽泣着，问："师父……能教我什么？"

"你想学什么？"

"我想学……岐黄之术。"

"那就教你岐黄之术。"

此时的裕春并不曾想到，数年后，已经是妙手神医的她在仙东集市的黑水地牢里给许青美接骨的时候，狼狈不堪的许青美问她，师父究竟是个什么样的人。

她想了很久。

"他是这天下永怀赤子之心的人……"

"但也是这天下最悲哀的人。"

山鬼鼓

青春青理

十四

老唐光顾着打量鼓，此时转回目光，惊得下半句咽在嗓子里，怎么也发不出声来。

——这是一把雷鼓。

——山鬼的祭祀鼓。

——他们是不是跟你说，我就是那山鬼。

——你，信吗？

锦国曲州洛溪镇，明献帝十六年，冬。

朔风凛冽如刀，狼嚎似的刮着，雪已经连着下了几夜，窗外的银枝经不住厚压，不时发出"咔嚓"一声断响。

真的冷。

屋内，老唐往火盆里添了块柴，星火燎燃，架着的铁锅里咕隆隆冒起了水泡，姜片、鱼块、冬葵翻上俯下地打着转儿，他舀了满满当当一碗，先一口热汤下肚，暖意顿时顺着心窝向四肢百骸蔓延。

厚重的布帘就是这时候被人掀开的。

寒风裹挟着舞动的雪屑灌进来，老唐抬头看向来客——这么冷的天气，一般不会有生意上门才对。

一个高大魁梧的汉子站在门槛边，左手抱着一个鼓囊囊的包袄，一身粗布交袍外套着一件羔皮袄，腰间束着条鹿皮鞶带，炉火摇曳间，映照着他胡子拉碴的脸阴晴不定。

他右臂一抬，甩了一样东西过来："修鼓。"

老唐忙不迭接过，才看清入手之物是一只碗口大的花鼓。鼓身髹红漆，绘着多彩纹样，有云山有兽鸟，鼓钉除了锈迹倒还完好，单侧鼓环、鼓皮中央均破了一个洞，像是被箭矢穿了个对心。

这鼓不见鼓槌……说手鼓吧，钉排外又错落有致地镶着一圈儿宝珠玉石，一看就名贵非凡，装饰大过实用。

"客官，鼓皮给您换水牛皮的，后日就可以来取，要是赶时辰呢，您到酉时来也……"

老唐光顾着打量鼓，此时转回目光，惊得下半句咽在嗓子里，怎么也发不出声来。

眼前哪有什么彪形大汉，一只矫健壮实的豹皮山狸叼着那只鼓鼓的包袱在他跟前轻轻放下，利爪上闪过炭火映照的幽光，细缝般的漆黑瞳仁紧紧盯住他。

包袱微微动了下。

老唐迟疑少顷，抖抖索索地去掀开，就见着一个白嫩柔软的小婴儿，似是刚睡醒，踢动着小脚，冲他咯咯直笑。

山狸又低头从落在地上的皮袄兜里衔出几枚金叶子，几串明珠和翠玉镯子，每一样都足够他衣食无忧一辈子，它把这些都堆到他面前，看看老唐又看看婴儿。

"你……你是要我抚养他成人？"

山狸点了点头。

老唐年近天命，妻子陈氏身虚体弱，早年女儿夭折后就一直一无所出，靠着制鼓的手艺，老两口互相扶持倒也安生过了半辈子，只是闲时仍然忧心着老无所依，没想到竟有山狸送子上门。

若是拒绝，且不说会不会惹得对方一怒之下将自己开膛破肚，这天寒地冻的，娃娃肯定没命。想到这儿，他立即应承下来："你放心，有小老儿一口吃的，就绝不会让这娃娃饿着半分！"

山狸又点了点头，静静凝视了婴儿半晌，忽然扭头就走。

老唐这才发现地上血迹斑斑，想是它受了重伤，否则也不至于连个人形都维持不住。他追出门去，呼出的团团白气中，只能远远地见到一个黑点儿朝着山林的方向奔跃，不多时便隐没在茫茫风雪里。

老唐给娃儿取名唐双。

陈氏寻了位奶娘，夫妇二人对外称道是老家远房穷亲戚送养的，旁人也不疑有他。山狸给的金银珠宝没敢动用，这随便一件拿到市集上脱手，都极易惹来不必要的麻烦。

唐双刚上学堂没多久，老唐收了个徒弟，叫介羽。俩孩子隔着八岁。介羽还记得第一次登门拜师，父母在前厅跟师父谈唠甚久，他实在无聊，闲逛间路过后厨，就见着一个屁大点儿的小孩抱着一条桌腿，口水滴滴答答，踮了脚尖努力去够桌面上的酱猪蹄。

人小个矮，自然是够不着的，试了几次无果，便怔怔地瞅着自己的小短手沉默不语。

介羽心下觉得好笑，正要上前帮忙，步子还未迈出，只觉得空气忽然一凉。

他脸上的表情僵住。

一只三寸长的灰黑利爪"唰"地从小孩指尖弹出，锋利弧线一闪，刺破瓷碗里的猪蹄，荡得油汁来回晃动。

利爪瞬息又消失不见，介羽眨了眨眼，只觉得自己刚刚莫不是眼花，还回不来神。

唐双吧唧吧唧啃着猪蹄转身往外走，这才看见站在门口的介羽，只当是买鼓的客人，又怕对方跑去告状，眼珠子一转，油腻腻的手抓了介羽的袖子，将他扯得蹲下来跟自己平视，才将剩下的半只猪蹄递了过去。

"给你吃！"

他吸了一下快要流下来的鼻涕，两只眼睛亮亮的，在介羽惊怔的目光中咧嘴一笑，露出一口正在换牙而参差不齐的贝齿："不要告诉我爷。"

做鼓是件体力活儿。

将木段凿成鼓胚，高低一致，弧形要漂亮，鼓面也要刨得光滑，再把经过烫、削、晒好的牛皮绷于鼓上，敲鼓试音，定音上钉，涂漆修整，一面鼓就算完工了。

少年唐双对每一道工序都滚瓜烂熟，也正是因为太熟了，早已失了新鲜劲儿。介羽还在学着听音辨鼓的时候，他除了闲时偶尔搭把手，更多时间并不着家，整日混迹于市野。吹糖人、推枣磨、斗蟋蟀、打陀螺、烧锅酿酒、杂耍戏法、风水占卦、庙堂里听僧讲经说佛……镇上好玩儿的好看的，都被他想着法子玩儿了个遍。

再比如——现如今他又迷上了听书。

临水有间茶楼，顶上紫檀匾额，上书"留仙楼"三个遒劲有力的金字。内有两层，底下一层中央摆了个高台，台上放着桌椅屏风。这几日来了个年轻的说书先生，白袍束带，笑意盈盈，执一把墨迹纸扇，从不讲历史典故，只讲神仙精怪，讲完了红鱼游仙又讲雷神电母。今日，他讲的便是山上的山鬼——

"天神曰神，人神曰鬼，圣人之精气谓之神，贤人之精气谓之鬼。这山鬼影踪飘忽，你们谁见过？

"有人却真的见过。道是有一日，山间起了薄雾，上山砍柴的樵夫回家时迷了路，正踟蹰间，忽然听到几道鼓点悠悠擂响，随后传来一个婉转低回的歌声。

"歌声和着山间啾啾鸟鸣、潺潺溪流，清风树影，缥缈空灵天籁一般。樵夫整个身心为之震撼，听得失了神，不自觉就循着声音走了过去。

"雾渐渐散了，他看见一位女子。

"女子头戴桂花编环，身披女罗石兰，一双赤足上系着藤环银铃，边上还有山狸随其左右。她一手执鼓一手握槌，身姿曼妙，边舞边唱，待得旋过身来，端的是一副眼蹙春山、皎如明月的模样。

"她瞧见樵夫，眸光狡黠，唇角含笑，歌声未停。樵夫回了神四下一望，心下又惊又奇。

"惊的是各种麋鹿、花蛇、猕猴、猎豹、松鼠或立或趴，里三层外三层地将这女子围在中央，奇的是百十只林间野兽无一喧闹，都静悄悄的，像是齐耳聆听朝圣。

"一曲终了，群兽作散。女子上前来，请他喝竹筒收集的晨露水。樵夫口渴，一口喝完竟沉沉睡去。一觉醒来，发现自己好端端躺在家门口，仿若南柯一梦。

"几十年后，樵夫临死之际把这个秘密告诉了家人。这山鬼的传说，才渐渐流传开来。

"又过了不知多少时日，融融春日时节，一位富家公子携了三五友人上山打猎游玩，追着一只野兔，就落了单。

"跟之前那位樵夫一样，他也听到了歌声，在林雾袅绕间，遇到了一位女子。

"女子依然二八年华、仙姿逸貌，头佩花环脚铃叮当，只是这回，她把公子留了三天。

"渴了喝清溪，饿了摘鲜果，两人游山玩水，爱意丛生，遂约好公子回去后请得媒婆上山提亲，她不要十里红装、八抬大轿，只要他亲自骑马披花，以红绸花绳迎娶她归。听起来，这便是一见定终生了。

"友人四处寻找，终于在溪边找到失踪几日的公子，只是……

"也不知是被家人严加看管还是变了心，公子竟从此再没回去过。"

"后来呢？"

"后来，山鬼下了山。"

说书先生呷了口茶，中场休息。

唐双没有听到"再后来"，因为介羽找他来了，怀里还揣着刚买的油纸裹好的面饼，一问才知只是顺路捎个话。

"要上曲州？"

"嗯，师父接了个急活儿，给州上一个鼓行送晾好的皮货，只是染了风寒不便出门，我跑这趟得两日才回来，你且多看着点儿铺子。"

两人门口说着话间，里堂传来鼓板和人群催促声，似乎下半场就要开始了。

唐双纠结得眉心皱成"川"字，介羽也不磨蹭，交代完就往回走。不一会儿就见唐双一溜烟地跟上来："介羽哥，看你那瘦身板，万一遇到歹人怎么办？不如我陪你，曲州……我还没去过呢！"

从地理位置来看，镇子离曲州其实很近，就隔着一条百丈宽的江和一片陡峭山脉。自从仅有的木栈桥在几年前的一个涨水季被冲垮后，官府一直没有差人来修葺，加上进山有去无回的传言，于是渐渐无人再选择渡水穿山，都绕个大圈儿走官道。

两人一马一车货，到达曲州城门时已近日落时分。

青石板路长得一眼望不到尽头，各种茶坊酒肆、当铺医馆、卖绫罗绸缎、卖香火纸马的，林林总总不一而足。街市车马辚辚，川流不息，唐双看了左边又瞧右边，简直目不暇接。

好在知道正事要紧，先去鼓行交接货物。

有学徒领了他们去库房大院，介羽站头，唐双站尾，一匹匹码好的牛皮从板车上搬下，挂好，眼看便要完工，突然一样事物夹带着掉出来，哐当当滚落到唐双脚边，在地上砸出闷响。

是一个方正扁平的樟木盒子，看着有些年头，不大，还挂着把小铜锁。

唐双拾了起来。

介羽整理好最后一张牛皮，领了票根，去账房兑好货银，回来的时候，唐双正翻来覆去地琢磨着手里一面花里胡哨的小花鼓。

他凑了近来，总觉得有些眼熟，仔细回想了下，恍然大悟道："这是你的鼓啊！"

"我的鼓？"唐双也是奇了，"我怎么不知道？"

"师父做这个木盒的时候你还在流鼻涕呢！"介羽想起这块樟木当时还是自己先看中的，想雕个木船玩儿，后来师父拿走了，没多久就做出个样式平平无奇的木盒，然后珍而重之地放进去一面宝石花鼓。

他记得当时还问，这鼓是谁的，做什么用的。

"师父没说别的，只说这是你出生时就拥有的鼓。"

唐双闻言想了想，借了柄鼓槌，槌落鼓响，"咚"的一声，也听不出有什么特别，他又将鼓身镶嵌的宝石对着夕阳照看，橘红色的辉光映出半通透的质感，纯度很高，应该值不少银子。

怎么也不像是老爷子做鼓的风格。

他一向不是个跟自己较真的性子，索性不再妄自揣摩，大不了回家时再问，于是把花鼓系在腰间，拉了介羽去寻客栈。

"曲州城还真大，这么一比较，不知道辰州得热闹成什么样？介羽哥，以后有机会，咱俩也去都城玩玩多好……咦？那是什么？"

两人逛得兴起，买了各式小吃物玩，见着前面围着一大群人，好似有热闹可看，唐双当即就东钻西窜地挤了进去。

一个猎户打扮的黑瘦男子站在中央，脚边摆着十几个铁笼，有白狐、孔雀、云豹、火斑鸠等，都是平常难得一见的奇禽异兽，他不吆喝不议价，有人想买就自报价，能卖他就点头，不能他就摇头，很是高冷。

唐双的眼光顺着笼子瞄了一圈儿，在一个黑铁笼前停住，一只棕黑色斑点毛色的山狸崽畏缩地趴在笼子里，低头舔舐着爪子，尖耳朵不时机警地颤动。

据说山狸肉很美味，皮毛也很受人欢迎，可毕竟这么小，也不知被捉的时候爹妈还在不在……唐双一时起了怜悯之心，想着被别人买走杀掉不如我买了放山。手一挥，指着小兽便嚷嚷道："五两银子，买这只！"

男子看了他一眼，摇头。

"那……八两！"

男子仍然摇头，但略微迟疑。唐双心下一定，差不多猜到对方的心理价位，赶紧顺杆而上："十两！十两可以吧！够值了！"

男子终于点头，同意成交。依然一句话不说，提了笼子，一手交钱一手交货。

铁笼入手，有几分沉重，唐双给了银子的当口，却有人急匆匆走出，凑近男子耳语了几句。

唐双举着铁笼瞅着山狸崽还没看热乎，正待转身，笼子又被男子一把夺了回去，十两银子也塞回到他手里，开口的声音像是破旧漏风的风箱般嘶哑："不卖了，收摊。"

唐双呆怔几秒开始急了："不卖了？刚才不是已经卖给我了吗？你这人怎么出尔反尔，还要脸不？"

男子已经把剩下的铁笼往竹担子上挂了，闻言眉毛一挑，又生生压抑住那股怒气，对他的不满充耳不闻，继续着手上的动作。

唐双也气，小性子说来就来，一撒手把银子扔到男子脚边，然后倾身去抢。

这下彻底惹恼了对方。

"你这娃娃，太不识好歹！"

人群哗啦啦退开了一大圈儿。

介羽好不容易挤进最里层，就看见一只精瘦的手掌朝唐双的脖子直探而去。

他发出一声惊呼。

唐双也吃了一惊，只是身体动作快过了意识反应，上身往后一仰，堪堪躲过。

男子轻咦一声的同时，变扫掌为落拳，唐双刚想直起身子，这下连下盘都要遭殃。

这一拳若是击在腹部，少不得躺上十天半个月。

危急时刻，也不知哪来的急智，唐双的身体就这么扭翻过来，变仰为趴，男子的拳头不偏不倚砸到了他腰后那面花鼓上——

"咚——"一声巨响，好似心跳都被擂得共振了一瞬。

虽然鼓面卸去了大部分拳力，唐双仍然被砸得狠狠摔趴在地。

介羽去扶他，被他一手推开。

"放心，我没事。"唐双咧嘴一笑，撑住手臂站了起来，顺势拍了拍身上的尘土，然后深吸一口气。

"你这个不要脸的死骗子、丑八怪、遭天谴的……有种给我报上名号来！"

原本只是给这小子一点儿苦头尝尝，让他知难而退就此罢了，不曾想竟没完没了，男子忽而呵呵笑起来，介羽听着心里直发毛。

他张了口想劝唐双，眼前霎时一花。

也不见男子怎么动作，整个人像瞬移一般欺近到唐双面前。

少年瞳孔瞬间睁大，突如其来的强烈杀意清晰地刺痛着他的每一根神经，汗毛倒竖浑身战栗，脑海一片空白，已经无法思考。

男子抬起手，手心亮起一抹雪亮银光。

要完了吧。

要完了。

"咯吱——"

围观人群先是寂静，然后惊叫声才此起彼伏地响起。

唐双热血冲头一阵头晕耳鸣，什么也听不见，待回过神来，才发现自己仅靠双手就卡住了对方的尖锥——如果那还能称之为"手"的话。

三寸长的尖利爪子从指尖延伸而出，坚硬如铁，在胸前交错成一道无法逾越的防守线。

他毫发无伤。

只是多了两只毛绒尖耳，两只锋利的爪子，和一条斑纹长尾。

男子收回兵器，脸上似笑非笑道："我说怎么这么急着抢同类呢，原来是个半妖。"末了，他扛起笼担，跟着先前耳语的那人走之前又扔下一句，"这可是王爷府指定要的东西，说了不卖，偏偏要不自量力！"

"……最后告诉你也无妨，本人行不改姓坐不更名，白虹楼，宗官。"

人都走了，唐双还站在原地发愣。忽然之间，他觉得自己很陌生。

原来他是个半妖吗？原来他从未真正认识过自己？

抬眼环顾四周，人们都一脸畏惧，不敢与他直视，可是窃窃私语指指点点的声音仍然清晰无比地传进耳膜。

他走出人群，无人敢拦。

介羽默不作声地跟在他身后，两个人的影子一前一后地被最后一点日光拉长。

然后夜色降临。

茶坊酒肆门口挂起成串的红灯笼，灯火摇曳，菜肴酒香融进漫漫空气里，夜游的人们三三两两、吆喝成群，唐双的模样已经恢复如初，他漫无目的地走着，忽然问："介羽哥，我这个样子……你好像并不是很吃惊。"

"你从什么时候开始知道的？"

介羽没隐瞒，把儿时初见的情景说了一遍，拍拍他的肩："那之后没再见你有任何异常，所以当时一直以为是我眼花。"

唐双沉默了一会儿又问："你不怕我吗？"

"怕什么？"

少年踢着脚下一粒石子，脸上带着落寞的神情，无奈笑道："我这算是化人的妖，还是妖化的人呢？"

介羽很认真地思考了片刻。

"就比如你喜欢吃鸡蛋，会介意它是青皮蛋还是红皮蛋吗？"

那能一样吗？唐双默默地想。

是夜，唐双躺在客栈木床上，盯着床顶的帷幔想东想西，直到更夫鸣锣敲了三响，知道已是三更时分，料想介羽已经睡着，便悄悄起身出了门。

曲州只有一个王爷。

七王爷司珩睿，当今圣上的胞弟。

王府远离闹市，在城东偏安一隅，极为低调。街巷万籁俱寂，偶有夜归的浪荡公子步履蹒跚，打着酒嗝，唐双远远避开，走得极快。

从后墙摸进王府的时候没有遇到任何阻拦，但他很快迷了路。

借着林木的遮掩，唐双凝神在树影里伸出了尖耳，变身之后听力大幅增强，摒除各种杂音后，终于捕捉到一丝微弱的叫声。

循着声音，唐双在一间厢房前的石桌边俯下身子。

"吱呀——"

门开了，一位挎着药箱的大夫走出来，回身掩上门，恭谨地对着一同出来的另一人低声道："王爷……时日无多，需尽快下决定了。"

司珩睿沉吟不语，手心狠狠攥紧。

"走吧，本王送送你。"

两人低语间，脚步声渐渐远去。唐双收了兽耳探出身来，踟蹰地站在门口。门虚掩着，透过缝隙往里瞧，一扇傲雪红梅屏风遮蔽了视线，什么也瞧不到，连小山狸的叫声也听得不甚清楚了。

他索性心一横，轻推了门进去。

"你是说，猎人跟踪你哥哥的时候发现了你，你跑得慢，所以被捉住了？"

唐双一惊，听到山狸回应般的叫声后，那好听的女声又问："山上离瀑布不远有一株百年松柏，树下有间木屋，以前那儿住着一只凶神恶煞的山狸大王，你应该认识……他还好吗？"

这次山狸喵呜地叫了两声。

唐双心下惊奇，绕过屏风，停住。

入眼之处是一方紫檀云纹雕花床榻，一个瘦骨伶仃的女子和衣靠躺在上面，那只山狸崽就乖乖趴在她手边，一人一兽看上去有种奇异的和谐。

听到动静，女子抬起眼眸。

唐双下意识觉得，她原本是极美的，虽然不知何故形销骨立气色全无，但她唇角依然含笑，完全没有惊讶他的贸然闯入。不，似乎这天下无论发生什么惊心动魄的事情，都激不起她心湖的半点儿涟漪。

"你是来找它的？"

唐双点头。

"可我还想和它多聊会儿，怎么办呢？"女子笑着，望向他的淡定神情忽然一顿，"你腰间这鼓……能让我看看吗？"

唐双无法拒绝，依言解下了花鼓递上。

骨节分明的纤弱手指寸寸抚过粗糙的牛皮鼓面、彩漆斑驳的兽纹、绚烂似火的宝石，她的声音终于带了一丝不易察觉的颤抖——

"你叫什么名字？"

"唐双。"他挠了挠头又道，"爷爷说我的名是取自'故里溪头松柏双'这句诗。"

"真是好名字。"愣了愣，女子不知想起什么，把鼓还给了他，"你……能再走近一些吗？"

唐双只好上前两步站到了她床前。仔细端量着眼前清爽利落的少年眉眼，她忽然就流下泪来。

他有些不知所措，女子轻轻摇了摇头，静默了片刻后说："这是一把雷鼓。"

"山鬼的祭祀鼓。"

"每逢月初，山鬼鼓之舞之以尽神，祈求山林年年月月风调雨顺、草木兴荣、五谷丰登。"

唐双忍不住追问："你怎么知道？"

她笑起来，声音有若轻铃："因为……我就是那山鬼。"

说书先生当时说，后来，山鬼下了山。

所以……那个一去不复返的富家公子，竟然是……七王爷？！

皇室贵胄，自然是不可能昭告天下明媒正娶一个来历不明的女子……然后……

鼓是山鬼的——可介羽哥说鼓是自己生来就有的——山鬼是

人神——可自己是半妖——唐双心如潮涌，隐约捕捉到一丝真相的尾巴，然而万般思绪仿若一团乱麻，越急就越理不清楚。

小山狸喵呜的叫声把他从混沌中拉了出来。

离开的时候，山鬼将山狸崽托付给他放归山林。虽然原本他就是这么打算的。

"……好想回山里看一看啊！"

这是唐双听到她说的最后一句话。

然后她阖上双眼，睡着了。

没有再醒来。

洛溪山上人烟稀薄。

尚是清晨，山脚还能见到几间炊烟袅袅的屋子和三两农户，再往上就人迹罕至，林间乔木茂密，雾气氤氲，地上铺满了枯萎黯淡的落叶，覆了一层又一层，踩上去潮湿松软。

那只小山狸跑一小段就回头看着唐双，直到他挥汗如雨地跟上来。

他心里不知为何堵得难受。昨夜刚离开不久，静夜里忽然响起惊叫和嘈杂人声，他回头望去，王府里灯火渐次亮起，总觉得……那女子已经不在人世了。

不自觉已经步入山林深处，唐双渐渐有些体力不支，他停下来，撑住一棵树大口喘气，终是眼前一黑，昏了过去。

做了很多梦。

梦见介羽娶了小媳妇，他随同去接亲，闹着新郎官掀新娘子的红盖头，介羽还是那副好脾气，拗不过他，抬手扯下——啊呀！里面怎么坐着个山狸姑娘！

又梦见阿爷摇着竹扇在院子里晒太阳，见到他，气不打一处来："你怎么才回来？好多鼓要做呐，你看看，这些客人都是等你的!"他往外厅一瞧,黑压压一片人头。

还梦见山鬼。头戴桂花编环,身姿丰腴,颜如舜华,依然明媚地笑着,一句话也不说,然后转身娉婷而去。

迷蒙中有清凉的水流漫过嘴角,唐双皱眉呻吟一声,睁开了眼。

一个年纪相仿的小姑娘正蹲在跟前关切地望着他。她梳着双丫髻,左眼戴着一只绣蓝雀翎毛的布罩,一身青色罗衫,手心还拿着一卷摊开的针袋。

她探手摘下扎在唐双唇上的两根银针,问道:"你感觉怎么样?"

唐双赶紧坐起身来,道:"没什么大碍,多谢姑娘。"顺着少女的眼光看向前方,一大团彩雾缓慢袅绕,像一匹变幻莫测的仙缎,有如实质。

"那是瘴气。"

少女啧啧称奇:"平常人靠近一小会儿都会中毒身亡,也不知你是怎么穿过来的。"说着,她收好水壶针袋起身,扭头喊道,"师父,好了!"

没了视线的遮挡,一只甩蹄摇尾的小毛驴现出身形来,驴子上端坐着一个悠闲的白衣年轻人。唐双一见,顿时惊得口吃起来:"你你——"

"怎么了小兄弟,你认识我?"

"你是那个……留仙楼的说书先生!"

白衣男子摸着下巴想了想,"唔……好像是有这么回事。"见少女一脸的疑惑,又解释道,"徒儿啊,咱们千山万水一路下来,总要盘缠的嘛,不能老是宿在荒郊野外打野味。师父没钱啦,只好趁你炼丹的时候,偶尔去串个场子……"

少女闷闷地答:"徒儿以后会赚很多钱给师父的。"

"师父当然相信……只不过,眼下还得先过了林子对不?"

年轻人跳下驴子，对着唐双一招手，那面山鬼鼓赫然出现在他手上。

"小兄弟，借来一用。"

"鼓不但通神，还可通心，你可看好了，这鼓是这么用的。"

他一手拂过鼓身，红焰宝石悉数掉空，露出原本的一圈儿金色纹饰，接着将之往上空一抛。

金圈儿迎风大放，光芒流转间，雷鼓旋转着从碗口变成石磨般大小，一道金光分出半空，幻化成一柄兽皮鼓槌，握在他手中，高高扬起。

"咚——"雷鼓擂响，鼓音悠长不息。

第一声，风起。起初只是拂面微风，渐渐是舒适和风，接着是劲风、疾风、狂风，落叶被吹得腾空而起，树叶唰唰，打着转儿狂舞。

第二声，云聚。乌云从四面八方迅疾聚拢翻腾，浓如泼墨，排山倒海般厚压下来。

第三声，雷鸣。第四声，电闪。第五声，雨下。

少女撑起了伞，还是无法阻挡狂风骤雨噼里啪啦打在身上，唐双闭起眼睛，急促的鼓音里，视野忽然走马灯似的闪现出一幕幕景象——

他看见自己在睿王府呱呱落地，虚弱的山鬼抱着襁褓中的他，然而一支不知从何处射出的冰箭凭空出现，她避无可避，扔过雷鼓，箭穿，去势不减。

他看见她用身体紧紧护住他，箭穿臂而出，插入他的胸口寸许，消失。

他看见一只壮如烈豹的山狸急急蹿出，叼着他越窗而逃。

他看见自己流了很多血，渐渐没了哭声，奄奄一息。

他看见山狸割血救他，负着伤在寒冬腊月里穿山渡冰，天地间大雪苍茫。

……他看见炭火炉旁，老唐弯下腰，抱起了他，他踢着腿咯咯一笑。

雨雾云消，瘴气散尽。阳光透过树叶的缝隙洒落下来，形成千道光柱，空气里满是清新的草木气息。

唐双终于什么都明白了。

山鬼，是他亲娘。

他是七王爷的儿子。

他是人，只是身体里，流着一半山狸的血。

少年仰起头，突然就压抑不住号啕痛哭，水滴顺着湿漉漉的头发往下滴落，脸上已经分不清是雨水还是泪水。

少女睁着那只清澈的大眼睛望着他。

唐双拧干衣服上的水渍，转头对年轻人说："先生，这鼓送给你吧！"

那年轻人笑了："我要你的鼓做什么？"

他敲敲毛驴脑袋，毛驴摇头晃脑地往前走。唐双嘟囔道："可我真的不会敲啊！要不先生，你再教我一次吧。"

"你这小兄弟，真是比驴还笨！"白衣人摆摆手，"你又不是我徒弟，还想要我教你两遍？一边去一边去。"

少女闻言，嘻嘻一笑，朝他眨了眨眼。

两人的身影已经走远了，唐双才意会过来。

他低头重新系好那面漆花雷鼓，向前迈出步子，然后……跑了起来。

石竹花丛中，小山狸遥遥望向少年奔跑的背影，摆了摆尾，低低嗷呜了一声。它身旁，正站着一只壮如猎豹的巨大山狸。

山风清凉，徐徐吹过。

小 号

酥酥月亮

现在的购物网站在挖掘用户的人脉上总是不遗余力。最明显的一点就是如果你要领优惠券，必须先将页面链接分享给你的好友之后才能领取。为了不给朋友添麻烦，我专门注册了一个小号，用以发送一些不得已的广告链接或页面。

今天午餐我点了一份外卖，然后将领取优惠券的链接分享给了我的小号，想着晚上点外卖时可以用。过了一会儿，我的手机响了一声。我一看，是一条微信消息："不要再给我发广告了，烦死了！"

发信人是我的小号。

我愣了一会儿，猜想估计是小号被盗了。于是我编辑了一条消息发过去："朋友，这是我的小号而已。既没有绑定银行卡，也没有加我以外的任何好友，你捞不到油水的。"

可我点击发送后，竟然出现了一个红色感叹号。系统提示我，我不是对方好友，不能发送信息。

我竟然被自己的小号拉黑了？

我退出大号，登录小号准备申诉被盗号码找回密码。奇怪的是，我登录时发现密码并没有被修改，似乎一切正常。不过好友列表里我的大号确实被删了，还多了一些不认识的新好友。

我先火速修改了密码，接着给好友列表里的新好友发消息，问他们是否有被借钱或者其他要求。

一个萌宠头像的好友最先回复了我，他说："没有人借钱啊。倒是你分享给我的那些猫咪照片太可爱了，是你养的吗？"

我告诉他这是我被盗的小号，让他删了好友别再联系了。

对方过了一会儿回复我："我懂了，你是盗号的吧？你快把账号还给小黄。"

我就是小黄。没想到这个盗号的连我的真名都知道了。我又看了下其他几个好友陆续发来的回复，都表示之前和"我"聊得很愉快。其中一个还问："这是在测试我们有没有删了你的群发消息吗？"

也许黑客的世界太复杂，盗号者也会寂寞，就乱聊了一通？我也没纠结太久，用小号重新把我的大号加了回去，又改了一个更复杂的密码。

过了几天，我再次给小号分享抽奖链接的时候，小号竟然又回复我了——"说了叫你别再骚扰我，再发广告我就报警！"

我真是被这个盗号者气得不轻，怎么就盯紧着我的号盗？我又登录了小号，这一回发现好友列表已经增加到近百人了。我看了看聊天记录，所有人都跟小号聊得很愉快。

更令我惊讶的是，小号已经开始发朋友圈了。最近几天天气不错，盗号者在朋友圈里发了些蓝天白云、花花草草的，竟然也收获了三四十个赞。我过生日发条朋友圈还收不到二十个赞呢。

我干脆发了条朋友圈，说这个号被盗了，之前的好友聊天及朋友圈内容全都是盗号者发的。

很快就有几个好友发来消息问我怎么了，我解释了一番。一个好友竟然说："怎么会，你刚刚还在玩手机呢。"

　　我回过去："你知道我是谁吗？你是谁啊？"

　　"你不就是小黄吗？我是上周跟你一起去见客户的小方啊。"

　　我仔细想想，确实有这么个人。他见过我应该是能认出我的。难道盗号者跟我长得也很像？我又仔细看了看盗号者发的朋友圈，那些照片好像确实是我们公司门口的玉兰花树。

　　我拨通了软件的官方客服热线，客服一番查询后告诉我，我的小号登录正常。他说如果我还担心被盗号，可以开启设备锁，这样只要手机在我身边，别人就算有密码也登录不了。

　　我照着客服的建议做了。然而没几天，当我再一次给小号分享活动链接的时候，发现我又被小号拉黑了。

　　这次我很肯定，要么这是一个特工级的黑客莫名其妙地看中了我的账号非要抢过去，要么我就是见鬼了。

　　我把这件怪事告诉了女友白芹，她自告奋勇要帮我去向盗号者套话。女友向我的小号发了好友申请，那边很快就通过了。她翻了翻朋友圈，一脸怪异地问我："什么盗号啊，这不就是你吗？"

　　她几乎要把手机贴到我脸上了，我定睛一看：朋友圈里刚发了一张"我"和一群陌生人聚餐的照片，配图文字写的是：今天和车友们一起去了网红店，东西还是不错的，就是上菜太慢。

　　女友有点儿不开心地说："小黄，我一直说想去那家店，你也不带我去，倒是跟别人去了。不过，你去拓展人脉我倒也支持，我就说你以前太宅了，这样怎么能在公司混得开？"

　　我的头"嗡"的一声就大了。我绝对没有去过那里，我也不知道这人是怎么把我的照片 PS 上去的。

　　接下来的几天，我跟白芹几乎是一见面就吵。不管我怎么跟她解释她都不信，我让她删了我的小号，她就怀疑我是有了第三者才不敢让她看小号的朋友圈。

那天，本来我与白芹并肩走着要去坐地铁，再次聊到我小号的话题，她突然停在原地不走了。她说："我感觉你现实中跟网上差别好大。在微信上我们明明聊得很好，我说什么你都懂。可一见面你却老是惹我生气。"

"那个小号不是我！"我气得大叫。我以为我们在冷战，我已经几天没给她发过一个消息了。

"我们天天视频的，不是你是谁？你简直有病！"白芹不肯再搭理我，自己坐车走了。

我不知道盗号的人是怎么做到的，只要我在白芹身边的时候，小号从来没给她发过消息。可只要我一走，他们就聊得热火朝天。

我心灰意冷地坐上回家的地铁，又一次打开手机，看到朋友圈有提示更新的红点儿。我点开一看，第一条就是女友发的。

"最近他老是惹我生气，原来是在筹备这种惊喜。这种欲擒故纵、先抑后扬的手法简直有病！"配图是白芹淹没在一片玫瑰花海中的照片。她脸上的热泪透露出她那句"有病"只是撒娇，而不是责骂。等等！我放大了照片看着她捂住脸颊的双手，她的右手竟然戴着一枚钻戒？刚刚我们分开时她的双手还是空空的。

我看到一个我与白芹共同的好友评论道："小黄跟你求婚了？"

白芹回了那位朋友一个眨眼害羞的表情。

别人不信我被盗号了就算，连已经交往了五年的女友也看不出来。一种屈辱感油然而生，我不想再跟白芹解释什么，只是默默删了她。

分手之后，我向公司请了两个星期的年假。我醉生梦死地过了三天，然后找了几个老同学出来借酒浇愁。他们一见我，都问我换了新的社交账号怎么不告诉他们，要不是白芹转告，他们还不晓得呢。其中一个朋友还拍着我说："你小子婚纱照拍得挺美啊。"我醉眼蒙眬地告诉他们："不是我，我没有。"他们哈哈大笑只当我是在变相炫耀。

剩下的几天年假我没出门，一直在家里躺着。我不想回公司上班。因为就在我请假前领导刚刚劈头盖脸地把我骂了一顿，问我交的是什么鬼材料，不想干的话他可以直接开了我。想到要回去面对他我就更是头疼得厉害。但是没办法，为了交房租，为了活下去，我还是拖着病躯回到公司。

"你今天脸色好差啊。"前台一看见我就说。她旁边的另一个小姑娘推了她一下，说："大家昨天给他开庆功会，闹到凌晨两点才回，能不累吗？"

我连一句"我没有"都没解释，直接去找领导交接新活。

然而，领导这次竟然没有骂我。我忐忑地问他材料的事，领导说："你不是已经发给我了吗？果然越有压力越有动力，你最近干得很不错。你上周写的报告我已经交给大领导了，他觉得你的想法挺不错，想跟你多谈谈。他跟我要了你的微信。你应该能看到他的好友申请，通过一下。"

我打开手机，并没有提示任何新消息。

"我要销号。"回家后，我打通客服电话告诉他们我要注销小号账号。

客服用甜美的女声答应了我的要求。

终于能让我摆脱这个噩梦了吗？这么轻松就能解脱让我有种不真实感，这段时间我好像活在一个荒诞的梦中。

我等了一会儿再去搜索我的小号，它还是在那里。

"您好，这里是×××号业务员。您有什么需求？"

"我不是说了让你们注销吗？听不懂吗？你傻吗？"我气得爆了粗口。

接电话的客服妹子似是被吓到了，过了一会儿才哆哆嗦嗦地说："您稍等，我们帮您查一下。"

"抱歉让您久等了。我们这边查到您在一个小时前申请了销号，可是在五十五分钟前您又打来电话说不销了。我们是尊重您的要求……"

"我没给你们打过第二个电话。"

"先生。"客服小姐的语气稍稍转硬了，似乎已经叫了主管在她旁边撑腰了。"我们这边是有通话录音的，刚才确实是您的号码来电告诉我们说不销号了。服务密码、验证码也都是正确的。请您自己确定下到底要不要销号。"

"我要销号！要销号！要销号！要销号！要销号！"

"好。您确定要销号是吗？希望您不要再改变主意了。我这就为您操作。请您稍后对我的服务进行评价。"客服小姐一口气说完套语，生怕再跟我多交流一句话，电话立刻接入了自动语音评价系统。

"我不满意。"我对着手机大喊。然后一头倒在床上，过度的疲倦让我很快就睡了过去。

第二天醒来，我第一件事就是去搜索那个小号，它竟然还在那里，还是没有被注销。

我继续给客服打电话，我已经准备好了几百字的脏话要骂她们。这群只会敷衍就是不会解决问题的混蛋！

然而我打了一遍又一遍，电话始终没有打通。我上微博投诉这个公司的客服电话坏了。底下有网友回复我说他刚打过客服修改了密码，电话没有问题。

已经很久没有人给我发过任何消息了，以往半夜都会响的电话也再没响起过。即使我不去公司上班也没有电话打来。我浏览着好友列表，突然一个好友昵称撞入了我的眼帘，是我爸的名字。

就算整个世界都抛弃了我，我还有家。

从大学算起，我离开老家已有十来年。上学时寒暑假我必回家，工作后就没有闲暇了。难得的假期我不是在家补觉休息就是和朋友出去旅行。近几年我更是连春节也没回去看望爸爸，而是和白芹出国玩了几趟。我爸知道后一直表示支持，他说白芹长得漂亮家里又有钱，让我多陪陪她，争取早点儿把她娶回家，不回家也没事的。

我打开我爸的聊天界面，闷了一会儿就哭了。最后我按下语音录制键说了句："爸，我想你。"

很快我爸就回了语音消息过来，我听到他说："哎呀，你这娃最近咋这么孝顺呢？哎，要结婚了就是不一样，我娃终于要成大人了，知道疼老爹了。这又是寄东西又是带媳妇回家，刚刚不是还通了视频，又发消息来了。对了，你咋又用上这个号了，不是换新号了吗？"

后面他又发来几条语音，我已经不想再听了。我恨这个盗号的，他不仅抢了我的女友，抢了我的朋友，现在连我唯一的家人都抢走了。我现在只想不计后果地跟他拼命，但我不知道去哪找他，所有人都说他就是我。

我想了一晚，最后在一个直播平台申请了一个账号，然后打电话发消息给所有我认识的人，让他们来看直播，我要证明我本人一直在家，那个小号所做的一切都跟我无关。

我打开摄像头坐在电脑前，声泪俱下地诉说了我这一个月来的遭遇。我哭了，是的，我真的哭了。一直无处诉说的我对着屏幕时而咒骂，时而控诉，时而像个孩子般哭，时而疯狂地锤击键盘。

一番发泄之后我瘫坐在椅子上，感到好受一些了，我相信这场直播能洗刷我的憋屈。我甚至开始担心等生活回到正轨之后，万一我刚才失态的举动被截成小视频，然后被编排一个"社畜崩溃砸键盘"之类的标题流传到网上，以后我还怎么工作？

　　然而我还是高估了自己，直播间观看人数一直是个位数，连一条评论也没有。我又等了好久，才有一个人发来评论。

　　"主播呢？怎么一直都没人，让我们看墙壁吗？"

　　"我在这，我在这啊。"我抓住话筒大声喊叫，然后又对屏幕拼命挥舞着手。

　　"无聊，走了。"那人发了这么一句就离开了直播间。

　　直播间的人数变成了零。

　　"你们为什么看不到我？"我举起笔记本狠狠地砸到地上，然后我又砸了手机，砸了一切我能搬得动的电器。我觉得还不解气，我还要毁了这个电子幽灵的生命源头，我拿起剪刀冲过去剪起了电线。

　　几日后。

　　当小黄和白芹正在商量婚礼细节的时候，突然接到了物业的电话。小黄租的房子里发生了火灾，大火把一切都烧了。消防队初步判断是电线短路造成的失火，所幸没有人员伤亡。

　　看到小黄因突然的火灾很是消沉，白芹不仅主动为小黄赔偿了房东和邻居的损失，还给小黄买了所有的生活用品，让他提前搬进了新房。

　　"旧的不去，新的不来，这就是老天爷在催着你快点儿搬进新房了。"白芹靠在小黄肩上调笑着说。

　　"是啊。"小黄说道。

　　睡前，小黄和白芹一起躺在床头玩手机。小黄看到白芹的通讯录里还留着一个好友，便问她："你怎么还留着我这个号啊？我早不用了，快删了吧。"

"行。是该清理下我的好友了。"白芹把那个号以及其他一些许久未联系的好友都删了。

"好多人其实再也不会联系了，只是我都不好意思删。每次一刷朋友圈都是那些无关紧要的人的信息，真正想看的人的朋友圈反而都被淹没下去了。"

"你可以申请个小号啊。"小黄说，"回头我们就用小号联系。这个小号只加亲戚朋友，不加那些客户了。"

"哎，是个办法，工作号和私人号本来就该分开嘛。我来申请个新号。"

说着白芹退出了主号，摆弄着手机注册起了新的账号。

小黄在旁边看着白芹，脸上露出一抹奇异的笑。

枕头里的敲门声

泡菜

十六

它就像悬梁刺股的绳子和锥子，时刻等待着摧毁我的精神意志。

"咚，咚，咚！"

当诡异的敲门声第三次将我从梦中惊醒，我就知道，今晚，又将是一个不眠之夜。

睡意全无，我睁开眼，侧耳倾听。刚才那若有若无的敲门声此刻却毫无踪影。

我狠狠地将枕头扔出去，双手掩面，发出压抑的啜泣声。

"怎么了？亚历克斯？"丈夫被我的动作惊醒。

"没事，睡吧。"我不想再因为这件事打扰丈夫，他已经为我操碎了心。

"这个月第几次了？"我睁着眼睛，直挺挺地躺在床上，"六，七，八，天哪！今天才七号，就已经听见八次了。"隔着眼皮，我似乎都能感受到脸上那堪比熊猫的巨大眼袋。我轻轻地侧了个身，试图找个不那么僵硬的姿势，却又担心再次把他吵醒，他似乎也快受不了了吧。

一个人孤身漂泊海外有十年了，还好后四年有我的丈夫本陪着我，我无法想象没有他我的日子该怎么过。

我的丈夫本是天底下最爱我的人，也是天底下最好的丈夫。当然，如果最近他那些烦人的美国亲戚不吵吵嚷嚷地要来找他，那就更好了。

我躺在床上，胡思乱想着。

到底该怎么办？我百思不得其解，这枕头里的敲门声究竟从何而来？

说起这敲门声，还要从一个月前说起。

敲门声第一次响起时，我还迷迷糊糊将睡未睡。当"咚，咚，咚"的声音响起时，我推搡着丈夫，让他去看看是谁大半夜的敲门。

我一票否决了丈夫说我在做梦的言论，直到他无奈地回到床上，并告诉我连风都未起。

一夜无梦，当晚我没有再听到什么声响，而那一夜，也是我睡的最后一个好觉。

从第二天开始，那个敲门声就一发不可收拾。在那天晚上第二次被惊醒之后，丈夫仿佛意识到了事态的严重，我们坐在床头，一点儿一点儿地分析这个问题。

"你确定你听到的是类似敲门的声音吗？"他再一次确认道。

"你确定你没有听到这样的声音吗？"我不确定道。

"那我们来做个实验吧。"他提议道。我欣然同意。

第三天，我们对着除了鼾声，别无他声的录音笔，面面相觑。事实证明，他是对的，根本就不存在什么敲门声。

"或许是因为鼾声比较大，盖过去了。"丈夫安慰我道。

忽然，他好像想起什么，拿起我的枕头，掏出枕芯，甚至把枕芯里的棉花都一坨一坨地掏出来。但什么都没有发现，他讪讪地朝我尴笑。

那到底是什么原因呢？我苦思冥想。

"噢，对了，会不会是那个？就是那些超自然的……"他神神道道地说。

我犹豫地问："你想说……鬼敲门？"

"没错！没错，我就是这个意思！鬼！"

"你们资本主义社会也会有鬼？"

"当然了！"他说得理直气壮，"鬼到处都有，《闪灵》《潜伏》你不是都看过吗？还有我们一起看的《午夜凶铃》等等好多，鬼是不分国界的。"

我真后悔带他看了太多鬼片。

日子一天天地过，而我也早已停掉工作，每天就淹没在与敲门声的斗争中。

梦中惊醒由原来的一天一次，变得愈来愈频繁。我甚至开始害怕睡觉，害怕听到那个由弱及强的敲门声，害怕梦中那种孤独无助的感觉，害怕这个来源未知的敌人。

事实证明，我的斗争毫无意义，我甚至毫无还手之力，因为我连对手是什么都不知道。我无力抵抗，我需要外界的帮助。

当我在网上寻求帮助时，有的网友竟然建议我要记得把 QQ 下线，而有些网友就比较实际：心理学家或心灵学家，你得选一个。

当我在科学和传统之间犹豫不决时，我的丈夫却已经帮我做了决定。

"嗨，我可爱的妻子，你看我得到了什么？"丈夫刚回到家，就炫耀似的摇了摇手上的东西，"这可是我经过唐人街时，一个看上去很和蔼的长者塞给我的！他还说可以免费给看什么脏东西？什么是脏东西？"

我接过他手中的土豪金配色的小卡片，中间是一幅阴阳双鱼图，外包周易八卦阵，反面是一个鬼画符的"道"字。不要问我为什么认得出这个字，因为鬼画符的下方印着：东方神秘文化咨询（Oriental Mysterious Culture Consultation）。旁边还有一排排中英文的小字：算命、卜卦、看相、驱鬼、风水……

敢情这还是个全能选手，我扑哧一下笑出声来。我定居这里快十年了，这么接地气的传单我还是第一次见。这玩意儿要不是个骗人货，我现在就能给它吃了。

我刚准备把这块牌子随手丢进垃圾桶里，看到丈夫希冀的眼神，我不由得心一软，他也是想我快点儿好起来。

算了吧，心灵学不分国界，相比较巫毒或者通灵师，我更偏爱祖国的传统文化。于是，我踏上了"明知山有鬼"的旅程。

在中国城"四海一家"的牌匾下，一种久违的感觉从我心底涌起。思乡这种情绪，已经有多久没有出现在我的脑海中了？我恍惚了片刻。

十年了，我漂泊他乡已经十年了，其中六年为学习忙碌，四年为生计奔波，好像生活的车轮从来没有停下来过。

我记忆中的家乡都有些模糊了，不知道家乡的亲人，年迈的父母，他们还好吗。我还依稀记得四年前那一次激烈的争吵，父亲怒摔酒杯，以断绝亲子关系来迫胁我放弃追求爱情的自由。就因为我选择的对象是男的？不可理喻的迂腐的思想，我愤愤地心想。

买了一纸机票离开，从此我再未踏上故土。所幸，丈夫对我很好，在我毕业后不久，我们就踏入了婚姻的殿堂。

按照小卡片上的地址，我七拐八弯地绕进了一栋老旧建筑的地下室。斑驳的墙皮，里面的红砖隐约可见，泛黄的地面上处处透露着岁月的痕迹。

我停在一个贴满黄符的门前，犹豫地敲了敲门，"嘚，嘚，嘚。"

所幸声音有些许不同，我现在对这种声音过敏。

一个慈祥的老道士给我开了门，热情地引我就坐。老道须发皆白，一身青色大褂，头顶着道巾，手握着拂尘，看上去清瘦精神。先不说他的职业技能如何，这身行头和气质就找不出半点儿毛病。

听完我的故事，老道眼睛上的两条眉毛感觉都要揪在一起。

"小兄弟，这样的事情，贫道我还是第一次遇到。夜半鬼敲门，多半是含冤而死之人，在午夜阴盛阳衰之时窥视阳间。小兄弟的房屋可是凶宅，或者发生过什么凶杀案？"

我脸色一白，努力保持镇静地说道："没有、没有，我搬进去前仔细检查过这个屋子，虽说有点儿旧，但还是挺干净的。"

老道无奈道："如果知道是何方鬼魂作恶，贫道或许还有应对之法。可不知事情因何而起的话，那贫道暂时也没有什么法子。而想要探究是何方鬼魂所为何事兴风作浪，必须得找过阴之人才行。如果是在国内，或许还有希望，但在这里……"老道摇摇头。

真的是因为鬼吗？走出地下室，我还是浑浑噩噩。我拿着老道给的一把桃木剑和一袋子鬼画符，希望这些东西哪怕能有一丁点儿作用。直到……

当晚，我再一次被惊醒。还好，这次让我睡了两三个小时。

敲门声已经成为我的梦魇，伺机吞噬我的睡眠。它就像悬梁刺股的绳子和锥子，时刻等待着摧毁我的精神意志。

清晨，看着床上呆若木鸡如同绝症晚期的我，丈夫小声问："不行的话，你还是去看看心理医生吧。"

我没有回答，难道真的是我自己出问题了吗？

"你还记得雪莉吗？上学的时候我们还一起出去玩过的。听说她后来拿到了医师执照，在市里面开了一家心理诊所。如果你想的话，我来和她预约一下吧。我们都是老同学，叙叙旧也是好的。"

丈夫鼓励我说。

我下意识地点了点头。待他出门，我蒙上被子，趁阳光灿烂，春光正好，抓紧时间补觉。

"黑狗精神健康服务中心（Black Dog Mental Health Services Center）"。我站在大门外，这个名字让我感觉一旦踏进去，我的精神就会变得不健康。

"亚历克斯，好久不见！"雪莉热情招呼我，"咖啡，茶？"

"水就好。"喝那些东西，我还嫌自己睡得不够少吗？

"我在电话中听你说，你是出现了类似幻听的症状是吗？"雪莉关切地问。

我无法反驳，似乎这就是事实，我说道："差不多吧，每天夜里都会听到敲门声。"

"冒昧地问一下，还是因为四年前，你们结婚后他离开你的那件事情吗？我记得当时你非常抑郁，在家待了很久不出门……"雪莉犹豫地问道。

什么时候的事情，我怎么一点儿都不知道？谁离开了我？我一脸茫然，她在说些什么？难道真的是我的脑子坏掉了？

看到我的表情，雪莉慌忙转移话题。我们聊了些过去的点点滴滴，我诉说着我和本生活中的小幸福。一时间我感觉忘记了烦恼，全然没有注意到雪莉越来越凝重的脸色。

她拿出一份十来页的问卷，让我仔细填写。这足足消耗了我蓄了一天的精力。

日近黄昏，我在雪莉办公室的门口，再次感谢她的帮助。虽然我也不知道她到底帮了我什么，但有个人让我诉苦也是不错的。

"不用送了雪莉，我得抓紧时间回去给本做饭。"我对雪莉说道。

"好的，慢走亚历克斯，你的诊断结果出来，我会第一时间通知你的。"雪莉的脸上满是忧虑。

我很生气，雪莉竟然把诊断结果寄给了我丈夫，而不是我。更令人生气的是，她竟然说我疯了，说我和丈夫四年前就已经分手了！那现在把诊断结果给我的是谁？是鬼吗？不可理喻！

"……疑似双重人格，起因可能是四年前本的不辞而别，第二个人格在那段时间衍化。第二个人格代替本并且以丈夫的身份和亚历克斯生活在一起，长达四年。两个人格的记忆不共享，所以如果收到这封邮件的你是本，请为了亚历克斯考虑，接受我们的长期治疗方案。如果您是亚历克斯，请相信我，敲门声——也就是幻听，是一种精神疾病的并发症，是可以被治愈的。我这边有很多这个方面的专家对你的特殊情况非常感兴趣，如果你接受我们的治疗方案，我们会定期上门提供心理治疗服务，并且完全免费……"

我愤怒地把邮件揉成一团，扔进垃圾桶里。我一直一个人生活？生活了四年？这怎么可能？我巡视我的屋子，地上有一大一小两双拖鞋，洗脸台上有两个口杯和两把牙刷，餐厅桌上摆着两种口味的面包，他需要无麸质的，而我更喜欢全麦的。

种种迹象都证明雪莉在胡说八道。更不要说，本，我的丈夫，他从未离开我！

我决定不去理她，雪莉，那个满口谎言的女人。

当夜，又到了该睡觉的时间，我有点儿畏惧，因为敲门声总是如约而至，即便我并不想和它有约。

当我被惊醒时，丈夫并不在身边。为了不再打扰丈夫休息，我固执地自己搬到客房去睡。摊上我这么个麻烦精，他肯定很辛苦，虽然他嘴上不说。

当我认定了雪莉是个满口胡话的骗子，而且我根本没有病这个事实时，那个敲门声从何源起，就又成了大问题。已经一个月了，它从未消停，这样下去真的要如雪莉所说，我快要疯了。

白天，我一直昏睡到下午，才有气无力地起床。我感觉我成了一个昼伏夜出的生物，像蝙蝠或者老鼠。我是不是该找个晚上工作的活儿，一劳两逸，既解决了敲门声，又解决了工作问题。

我决定去外面散散心，趁太阳还未下山。

傍晚的天气溽暑已消，微微的小风吹着，不冷不热格外宜人。让人一时忘却了烦恼。我一路沿着狭窄的步道，不知不觉走到了当地一个华人聚居区，越来越多的中文招牌出现在头顶。

一个破旧的招牌吸引了我的注意，"杰先生私人侦探事务所"。我犹豫着，当网友的两个方案全部宣告失败之后，或许这里能帮我解开谜底。

我走过一个狭长的楼梯，进到一间杂乱的办公室。一个精瘦矮小的亚洲面孔坐在电脑后，正聚精会神地扫雷。他既没有小胡子，也没有礼帽和烟斗，跟我印象中的私人侦探一点儿也不一样。

看到有人进来，他忙不迭地关上电脑，热情地问好。

"叫我亚历克斯就好。"我打过招呼。

"中国人？"他试探地问道。

"是的。"我们唠了会儿嗑，聊了些有的没的。

最后我还是提出了委托，再拖下去我丈夫就要回来了。在详细地听完我的故事之后，他眉头紧锁，拿出一个小本子开始写写画画，说道："在我接受您的委托之前，我得先问您几个问题。"

我欣然同意。

杰先生认真地说："下面我问您几个问题，请务必认真回答。"

我点头。

"第一，您到我这里来，有告诉任何人吗？包括您的丈夫。"

我摇头。难道他怀疑我的丈夫吗？这不可能，丈夫可是天底下对我最好的人了。

"第二，您是否介意我对您进行一些调查。因为您要知道，一般人来我这里都是为了调查别人，比如婚内出轨啊，商业对手啊，等等。像您这样自己出了问题的我还是第一次遇到。所以既然您自己就是问题的对象，同时也是我的雇主，我就有理由提醒您，我需要对您做一些调查，为了查清楚敲门声的问题。"

我挥手表示不介意。

"第三，既然您确定自己没有心理问题，同时又是无神论者，那么能否为我提供一下您去咨询的那两个地方的地址？"

我爽快地把那两家咨询室的地址写了下来。

"第四，只有您听到敲门声，而您的丈夫说没有听到，那有没有第三个人说听到或者没听到呢？"

我再次摇头，我家就只有我和我丈夫两个人。

"第五，这个问题只是我个人好奇，您丈夫是男的吧？"

"当然！"我点头，同性婚姻都合法好多年了。

杰先生报以歉意的微笑。

"最后一个问题，或者说是请求，你是否介意我去您的房子看看呢？最好是只有您一个人在家的时候。"

我犹豫了一会儿，和他约好了时间。每个白天，都只有我一个人在家。所以两天后，杰先生如约来访。

"砰、砰、砰！"我赶紧给他开了门。

杰先生进了门，我把丈夫的拖鞋拿给了他。

他开始东瞅瞅，西摸摸，还把每个房间的门都敲了个遍。甚至还学我的丈夫，把枕头芯里的棉花都给掏了出来。好不容易被我睡服帖的枕头，再次变得奇形怪状。

"嘚嘚嘚！"这是我卧室的门。

"哐哐哐！"这是厕所的门。

"咚咚咚！"杰先生试图打开这扇门，未果。

"这是干什么的门？"杰先生摸着门上的锁，诧异地问。

"这个呀，这是地下室的。这门已经好几年没打开过了，里面都是我刚搬进来时候的一些杂物。"

杰先生点点头，又开始研究其他一些犄角旮旯儿。

杰先生整整折腾了一个钟头，这才意犹未尽地停手。他进门时胸有成竹，但我把他送到院子时，却看见他眉头紧锁，一副忧心忡忡的样子。他心不在焉地和我道别，并说有眉目了通知我。

这一等，就是一个星期。这个月的 8 号，我都快要放弃时，终于接到了杰先生的电话。

还是那间破旧杂乱的办公室，杰先生顶着比我还大的熊猫眼，让我有种惺惺相惜之感。

"你这些天都在干什么？这么大的眼袋，被我传染了？"我打趣道。或许因为杰先生马上要揭晓谜底了，我紧绷了好些天的神经有些放松下来。

杰先生给我泡了杯茶，说道："在我说出我的推论之前，我还得问您一个问题。"

我端起杯子抿了一口，一嘴茶渣。

"第一，您回忆一下，去唐人街找道士，还有去心理诊所找医生，这些都是您自己要去的，还是被安排好的？"

"当然是我自己喽，确切地说，这些都是网友的建议。"我信誓旦旦道。

"那您为什么选择去这两家呢？有那么多的选择。"

"那是因为雪莉曾是我大学时期的……"等等，我忽然想到什么，冷汗瞬间袭来。是我的丈夫给的我传单，也是他预约的心理医生。我细思极恐。不可能！这一切难道是丈夫安排的吗？

看我戛然而止的言语和惊恐的眼神，杰先生安慰说："你是不是开始觉得这一切都是你丈夫所为？"

我瞪大眼睛望着他，等着下文。

"其实可以说是，但又不是。"杰先生卖了个关子。

我摆出满是疑惑的表情。

杰先生慢条斯理地说："按照我以往案子的经验，从您最亲密的人下手，总是不会错的。而也就是这个惯性思维，让我在一条错误的道路上，越陷越深。"杰先生说着还指了指自己的黑眼圈。

"一切线索，都指向您的丈夫，所以我也以为就是他。所有事情都有可能是他安排的，包括安排好道士，买通心理医生。他完全可以骗您没有听到敲门声，但其实他听到了，因为没有第三者在场。他也完全可以在您的枕头里安放类似耳机的设备，毕竟枕头也是他检查的。他甚至可以遥控播放敲门声，当您醒来就停止，而白天他不在家，敲门声就正好不会发生……

"这种种迹象表明，好像没有什么理由不是他了。"

杰先生说着喝了一口水。

"但是在调查了您找过的道长和心理医生之后，我发现他们和您的丈夫没有任何联系。那天我去您家之后，也没有找到任何蛛丝马迹，既没有耳机，也没有遥控设备。同时也就无法解释敲门声的来源，而这才是您的委托目的。

"所以在思考几天无果后，我开始考虑，假如雪莉说的都是真的呢？似乎只有这样才能解释敲门声是什么，是您的幻听。毕竟，我也是无神论者，老道士所说的鬼敲门，干我们这行的是无法接受的。

"根据雪莉给的一些信息，我开始调查您的丈夫本，可奇怪的是，关于他的事情毫无踪迹，就像世界上不存在这个人一样。您的邻居说从未见过您的房子有第二个人出入，您的同事也没见过您的丈夫。

　　"我通过一些关系找到了您四年前的同学。

　　"总之，我打听到了一则传言：本在和您结婚后不久，突然不辞而别，从此杳无音讯。而您受不了这个打击，一病不起，独居家中很久没有出门。"杰先生担忧地看着我，似乎害怕我受不了这个打击。

　　我也愣了半晌，与我朝夕相处的丈夫，竟然不存在。这怎么可能呢？

　　"我不想这么说，但不幸的是，似乎这就是事实。心理诊所的专家总结了一下您的病情，这是他们的诊断结果。"杰先生掏出一份打印自手机照片的病例。

　　我茫然地接过病例，却无心阅读。

　　"所以，亚历克斯先生，我最后的调查结果就是，您所谓丈夫其实就是您的第二人格。敲门声是您的幻听，在真实世界，它是不存在的。所以，敲门声可以说是您'丈夫'所为，也可以说不是。根据诊所的报告，您患上这种精神疾病，是因为您丈夫四年前的不辞而别，您受不了这样的打击，所以自我想象出一个完美体贴的本。幻听，是精神疾病的并发症，而精神疾病，就是敲门声的根源！"杰先生试图帮我理清思路。

　　结果出来了，一切都结束了。后面杰先生在说什么，我甚至没有去听。我现在只想快快回到家，只想早点儿回去……

　　我精神恍惚地接过报告，在杰先生的目送中，一步一蹒跚地走出门。

　　　　　　　　　　怪谈故事集：龙的基因

我都不知道我是怎么走回家的。

当我回到家，关上大门，我脸上露出久违的笑容。

洗脸池前，我捧起一捧清水，洗去脸上的黑眼圈，看了看镜子里容光焕发的自己，我非常满意。

我打开电脑，点开一份文件，里面赫然是三个人的资料：道士、医生、侦探。从性格到经历，非常之详细。

我对着屏幕小声咕哝道："谢谢了各位，帮我证明了幻听，证明了我有精神疾病，证明丈夫是我的幻想，证明了是他四年前离我而去，让我患上了这种病。你们对别人也要这么说哦……"说着我小心地把文件粉碎，格式化硬盘。

"叮！"一封未读邮件弹出来。

是本的家人发来的邮件，他们终于要来了吗？

凝视着邮件，我目光渐冷，斟酌着回复道："亲爱的本的家人，本没有失踪啊。他和我在一起生活得很好啊。我当然欢迎你们来看望他了，请告知航班，我们会一起去迎接你们的。（笑脸）"

一切忙完，我长舒一口气。

我从身上摸出钥匙，打开了地下室的大门，露出黑漆漆的楼道。

"本，我的丈夫，我来看你了！"我小心翼翼地回头关上门。

我掀开地下室的地毯，抚摸着那一块与周围颜色略有不同的水泥地面，温柔地说："本，告诉你个好消息！我已经找到了证人，证明你不存在的证人哦！"

蒙娜丽莎的诡笑

苏白莎

一幅仿制油画端端正正地挂在正对着门的墙上，画中的蒙娜丽莎恬静优雅，温柔的脸上浮现若有若无的微笑。

最近阴雨连绵，客厅灰蒙蒙的，即使开灯也无济于事，因为华丽的水晶大吊灯上积满了尘土。与此同时，黑色杨木地板开始泛潮，家具上的铜饰失去往日的光彩，不约而同地长出斑驳的锈点。

只有蒙娜丽莎画像经受住了天气的考验，温柔地凝视着客厅里的一切，永恒地保持神秘的微笑。

李先生突然从外面打开门，却并不着急进来。他站在擦鞋垫上，一边蹭掉鞋底的泥块儿，一边脱下蓝色的雨衣，尽可能抖掉上面的雨水。

阴冷的风直接吹在蒙娜丽莎袒露的脖子上，但是她可不能像李先生那样紧缩着脖子，那样太不美观。

"快进来吧。"李太太走出厨房，看到李先生认真的样子，嘴角不由自主地上扬。

"我不能把雨水和泥巴带进来。"李先生再次检查鞋底，还是发现了不少污泥。

"进来吧，外面冷。"李太太亲昵地拉着他的手，"我会把地板擦干净的。"

"擦得越勤,坏得越快。"李先生在客厅转了一圈儿,连连叹气,"我真是脑子进水了,把客厅装修成这样。"

"不过挺好看的。"李太太说了违心的话,为的是照顾丈夫的情绪。她不止一次想把客厅的装修推倒重来,换上简洁明快的风格。想到这里,她轻轻叹了口气,如果丈夫没有执拗地追求所谓"档次"就好了。

李先生没注意李太太说了什么,自顾自地念叨:"都得换新的啦。"

"这幅画还是挺好的。"李太太很容易被外界环境影响,外面低沉的气压和湿冷的空气让她失落消沉,幸好打开家门,蒙娜丽莎的微笑在阴暗中独自明媚,一扫李太太心中的阴霾。

"当然啦,花了我不少钱呢。"李先生随意地瞥了一眼。其实除了这幅名画仿制品的价格以外,李先生几乎对这幅油画一无所知,只是为了附庸风雅才购买的,平时很少注意到它。一经李太太提醒,他突然对这幅油画产生了浓厚的兴趣。

李太太记得锅里还炖着丈夫最爱喝的牛肉汤,转身回到厨房忙碌。

等李太太把所有的饭菜端到桌上,她惊讶地发现《蒙娜丽莎的微笑》靠在卫生间的门上。她没有多想,径直走向书房,轻轻地敲了几下门,喊道:"吃饭了。"

李先生放下手中的书,揉了揉眼睛,说:"我已经闻到香味儿了。"

"你为什么把油画摘下来?"李太太漫不经心地问道。

"没有啊,不是我。"李先生尝了一口汤,抬起头盯着李太太的眼睛,"是不是你自己摘下来,然后忘了?"

"不是我摘的。"李太太非常肯定,刚才她一直在厨房做饭。

"可能是油画自己跑下来的吧。"李先生的语气好像在说,我知道是你,知道你不愿意承认。

但是李太太吓得不轻:"你别吓唬我。"

李先生放下勺子,走过去重新将油画挂在墙上。两个人仰着脖子看着画中的蒙娜丽莎,蒙娜丽莎细小的卷发垂在肩上,淡淡的眉毛近似于无,饱满的脸一如既往地微笑。

"等等。"李先生眉头紧锁,突然想到了什么,"可能是小偷。"

李太太吓得一哆嗦,大气都不敢出。

"敢到我家里偷东西,让你尝尝我的厉害。"李先生很生气,不顾李太太的阻拦,把房间逐个打开,却没有发现陌生人的踪迹。

李太太在丈夫身后亦步亦趋,生怕凭空蹿出一个拿刀的窃贼。

"我们报警吧。"李太太拉了一下李先生的衣角。

"没有丢失东西,警察不会来的。"李先生突然转身朝卧室走去,小声地说,"可能藏在衣柜里。"

衣柜的门紧紧关闭,李先生握住冰凉的黄铜把手,咬住下嘴唇。

李太太吸了一口凉气,但是没有吐出来,她看出丈夫已经没有了之前的勇气。

"喵。"

李先生下定决心,拉开衣柜的大门,然后迅速地闪到了一边。

李太太傻傻地对着衣柜里的衣服,屏住呼吸,用指尖将衣服拨开,说:"里面没人。"

"回去吃饭吧。"李先生像个没事人似的,回到餐桌前大快朵颐,不知道他是真的没事,还是装作无事发生过。

李太太无心吃饭,脑子里只有一个问题——如果不是小偷,那么是谁动了油画?

"是你的恶作剧吗?"她想到了一种可能,"你过去总是吓唬我玩。"

"不是。"李先生眼睛低垂,不知道在看哪一盘菜。

气氛沉默得让人恐惧,李先生和李太太按部就班地消磨饭后和睡前之间这段时光,好像这样做就能让怪事从来没发生过。

到了睡觉的时间,李先生的头一沾枕头就睡着了,李太太却还在苦思冥想那幅油画到底是怎么回事儿。

第二天早上,李太太比李先生早起一会儿,穿上衣服,准备去做早饭。

看着熟睡的李先生,她不由得感叹,你这个人就是心大。

走出卧室,她赫然发现《蒙娜丽莎的微笑》倚靠在她的餐椅上。她紧张又疑惑地看着蒙娜丽莎的脸,觉得蒙娜丽莎温柔的眼神里似乎也夹杂着疑惑。

"你为什么把它摘下来?"李先生一边打哈欠,一边问道。

"不是我,是你,对吧?对不对?"李太太哀求地看着李先生,期盼他能点点头。

"不是。"李先生不耐烦地说,"我已经告诉你了,不是我。"

"那是谁呢?"李太太的心怦怦直跳。

"可能是它自己跑下来的吧。"李先生只关心自己的肚子,"去做饭吧,我饿了。"

"我们出去吃。"李太太觉得在客厅里永远躲不开蒙娜丽莎的目光。

"好啊。"李先生换上皮鞋,贱兮兮地凑到太太耳边,"也许等我们回家,油画会重新回到墙上,哈哈。"

"够了。"李太太赶紧拽着李先生出门,临走前害怕地看了油画一眼,正好对上蒙娜丽莎冷峻的目光。

走到单元门口,他们才发现因为慌里慌张的,竟然忘了拿伞。

李先生自告奋勇回去拿，留下李太太在楼下不安地等待。

大约一分钟后，李先生跑下来，把那把笨重的黑伞递给李太太，上气不接下气地说："油画跑到厨房去了。"

李太太身上凉飕飕的，催促道："快走。"

"听说鬼魂会附在画上。"李太太还在想那幅油画。

"别傻了，世界上没有鬼。"李先生狠狠地咬了一大口包子。

"不管你信不信，这个世界上会有很多科学无法解释的现象。"

"请你来说明一下家里发生的现象怎么用封建迷信来解释，我洗耳恭听。"

李太太不在意李先生的嘲讽，继续道："我觉得可能是孤魂野鬼，最有可能是女鬼，附在那幅油画上，把我们家当成了她的家。"

李先生忍俊不禁，问道："然后呢？"

"然后她想当这个家的女主人。"

"是吗？"李先生往面前的八宝粥里加了满满的一大勺白糖。

"今天早上她坐在我的座位上，这就是证明。"

"我没往那个方向想。"李先生补充道，"你也别多想。"

"我们该怎么办呢？"到现在为止，李太太一口饭都没吃。

"我不知道。"李先生抽出一张餐巾纸擦擦嘴，"快吃吧，待会儿还得上班呢。"

到了下午，李太太硬着头皮走进家门，迎接她的还是墙上挂着的《蒙娜丽莎的微笑》。

油画的色彩舒缓流畅层层递进，微妙的光影变化细腻灵动，温柔的蒙娜丽莎似乎脱离了画布存在。

她尽量不看油画，躲进厨房，打开水龙头，用最大的水流冲洗蔬菜。等她拉开厨房的推拉门，发现电视开着，油画斜躺在她经常坐的沙发上，好像在津津有味地观看购物节目。

"啊！"

李先生听见李太太的尖叫声，从容地从书房里走出来，将油画挂回原处，摸了摸李太太的小脑袋瓜，安抚道："别管了，先吃饭吧。"

吃饭时，李太太突然叹了一口气，说："过去我们吵架，我快要气炸了，你还是觉得没什么。现在我吓得要死，你还能高高兴兴地吃饭，你真是一点儿都没变。"

睡觉前，她躲在被子里向丈夫提议："我们在家里安装摄像头吧。"

"如果你的猜测是对的，你会看到画中的那个女人鬼鬼祟祟地跳出画框，半截身子飘在空中，左看右看，气愤地发现你在窥探她的秘密，然后像贞子那样爬出你的电脑屏幕。"

"好了好了，你不要再说了。"李太太毛骨悚然，"我们把它扔了吧。"

"她会回来的，你说过的，她把这里当成她的家了。"说完，李先生就睡着了。

李太太竖起耳朵，抵御睡意的不断侵蚀。坚持到天蒙蒙亮，她实在忍不住，才打了一会儿瞌睡。

闹钟响了，李太太勉强睁开眼睛，看着还在安睡的丈夫，心想，那幅油画暂时没有危险，不如向丈夫看齐，实行鸵鸟政策。

她走出卧室，像是在给自己加油打气，一把扯开沉重的暗红色天鹅绒窗帘，少得可怜的自然光照进来。

蒙娜丽莎的皮肤肌理和眼角发梢在阳光下宛然如生，衣服上的细节清晰可见。

李太太只看了油画一眼，疾步走进厨房准备早饭。锅里的水刚烧开，一阵腹痛袭来，她急忙拉开门，正巧看见李先生站在墙前，双手托着那幅油画。

李先生踮起脚尖，粗暴地挂上画，缓缓开口："刚才油画在茶几上。"

李太太听完，冲进厕所释放。

油画的形象在李太太的脑海中挥之不去，即便她已经像鸵鸟一样把头埋进沙子里逃避现实，但是一点儿风吹草动都能驱使她把头抬起来。

"我害怕。"李太太临睡前钻进丈夫怀里。

"没什么好怕的，只是会移动而已。"李先生一翻身，鼾声渐起。

李先生的朋友拿着几瓶好酒不期而至，李先生兴致很高，让李太太下厨做了几个下酒菜。

朋友和李先生红着脸吆五喝六，划拳助兴，李太太免不了陪着喝了几杯。

酒足饭饱过后，朋友摇摇晃晃地走向《蒙娜丽莎的微笑》，指着自己的脑袋，自嘲道："我一定是醉了，我刚才看见她冲我眨眼睛。"

李太太喉咙发紧，紧张得说不出话来，李先生轻松地拍拍朋友的肩膀，说："我送你回家。"

丈夫和朋友一出门，李太太孤身一人，心神不宁地着手收拾杯盘狼藉的客厅。无论她在做什么，她都忍不住用余光间歇观察《蒙娜丽莎的微笑》。

当她偷偷瞟见蒙娜丽莎的眼睛时，她感觉到蒙娜丽莎坦然的目光正在注视她。

"啪。"李太太结婚时买的盘子摔得四分五裂，汤汤水水流得到处都是。

李太太低着头，像一个犯了错误的女仆，小步挪到油画前，低声下气地说："真是对不起，我把客厅弄脏了。"

她鼓起勇气，慢慢抬起头，说："如果你想折磨我，你的目的已经达到了。我这两天一刻不得放松，晚上不敢合眼，白天工作频频出错，你看看我眼里的红血丝，你看看我的黑眼圈，你看看我这张苍白的脸。求求你放过我吧。"

微笑的蒙娜丽莎在高处俯视着李太太，眼神里流露出沉静的忧伤。

李太太的心为之一震，油画已经不仅仅是栩栩如生了，她好像活了过来，能感受到她的生命力比自己还要旺盛。

"你在可怜我吗？"李太太无力地揉搓双手。

微笑的蒙娜丽莎静静地看着李太太。

"现在客厅很乱，估计你也不想看到这一幕，不如我先送你到书房休息，等我收拾好客厅，我会把你送回来的。"

李太太拖了一把椅子，站在椅子上取下了油画，然后放在了书房的桌子上。

酒的后劲儿隐隐发作，李太太的头迷迷糊糊的，依靠残存的意志力坚持做完了所有的事才倒在沙发上，昏昏沉沉地睡过去。

"醒醒。"李先生拍醒了李太太。

李太太揉了揉惺忪的睡眼，一眼看到墙上挂着《蒙娜丽莎的微笑》，瞬间吓得魂飞魄散，滚落到地上。

李先生顺着李太太的目光看去，说道："油画不是好好地挂在墙上吗？"

"可是我记得我刚才把油画摘下来了，放到了书房的桌子上。"李太太躲进丈夫怀中寻求依靠。

李先生骇然失色，双手紧紧地掐住李太太的肩膀，严厉地质问道："你确定吗？"

李太太努力地回想，很不自信地说：“可能我又把油画拿回来了。”

阴暗中，李先生的脸愈发狰狞：“一定是你又把它拿回来了。”

李先生的话像一根钉子，有力地插入李太太模糊的记忆中，记忆的脉络逐渐清晰。

李太太有把握地说：“我把油画拿回来了。”

“噢。”李先生松开手，非常严肃地对李太太说，“你以后不要碰油画了。”

“也许之前都是我移动了油画，但是我忘了。”李太太自欺欺人地编造出一个美好的幻想。

“我不知道。”李先生若有所思。

“太太，请留步。”街头一个瘦小干瘪的老太婆拦住李太太，“我看你印堂发黑，应该是被不干净的东西缠上了。”

李太太不觉一怔：“你说对了。”

老太婆亮出一堆李太太叫不出名字的法器，毛遂自荐到李太太家抓鬼，“我收服的精怪数不胜数，今天就让你看看我这个老太婆的本事，权当开开眼界，我不收你钱。”

结果一进门，老太婆一看见墙上的油画瞬间变了脸色，直喊：“使不得，使不得。”

李太太眼见着老太婆一溜烟儿跑了，在门外缩成一团，等待丈夫回来。

“怎么不进去？”丈夫回来了，看着可怜兮兮的李太太，咧开嘴笑了，“你是不是傻？外面多冷啊。”

李太太用颤抖的声音将事情的来龙去脉对丈夫说了一遍。

李先生呆了半响，疑惑地说：“可我今天早上把油画扔了呀。”

李太太两眼一翻，顿时昏了过去。

不知过了多久，李太太被电脑游戏的响声吵醒。她看见李先生正玩得不亦乐乎，便气不打一处来，问道："你怎么对那幅神出鬼没的油画无动于衷呢？"

　　"只是一幅油画，就是画布加上颜料，不过是喜欢你经常待的地方而已，难不成还会把你吃了？"李先生无法对妻子的痛苦感同身受，"你当那幅画不存在不就好了。"

　　"我不能。"李太太眼里红血丝遍布，"我能感受到一股恶意时时刻刻包围着我，一双眼睛在身后盯着我的一举一动。"

　　"那是你的问题，你要自己解决。"李先生抱着事不关己的态度。

　　李太太绝望地抓住丈夫的手，质问道："假如她附在我身上，代替我，和你同吃同住，你依然无所谓？"

　　"那你想让我怎么做？"

　　"我们搬出去吧，这房子我们不要了，她想霸占房子，我们就让给她吧。"

　　李先生用力地甩开李太太的手，大声地吼道："这个房子是用我和我爸妈的血汗钱买的。"

　　"难道没有我和我爸妈的血汗钱吗？"

　　李太太觉得自己下一秒就会疯掉。这个房子里不仅有一幅诡异的油画，还有一位冷漠的丈夫。李太太别无他法，必须要忍痛离开这个曾经洋溢着幸福的家。

　　"不出一个月，你就会发现你是多么的神经质。"李先生没有挽留，反而无情地嘲讽，"你会哭着求我让你回来的。"

　　"嗨，最近过得好吗？油画近来调皮了不少，喜欢和我玩捉迷藏，有一次竟然跑到你的大衣里，我差一点儿找不到。看到这里你一定吓坏了吧，我倒是一点儿也不在乎，尽管我不知道她下一步会做什么，可能会杀了我吧，谁知道呢，但是我宁可死也要死在我的房子里，不会搬出去，你就死了这条心吧。"

李太太读完丈夫发来的信息，心灰意冷地趴在桌子上痛哭，她心里非常清楚，离婚不过是早晚的事，早点儿离婚，两个人不至于反目成仇。

"我们离婚吧。"

李太太不能自已，脑海中浮现出新婚的快乐时光，那时他们是多么的恩爱啊，有谁能想到一幅仿制油画仅凭几次移动，就轻而易举地分化了他们，杀人诛心莫过于此，油画中的女人一定在夜深人静时笑得合不拢嘴吧。

李先生并不惊讶，回复道："明天上午民政局见。"

第二天李太太早早地从床上爬起来，在镜子前换了好几身衣服，最终敲定一件新买的牛油果绿裙子，裙子很薄，并不适合现在的天气，但是真的很漂亮。

她用厚厚的粉底遮住深深的黑眼圈，用鲜艳的口红涂满苍白的嘴唇，在消瘦的脸颊上打了一层薄薄的腮红，戴上美瞳，好让眼睛看起来不那么疲惫。

李太太望着镜中的自己，不敢奢望挽回他的心，只想给他留下一个好的印象。

临出门前李太太才想起，她今天早上还没有吃早饭。她急忙用吸管喝了一袋牛奶，早早地赶到民政局。

李先生一身便装，面无表情地走向李太太，平静得可怕，没有多看李太太一眼，快步走进民政局的大门。

李太太最后一次跟在李先生身后，尽量掩饰内心的汹涌澎湃。

办理完离婚手续，两人各回各家，从今往后再无瓜葛。

关上门，李先生再也装不下去了，扑哧一下笑出声来。

"我和她离婚了，房子当然是归我。哪怕我给她，她都不敢住。"

"我略施小计，就把她吓得屁滚尿流。"

"不是我太聪明，是她太蠢了。"

"你快搬过来吧，我想死你了。"

李先生美滋滋地挂断电话，畅想美好的未来，郑重地将《蒙娜丽莎的微笑》挂回原处，算是给自己导演的一出好戏画上一个圆满的句号。

也许是因为这段时间高频率的晃动，固定画框的钉子终于松动了，重重的油画猝不及防地从墙上砸下来，正中李先生的脑门。

外面的人无法看到阴暗的客厅里发生何事，鲜血从李先生的眼眶中缓缓渗出，滴落在腐坏的木制地板上。血腥味和霉烂的气息像两条交缠的毒蛇，伺机报复即将到访的客人。

李先生的面容逐渐僵硬，他再也笑不出来了。

只有美丽的蒙娜丽莎，保持着优雅的微笑。

狐狸家族

莫 黑

十八

狐族的未来，就掌握在你手中了。

巴山自古多狐。

山脚下，流着一条长到天边的大瀑布，从高处坠下的水花溅在人的脸上生疼生疼的，可还是有人乐此不疲地来这里洗澡浣衣。这条河滋养着人类，百年来人们在此繁衍生息。自从打通了山路，村庄成了小镇，后来几个比较大的镇子有了名字，变了城市，往来的人便多了起来。山里的动物吸足了人气，不再像寻常凡畜愚蠢，竟有了人的模样，这便是狐的由来。

狐喜好模仿，衣冠鞋袜，神情样貌与人无异。早些年，狐的祖先穿着体面，衣饰华丽，身后带着家仆。多寄居在破庙和古寺中。古寺多在郊外，临山傍水，渺无人烟。自从某个富商买下古寺做别院后，狐便举族迁入楼中，富商在他处另有房产，并不住在寺内，说是想要将古寺推平改建，却迟迟没有动工。狐爱护住处，多年的楼阁都维护得很好，楼阁花园没有破败景象，偶尔也有怪事传到隔壁富商耳朵里，他也只是睁一只眼闭一只眼，仅雇了个守门的老头儿，隔三岔五去巡视，算作对外交代。

狐不扰人，富商也不拿这些邻居当回事，竟就在旁边定居下来。二者前后而居，一住就是数十年，从没有发生不相安的事。

直到富商孙辈，家道中落，余下的人就把祖宅连同古寺一道出售。雷家买了院子后，把宅子和古寺打通，亭台楼阁都拆的拆，推的推，只留一栋二层阁楼做仓库。原先住在古寺中的狐原本是一个宗族，随着拆迁搬的搬，离的离，整个宗族只剩一支还住在这里，不肯离开。雷家的人觉得阁楼碍事，也想把这最后一栋一并拆除。这下可苦了那些余下的狐族，在一个寂静的深夜，狐族长者以团聚名义，聚齐家族里所有狐狸秉烛夜谈。众狐纷纷献策，你一言我一语地商讨着狐族未来的生存大计……

　　虽说齐聚，狐院中剩下的也不过几十只狐，大多已过了风华正茂的年纪，时值壮年的狐不过寥寥。这些狐中，狡猾伶俐的更是屈指可数。宴舞结束后，一红一黑两只化了人形的狐狸吸引着所有人的目光。

　　黑狐狸一脸黄毛，从眉心到尾梢有一条整齐的黑线，本不是这一支的狐，却因为好玩不请自来。她叫作黑金，此时正化作一个中年美妇，美目含情，身段妖娆，穿着一件黑底辍金锦丝长袍，倚在桌上喝酒。

　　红狐狸比她水灵得多，一身油亮红毛，尾巴泛金。她自幼随父母在人群中长大，很是狡猾。狐类旁系学人以姓为称，到她父母那代，以武字命名，而她刚好排行第十，遂称武十。幻化后约莫十五岁，雪肤朱唇，明艳动人。衣着虽不如黑金的华贵，却也是由上京京丝制成。

　　黑金晃着手中盛满美酒的金杯，一双美目滴溜溜地在武十身上转，"虽说现在狐院萧条，可这排场还是没少，这银子流水般的花出去，我可没看见你们有什么展望。"

　　"如果我没看错的话，姐姐手中的金杯上一定有丞相府的印记吧。"

"我只不过顺手一借，宴会结束自会归还，不劳妹妹操心。"

"姐姐身上的衣服，和去年中秋晚宴花月夫人穿的那件礼服也有几分相似。"

"放在仓库也是积灰尘，况且以我的身段，你不觉得这件衣服的色泽款式，与其穿在花月那臃肿的身上，不如我穿着更加相称吗？"

黑金将金杯斟满，装作不经意似的露出长袍下修长的美腿来。

"不过别说我了，你看看你自成人到现在，一个男人也没弄来，成天跟这帮老不死的待在一起。你这身衣服，虽然做工一流，但已经是去年的款式了。现在你们连住的地方都没有，恐怕离卷铺盖走人做无名野狐的日子不远了。"

这些武十都看在眼里，可黑金说的确是实话，其实真的要回到山里，她也能活。突然这样离开，最多是舍不得，只是习惯了人身，再做回野兽，心里多少有些不情愿。

"只要把你娘给你的流皇簪让给我，我就给你出个好主意。"

黑金向来刻薄，武十可不上她的当：

"你先说是什么主意？"

无论黑金怎样死缠烂打，武十就是不肯把簪子拿出来。

"你说不说？我没耐性陪你玩。"

"你拿出来给我看一眼，就看一眼。"

武十将将疑地从怀里把簪子掏了出来，黑金一把抢了过去，插在自己头上。"我就说我戴着最好看。"

武十气得不行，作势要咬。黑金把玩着簪子，嘻嘻哈哈地贴了过来，毛茸茸的胡须扎得人脸颊发痒。"我打听过了，这家主人的儿子从书院进京，路上要回家一趟。我算了天数，他正值当龄，尚未婚配。你饱读诗书，若能得其好感，迎你进门，自然能享富贵。你公婆早年在两广经商，人脉宽远，颇有家财，你丈夫将来定能高中，此乃天命良缘。说真的，要不是拿了你的簪子，这种好事，我真不想让给你。"

武十听不进去，她心里只有她的簪子。黑金白了她一眼，没有理她，扭着屁股坐了回去。

此时宴会已到尾声，歌声散尽，原先一言不发的长老开了口：

"狐与人联姻，古往今来倒不是没有先例。"

"你若嫁进雷家，成了人妇，怀孕生子，依旧是狐的后代，并不是没有好处，况且你能以护法身份兴荣雷家，受到天的恩赐，不过多些限制，总是利大于弊。"

"为什么不让黑金去？"

"黑金不是我们的族人，我族存亡，终究要靠自己人。"

武十在大厅里来回踱步，她扯着袖子，不知该怎样拒绝。

"哎哟，你该不会是不敢吧？"

武十瞪着黑金狂妄的模样咬牙切齿：

"我只是不愿意像你那么做。"

"若你肯去，我就把簪子还你。"

"此话当真？"

"当真，等我玩腻了，我就还给你。"

"狐出嫁和狐媚人是不同的，这里面可是有学问的。能被美色所欺的男人不过是下等的，用真心打动一个人，可是很难的。"

"这有什么好怕的，为什么你们一个个都小心翼翼，我们狐族法力无边，难道会怕肉身凡人不可？"

"傻孩子，人的可怕可不在于有没有法力，而是降服，一物能够镇压一物，并不是非得有胜过你的力量。虽然你法力高深，可毕竟年轻莽撞，时刻小心，莫要一时冲动。"

"人生短暂不过百年，切忌投入真情沦陷，最后下了地狱，就算是菩萨也救不了你。"

武十冲她翻了个白眼，黑金把记录了那人生辰的名帖扔给她。

"跟你说了也是白说，你自己看着办，好自为之。"

长老欣慰地笑了："狐族的未来，就掌握在你手中了。"

武十接过名帖，俏皮地点点头，一个转身就隐去了。

离巴山不远有座小镇，连接着官道，古往今来的考生都要通过这里进京。说是小镇，却更像是一座市集，由于往来便利，几乎没有居民在此居住，都是白天挑着货来卖，卖完了就回去睡觉。除了几家客栈马驿，晚上很少能在街上看见什么人。

雷生就住在这镇上，现在除了给客栈守夜的小二外，大堂里只坐了两个人。一个是雷生，另一个则是跟他一起在书院念书的书生，这家客栈就是他家的产业。书生比雷生大得多，资质平庸，苦学了好几年，依旧榜上无名。过去二人在同一学堂上课，颇有几分交情。就在书生考虑是不是应该弃文从商时，雷生刚巧从书院回家路经此地，他便张罗来接，吃完饭后，二人便坐在大堂里饮酒叙旧。

客栈临街，两面通风，周围又是深山，从店里往外看，街上黑乎乎的，望不见颜色。虽未到秋天，山风吹来，倒有些凉意。

"夏至未至，却有凉意；秋不似秋，北风萧瑟。这夜越深，就越感觉冷，好像露水钻进身体，厚重得怎么也抖不干净。"

"这里四周都是山，寒气都是从石头里渗出来的，进了城就好些。你有些日子没回来了，不习惯是正常的。不过乡下有乡下的好处，乱七八糟的东西少。"

雷生捻了两粒花生米扔进嘴里。

"我自小在这里长大，虽然去书院念了几年书，可山精鬼怪的见得也不少，其中尤为可恶的，便是狐。"

"这怎么说？"

"寻常野狐从山上下来，不过偷窃一些酒肉瓜果罢了。最坏的是成精的狐，她们修炼百年，早就不稀罕小偷小摸这下等的事了。就像人追名逐利，她们也学着打扮自己。衣着器具，但凡是有些来历的东西，都被她们借走，还回来时不是碰坏了就是碎了一道痕迹，更别提珠玉之类，非明珠斗玉不拿，非正人君子不戏。等人发现上了当后追出去时，还能听见从深山里传来的嗤笑声，这等调皮捣怪，实在可恶。"

酒是提前温好的，书生往他杯里斟满了酒，仰头灌了下去。

"不过此类狐精还是下等，损失的多是些钱财。南阳的赵生，秉性敦厚，为人老实，前些日子与一来历不明的妙龄女子成婚，不及数月，祖辈积攒下来的钱财被此女挥霍一空，最后落得家破人亡。家中请了道士才察觉赵妻是狐身，查清楚的时候，赵妻早已带着三个月的孩子回了老家。此女虽与赵生多年情谊，毕竟人兽有别，狐哪里懂得人的感情呢？"

"师兄所说的赵生，可与我们同门？"

书生点点头道："正是此人，同门遭遇此番，直教人唏嘘。"

雷生给自己倒了杯酒，笑道："赵生秉性我略有所闻，若他娶了人类妻子，恐怕下场也是如此，怪不得狐身上。"

"此话怎讲？"

"赵生虽然为人谦虚谨慎，眼里却容不得他人批评。早年听说他为一篇文章，竟公然与先生争吵理论，非要争个输赢高下。传闻他颇有家财，流连赌场，大抵也是与其好胜的性格有关。家境衰败，却将责任归于狐妻，赵生的行为实在不能说是丈夫所为。"

"只是赵妻毕竟为狐，个中原因恐怕少不了狐媚之说。赵生后来不得不变卖家产，却还是流落街头，赵妻并不是完全没有责任。"

"人无完人，难道不允许狐也如此吗？即便是你我，诗书之外，也有情趣之乐。能够包容赵生好赌，难道就能责怪野狐好色吗？若不是赵生其身不正，又怎会引来狐媚垂涎呢？我听说，狐类有旺夫之运，能守护其宗族百年，赵生妻离子散，并不是狐的过错。"

"你从未受狐的困扰，又怎会知道狐精不恶？狐类所化的美女，摄人魂魄教人茶饭不思，狐的可怕之处，语言是说不清的。狐天性为妖，妖孽就是害人的东西，无论怎样装扮，都掩藏不住那股邪气，你几时听闻狐精能够得道？多是听闻一些下等野狐，深谙人心后得利的，这一点倒真是像极了人。"

"莫非师兄也有此等经历？"

书生还想说什么，他望了一眼雷生的表情，没有再说下去。气氛一时间变得有些尴尬。二人相视一笑，重新倒起酒来。

此时，桌上的蜡烛被风吹得快灭了。大堂内的两人不知喝了多久，竟醉倒在桌上睡着了，守夜的小二刚刚睡醒，趁风没刮大，匆匆关上店门。屋外，更夫敲了第三声梆子，梆子声孤独地在无人的街道上回响。

殊不知，二人的谈话都被潜伏在外的武十听见了，她虽然恨不得把书生杀之后快，但她毕竟有任务在身，不能随意放肆。不过物以类聚，雷生也不是什么顶善良的好人，表现得越清正，才越叫人看不透。堂内忽然卷起一阵黑风，吹得烛光越来越暗，值夜小二便用身体去护，奈何肉体凡胎怎敌得过妖风徐徐，一下子就被掀倒，待他爬起来的时候，烛火已经灭了。他拿出折子将蜡烛重新点上，风停了。然而睡在桌上的两个人，却少了一个。

武十把人安置在客栈的厢房里，她的猎物仍在沉睡。武十并不心急，她在院中等了好一会儿，直到厢房中传来些许响动。人似乎醒了。她往里面看，只见雷生正下床拿水喝，他对自己所处的地方丝毫没有怀疑，只当是小二送他回来的。雷生醒酒后，再也没有睡意，他从行李中取出一本书，翻着翻着，忽地来了诗兴。他在房里来回踱步，一边走，一边吟，灵感来了就即兴在纸上写两笔，走回来的时候又觉得不满意，他换了一页稿纸。走走停停，似乎入了迷。

武十觉得时机已到，便在墙角化了人身，轻轻叩响了房门。

"什么人？"屋里的人停下脚步，厉声问道。

只听到屋外传来温软一声："公子莫慌，小女乃武家十娘，并非有意惊扰公子安眠。听闻公子返乡探亲，久闻公子大名，不知今日可否得幸一见？"

屋外偶有微风吹来，教人舒爽心怡。今夜月色清明，没有云雾遮挡，屋外景致清晰可比白天，只不过他向来听说巴山多狐怪，心中多存了几分警惕。雷生从侧窗向外望去，只见一个娇弱倩影立于门前，足下有影，不像妖异。

雷生性情高洁，不以追逐女色为乐，他本想谦言回绝，又唯恐拂人情面，见女子还在屋外等候，再三思索，还是给她开了门。

武十在屋外等候多时，她身着藕荷色衣衫，身段姣好，此时却冻得瑟瑟发抖。雷生请她在桌前坐下，给她倒了杯热茶。

"是谁叫你来的？"

武十约莫十八岁，容貌秀丽，妆容清淡，纤长的睫毛上沾着数粒晶莹的露水，有一股清丽超脱之感，叫人心生怜惜。

武十款款行了个礼，道："公子切莫误会，武十并非受他人指使。小女先前提过，早年曾与公子有过一面之缘，不知公子可还记得三年前的山茶诗会？"

说罢武十便吟起一首诗来，雷生一听，正是自己刚才对着月色所做。只怪武十的名字听着耳生，并不像是真名，恐是怕暴露身份所取的化名。雷生听说一些家道中落人家的女儿为了维生，暗地里做私娼生意，除了出得起价的熟客，没人知道她们的身份。

此时夜已过半，此女恐怕也不是什么良家妇女。雷生不想作答。书生这时恐怕已经醒了，他家境殷实，过去素有召妓的习惯。此女声音悠转，知书达理，正是书生所喜好的。此女夜半来访，怕是书生给自己接风洗尘所准备的"惊喜"。

"在下的确去过山茶诗会，至于姑娘，我实在记不清了。只是姑娘深夜孤身至此，似乎不合情理。若无要事，姑娘还是请回吧。"

武十从怀中掏出一卷画轴，平铺在桌上。雷生端过蜡烛一看，画中女子手持茶花，明眸皓齿，眉目含情。画风淡雅，仿佛一股花香扑鼻而来。雷生认出此画出自他手，而画中女子正是武十。

"此画是诗会结束后公子亲手赠予小女的，公子曾说见画如见人，怎么一别三年，没想到公子竟连小女的样貌都忘记了。"

雷生心绪杂乱，这些年他经历过的女人太多，实在难以分别。而以画为赠也不是什么罕事，他悄悄观察武十的样貌，好似有些印象，可心中仍是混沌。

"诗会结束那夜，你我在巴山脚下私订终身，你答应我三年后来武府向我爹提亲，诺言迟迟未有兑现，我苦等你三年。听说你返乡归家，便冒死从家里逃出来，本想与你再续前缘，可谁知昔日情郎而今竟如此薄幸。"

说罢武十便别过身去，悄悄抹泪，哀伤的神色连言语都不能形容。

雷生于心不忍，与她同坐，不知该说什么劝慰的话。武十顺势靠在他的肩上，体香好似兰花。

雷生并没有拒绝。

"那夜你赠我此画，而我以家传玉佩回赠，若你有心收藏，你应知道我没有骗你。"雷生听她一说，往腰间一看，果然除了出生携带的玉佩外，还有一块白玉通透的美玉，上面用篆书刻了一个"武"字。

女子忽然跪了下来，她满目绯红。雷生吃了一惊，连忙伸手去扶，武十态度强硬不肯起身。

"你这是何苦？"

"实不相瞒，我爹已将我许配江西巡抚之子，明日便是启程之日。过了明日，武十便为人妇，冒死求见只是忘不了与公子的情分，武十深知公子前途无量，不敢以卑微之身牵绊公子。今夜盛装打扮，只求与公子再做一夜夫妻，了断思念。"

说罢便与雷生紧紧相拥，武十身姿温软，神情妩媚，任谁见了都不能拒绝。雷生和她双双倒在床上，窗外月光静谧，屋内春色旖旎。只见武十与雷生紧紧相贴，朱唇口吐香气与雷生相覆。她轻轻地褪去雷生的外袍，一双玉手慢慢往下，雷生不禁发出暧昧的喘息，武十继续往下，她顺势一摸，谁知竟抓出一条硕大的狐尾来。

武十吃了一惊，她万没想到雷生竟是同类，雷生的狐尾黑得发紫，形态饱满，好似巨笔。武十感觉自己遭了戏耍，再无人形媚态，五官相貌已有狐样。她气得想要杀死他，可这时雷生已完全清醒过来，面对武十的胁迫，雷生不再伪装：

"既然被你抓了原形，我也不再与你作态。我乃青城山上修炼多年的野狐，有了幻化的法力后，便住在山下的城隍庙里。巧遇雷生考场失意，寄住在庙内读书，夜夜吟诗，其才情胸怀教人佩服，我先后化作老儒和太学生与他对诗。我对雷生心生倾慕，一日找了个机会，在他面前现了真身。见我没有恶意，雷生倒也不怕。他早就怀疑郊外的破庙没有文士。此时雷生正准备进京考试，我便请求同他一起上路。雷生以我毛色赐名小青，之后我便化作书童陪侍左右。雷生体弱，谁知进京路上就染了风寒去世。他离世前要我替他侍奉父母直至终老，我含泪应允，便化作他的模样替他进京，没想到竟被你下药强掠至此，你求胜心切，魅错了人，难道是我的过错吗？"

武十朝他啐了一口："你简直是狐族中的败类，竟甘愿屈居人类之下，你这样的狐，不配继续活着，我这就为你的宗族除害！"

雷生不恼反笑道："你指责我屈于人类，那你又何必化作美女前来魅惑，甘居他人身下作践自己？素闻巴山狐族混迹人中，样貌谈吐与人无异，就连骄奢淫逸，虚荣攀比也学得精细。狐类非仙非妖，乃天地灵气的化身，难道与人类混居后就能不辨是非，迂腐堕落还不自知，所谓宗族还不如无名野狐来的清白。你若有情，化为美女引来的不过是贪淫好色之徒。狐类虽然长寿，法力无边，也难满足人间贪欲，这样的感情可以称作喜爱吗？你指责我屈于人下，不过是打压我的借口，狐在深山生活多年，没有人也活得自在，因为人类而堕落自身，过错真的在人身上吗？雷生一死，我亦有随他而去之心，若不是受他所托，我何必苟活于此。今日若是命丧你手，我也心甘情愿。我一介无名野狐，亦不会有人为我寻仇，你大可放心下手。"

武十被他反驳，瞪大了眼睛，气得说不出话来。雷生从容坦荡，有心赴死，气概仿佛天地可鉴，而武十师出无名，随意杀戮只会留下恶名。二人在房内相互对峙，谁也不肯放过谁。直到天色现出鱼肚白，武十唯恐出现变数，此地不宜久留，愤愤离去了。

雷生折腾一夜，酒还未完全散掉，浑身疲乏至极，还想再睡。他翻了个身，把外袍脱去，这才发现，原来武十摸出的狐尾，不过是夹穿在内的狐裘罢了。

武十没有完成任务，终日流离在外，惶恐不敢归家，时间竟有四五个月之久。一日在巴山县城偶遇黑金，这才得知后面发生的事。就在武十离家后，雷家早觉得后院诡异，当日便把院子放到市场上低价抛售。新主人接手后，亦打不开阁楼上那间上锁的仓库，竟将其付之一炬。从外面望去，火光冲天，浓烟滚滚，遮蔽了半片天空，从很远的地方都能闻到毛皮烧焦的臭气。不到半天，那里就成了一片废墟。火被扑灭后，人们清理时没有发现尸体，多是些未烧尽的书册。曾有人在灰烬中发现些玉器古玩，后再来寻，却再也找不到了。新主人请人作法，盖了间戏院，数十年都没有再发生怪事。后来戏院破产，园子重新空置下来。偶尔夜里有人从外面路过，隐隐能听到丝乐人声，走进去却发现门扉禁闭，门上挂着生了锈的厚锁。至于里面究竟住了什么东西，到现在都没人知道。

野客怪谈

余观鱼

十九

我凑近，透过窗户往里看，看到了令我终生难忘的一幕。

引子

荒村，破庙。

李甲看着庙外的滂沱大雨将大地冲刷得煞白，天色已晚，可这雨却越下越大，他不由得有些焦躁。

在庙内一同避雨的还有一个书生和一个年轻女子，他们大约是一对夫妻。

天黑了。李甲关上庙门，那对小夫妻在庙堂中间生了一堆火，三人就打算在此过夜。

李甲坐在火堆旁，困意袭来，却不敢睡，他怕睡着了，怀中的包裹有什么闪失。

忽然，门被打开了，一阵冷风灌了进来，李甲清醒了一些。他向门外看去，只见进来了几个人，一个年轻和尚，一个须发皆白的老翁，还有一个中年男子。三个人从雨中来，都是一身透湿。

小小的庙堂忽然挤进这么多人，气氛变得微妙起来。三个人拧干衣服上的水，也围坐到火堆前。

彼此寒暄几句后，李甲知道，那中年男子是南方来的商人，到此处收账，那老翁是本地的樵夫，和尚则是化缘至此。

彼此闲谈几句，气氛忽而轻松下来。李甲听庙外雨势未减，不由得道："这雨也奇，似这般劈头盖脸，竟然下了一天，不知何时才停。"

那书生道："看着似是还要下半天哩，只是这庙如此潮湿，睡了恐怕湿气入骨。既然大家有缘相会，不如各自说说自己经历或听闻的异事，一来打发这漫漫长夜，二来也可增长见闻。"

众人都应诺了。

那书生起身向李甲作了一个揖，道："小生冒昧，就从兄台开始，不知兄台意下如何？"李甲点了点头，想了想，便说了起来，众人皆聚精会神地听着。

第一个故事 疗妒羹

我本是山东兖州人氏，祖上经商，攒下些许家产，虽非大富大贵，但也可以保我此生衣食无忧。

因是家中独子，父母难免溺爱，我不喜读书，家人也不勉强，便让我学着打理家中的生意。二十岁那年经媒人说合，便娶了富商张乔木的小女儿张雪莲。

雪莲秀外慧中，聪明伶俐，将府中事打理得井井有条，街坊邻居皆交口称赞。可人无完人，雪莲唯有一点不好，那就是醋劲儿大，她不但不准我纳妾，就连我身边服侍的丫鬟也被她早早地许了人家。当时我忙着生意也无暇顾及这些，她也是识大体的人，因此我俩一直相敬如宾。

后来家里生意蒸蒸日上，祖上的产业日益壮大，我又招了几个得力的伙计，渐渐地也就游刃有余起来。

闲来无事，我便爱去郊外田猎。那是风和日丽的一天，我田猎归来，打马从雕花楼下经过，一方罗帕从楼上飘飘扬扬不偏不倚地落在我怀里。我抬头看，恰好楼上的女子凭栏向下看。她长得明艳动人，胜过楼下的那一树杏花，就像那天的清风，吹到了我心底。她看了我一眼，浅浅一笑，转身便进楼了。那是我平淡如水的人生中第一次怦然心动，就像传奇中所说，才子佳人，惊鸿一瞥，一眼定情。

从此，我便疯了，心心念念地想着那女子。后来，我打听到，她便是有月中嫦娥之称的名妓——吴月仙。经过别人的介绍，我结识了她的哥哥——吴徵卿。

他哥哥是一名乐师，为了探听吴月仙的消息，我便养了一班女乐，请他来家里教习。

也许，张雪莲感觉到了什么，一开始，她只是劝我不要沉迷声色，后来，她就开始闹了，几次三番，我开始讨厌她。最后我索性搬了出去，由她一人闹去。

在吴徵卿的帮助下，很快我便有机会与吴月仙相见。

金风玉露一相逢，便胜却人间无数。

从此，我便将生意和张雪莲抛在脑后，只在雕花楼与吴月仙过着只羡鸳鸯不羡仙的日子。

后来，因为不忍心月仙在楼里受老鸨欺压，我便想为她赎身，纳她为妾。

于是我回府，将一切告诉张雪莲，出乎意料的，张雪莲没有像往常那样大闹一场。

她只是安静地从梳妆盒里取出了一张契约，那是订婚时签下的。上面写着，没有张雪莲的同意，李甲不得纳妾，否则二人和离，嫁妆归张雪莲所有。

很明显，她是想让我做出一个选择。我犹豫了。家里的生意虽然风生水起，可是一旦与张雪莲和离，生意必然会受影响。况且，她还要带走她那笔丰厚的嫁妆。

金钱和爱情，孰轻孰重？我犹豫了。

那几日我几乎不敢去见月仙，她与张雪莲不同，她从来都是温婉可人，不阿谀奉承，也不冷若冰霜，是如沐春风般恰到好处的温柔。

我恨自己没有当机立断，感觉辜负了月仙。

那日我独自在太白楼买醉，恰好碰见了吴徵卿，便邀他同坐。

他自然是知道我的心事的，一壶酒见底，他给我说了一个方法。他说："我从一个和尚那里得了一个方子，这汤药专治女人嫉妒，所以叫疗妒羹。西城的王公子家不是有一个出了名的悍妇吗，听说还是个西域女子。自打得了这方子，王公子已是纳了三房小妾，王家夫人也不曾闹过。恰好方才又有人托我打听这方子，我便去王公子家求来了。"

我心下一动，便向他讨了那药方，去药铺按方子抓了药才回府。

回府后，我就叫管家煨了一罐鸡汤，偷偷往里加了那药。挨到夜深，我亲自端了那汤到书房。张雪莲正在核账，她娴熟地打着算盘，神情专注。我这才意识到雪莲嫁过来已经五年了，记得五年前，她面对账目、算盘还是手忙脚乱的样子，而今，她已经从容不迫。忽然我有些犹豫了。

这时，她核完了账，看见我有些惊讶。我只能一步步错下去……

可是命运终究还是作弄了我，那药竟阴差阳错地被我自己喝了下去。

吴徵卿曾告诉我，那药会让人假死七天。七天里，人除了不能动不能说话，什么都能感觉得到。喝了这药的妒妇在这七天里自然会好好反省。

在意识模糊的前一秒，我看见张雪莲惊慌失措的脸，脑海中最后浮现的居然是花烛之夜我掀开盖头后她巧笑嫣然的脸……

我再度醒来，发现自己已经躺在灵堂里了。雪莲一身缟素，无声地抽泣，双眼早已红肿。宾客盈门，丫鬟搀扶雪莲出来应酬，宾客客套寒暄几句，走了个过场，转身便聚在一起谈笑风生。吴月仙也在她哥哥的陪伴下来了，她一身素衣，面容与那些宾客一般淡漠而悲戚。

　　因了那素衣悲容，月仙更添三分姿色，宾客中就有眼睛直了、看痴了的人，有人手中的茶倾在自己身上也浑然不知，真是丑态百出。

　　而吴月仙风姿绰约，一举一动都合乎礼仪，无可挑剔，真是月中仙子，超凡脱俗，干净得不沾染一丝人气儿。

　　任是无情也动人。

　　看着这个我从前为之心醉神迷的女子，而今隔了阴阳，却不如以前动心了。虽然知道自己是假死，但是终究也算死，看着自己的身后事，真是别有一番滋味在心头。人世情伪，好像一出戏，一一展现在眼前。自始至终，真正为我肝肠寸断的只有雪莲一人。

　　我心中忽然有些不是滋味。

　　雪莲从早上一直忙到深夜，丫鬟劝她先去休息，她却屏退丫鬟，蹒跚走到我的灵柩前，跪坐着烧了些纸，叹息一声道："夫君，你怎么这么傻？为一个不爱你的狐媚子，白白断送了自己性命。人说无事献殷勤，非奸即盗，我们结发五载，你的性格，我是再了解不过，可是就算是知道那汤里有砒霜，我也不忍心拒绝，拒绝那难得一次的温柔，可是……苍天无眼啊，终究还是让小人得志，那吴徵卿你以为他是什么好人，这些年，他暗中偷鸡摸狗吞并了府里不少产业，可怜他那妹子……唉，不说也罢。夫君，不知你还记不记得，你还欠我一根糖葫芦呢。"说完她凄然一笑，便泪流满面。

　　我突然记起来了，原来我与她的初见并不是洞房花烛夜，在

　　　　　　　　　　　怪谈故事集：龙的基因

我五岁时，我们就已经见过了。

那是元宵节，我被管家李富抱着看花灯，那些好看的花灯让我心花怒放，不禁手舞足蹈。恰好张府奶妈也抱着张雪莲来看灯，我一手挥过去，恰好将她手里的一根糖葫芦打到地上，她便哭了，指着我要我赔。我现在还记得那个粉雕玉琢的小娃娃，眉心一点朱砂痣，好像个小汤圆。我当时道："我赔你一个就是了。"可是观花灯的人太多，不一会儿，我们就被人潮挤散了……

再回过神来，雪莲已经趴在灵柩上睡着了，屋子里飘着淡淡的烟雾，是迷香。

这时，门开了，却是吴徵卿，只见他大摇大摆地走了进来，他用那素日弹拨琴弦的手指抚摸过那红木雕花的柱子，眼中满是狂热和贪婪。

忽然他的目光缓缓落在了雪莲身上，那目光里又添了几分疯狂。他快步冲向张雪莲，忽然一道白影闪过抱住了他，竟然是吴月仙！

吴徵卿本来就不强壮，再加上喝了酒，竟然无法挣脱，他有些愤怒，压低声音道："你做什么？你放开！"

月仙只是紧紧抱着他，道："我不放，你已经走错了一步，我不能让你错上加错。"

素日冷若冰霜、艳如桃李的月仙，此时面色微红，神情激动。看见她眼中涌动的似曾相识的感情，我忽然之间明白了。

未动情时，是月中仙子，如今，她分明只是一个为情所困的小女子而已。

她喜欢的，从来不是我。

吴徵卿低声咆哮道："我没有错，这些本来就该是我的，这府宅，这富贵，还有雪莲……"

"可是，她不爱你！你就不要自欺欺人了，为什么你可以为了一个不爱你的女人机关算尽，却不愿意看我一眼！"吴月仙开始歇斯底里起来，她忽然抢先跑到雪莲身边，拔下簪子道，"今天，你如果不去官府自首，我就杀了她，我去自首。"

吴徽卿犹豫了。

我正焦急地看着吴徽卿，不知道他会做出怎样的决定，远方一声鸡鸣，我便什么都不知道了。

众人听了这个故事，都呆住了，那中年商人追问道："接下来呢？"

李甲摇了摇头道："后面的我便不记得了。"

众人唏嘘不已，只有那书生一副若有所思的模样。

过了片刻，众人依旧情绪未平，那书生却作了一个揖，道："既然李兄已经知无不言，大家就不要再为难李兄了，不过说来有趣，因缘际会我也见过那吴月仙几面，或许大家从我的故事里也可以看得一二端倪。"

众人听那书生如此一说，便不再纠缠李甲，都催着那书生快说。

第二个故事　桃花酥

小生姓贾，单名一个如，字若非。家住江西赣州，世代务农，但因我少时早慧，在乡里也颇有些薄名。乡人便凑钱给我父亲，让我考取一个功名。也是运气，小生的科举之路并没有多少坎坷苦辛。

乡试过后，便筹备进京会试。

一路上遇水乘舟，旱路骑驴。半月后，我来到京郊一个小镇。

当时恰是桃花盛开时节，一路春色，使小生诗意盎然，作了几首酸诗。小镇上有不少人家屋前屋后种有桃花，而最美的要数临水小酒馆边的那一片桃花林。

桃花本来就妖娆，临水而观，更是美不胜收。偏巧，那酒馆老板的女儿芳名也叫桃花。老板妻子早亡，独自抚养女儿长大。据那镇里人说，那女子非常聪明，做得好菜，酿得好酒，把小酒馆收拾得一尘不染，久而久之人们就将那酒馆叫作桃花酒馆。

小镇可住宿的店家不多，我一一看过，最终还是选择在桃花酒馆落脚。一方面这酒馆物美价廉，更因为酒馆边那一片丰美的桃花林，花叶掩映下的小酒馆宛如桃源仙境。

我走进房间，安置好行李，推开窗，一阵清风带着几片桃花瓣扑面而来，真真香红扑面。窗外是青山隐隐，绿水迢迢，灼灼桃花树下，有女子在洗涤杯盏，皓腕如雪，十指纤纤，我一时看醉了。

那女子似乎感觉到身后注视自己的目光，回过头，粉面朱唇，一双眸子黑如墨、亮如星、柔似水，人间风华三分，这眸子就独占两分。我当时便觉面如火烧，脑子里一片空白，张口结舌竟说不出一句完整的话，只听见我的心跳声，一下，一下，又一下……

那女子笑了，露出白似珍珠的牙齿，她那温柔的声音顺着香风直吹到我心底："想必公子便是今日住店的客人，敢问公子从何而来？"

我现在已经不记得当日自己说了什么话，但是她的一颦一笑，一语一默，都镌刻在我的心头。微风拂过，她微微眯起的眼，她那被风撩起的鬓发，当时，我觉得只此一面，人间万事俱休了，什么功名富贵、平步青云、光宗耀祖，随它去吧。若是可以在这儿与她相守，此生足矣，我别无他求。

从那天起，我便疯魔了。我无心读书，时常去镇上书肆寻几本从前不屑一顾的才子佳人传奇小说，或是驻足听说书人说几段前朝风月，当年脂粉。更多的时候，我便在酒馆后的桃花树下，要一壶老酒，面前摊开一本书，也不过是做做样子，书页上桃花瓣已堆积几层，我心头的爱慕亦堆叠了好几层。她在屋前屋后忙着，挑水、浇花、淘米、洗菜，事情虽多，却从不忙乱，一切都有条不紊，一切都恰到好处。

就这样，光阴一天天溜走，心中的爱恋与日俱增。终于临走前半月，我用身上最后一点儿钱为她买了一支桃花木簪。

簪子制作粗糙，不过是镇上的木匠补贴家用随手削成的罢了，但是她收到簪子，眼中的惊喜让我喜出望外。就在那天，我鼓足勇气说出了心中爱慕，看着她羞红脸，点头许诺，我心花怒放，又懊悔为何没有早点儿说出来。

那段日子是我一生最幸福的日子了，有花酒美人相伴，清风明月相随。

但终究还是要分别的。临行前，我用丹青细细描绘出了她——我此生挚爱的容颜，待画那身后一片桃花时，胭脂却不够了，我犯了难，她却灵机一动，取了她梳妆台上的胭脂来，我信笔点染，染就那一片灼灼其华。

离别时的难舍难分，痛彻心肝，而今想起心口依旧隐隐作痛。我们约好，待我金榜题名，归来一定与她结为连理。她剪下一缕青丝递与我，泪眼婆娑。我细细收纳于怀中，愁肠百结。

分别后，我满载相思，骑着小毛驴，晓行夜宿来到京城。其间我们也相思满纸，鱼雁频频。如此便到了考期。待到考场，读过考题，若是从前，自然是信笔挥就，可那时，我功课已荒废几月，满心又都是她，因此潦草几笔便交了卷。

出了考场，我自知题名无望，便整日沉浸于酒馆中。

一日，我见几个衣衫褴褛的人走到酒馆来乞讨，他们都面黄肌瘦，说着一口土话。我从一个会说官话的人口中得知，原是今年夏天山东兖州遭了灾荒，这些难民逃荒流落至此。我便掏了几个钱给他们买了些吃食，他们都千恩万谢，我不忍久留，便出了酒馆。

发榜那日，果然榜上无名。我正待收拾行李回家，却恰好遇着了乡间私塾教我的一位德高望重的恩师。他此次是来拜会一个友人，这友人放了几年外任，而今升了官又调回京里。

我便向他细细说了这几个月的经历。他沉吟片刻，劝我还是收收心再攻读一年，他道："你与那女子既有约，如今这般回去不尴不尬，成个什么？况且归乡，令堂岂不是会怪她误你学业。依我看来，不如你索性留在此处，谋个功名，再归去洞房花烛，岂不皆大欢喜。"我一听有理，但是苦于盘缠无多，恩师似是看出我的窘迫，便道："这个好办，而今我恰要拜访一位京城朋友，我与他乃生死之交，你可以寄居他家，专心举业，其间且将儿女情长先放一放。"

于是，我便与恩师拜谒了那位朋友，恩师朋友也辟了一僻静院落供我读书。每日茶饭也自有人管待。恩师留京几月，时不时前来问我功课。为了专心读书，恩师临行前，令我写一封信说清缘由，从此便不再书信往来，直到我考中功名。

断肠人写断肠书，相思泪染相思字。

但一想到与她长远的未来，我便将相思埋藏心底，着实用心读书。只是闲暇之余，我会取出那画，细细摩挲。

如此，桃花开了落，落了开。三年过去了。

我终于金榜题名，被人们簇拥着道贺，打马踏过御街，我的心里只是急切地想见她。

忙乱热闹了几十日，我踏上了归途。来时孤身瘦驴，归时仆从骏马。

终于来到我心心念念的桃花源，就要去见那桃花树下的桃花仙子。

我不希望我而今的权势令她拘谨，于是我便让随从留在客栈，我孤身一人来到那桃花酒馆。

桃花依旧，溪水依旧，但一切分明又有不同。我看着院落里晾着的男子长衫，听着屋里一男一女的对话，其间还似乎有小孩子的哭声……

三年的光阴，终究还是太长了。

原来已经是：狂风吹尽深红色，绿叶成荫子满枝。我心头的那枝桃花，终究还是宜了他人的室家。

我没有勇气与她见面，跌跌撞撞地离开了小酒馆，回到了客栈。

客栈里的仆从对我说："有个逃荒流落此地的女子，愿意卖身为婢女，侍奉未来夫人。小人看她容貌毁了，怪可怜的，谈吐举止也算知礼，便留了下来，请老爷定夺。"

我走到大堂，便看到那女子，想是刚刚梳洗了，穿着布衫罗裙，举止端庄大方，不似村妇，但面上却有几道伤疤，似是利器划伤。

那女子道："小女名叫吴月仙，原是山东兖州府有名的歌妓，后来从良，嫁与一商人为妾，因那家的大妇嫉妒心重，我不堪虐待便自毁容貌逃了出来，流落至此。"

我点头答应了，让仆从带去安顿。我不禁苦笑，而今婢女有了，可夫人早已嫁做人妇。也罢，何必再去打扰人家的平静生活呢？

无心无绪地逗留几日，我便打算启程。启程前我与仆从们到镇上买些必需品，月仙因容貌尽毁，我便让她戴了幂（覆盖物品的巾）。

却不想，在街上正碰着她。

她还是那样明艳，就好像刚刚从那幅画中走出，三年的光阴没有改变她一丝一毫。她搀扶着一个老翁从药店走出，身后是一位年约五十的妇人，手里抱着一个孩童。却没有见到她夫君，想是去买别的东西了。

她也见到了我，一瞬间，她定定地看着我，那眼睛如同一口深潭，里面是我读不懂的情绪。她又看了看月仙，忽然开口道：'贾公子，一别经年，别来无恙？'

　　我张了张口，终究只是点了点头。

　　她从容笑道："不知贾公子是否还有空到小店一坐？"

　　旁边老翁道："店虽小，可那酒不一般，还有那桃花酥……"

　　我勉强笑道："既然老丈如此盛誉，在下一定前来品尝。"

　　傍晚时分，我终于又踏进这小小的酒馆。酒馆还是那样整洁，只是大堂里一个客人也没有。不一会儿，她从厨下端了酒菜上来。

　　一袭火红的罗裙，教屋外的桃花也失了颜色。

　　"今日店里客人少，你我故人，便可叙叙旧。"她走近，布下酒菜，我点了点头。

　　我不知说些什么，便举杯，喝了一口酒，那是陈年烈酒，呛得我眼泪几乎都掉了下来。

　　为了掩饰尴尬，我忙拈了一块酥，入口苦中回甘，带着花香茶香，还有一种独特的草木香，片刻便是化不开的甜蜜。

　　我点头道："果真是好酥。只是这酥真是用桃花做的？"

　　她掩口笑道："这酥哪是什么桃花做的，只不过奴叫桃花，镇上几个好事的就叫这酥是桃花做的酥，叫混了，便成了桃花酥。"

　　我又喝了几口酒，终于开口道："你何时结的婚？"

　　她看了我一眼道："你呢？你又是何时娶的亲？"

　　"我没有……"我们二人同时答道。

　　她有些慌乱，问道："骗人，那女子不是你的夫人？"

　　我摇头道："那是我收留的一个逃荒女子，本来是打算给你做婢女的。"

　　她一脸惊慌失措，忽然我胸中一痛。口中就流出血来，我隐隐约约看见她哭着跑开叫道："老大夫，快来救人啊……"

后来，我才知道，那老翁本是一个名医，到此地采药，不慎摔伤了腿，便住在桃花店中，桃花细心照料，每日前来看病的人络绎不绝，那老妇人因孙子惊热从邻镇赶来问诊，便也住在桃花酒馆。而那竹竿上晾的男子衣服，不过是因为自从桃花的老父亲去世后，便有几个泼皮前来纠缠，于是桃花找了一件男子衣衫，作势吓吓那些无赖罢了。

桃花早知道我到了镇上，但我躲躲藏藏，也不来见她，便起了疑心。那日她见了月仙，便以为我移情别恋，另娶佳人。她心里怨恨，便用那夹竹桃的叶子磨了粉掺在酥里，要毒死我这个负心汉……

众人皆恍然大悟，原来是一场误会，当下唏嘘不已，这人世间的因缘际会何其诡谲！

那商人道："不过这姻缘冥冥中自有天意，好在最后误会消除，皆大欢喜。话说回来，不但这姻缘是前世注定，就是这富贵也是已经注定好的，要不然，怎么会有的人勤勤恳恳做了一辈子买卖，也不过勉强糊口，而有的人不过三五年便飞黄腾达起来？在下的这个故事虽不是本人事迹，倒也是亲身经历过的，端的是一个离奇，若不是今日逢着各位，只怕在下这故事是没有机会说出来了。"

众人皆转过头，要那商人说故事。忽然听得惊天动地一声巨响，似是什么塌了，紧接着便是一声惊雷，众人都面面相觑，不知发生了什么事。

忽然那老翁似乎想起什么，一拍脑袋道："不好，怕是那河上的桥年久失修，被水冲垮了。"

众人皆叫苦连天，道："这可如何是好？"

那老翁笑道："不妨，待这雨停了，自然会有人将桥修好，况且那河上还有几个摆渡人可以渡各位过河。"

怪谈故事集：龙的基因

众人这才放了心，开始听那商人说故事。

第三个故事　聚宝盆

在下姓金，金银财宝的金，叫金多多，乃广东番禺人。在下还有一个长兄叫作金来来。这个故事便是我那兄弟亲身经历的。我们金家从祖上就操持着一份小买卖，是一家成衣铺子。可说实话，这生意着实难做，大户人家哪能看上我们这小店货色，小户人家也就新年新岁的买几套衣服，而那打鱼人家更不可能踏进这店了。别看开个小小铺子，各种杂税可是少不了的，官府里的大爷也要伺候好了，如此才好流年顺利。所以说做这生意虽然费心费力，八面玲珑，但也就勉强度日。

我那哥哥是个心思活络的人，他见这店里生意惨淡，想也难发财，便离家到外面找财路去了。我老爹见状便就把这铺子交给我打理。

我那哥哥开始还有书信寄回家来，说是去了苏杭，那里盛产丝绸，技术也先进，听说有的大作坊里有上百张织机，上百个机工，日进斗金。他在那里也结交了几个大商户。其中有个吴老板是从山东来，特地到苏杭做丝绸生意。我哥哥说那吴老板与他一见如故，两人便拜了把子，结为兄弟。

有了吴老板的提携，我哥哥倒也顺风顺水，挣了不少钱。

那时我母亲已经撒手人寰，我老爹也已经年迈，老人家担心自己时日无多，怕临终前见不到大儿子，就叫我写信给哥哥，让他见好就收，早点儿回来孝顺父母。

我哥哥却回信说，眼前有一桩泼天的富贵要等他去做，若做成了咱家就金山银山几辈子吃用不穷了，所以眼前万万抽不开身。若爹实在不好，后事便就由我代为操办了。

我老爹听了，大骂我哥逆子，见了金子就忘了老子。当夜怒火攻心，就一病不起。

我赶紧又写了信去催我哥，却如石沉大海，音讯全无了。

我爹终究是年纪大了，过了几日，便连大夫都不肯下药了，只说准备后事。果然半夜，老人便撒手去了。临终时还瞪着眼睛，嘴里嗫嚅着，不肯咽气。我知道，那是在怨我大哥。

哭哭啼啼、吹吹打打地办完了丧事。我打点了包裹，关了铺子，打算去苏杭找我哥。虽然我老爹不曾说出口，可我心里晓得，他还是放不下我大哥，我去找我大哥回来在父亲坟前敬一杯酒，磕几个头，也算是尽一点儿孝。

一路上晓行夜宿，我虽说是商人，但从未这般长途跋涉，其间辛苦，也不足为各位道。

紧赶慢赶，终于到了杭州。与我哥相熟的绸缎庄掌柜却说，我哥早在一个月前就与那吴姓客商到巴蜀去了，听说那里出产的蜀锦精妙绝伦。

此时我身上盘费用尽，寸步难行，好在那周掌柜心善，留我在庄上管理账目，每月也可以得二两银子。

那周掌柜看我焦急，便说，他与那吴姓客商有约在先，他们归来是一定会来他那里的，不如我就在这儿等我哥哥。

于是我就静下心来，每日打理绸缎庄，日子倒也充实。

就这样又过了几个月。一天，我正在店里盘账，忽然有人跑了来告诉我，我哥哥回来了，就在周掌柜宅邸。

我连忙赶过去，只见客厅里，周老板与一位约三十左右的俊秀青年相对而谈，言语间我听得周老板唤那青年叫吴老板。我有些惊讶，本以为那吴老板应是个四五十岁的人，想不到他却如此年轻。

我四下里张望，没有看见我哥，便忍不住问道："东家，我哥呢？他在哪里？"

那青年听了，面露愧色，低下头去，周老板劝道："徽卿，你也不必太自责，这都是难以预料的事……"

一种不祥的预感从我胸中升起。周老板带我来到厢房，我看到我哥形容枯槁，瘦得皮包骨头，宛若一具骷髅，双目紧闭，躺在床上，一丝气息也无。

我上前推了推，他没有反应，我回头问道："东家，这是怎么回事，我哥怎么会变成这样？"

周掌柜告诉我，吴老板和我哥去蜀地收蜀锦，归来途中，我哥哥冲撞了当地的巫女，被下了蛊，一直昏迷不醒。

我知道我哥哥为人虽好贪小利，但出于商人本性，轻易是不肯得罪人的，毕竟得罪一人，就可能断了将来的一条财路，更何况身处他乡，就该知道入乡随俗的道理，怎么会得罪当地巫女？我觉得其中必然还有其他缘故，但那周掌柜与吴老板交情匪浅，想必是不肯透露些什么的。

无奈，我只得按捺下心中疑惑，一如既往地为周掌柜理账。那吴老板也许是心中有愧，每日寻医问药，找人服侍我哥，也算是尽心尽力。

如此，又是几个月过去，转眼便到了元宵佳节，处处张灯结彩。正是家家团圆的时节，想着去年，我们还是一家三口其乐融融，现在却只剩我一个，飘零他乡，我不由得内心郁闷，于是便早早收了工，来到酒馆买了一壶酒，独自喝着。

邻桌有说书人唾沫横飞地说着近日广为流传的传奇，我虽无心，但也听得只字片语。我知道他们说的是近日被传得沸沸扬扬的一桩奇案，说京郊的一个小镇上，有个酒家女因误会情郎移情别恋，失手毒杀情郎的事。据说，那女子被官差押入大牢已是疯了，离奇的是，斩首那日，明明是秋天，一刀下去，那女子竟然化为满地桃花，随风去了，人们都道是桃花成了精。

无情无绪地听着旁人说着些有的没的，我喝了几杯闷酒，半醉不醉地便打算回去。

我回到周府，下房边的角门却锁了，敲了半日都无人应。想是小厮去街上看花灯了。

火树银花夜，人间不夜天，今夜注定处处热闹，想到我兄长此时却是孤零零一人躺在那厢房，我便大步绕到厢房，去看他。

出乎意料的是，那小小的厢房灯火通明，却一个下人也没有，屋里有人在说话。

我凑近，透过窗户往里看，看到了令我终生难忘的一幕：只见那吴老板手里拿了一幅古旧的卷轴，上面不知写了什么，他闭着眼睛，口中念念有词。满屋子里弥漫着一股奇怪的香气。

不一会儿，我哥哥的胸口便剧烈抖动起来，似乎有什么要生长出来。终于，那东西探出了头，我吓傻了。

那居然是一条硕大无比的蜈蚣，一半已经爬了出来，还有一半似乎是被什么抓住了，挣扎着出不来。

吴老板睁开眼，放下卷轴，伸手一把将那蜈蚣拽了出来，那蜈蚣的后半部分居然与我哥哥的心脏融为一体。

我不禁惊呼一声，恰好此时，有烟火升上天空，将这声惊呼掩盖了过去。

我捂住嘴，看着那颗心脏，它不是鲜红色，而是墨色的，那墨色的液体一滴滴地滴落在地上，落地便化为一条小小的蜈蚣扭动着身子消失在暗处。

过了片刻，那条蜈蚣开始盘曲着身子，而那心脏也变得更黑了，似乎也越来越硬，几十条小蜈蚣爬了出来，原来那心早已经被吃空了，只剩下个硬壳子。

那大蜈蚣将身子盘曲着，扭动着，将那心脏越勒越紧，竟生生将心脏一分为二，那些小蜈蚣便全聚集到其中一半中，不一会儿便将那一半吃得干干净净，而那大蜈蚣则盘踞在那另一半中，一动不动似乎在冬眠。

吴老板将那半个心脏放在屋里的香案前，在里面点了几炷香，待香火散尽后，便什么都没有了。那些蜈蚣、吴老板、哥哥、床上、地上都是干干净净，仿佛刚才的一切都只不过是一场梦，只有香案上那个诡异的黑色香炉和地上散落着的卷轴告诉我，刚刚一切并非子虚乌有。

我壮着胆子走进屋子，拾起那卷轴，抱了那香炉，连夜逃出了周府。

逃回家后，我将那卷轴细细研读了一遍，这才明白了事情的真相。

原来，在蜀地有一个神秘的部落，那里的人视蜈蚣为神明，他们不仅可以操控蜈蚣等毒虫，也可以通过蜈蚣操控人类，经过一代代人发展，又有许多骇人听闻的邪术。

比如，那卷轴上记的便是如何用活人心脏制作聚宝盆。所选之人，必须是心黑、心硬、心贪之人。需要经过九九八十一天才可成功，并且施法之人必须独自一人，若有其他人看见，施法者将立刻化为飞烟。一旦聚宝盆练成，可以聚得天下的财富，你想要什么，那聚宝盆里便会有什么。

后来，我想明白了，那吴老板一开始未必是真心与我哥哥相交，他怕是早有预谋了，其人之阴险毒辣真是令人胆寒。可我转念一想，倘若我哥哥不那么唯利是图，不孝父母，又怎么会沦落到这种地步呢？毕竟，那卷轴上分明写道，只有黑心贪婪的人，心脏才能炼成聚宝盆。

所以说，人生在世，切莫贪心。常言说得好，为人不做皱眉事，夜半敲门也不惊。为人还是多行善事，知足常乐的好。

众人听了都鸦雀无声，实在是因为这商人的故事太过离奇，他们也不敢相信，可是仔细想想，也是有道理的。

过了片刻，那老翁叹息一声，道："金老板，这话其实也不能这么说，有时候上天若是有意作弄人，任你有圣人的品行也不济事，像那孔圣人的弟子颜回，也算半个圣人了，不还是年纪轻轻就死了。唉，更别提我们这些凡夫俗子了，想我刘老汉行了一辈子善事，到头来还是要白发人送黑发人……"说着便老泪纵横。

众人又劝了一回，老翁终于抹干了眼泪，开始说起了他的故事。

第四个故事　孝子催

小老儿我姓刘，今年正好六十岁，家就住本地，乡亲都叫我刘老汉。我平日以打柴为生。我和老妻两个日子虽贫苦些，倒也知足常乐，只是可怜我们半辈子没有孩子，到了四十多岁才得了一个男娃，真是视若珍宝，捧在手里怕摔了，含在嘴里怕化了。我特地请乡里有学问的先生给他取名，叫作刘蕴玉。

我思量着乡下人家，若不读书，一辈子目不识丁，也只能打打柴、做做仆役了，于是便拿出半世积蓄，供他读了几年书，也考了一次，没有中。

小儿只平日在家读书，也难免清静。乡下人家，谁家小子不是十二三岁就出门讨生活，偏我家的十七岁还像菩萨一般供在家里，左右邻居便多有些酸言酸语。我那小儿最是要强，一日，他对我说："人都说自古读书皆是为了科举，孩儿不这么看，读书是为了明理修身，那孔圣人时哪有科举。孩儿虽科场不利，可天理人伦也是晓得的，平素为人也不曾做有损德行的事。如今我赋闲在家，街坊左右多有口舌，不如索性放孩儿出去历练历练，也免得爹爹年近花甲，还如此辛劳。"

几月后，族里有人要出海做生意，那船老大见我儿识文断字，为人又老实忠厚，便让他在船上管账。

那日我送玉儿远行，山里路难走，我们半夜便启程，一前一后两盏灯笼。俺老汉说不出文绉绉的话，只是家常话叮嘱三五句。

其实，又何必我老汉叮嘱，那孩子心里透亮，都明白着哩。

行到半山腰，四下黑漆漆的草木里，忽然传来老翁的咳嗽声，我儿道："爹，夜里风露大，您就送到这里吧，免得受冻着凉。"

我知道我儿是把那孝子催听作我在咳嗽了，我笑道："儿啊，你看我年纪虽大，可身子骨还硬朗哩。你刚刚听到的不是我咳嗽，这是山里的孝子催啊。"

你们问啥是孝子催？各位不要急，容我老汉慢慢说。

山里人走夜路，经常会听见周围有老人的咳嗽声，那其实是山里的刺猬叫声，年轻后生听了，难免会想起家中年迈的父母，赶路少不得要加快速度，所以山里人都把刺猬叫声叫作孝子催。

我儿听了这孝子催的来历，心里触动，又说了好些宽慰我的话。

一路上就这样，走到东方发白，走出了大山，各自挥泪作别。

回家后，我那老婆子就整日絮絮叨叨，说我不应该放儿子远行，我知道他是思念儿子。

好在我那儿子短则半月，长则一月必有书信寄来，连那代人写信的先生都夸我家玉儿是个孝子。

可惜，好景不长，半年后，我听人说，那船老大运送货物，去时还好好的，哪知回来时起了大风浪，将那船打沉，一船人怕是都葬身鱼腹了。

我听了这消息，吓得眼前发黑，也不敢和老婆子说，只是背着人暗暗哭几声。

可是年关将近了，我儿还没有回来，眼看着就瞒不住了，哪料，我儿子就回来了，我真是喜出望外。

老婆子见儿子瘦了，忙去杀鸡要给儿子好好补补。安顿好行李，我便问他这大半年来的经历。

原来，那日船被风浪击沉，他侥幸抓住了一片木板，在海上漂了几日，后来为山东一渔民所救，休整几日。由于身无分文，便到兖州一富户家做杂役。后来得到主人赏识，便成了管家。

说话间，老妻已经炒好小菜，端上饭食，一家人其乐融融。这且不提。

欢欢喜喜过完元宵，我儿便又去了山东。

这一去便又是大半年，我老夫妻两个虽担心他孤身在外，难免辛苦，但毕竟知道他在何处，所以多少也还安心。

哪知，一日，几个差人找到我家，自称从山东赶来，说我儿在兖州犯了命案，现今被关在大牢里。

我只好宽慰老婆子几句，和他们同去兖州。一路上我只疑心他们弄错了，想我儿平日为人，怎么会犯命案？

到了兖州大牢里，看见我儿一身囚衣，戴着枷锁，坐在牢里。见了我，只是冲着我磕了几个头，流着泪道："爹，孩儿不孝，要先走一步，不能给您和娘送终了。"我听了，真是肝肠寸断，当下就眼前一黑。

待醒转来，已是在客栈，身边两个衙役告诉我，我儿子在那富商李家当管家，可七日前，我儿子用毒鸡汤毒死了李家老爷，逼李家夫人改嫁于他，妄图侵吞李家家产。

那李家夫人誓死不从，后来被人撞破，便到官府自首了。官府老爷见情节恶劣，便就判了秋后问斩。

得知此事，我老汉几乎哭瞎双眼，想我与我老伴大半辈子才得了这一个孩子，如今却要白发人送黑发人，我怎能不痛。

时间无情，一天天就这样过去了。

临刑前夜，我带了酒食去送我儿，我说："孩儿啊，他们都说你杀了那李家老爷，可我始终不信哪，你是不是有什么冤屈啊？说出来爹去衙门给你喊冤。"

他却对我说："爹，这是孩儿错了。有些事情，孩儿涉足太深，已经无法回头了，那人也不放心我活在这世上。不过爹你放心，我走之后，每月自然会有人给家里送银子，只是要劝娘切莫太过伤悲。"

我道："那人是谁？可是他害得你这样？"

他却只管吃菜，什么也不说了。

唉，秋风过了，那长了一个春夏的苗木就枯了。大刀过去，那养了十几年的小子就没了。

回家之前，我去了李府，我知道一定是那李府的人害了我儿子。

那李府深宅大院，青砖高墙，朱红大门，气势恢宏。我不敢靠近那大门，便到侧门去痛哭了一场。

正待要走，那侧门却打开了，出来了几个年轻女子。

为首的那个一身孝服，素净脸庞，但通身的气派，一看便是大户人家的夫人。后面跟着几个小丫头，都在抹眼泪。

我偷偷凑近了些。听见一个丫头哭着说："夫人，你何苦这样，把那家产白白让与那狼心狗肺的吴徽卿？"

那夫人淡淡地说道："钱财也不过身外之物，生不带来，死不带去，既然他要，给他便是，李郎已经去了，这里我也没有什么好留恋的了。"

"夫人，你打算去哪里呢？"另一个年纪大些的丫鬟道，"把我也带走吧，我是卖给李府的，而今老爷去了，李府易主，我点翠就是死，也不会认贼为主。"说完便拉着夫人的裙脚，跪下了。

那夫人叹了口气，没有说什么，扶起那丫鬟，主仆两个相扶着走远了。那些丫鬟目送着，直到看不见那二人，便回身将门关了。

第二天，我归去时，路过那里，李府的牌匾已经被人摘了下来，听过往的人说，这宅子如今已经改作吴府了。

（众人听到这里，见老翁似乎是不想再讲下去，都有些急了，那老翁叹了口气，接着讲了下去。）

回了家不到一个月，果然有人给我送银子了，那人自称李文，曾与我儿一同给李家办事。他告诉了我真相。

原来，我儿在李家做事勤勤恳恳，认认真真，但这府里有个姓吴的乐师，时不时巧立名目到账上支钱，偏偏我儿心眼实，每个账目都对主人如实相告。一来二去，他就与我儿结了怨。

那姓吴的一心想挑我儿错处，于是便暗里找人盯着我儿，毕竟人无完人，终究被他发现了。一次我儿算账，错了五十两银子，告诉了东家，偏那日东家与夫人闹别扭，喝了酒，便叫那姓吴的处理。那姓吴的便一口咬定是我儿子偷了那五十两银子，一定要我儿交出来，我儿哪里有这钱，无奈只好借了当地恶霸的钱。

后来日子到了，那恶霸便来要钱，说还不上就要到他老家来向他娘老子要。这时，那姓吴的就跳出来做好人，替我儿还了一个月的息。

如此，我儿就算是有把柄落在他手里了。那姓吴的觊觎李家财产和那夫人，暗地里胁迫着我儿做了不少见不得人的勾当。最后，又让我儿当了替罪羊……我可怜的孩子啊。

众人见刘老汉哭得撕心裂肺，一时间都围上来劝刘老汉，唯独那和尚却在一边也暗暗地抹眼泪。那商人奇怪地问道："小和尚，人家刘老汉哭他儿子，你又为何而哭？"

那和尚双手合十道："阿弥陀佛，小僧想到家中也有年迈的父母。可如今，因小僧犯下了不可饶恕的罪孽，带累双亲为我蒙羞。想到这里我就羞愧落泪。"

那商人道："小和尚，你年纪轻轻，犯了什么罪孽？"

那和尚叹了一口气道："一言难尽，这一切都要从一颗小小的豆子说起……"

第五个故事　因缘豆

小僧法号无尘，今年二十，家在敦煌，因幼时多病，有高人称我命里有劫，须到佛门净地，才可化解。于是六岁时，父母便忍痛让我在敦煌三界寺出了家。

小僧在三界寺每日诵经、打坐、扫地、担水，日子一天一天，平淡如水。三界寺的方丈为人可亲，只是有一个癖好，那便是喜欢吃豆腐，每日宁可不吃饭，也不能没有豆腐。冬天也好办，多买些存着便是。可是夏日，豆腐容易馊，所以方丈便遣小僧每日去附近镇上的豆腐店买豆腐。

镇上只有一家豆腐店，店里老板是个中原人，祖上迁至此地，便开了这豆腐店，娶了一位西域女子，两人生了一个女儿。小姑娘年纪与我相仿，长得有七分像她母亲，白皮肤，高鼻梁，深邃的蓝宝石般的眼睛，能歌善舞，很是活泼。我买豆腐也时常遇见她。

一日，我如往常到店里去买豆腐，店主夫妇有事不在，只留了他们的小女儿看店。我买了豆腐，正要出门，谁知门口滚了一颗黄豆，我一脚踏上去，摔了个嘴啃泥，手中的豆腐也摔碎了。

店里几个闲汉见了都哈哈大笑。我涨红了脸，爬了起来，不想一脚又踩在半块豆腐上，又跌了一跤，那些闲汉见了，几乎要笑破了肚皮。

我窘迫得几乎站不起来，这时那小姑娘走过来，将我扶起来，我低头道谢，面上火烧般。那些闲汉依旧在打趣，我正打算走，她一把拉住我说："小沙弥，你莫走，我叫他们给你道歉。"

我站在那儿，如同木偶一般，低下头心里默念佛号，但她牵着我的那只手，好似一块火炭，我的脸烧得更红了。

她拉着我走到那些闲汉面前，用我听不懂的语言说了些什么，那些闲汉听了，顿时严肃起来，规规矩矩地用生硬的汉语向我道了歉，便离开了店。

看着他们离开，小姑娘冲他们不屑地做了个鬼脸，转头便来看我，我拍了拍身上的灰尘，向她道了谢，她转身又取了两块豆腐给我，说道："小沙弥，你空手回去怎么交差，这个送给你。"

我连忙摆手："女施主，万万不可，师父说不可随便取人物品。"

那小姑娘眨了眨眼，调皮地一笑："你们佛门弟子不是有化缘一说，这个就当给我自己结的善缘好了。"

我只好收了。回到寺里，方丈问起，我便原原本本地说了。不想方丈却皱起眉头，把我叫到房中，意味深长地对我说："无尘啊，你虽身在佛门，但尘缘未断，你命里姻缘未了。"说着卷起我左边衣袖，露出手臂上那块艳红如桃花的胎记道，"你命中有此一劫，而今倘若留在此地，怕是躲不过此一劫。你收拾好东西，去中原甘露寺投奔明空大师吧。正好也可替我捎些物件与他。"说着，方丈便让大师兄无因连夜带着我离开了三界寺。

我与师兄一路化缘，风餐露宿走了半年，到了甘露寺，见了明空大师。他打开师父让我们带来的包裹，是几部佛经，我知道那是三界寺所藏最珍贵的几部经书。明空大师叹息着告诉我们："一个多月前，敦煌周边发生了战乱，中原朝廷鞭长莫及，而今已经切断了与敦煌的联系，只怕三界寺在战火中已化为劫灰了。"

我呆住了，心狠狠地疼了一下，那一瞬间，我所想的，竟然是那个有着蓝宝石一般眼睛的小女孩，明明不比我大，却还是一口一个"小沙弥"，自己那么柔弱，却还要替人打抱不平。

战火无情，不知她是否安然无恙。

明空大师感叹说，方丈是早有预感，敦煌会起战乱，所以将这几部最珍贵的经书送到甘露寺保存。接着又感慨了几句，便让人收拾了几间禅房让我们住下。

住了几日，恰到了秋雨绵绵的时节，那雨整日滴滴答答，夹杂在那木鱼声中，竟带了几分思念的意味。

我思念敦煌的一切，阳光、沙丘、驼铃、三界寺、父母、方丈，还有那家豆腐店。那是我回不去的家乡。

过了不到一年，无因师兄便还俗了。那日，他脱了袈裟，跨上枣红马，向敦煌打马而去，他想去平定那里的战乱。临行前，他在酒馆喝光了一坛酒，他的决心就如同那只摔碎的酒碗，他说："敦煌一日不宁，我一日不回。哪怕黄沙淹没了我的白骨，我也不会回头。"

送走了师兄，便只留下我一个人默默地诵经，打坐，敲木鱼。又过了几年，明空大师圆寂了。接管寺里事务的是明月大师。

明月大师很善于理财，不到半年便给寺里新置办了不少田地产业，还重新给殿里菩萨镀了金身，庙里香客越来越多。

明月大师为了多些进项，还将庙里空置的几间房子租给了一个卖药的江湖术士。那江湖术士也去过边关，因此我时常过去与他清谈片刻。

一日他喝醉了，向我道："无尘小师父，依小道看，而今这甘露寺真正有心供佛的，也只有你一个了，那些秃驴供的哪是菩萨，分明是财神爷。"

他说得虽刻薄，可也是实话，如今这庙里香火越来越盛，和尚也越来越多，知客僧就有七八个，可诵经打坐的却越来越少了。

他忽然似乎想到什么，摇摇晃晃地站起来，道："坏了，今天我还得去王公子府上把那药送过去……"走了几步，却是摇摇晃晃只在原地打圈儿，我便道："不知小僧可否代劳？"

他犹豫了："这药方子还有不少讲究，若不当面说清，只怕影响药效。"

我道："不妨，你就说与小僧听，小僧一定替你转到。"

于是他又大着舌头说了几句，无非是些用药期间的忌讳。我记住了，拿了药便向王府走去。

到了王府，我将那药交与王家公子，说了几句需要注意之事，便告辞了。出府需要穿过花园，我在那园子里绕了一会儿，迷失了方向，正打算找个人问，面前忽然出现了一片荷塘，塘上有一座石桥，有个女子孤零零地站在那石桥上，看着远方。

我行了一礼道："请问，女施主……"

她回头，我呆住了。

人生何处不相逢，相逢何必曾相识。

虽然已经不复记忆中的那张稚嫩脸庞，但那双蓝宝石一般的眼睛依旧那样美丽，只是那双眼睛似乎笼罩了一层淡淡的哀伤。

她看到我，迟疑了一下，脱口问道："你是那三界寺的小沙弥？"

我点了点头："是。"

他乡遇故人，她的欣喜都写在脸上。虽然久做中原客，但她没有学会中原女儿家的羞涩矜持。她还是那样直率大方，如同一块琉璃，一眼就可见底的澄澈通明。

她吃了很多苦。战火中，一家人在逃亡途中分散，她被人辗转运到中原，被卖到胡姬酒肆当舞女，在那里她与王公子相识、相知、相恋，最后，王公子力排众议，娶了她做正妻。婚后甜甜蜜蜜，但几个月后，他便不似当初那么温柔了。

说到这里，她幽幽地叹了口气："小沙弥，你说这中原的男人怎么说话不算话？明明当初说好只娶我一个人……"她的声音一点点低下去，那双蓝色的眼睛弥漫了水气。

我沉默了，不知道该如何回答，她却自顾自说了下去："他还说等到敦煌战火消了，带我回去呢。可是，现在他却把我一个人丢在府里，自己去那花街柳巷……还把那些人带回来，我用鞭子把她们赶出去，去找王一理论，他却说我是悍妇，就连那些下人都说我善妒，说我心胸狭窄……我做错了吗？可是，阿爸不是只娶了阿妈一个吗？……"

看着她泪落如雨，我心里隐隐作痛，笨拙地为她擦干眼泪，将她轻轻揽入怀。

那个时候，我还没有意识到，我大劫已至。她，便是我此生躲不过的劫。

就是那般，暗地里，情种种下，朝朝暮暮，翻云覆雨，那见不得人的相思浇灌出的情根，不知不觉已经是牢牢扎我心底。

佛说：色即是空。可是纵然是空，我也愿意沉溺其中，红尘三千，本没有什么可以留恋，红粉骷髅，富贵如过眼云烟，我也可以看破，我所迷恋的，不过是有她的红尘。

听说，西方极乐世界有迦陵频伽，歌声宛如天籁，可是即使一万只妙音鸟，也抵不过。枕间耳畔她温柔的低语呢喃。人间有她，便是极乐。西方极乐世界没有她，我又何必去。

她说："小沙弥，我喜欢你。我已经放下王一了，随他三妻四妾吧。中原虽然好，可是我想家了，我们回家好不好？"

我嗅着她的发香，不假思索地说："好。"

我知道我已经堕入魔道，也许我死后会落入地狱，受尽酷刑，又或许我会永堕轮回，不得超脱，但是我依旧甘之如饴。

我们约好，一起回家。

可是终究还是被王一得知了消息，他让明月和尚将我锁在庙里。过了几日，明月告诉我，那夜王一追捕她，在林中遇着强盗，所有人都死于非命了，而她则下落不明，有人看见她被一个独臂强盗掳走了。

后来，我到那林子里搜寻了好几天，只发现了一串散落的红豆手链，那是我七夕赠予她的，断了线的红豆，散落在草丛里，好像是谁人的血泪……

众人都叹惋了一会儿。最后只剩了那女子，那女子抿嘴笑道："各位的故事都精彩纷呈，可惜小女子的故事太过平淡，说出来只怕贻笑大方。"

那书生摆了摆手道："姑娘此言差矣，殊不知淡极始知花更艳，平平淡淡才是真哪。"

那女子笑了，便不再推辞，说起了她的故事。

第六个故事　蜈蚣锦

小女子名叫艾草，是蜀中人氏。小女子所属部落，便是金大哥提到的那以蜈蚣为图腾的部落了。

不过金大哥所说的秘术却并非我们部落的，我们红龙族与黑龙族毗邻而居，却世代为敌。两族同样是以蜈蚣为图腾，但那黑龙族利用蜈蚣炼毒，而我们部落则是用蜈蚣炼药，两族都世代居于蜈蚣谷。

外人不明就里，看了黑龙族的人行事阴狠毒辣，便以为我们都是这样。我们也曾受了不少气，于是有人便劝族里的长老搬到别的地方去。

可长老坚决不肯，他说这蜈蚣谷是我们的发源地，红龙族人生于斯，葬于斯。

于是便没有人再提这事了。可是族里的人渐渐也有了怨言，埋怨那黑龙族为非作歹，连累我们，于是两族起了几场大冲突，死伤不少，双方都元气大伤，便和睦相处了一段时间。

可是天有不测风云，不知怎么的，黑龙族的人得罪了官府，官府便大肆搜捕黑龙族，那些黑龙族狡诈异常，鲜有捕获，倒是我们红龙族被抓了不少人，官府也不问清楚，只管赶尽杀绝。

到后来，我们红龙族人心惶惶，有些年轻人便离开了蜈蚣谷，去了远方，留下来的人也都东躲西藏。

我的未婚夫是长老的小儿子，叫柏子，按红龙族的规矩，我们的婚礼必须在蜈蚣谷举行。所以我们都不能离开蜈蚣谷。

为了澄清误会，柏子要求与知县谈判，县官同意了，但只能他一个人去。

他出发那日是那么威风，身上披着我为他织的蜈蚣锦就去了。

可是，回来的时候，只有一条染血的蜈蚣锦。官府设下计谋，为的是擒贼先擒王。

长老一病不起，族里的人再也留不住了，都各奔东西。

我留在村里照顾重病的长老，他们都说我疯了，就连我的家人也离开了，整个村子几天内就空了。

过了一段时间，长老也支撑不住了，向我交代完后事就撒手去了。

又过了几年，黑龙族见风声过了，便回到蜈蚣谷，他们见红龙村只剩下我一个人，都得意扬扬来挑衅，我只是闭门不出。

我一人守着整个村子，一如往常，看到黑龙族祸害外乡人，我能帮便会帮一把。

黑龙族人得意了没几天，便开始愁眉苦脸起来。原来他们的长老炼制毒药时，不留心将毒扩散了出去，大半个村子的人都沾染了毒。他们只会制毒用毒，以毒攻毒，却不会制解药。

我什么都没有说，走到黑龙村，采集了那毒，制出解药，分发给他们。

后来，他们中的一部分年轻人便对我客气了许多。

又过了一段时间，黑龙族因为族长传位之事起了内讧，于是有一部分年轻人离开黑龙村，住到了红龙村，每日和我学着制药。

又过了几年，红龙村的规模壮大了，与黑龙村又旗鼓相当起来。他们都推选我为红龙族族长，我也没有推辞。

长老临终前告诉我，红龙黑龙很久以前都是一族，后来分开了，可依旧谁也离不开谁，只要红龙村还有一个人，那么红龙族就不会亡。同样，如果红龙族没有了，黑龙族也不能独存……

后来村子里来了几个汉族女子，他们是苏州的绣娘，说是来学蜀地的织锦手艺。于是我便取出那块蜈蚣锦，教她们针法，但她们都面面相觑，不敢靠近。终于，一个胆子大的绣娘道："艾草姑娘，我们想学花鸟织法。"

我愣了，道："什么花鸟？"那绣娘道："鸳鸯。"

"什么是鸳鸯？"我不解。

"就是象征夫妻恩爱的一种水鸟……"那绣娘红了脸，羞答答地说。

"鸳鸯吗？"我放下针，沉吟了片刻。忽然，我眼前闪过柏子身披蜈蚣锦，昂首阔步远去的背影……

众人听了都愕然，不知道该说什么，忽然之间，不知谁说了一句："你们看，雨停了。"

众人抬头，果然，雨过天晴了。于是各自收拾东西，走出破庙，一同朝桥的方向走去。

忽然，晴空里一声霹雳，众人都吓了一跳，再回过神来一看，哪里有什么桥，面前分明是深不见底的深渊。

再回头看那破庙，原来却是一处仙家洞府。

众人皆如梦初醒，回想往事皆汗如雨下，拜倒在仙人面前。

这时两个童子抬出一面大镜子来，镜子里将他们各自生前结局一一映照。

富人李甲误食砒霜而死，书生贾如因夹竹桃中毒而死，商人金多多也并没有安全回乡，最终被周掌柜害死，那聚宝盆几经周折，最后也不知所终。刘老汉归来便与老伴自缢了，距离他的六十大寿还有一个月。李文来时见到两座新坟，他磕了几个头，将银子放下便走了。而那和尚则是被王家人活活打死了，尸体便埋在寺院后的菜园中。艾草却早已疯了，黑龙族和红龙族早已湮没在历史中，只有她一人孤零零地守着蜈蚣谷，数着一个个春夏秋冬，手中永不知疲倦地织着那蜈蚣锦。

镜子中的画面越闪越快，几个人却都恍然大悟，明白了自己的宿命。仙人令童子将几人带下去。

突然一个童子惊道："仙君，这里还有一个人！"

第七个故事　余观鱼

我便是这故事里的第七个人。

我叫余观鱼。

余，观，鱼。

此时，我正在看着鱼，鱼也在看着我。

如果看到这里，你还在执着于谁是好人，谁是坏人，谁是无辜的，谁罪有应得的话，那么我便很遗憾地告诉你，既没有好人，也没有坏人，他们都只不过是路人，在各自的命途中奔波的路人。

你我也是这样。

也许你会叹息，如果李甲没有错爱，贾如和桃花没有误会，金多多的兄长没有见钱眼开，李老汉的儿子懂得变通些，小和尚把持住自己的心门，艾草能够打开心锁，如果……

也许你会痛恨吴徽卿心狠手辣，可是有谁出生不是捧着一颗赤子之心来的，只是世事无常，在坎坷命途中，那颗心变黑了，变硬了。

吴徽卿本来也是富家子弟，从小锦衣玉食，但商场如战场，成败得失皆在转瞬之间，没有人会是永远的胜利者。

吴家很快便被竞争对手李家打败，陷入一贫如洗的境地。吴徽卿的双亲受不了打击不久便去世了，而吴徽卿无以为生，便自己卖身青楼，成了一名乐师……

我也希望，如果我就是那个幕后黑手，在作案后洗干净双手，悠游地喝着茶，欣赏着那些被害人的惨状。然后，所有的怒气和罪责都会指向我，有人可恨，总比无人恨要好。

可是并没有如果。

我不是创造者，我只是被造物者创造的记录者。在我的眼前有一个大家看不见的鱼缸，里面有鱼儿悠然自得地游着，我触摸不到那些鱼儿，只能看着他们从鱼缸这头游向那头。

终于有一天，我决定拿起笔，将那些鱼儿一点点描绘给你看。

那些鱼儿，我只能看到它们，而只有你们才能够感受到它们。

余观鱼，汝知鱼。

夜宿同春亭

霄翰

雨中的山路一片寂静。

天空是铅灰色的，雨点忽轻忽重地打在小高老师的油布伞上，像不规则的鼓点节拍，催促着他加快脚步。

这是一条古驿道，千百年的足履踩踏，已将青石板上的棱角和沟槽打磨光滑，雨点在上面激溅出一朵朵小小的水花。

在拐过一个山口后，雨点明显更密了，山谷中的雨声渐渐响了起来。南边的天空还是暗的，北边的更暗，几乎见不到光了。

"啪！"小高老师脚底一滑，扑倒在青石道上。油布伞、行李箱还有他鼻梁上的眼镜，几乎同时飞了出去。

他哆哆嗦嗦地直起身，找到地上的眼镜，赶紧戴上。

透过被雨水打花的镜片，小高老师模模糊糊地看到山路前方出现了一个石亭。

同春亭到了。

民国十五年九月十五日，外面北伐军和孙大帅正打得火热，邮路受阻，小高老师左等右等，终于等到私立紫阳中学聘他为历史教员的信函，欣喜之余发现报到日期就是当天！他手忙脚乱地收拾行李，看见天色有点儿阴沉，又借了把油布伞，匆匆上路。

好在他的住处与紫阳中学所在的县城只隔着浙岭，若是晴天，沿着这条古道翻越浙岭只需要大半天。偏偏这一天的雨就没有停的意思，白天的雨势一直延续到傍晚，雨一会儿走了，一会儿又来，纠缠不休。

也许是天气不好，也许是外面的局势让人不敢出门，这天山路非常冷清。小高老师在青石道上摔了几次后，终于走到了山顶的同春亭。

同春亭是座倚路亭，道路穿亭而过。说是亭，更像是石屋，路亭石墙均为方正的大青石块垒砌而成，如同城墙般厚实，门额上刻着"同春亭"三字。

往日亭中有一位心善的詹姓老翁设缸烧茶，施与行人解渴，今日却不见老翁踪影。小高老师摸了一下茶缸，尚有余温，便倒了碗热茶喝下。待身体稍暖，就赶紧把亭里煮茶的火堆重新燃起来。

雨一直没有停，天已经黑透，同春亭里的火光在雨夜中显得格外明亮。

热茶能解渴，却不能充饥，小高老师腹中空空，饿得难受。

若是能遇到路人，或许能讨点儿干粮，只是这样的天气，会有什么人要连夜赶路？小高老师不由自嘲地摇了摇头。

"哐当当——哐当当——"一阵金属碰撞声从远处传来，越来越近。声音时断时续，似乎还伴有脚步声。

小高老师期待地往雨夜里张望。

过了许久，从黑暗中缓缓走来两个身影。

原来是一老一少两个道士。

前面的小道士十四五岁的样子，头上梳了个髻，穿着一件略显宽松的旧道袍，背个小包袱，浑身湿透，吃力地拉着一条粗麻绳，麻绳连着一个盖着油毡布的大铁笼。

大铁笼一路与青石板摩擦磕碰，不时发出"哐当当——哐当当——"的声音。

老道长在后面款款而行，他头戴道巾，身着道袍，左手持伞，右手拄杖，白须白发，神情肃穆，看上去颇有些仙风道骨。

夜雨中，小道士正咬紧牙关，用尽全力拉着麻绳，脸上湿漉漉的，分不清是雨水还是汗水。

也许这是老道长对小徒弟的考验吧！小高老师却于心不忍，他最看不惯这种封建腐朽的授徒教育方式。

他拿起油布伞就冲到雨里，不由分说把伞柄塞到小道士手里，说道："小道士，你进亭子歇会儿，我来！"

小道士面露难色，悄悄回头瞥了一眼老道长。那老道长依然面无表情，不置可否，甚至连正眼都不看他们一下。

小高老师摇摇头，干脆收起油布伞，将它丢在铁笼上，腾出双手帮着往前推。

那大铁笼长约四尺，高、宽约二尺，被一张大油毡布盖得严严实实。小高老师和小道士合力，好不容易才把大铁笼推进了同春亭。

老道长收起雨伞，似有若无地朝小高老师点了下头，算是打过招呼。小道士赶紧清理了一个干净的角落，老道长便自顾自地在角落里打坐。

"方才多谢居士相助！小道与师父今晚可能要在这里留宿，多有打扰了。"小道士转身朝小高老师做了个拱手礼，瘦瘦的胳膊举得高高的，显得很恭敬。

小道士有个圆脑袋，额头挺宽，浓眉大眼，透露出一股伶俐劲儿，语音带着些稚气，言辞却很正统。

小高老师心中却有些可怜这个孩子，这本来应该是在中学里读书的年纪啊！

"不必客气，这同春亭又不是我家的。"小高老师笑了笑，说，"小道士，这么晚了，你们要去哪里？"

"去齐云山太素宫，路上遇到大雨，师父身体不适，耽搁了时辰……"

小高老师正想开口，这时他的肚子却抢着咕咕叫了几声。

小道士机灵地从包袱里掏出一个油纸包，捧到小高老师面前。

"这是前些天一位居士给的鳗鱼肉干，尝尝无妨。"

小高老师不客气地连吃了几块，又和小道士聊得熟络了，互相问了身份，小道士自称俗姓翟，从小跟着师父游方。

"云游四方怎么还拖个大铁笼子？"小高老师疑惑地问，"刚才我就闻到一股腥臭味，这笼子里关的是什么？"

"是居士您吃的鳗鱼肉干带的鱼腥。"

"胡说，我刚才在帮你推铁笼子的时候就闻到了。"小高老师有些生气，这撒谎也不打草稿，典型的问题学生，"你不说，我就自己掀开油毡布看了。"

同春亭里突然安静下来，篝火在燃烧，老道在打坐，小道在沉默，只听见外面绵绵不绝的雨声。

"哐当——"铁笼子里有东西动了一下，是个活物。

小高老师起身正要走向铁笼，小道士拉住了他的衣袖，道："居士是饱学之士，知书达理，您不如讲个故事，若讲得好，即可见得笼中之物，如何？"

小高老师看了一眼正在打坐的老道长。小道士轻声说："师父已经入睡，睡得沉着呢。"

"好吧。"小高老师坐下来，望着亭外的风雨，想了想，给小道士讲了一个故事。

嘉庆二年冬天，山西商人张诚之随商队到漠北经商。途经贺兰山时，半夜遭到马匪抢劫，护卫商队的镖师被马匪当场杀死，商人们纷纷拿起武器进行自卫，但马匪非常凶悍，商队被打散，混乱中张诚之便往贺兰山里跑。

　　黑夜里张诚之拼命狂奔，最后躲在山坳中的一个乱石坑里，弄了些砂土把自己盖上，不敢出声。

　　夜黑风高，乱石嶙峋，山路崎岖，几个马匪寻找不到他，就折返了。张诚之听见马蹄声渐渐远了，才舒了一口气，准备等到天亮再伺机下山。

　　又过了一会儿，天就开始刮风下雪，风越刮越急，雪越下越大，很快周围的雪就有一尺厚。张诚之在商队遇劫时，没有来得及穿上厚实的衣服，被冻得瑟瑟发抖。

　　若继续留在原地，必定会被冻死，贸然下山又担心遇上马匪，张诚之只得另外寻找一个可以躲避风雪的地方。

　　最后在半山腰他找到一个隐蔽的山洞，洞口不大，侧身能进，他往洞内深处投了些石块，确定洞里没有野兽，才放心地进去。

　　洞中还算宽敞，张诚之席地而坐，等待风雪停止。谁知洞外风雪交加，不见消减，他感到越来越冷，身体蜷成一团，饥寒困倦，令他昏昏欲睡。

　　突然，张诚之眼前走来一位身着铠甲的将士，高大威武，气势不凡，看穿着和容貌又不像当时的军官。

　　这位将士抱拳揖礼说："您不要害怕。我是大唐灵州道游骑将军，姓段，华州郑县人。奉军令率部在贺兰山抵御突厥薛延陀，寡不敌众，受伤拒降，战死在这里。今天您来了，也是天意，恳请您帮助我还乡。"

　　张诚之有些哀伤地叹道："可惜今天大雪封山，山下还有马匪，唉，我自己也是难逃一死，怕是不能完成将军的嘱托！"

段将军挥了挥手说："贺兰山的山神和我是故交，我立即去请他把风雪停下来。我身上还有些金铤，可以当作您回家的盘缠。"

段将军说完转身就离开了。

张诚之惊醒过来，用手拨开身下的土层，果然埋有一具唐朝将军的骸骨及若干金铤。他惊愕万分，奋力推开洞口积雪，发现风雪停止，天边已经发亮。张诚之转身便向段将军的骸骨磕头，说："段将军在上，张某人感谢救命之恩！我即刻下山安排法事，恭送恩公还乡。"

张诚之下山一路非常顺畅，山下也没有再发现马匪。他用段将军赠予的金铤安排了法事，将他的骸骨归葬故里，然后再返回山西老家，并在家中供奉了段将军的牌位，感其恩德。

一天夜里，张诚之梦见段将军来，他神色爽朗，说："我现在被任命为贺兰山的山神，以后会保护过路的商队，你们可以放心经过贺兰山了。"张诚之醒来，又对段将军牌位连连叩拜。

此后，张诚之生意日渐兴隆，子孙满堂，得了善终。

"好哇！"小道士听得拍起手来，"看来这段将军应是唐朝的开国功臣、右卫大将军李大亮麾下……"

"师父讲过唐书。"小道士迟疑了一下，补了一句。

小高老师见小道士听得欣喜，自然要兑现承诺，他笑着看了看小道士，又看了看大铁笼。

小道士明白小高老师的意思，他一脸认真地对小高老师说："居士，笼中之物可见不可言，切记。"

小高老师用力点了点头。

"唰——"小道士一把掀开油毡布。

小高老师跟跄地退后了几步，强忍着用颤抖的手，扶了扶滑落的眼镜。

借着火光，他看到笼子里关着的，是一条龙。

小高老师摘下眼镜，揉了揉眼睛，又扯起衣角抹了抹镜片。

但见一条黄龙贴着笼底俯卧在大铁笼中，看上去龙身只比手腕略粗，身长约莫五尺。

龙首低垂，双目紧闭，须髯凌乱，身上的龙鳞多处脱落，还带着血痕。这条黄龙毫无传说中盘曲夭矫的雄武姿态，反而周身散发出一股颓败腥臭之气。

"这，这是一条……"小高老师指着笼子，最后一个"龙"字他生生咽了回去。

"正是。"小道士点头。

"真的？还是假的？怎么来的？"

"老规矩，居士再讲个故事吧。"小道士又把油毡布给盖上，转身看着小高老师。

小高老师调整了一下心绪，清了清嗓子，又讲了一个发生在当下的故事。

书生董元卿，是饶州人，性格淳朴耿直，很有胆气。他在省府教育厅做文书一类的小职员已经有十年了，平日工作兢兢业业，却未能得到上级赏识。

董元卿年纪已逾不惑，自知升官无望，但一想起来还是感到心烦气躁。

这天午后，董元卿正趴在办公桌上睡午觉，突然被一阵喧哗吵醒。

他睁开眼，只见数个核桃大小的小人正在他的桌面上乱窜，口中不停地喊道："长官马上就到，赶紧迎接啊！"

这些小人脸大、秃顶、眼凸、嘴巴阔，肚皮鼓鼓却四肢细小，又身着长衫马褂，一本正经的样子显得滑稽可笑。

董元卿心中感到诡异，但也曾读过志怪小说，对这些异象不以为然，反倒颇有兴致地在一旁观察起来。

稍后，不知又从何处走来数个小人，居中的一个尤其大腹便便，踱着官步，颐指气使，傲慢异常。众小人皆称其为长官，对他点头哈腰，尽谄媚之事。

被唤作长官的那个，由众小人簇拥着在董元卿的办公桌上视察了一圈儿，依次检查了笔筒、墨水瓶、文件夹和笔记本等物。每到一处，小人们都要向长官汇报，由长官点评、指示。

长官喜怒无常，时而微笑，时而暴怒，甚至当众打了一个小人一巴掌。小人们或互相吹捧，或互相指责，但在长官面前唯唯诺诺，不敢造次。

最后，小人们一字排开，由长官进行奖赏和惩罚。其中又有不少蝇营狗苟、相互倾轧的行为。

董元卿越看越恼，一拍桌子把他们全部都震倒。长官狼狈地爬起来后，跑到董元卿面前，指着他的鼻子破口大骂。众小人在一旁随声附和，上蹿下跳。

董元卿轻蔑地一笑，一个巴掌把这个长官当场拍成烂泥，众小人惊得四处逃窜，全部消失无形。

后来询问才知道，这些就是寄生于官府中的精怪，由求官不得的怨气凝聚而生，称作官虫。

"哈哈哈——"小道士听完故事忍不住大笑。

"嘘！"小高老师担心笑声吵醒老道长，赶紧将食指竖在嘴前。

小道士止住了笑，咳嗽了两声，说："居士才华横溢，故事精妙，小道佩服。"又说，"来而不往非礼也。不如也请听我讲个故事，如何？"

未等小高老师答应，小道士便开始讲起来。

据说古时有一名权臣杨松。他擅专国政二十多年，迫害忠臣、贪贿纳奸、结党营私、败坏朝纲，虽然权倾一时，但天下怨恨。

杨松用搜刮的民脂民膏在故乡袁州兴建了豪华的宅邸，告老还乡之后，平日饮酒作乐，非常快活。

话说这杨松有一个嗜好，就是吃肉，一日三餐，每餐必吃，可以说嗜肉如命。有一次饮酒后，他喃喃自语道："我尝遍天下各种肉类，唯独没有吃过龙肉，这是我平生一大憾事。"这句话被有求于他的一个门生听到，门生便私下广为打听何处有龙肉，愿意重金购买。

这天，一个仙风道骨的老道长牵着一辆牛车来到袁州，牛车上有一个大铁笼，铁笼上盖着油毡布。

老道长路过杨府门前时，油毡布突然被一阵风吹落，现出笼中的一条小白龙，顿时吸引了很多百姓过来围观，把杨府门前堵得水泄不通。

杨松听说后，连忙派管家把老道长连人带车请到府内，确认过是真龙后，惊喜万分。他软硬兼施，向老道长表示愿以万金购此白龙。

老道长略做思索，说："贫道在南海找了三年才捕到这条小白龙，原本想将其献给当今皇上，今日路过袁州是要顺路拜访一位朋友。贫道见杨大人也是好龙之人，就留下此龙在您府上三天，供您观赏。三天后我再回来取。"说完，老道长就告辞了。

老道长走后，杨松先是赏玩白龙，却又难以忍耐心中想尝龙肉的欲望。他心生一计：不如偷偷将白龙吃了，待老道回来，就说白龙得了急病而死，尸骨已经烧了，给老道一些金银，打发走便是。倘若老道还是不识抬举，便将其绑起杀了。

第二天，杨松命人杀龙取肉。白龙是有灵性的神兽，已经知道自己要被杨松所杀。它哀鸣不已，眼泪涟涟，但最后还是被人从笼子里拖出来，剔甲剖腹，剁成肉酱，蒸熟了送到了杨松的餐桌上。

杨松吃了龙肉，觉得滋味鲜美异常，更重要的是得偿所愿，心中无比舒畅。

这时，老道长突然出现在他面前，大声喝道："杨大人，你为何失信于我？！"

杨松正想唤家丁将老道长绑起来，突然屋外乌云密布，电闪雷鸣，杨松登时倒地不起，四肢扭曲，身体变形，最后竟变成一条黄龙。

黄龙目露凶光，突然立起身子，龇牙咧嘴地朝老道长扑过来。

老道长怒道："孽畜，这便是你的报应，还敢放肆！"

他略施法术便将黄龙擒住，又将其缩到五尺多长，锁入大铁笼，盖上油毡布，然后不慌不忙地驾牛车远去。

小高老师听完故事，脊背一阵发凉。

"哐当、哐当、哐当——"此时铁笼中的黄龙突然躁动起来。

小高老师猛地冲过去，掀开油毡布，只见黄龙正在用头角及身体撞击铁笼，又张开口咬着铁笼栏杆，眼神中流露出绝望和痛苦！

小高老师又转身推了推角落里打坐的老道长，却发现那只是个披着道袍的稻草人！

"你，你究竟是……？！"小高老师惊愕得说不出话来。

"居士，龙肉干的味道如何？"小道士看着他，淡淡地问了句。

小高老师肚子里顿时翻江倒海，不禁跪在地上干呕起来。

亭外雨势愈猛，一阵雷鸣，将整座山都震动起来。

小高老师感到头晕目眩，恍惚间，只听见小道士哈哈大笑……

"起来！"一声断喝把小高老师惊醒。

小高老师吃力地睁开眼睛，发现天已亮了，而他还在同春亭的地上躺着。小道士、老道长、大铁笼都不见踪影，站在面前的是几个穿灰色军装的士兵。

小高老师下意识地伸手拍了拍自己的脸颊，摸了摸自己的身体……

"发什么呆！滚一边去！"

小高老师回过神来，连忙手脚并用地缩到亭子一角。随即，一队队全副武装的士兵从他面前小跑着穿亭而过。

小高老师蹲在亭子一角，满心疑惑，努力地回想着昨晚发生的一切。他咽了口唾沫，嘴里似乎还有残留的一点点鱼腥味，咂摸一下，似乎又没有了。

难道是一场梦？！

他突然想起了自己的眼镜，急忙四处张望找寻起来。

此时山间的雾气散去，一道阳光透过窗把同春亭里照亮。终于，在亭子中间的青石板上，他看到了被军鞋踩得支离破碎的眼镜，还有眼镜旁一片小小的，泛着淡黄色光泽的龙鳞……

赎 脸

二十一

苏吉利看着她的背影，不知为何，心头突然涌上一股奇怪的感觉，他隐隐觉得好像哪里不对。

"真的没办法吗？"

深夜的诊室内，江小笛用压抑的声音问道："拜托你，能不能帮我再争取下……"

苏吉利坐在她的对面，有些无措地看着她，说："真不是我不帮……你也听到了，这是人家的规矩……"

"但那、那本来就是我的脸啊。"江小笛的话里多了一些泣音，"我只是想拿回自己的东西，也不行吗？"

苏吉利望着她，脸上露出为难又不忍的神色。

过了好一会儿，才听他轻叹了一声。

"好吧，我会再帮你问问——但是，不保证能成功，知道吗？"

事情的起源，是在一周前。

傍晚，刚刚结束了一次咨询谈话的苏吉利离开诊所，准备去餐馆吃个夜宵，谁知还没进门就看到店员正跟一个女子在争执——准确来说，是那个女子在不停地对店员说话，而那店员在一个劲儿地摇头。

那女人戴着墨镜和口罩，身材娇小，似乎有点儿着急的样子，

- 354 -　　　　　　　　怪谈故事集：龙的基因

不停地跺着脚。苏吉利在旁边看了片刻，走了上去。

"怎么了？"他问。店员看他一眼，没好气道："她要看监控。"

苏吉利点了点头，对他说："我要打卤面。"

店员应了一声，转身进去准备了。苏吉利转向女子问道："请问你为什么要看监控呢？"

女人望着他，没说话。苏吉利补充道："这家店店主是我朋友。如果你真的需要，我可以做主帮你拿录像。"

女人绞着手指，这才给出回答。

"我其实是……想找人。我有一个失散多年的……妹妹。我昨天在这儿吃饭的时候，好像看到她了，但我不敢确定……"

"这样啊……"

虽然女子表现有些古怪，但言辞十分真切，苏吉利的直觉告诉他对方应该不是什么坏人，遂答应下来，转身进店，帮她要监控录像去了。

店员不情不愿地取了硬盘，将那女子昨晚在店中吃饭的时间段全剪了出来。苏吉利将拷好的视频送了出去，墨镜女子千恩万谢地接过，警惕地左右一望，低着头赶紧走了。

苏吉利看着她的背影，不知为何，心头突然涌上一股奇怪的感觉，他隐隐觉得好像哪里不对，却又说不上来。

直到苏吉利吃完饭回到家里，这种感觉，才终于得到了解答。

他一进门，室友就问他："你下午又做什么恶心的手术了？"

苏吉利叹了口气，一把扯下了脖子上的领带。

"第一，我做的不是什么恶心的手术，是帮人追求美好的手术。第二，我今天下午根本没有手术，只是在和家长商量整容方案。"

室友抬头看他，眼神微妙："家长？"

"……顾客。"苏吉利微微一怔，纠正了自己的措辞，"我

贱脸·茶鲤 cold

有一个顾客想做隆鼻，我跟他们商量了很久方案。"

"商量了一个下午？"室友看上去不太相信，但也没再纠缠下去。

"行吧，那你肯定是遇上什么奇怪的人了。你的身上沾着令人讨厌的气味……"

说完，室友抽了抽鼻子，笃定地下了结论："嗯，一股子失物的丧气。"

失物？

苏吉利低头想了想，想起在店里遇到的那个女子说，她要找失散多年的妹妹。

这也算是"失物"吧？

苏吉利一边琢磨着，一边换鞋进门。他的右脚踩进冰凉的塑料拖鞋，一股寒意从脚底板猛地蹿上来，苏吉利一个激灵，突然明白了那股奇怪的感觉究竟因何而来。

他想起店员当着他的面剪视频时，从电脑屏幕上一帧帧闪过的那些画面——

如果他没记错的话，那段拷出去的录像里，出现过的女性，从头至尾，就只有墨镜女子一人。

不确定是不是自己记错了，苏吉利午休时又特地去了一趟朋友的小餐馆。

凭借着老板朋友的身份再次借到监控，苏吉利直接用餐馆里的电脑看了起来。这一回，他看得格外仔细，也确定了自己确实没记错——

墨镜女子出现在餐馆的时间轴里，根本没有别的女孩出现过。

此外，在这段录像中，墨镜女子的表现也很诡异。

她原本只是在安安静静地玩手机，突然像是被什么吸引了注意似的，抬起头来，看向旁边，脑袋小幅度转动着，像是在用目光追寻着什么一样。

她的目光最终落在了旁边那张靠墙的空桌。之后的时间里，她一直频频回头望去，动作小心翼翼，似是怕被人发现。就好像那里……真的坐着什么人一样。

紧盯电脑屏幕的苏吉利倒吸一口气，觉得头皮有点儿发麻。

就在此时，店门被推开。苏吉利抬头，正对上墨镜女那捂得严严实实的脸。

"打扰了。"她对着店员说话，语气飘忽，声音听上去有点儿颤，"我看了视频，但……好像有哪里搞错了。"

她说着，指向靠墙放着的那张桌子。

"请问前天晚上，坐在这儿的女孩，你还有印象吗？"

"她说那个女孩看上去应该二十多岁，长发、塌鼻子、单眼皮，有雀斑，下巴有点儿方方的，牙齿有点儿龅，左边颧骨上有颗痣。"

当晚，下班回家的苏吉利将墨镜女子的描述转述给室友，室友抱着抱枕，警惕地看着他："你和我说这个做什么？"

苏吉利说："听这个描述，你有没有觉得有点儿熟悉？你有长这样的'同类'吗？"

"没有。"室友冷冰冰道，"听上去就是个普通人而已。"

"可只有江小笛看到了这个'普通人'。"苏吉利蹙眉提醒他。

室友张口正要说些什么，突然意识到不对，问道："江小笛是谁？"

"就是我跟你说的那个墨镜女……"

"你问她名字了？"室友顿时拧起了眉头，"我跟你说过，不要问我店里顾客的名字，这会带来麻烦的！"

名字还是其次，主要是他现在，有种很不好的预感……

果然，下一秒，就见苏吉利讪笑起来。

"其实吧，我顺便连她的生辰八字和身份证号一起问了……"

室友二话不说，扔下抱枕就准备回房。

"不是！等等！"苏吉利急忙去拉他，"不会太麻烦你的！只要帮着查一下她是遇上了'什么'就好。万一她看到的那个是什么危险的'东西'，也好预个警……而且她还是在你的餐馆里看到那个的！"

"我店里奇奇怪怪的东西还少吗？要是每个我都要查，那我还开什么店？直接改行当侦探算了。"室友理直气壮道。

苏吉利无奈地说："我请你吃饭行不行？"

室友"啧"了一声，又一屁股坐回来，板着脸打开笔记本电脑。

"要查这个，我还得有一张她的照片……"

"这个好办，我直接问她要就行。"苏吉利说着，拿出了手机低头和江小笛联系。三分钟后他抬起头，将手机递给室友，"她把照片传我了，你看这张行不行？"

"不用，我自己找到了。"室友说着，将电脑屏幕转了过来。两人各自往对方那里一瞟，却不约而同一愣。

苏吉利拿到的照片上，一个鹅蛋脸的女生巧笑倩兮，鼻梁高挺，牙齿整齐又漂亮，皮肤白皙光洁，配着欧式双眼皮的大眼睛熠熠生辉。

而室友找到的照片上，一个小麦色皮肤的女孩梳着马尾辫，穿着土土的中学校服、塌鼻梁、单眼皮、方下颌、雀斑明显。她望着镜头，缩着肩膀，手上拿着个奖杯，笑容羞怯。

女孩的颧骨上还有一颗痣，这让苏吉利陷入了沉默。

如果不是那照片上的女孩年纪太小，分明是个中学生，他几乎要以为，那就是江小笛在餐馆里看到的人了。

问题是，这其实是多年前某个知名文学奖少年组的颁奖仪式照片，而那奖杯上写着的名字，正是江小笛。

室友的眉头又拧了起来，催着苏吉利再给江小笛发一条信息。

"问清楚，你那张照片是怎么回事，是修了图，还是整了容。如果是修的图，就换一张，如果是整容……"

"不用问了，她肯定整过。"苏吉利望着照片，下了结论。作为一个整形医生，他这点儿眼力还是有的。

室友撇了撇嘴道："行吧，那就不用照片了——我大概知道，她看到的是谁了。"

"捡漏娘——"室友说，"这应该就是江小笛看到的东西。"

捡漏娘是一种很常见的精怪，习惯与人类混居，却很少在人类面前现形。它们喜欢观察人类的生活，并将它们认为人类不要的东西，偷偷捡回去，据为己有。如果经常发现家里有一些小东西不翼而飞，那多半是混进了捡漏娘。有些胆子大的捡漏娘，甚至会把人类丢弃或走丢的小孩捡回去养，一些所谓"神隐"的传说，便是因此而来。

"那个江小笛啊，说找妹妹什么的，就是骗你的。她之所以要找那女孩，肯定是因为她看到对方顶着自己以前的脸。"

在获知江小笛确实整过容以后，室友下了断言："那个捡漏娘估计是看江小笛整了容，就以为这副面容是她'不要的东西'，所以就给捡走了——不过要我说，这个逻辑也没错。"

至于为什么江小笛能看到捡漏娘，室友说，这应是"失物"带来的缘分——毕竟那张脸本是属于江小笛的，二者之间，总还有些联系存在。

听完室友的解释，苏吉利沉默很久。室友建议他别跟江小笛说实话，随便找个理由安抚过去就行。然而苏吉利并不擅长说谎，一对上江小笛，就忍不住将实情全说了出来。

他的本意只是想让江小笛别再挂心这件事，不料江小笛听完后却愣了好一会儿。

"原来你是个整容医生啊，早说嘛。"她自嘲地笑了笑，摘下墨镜，露出一双桃花眼——很显然她最近又在眼型上做了调整，苏吉利记得昨天看到的照片明明还是圆眼。

而且她的眼睛里，还残留着术后的血斑。这让她看上去有一些奇怪。

"原来那真是我的脸啊。"江小笛呼出一口气，脸上犹带着些难以置信，"我一开始看到只觉得熟悉，没想到还真是。"

"……你这话是什么意思？"苏吉利皱了皱眉，"你不记得自己原本长什么样了吗？"

江小笛苦笑了一下。

"记不得了，太久远了。我十四岁就被我妈带着去做双眼皮埋线了，后面又陆陆续续动了好多刀，我早记不得自己本来长什么样了。更别提我看到的那个女孩，顶着的还是我成年后的模样……我还是第一次知道，原来我自然长成后，会是那个模样。"

她说着，转了转眼珠，眼里的血斑似是沾上了点儿水迹。

"那如果……我只是说如果啊。"江小笛顿了顿，语气有些试探，"我还想要那张脸……请问我可以拿回来吗？"

"这应该不行。"苏吉利皱了皱眉，"而且你这样……不是挺好看的？"

江小笛今天过来时没戴口罩，刚才又摘下了墨镜，一张精致的面容完全展露出来。这个颜值别说和她中学的照片比了，就是和现在很多网红比起来，也是完全不输的。

"嗯，也对。"江小笛重重呼出一口气，手里的墨镜被掰出"咯咯"的声响。

"我瞎说的，我这张脸值那么多钱，谁会想换啊？我还刚整了眼睛呢，虽然我男朋友还没见过，但他看到一定会喜欢的，他最喜欢这种眼型了……"

江小笛笑着说道，声音低低的，也不知是在说给谁听。苏吉利担忧地看她一眼，站起了身。

"我该回诊所了，你有事再给我打电话吧。"他说着，走到门口，回头一看，江小笛仍坐在椅子上，手里的墨镜被掰出一个明显的弧度。

苏吉利本来还想告诉她，她其实没必要整眼型的，她本来的圆眼更衬她的脸型。但他想了想，还是忍住了。他知道江小笛不会想听这个的。

一出店门，手机就响了起来。苏吉利低头看去，屏幕上刚好弹出一条微信。

"苏医生！我妈同意签授权书啦！手术是不是可以安排了？"

苏吉利回头深深看了一眼江小笛，抿了抿唇。

"嗯。约个时间，再商量下方案吧。"

其实在那天告别时，苏吉利就有预感，总有一天，江小笛会因为这张脸的事而再次找上他。

但他没有想到，这一天会来得那么快。

仅仅两天后，他就与江小笛再次重逢。对方甚至都顾不上先打电话，直接就找进了他的诊所。

"求你帮帮我！"

这是江小笛见到他之后的第一句话。随着这话一起冒出来的，是她的眼泪。

"那个捡漏娘，在哪里才能找到她？拜托你帮我找到她，我得把脸拿回来，我必须拿回来……"

"不是，你先别急，慢慢说，怎么了这是？"苏吉利慌忙安抚道，不料江小笛听到这一问话，情绪瞬间崩溃了。

"我男朋友不要我了——"她像个孩子似的"哇"一下哭出来，边哭边往地上蹲，"他嫌我丑，他不要我了——"

江小笛被男朋友甩，是一天前的事。

她男朋友劈腿了。

"我其实早就有预感了，不然也不会赶着去做眼型……结果我恢复期都没过，他就等不及跟我摊牌了，还说他绝对不会跟我结婚，说我的脸恶心，说鬼知道会生出来什么丑八怪，他以前明明不是这么说的……"

江小笛坐在苏吉利的诊室内，抽抽噎噎的。苏吉利抽了张纸给她，安慰道："那就是个人渣，说的都不是人话，你理他干吗？你自己也说了，你这张脸那么值钱，而且做得那么好，哪里恶心了……"

"问题是，不仅是他，现在连我自己也觉得好恶心。"江小笛吸了吸鼻子，抬头看向苏吉利，眼中的血斑暴露在明亮的灯光下。

"苏医生，你知道最可怕的是什么吗？是我明知道他在胡说八道，但我回家后，还是忍不住拿出镜子，我一边照一边还在想，我的脸，应该怎么整才能更漂亮，仿佛这样他就会回来了。我甚至在想，以后我们有了孩子，如果她也是单眼皮，我该几岁带她去整容院，免得她也被人嫌弃……"

江小笛将脸埋进了掌心，声音破碎。

"这才是我的问题，我病了！我走不出来了！苏医生！"

"……你可能只是太激动了。"苏吉利努力安抚道，"失恋让你的情绪波动比较大……"

"不是的。"江小笛拼命摇着头，"我知道，不是的。从我第一次走进整容院起，我就病了……从那以后，只要一遇到什么事，只要一有人觉得我不好，我就忍不住想去整。我知道这样不行，可我控制不住，好像这就是唯一的解决方法……我妈只说漂亮的人能活得更好，但她没告诉我漂亮的人该活成什么样。所以我根本不知道，我该活成什么样。我甚至想不明白，为什么那些长得普通的人可以活得那么开心，他们为什么那么幸福……"

即使已经努力控制，她仍不可避免地再次哭出了声："我感觉自己就像走进了迷宫，一直兜兜转转，却根本不知道出口在哪里。想要往回走，又连原点在哪儿都记不得了……"

但如果——如果可以回到原点呢？

回到最初，没有迈出整容的第一步，没有双眼皮埋线。或许后面的一切就不会发生，或许一切就可以回到正确的轨道。

所以她在看到捡漏娘的那一刻，才会有种被重重击中的感觉，才会在第二天，不顾一切地想要寻找。

她看到了她的原点——尽管对原本的模样已经记忆模糊，但她还是本能地意识到了，这就是她的原点。

更何况，这不仅是她的原点，更是她错过的未来。

这是她的后悔药，是濒临崩溃的她能看到的唯一的一根稻草。

所以——

"苏医生，拜托你，帮我拿回我的脸吧！"

"这就是你缠了我一个晚上的理由？"合租屋内，室友瘫在沙发上，毫不掩饰自己的嘲讽，"原来你还是个圣父，这我倒是第一次知道。"

"这不是圣父行为，只是助人为乐。"苏吉利为自己辩解道，"那女孩就差跪着求我了。"

"跪一跪就能换到后悔药？那世上就没人要膝盖了。"室友不客气道，"好歹也是成年人了，总要为自己的选择付出代价的。"

苏吉利听到这话，差点儿没跳起来。

"问题是她第一次手术的时候都没成年！那个选择也不是她自己做的！后面的一切都是因为这个错误的开始，她根本就是个受害者！如果这样还强求她付出代价的话，那未免也太残酷了！"

室友闻言，却只是淡淡地看了他一眼。

"残酷是生命的本质，我不信身为医生的你不理解这点。我倒是觉得好奇——"

他若有所思地看着苏吉利："你干吗这么激动？"

苏吉利被噎了一下，转过脸去："这叫正义感。"

"是吗？"室友撇撇嘴，话锋忽然一转，"你那个要垫鼻子的小冤大头，手术做完了吗？"

"还没，还在约时间……不是，等等！"苏吉利话说一半，突然反应过来，"什么叫小冤大头？"

"你即将给一个未成年动手术，难道不该叫她小冤大头吗？"

苏吉利怒了："别搞得好像我在骗小孩一样，所有的风险和后遗症我都说得清清楚楚了好吗，她家人也同意签授权书了——"

"但你很清楚，她到底还是个孩子。一个没办法对自己的未来负全责的孩子。"室友冷静地说道，苏吉利瞬间沉默了。

"你其实是在担心，担心她成为第二个江小笛——一个在追求美的道路上越走越茫然，迷失在他人评价和手术室里的人，不是吗？"

室友深深地看了一眼苏吉利。

"你其实只是在江小笛身上找补，你自己心里也清楚。"

苏吉利没有说话。

他用力地搓了把脸，一屁股坐了下来。他将脸埋在掌心里，深深地呼出口气。

"那个孩子才十六岁，底子其实很好。她拿了一张流行的韩星照片，说要把鼻子整得和她一样，我跟她讲了很久的风险，她说自己愿意承担……但我看得出来，很多事情她其实都没概念……这怎么承担啊？"

以稚嫩的价值观来承受手术的蜕变，这让一切都显得摇摇欲坠。而最终，她会像江小笛那样，错过自己成年的模样，甚至错过更多。

室友长久地看着苏吉利，坐起身来，安抚地拍了拍他的肩。

"老苏，最近每次我问你工作的事，你的回答都是，'我在帮别人追求美'。但你记得吗？我们刚见面那会儿，你不是这么评价自己工作的。

"那个时候，你说的是，我在帮助他们变得更加喜欢自己。"

室友收回搭在他肩膀上的手，轻叹口气。

"你真觉得，帮助江小笛换回原本的脸，就能够让她更喜欢自己吗？"

苏吉利从掌心中抬起头来。沉默在房间里盘桓旋转。

过了良久，才听两人同时开口。

室友："当然，既然你都开口了，我肯定是还会再帮的。"

苏吉利："我想再拜托你一件事。"

室友诧异地看了眼苏吉利，点了点头："我知道，要脸的事嘛，我答应了。"

"是关于脸的事。"苏吉利认真道，"不过……不是这件。"

又两天后，江小笛终于从苏吉利那儿收到了好消息——

他神通广大的室友成功找到了那个捡漏娘，并争取到了与对方谈判的机会。

"规则是这样的。"带着江小笛走在前往谈判地点的路上，室友尽职地解释，"在你们见面后，你要明确提出自己想要从它那里换回什么，以及准备用什么交换，也就是所谓'开价'。开价只能开三次，如果三次提完，捡漏娘一个都没答应，那就是交易失败，而你就再也没有机会赎回自己的脸了。不过也有小概率，它会自己问你要东西，如果这样的话，你直接把它要的给出去就可以完成交换了，明白吗？"

江小笛如临大敌地点着头，然后左右张望了一下，问苏吉利为什么没一起来。

"他不能来。他太老实。"室友含糊地应了一句，蓦地停下了脚步。

"就是这儿了。"

江小笛也停了下来，抬眼望去，只见对面昏黄的路灯下，正浮着一团诡异的黑影。

她忍不住咽了口唾沫，下一瞬，就见那团黑影倏然飘了过来，浮在她的跟前。它没有露出眼睛，但江小笛能感觉到，自己正被它打量着。

"您好？"她试探地打着招呼，牢记着室友说过的话，"我是来换回我的脸的……"

黑影微微一动，一双眼睛从黑影中剥了出来。接着是鼻子、嘴……不消片刻，一张五官完整的脸出现在了江小笛的面前，那张本该属于她的脸被黑暗包裹着，静静地望着她。

"它这是在跟你确定要换的是不是这张。"室友在一旁小声地提醒道，"接下去你可以开价了。"

"嗯，那我……我愿意一辈子吃素，不杀生，不吃肉……"江小笛鼓足勇气说道，话音刚落就见对面的捡漏娘眉头皱了起来，摇了摇头。

室友嗤笑一声，提醒她："你吃不吃素又不关她的事，你对她发愿有什么用？"

"……原来这样。"江小笛的脸烫了起来，比起尴尬更多的是紧张与慌乱。她问室友，"这个能不算吗？"

"不能。"室友道，"你第一次开价已经失败了。还有两次机会，建议好好想想。友情提示，捡漏娘喜欢贵重的东西，越贵重越好，价值一定要比你准备换的东西高。"

"贵重……"江小笛的脸微微白了，她咬了咬牙，"我有一套房子，现在大概值五百多万……"

捡漏娘闻言，歪了歪头，室友解释道："它是在问你，怎么得到那套房子的。你得好好描述，向它证明，那的确很贵重。"

"工作买的。"江小笛咬了咬牙，"很努力很努力地工作赚钱才买下的。"

那套房子是她从毕业一直打拼到现在的结果。

当年她毕业两个月都没有找到工作，焦虑之下去就整了下颌，谁知整完没多久就接到了录用通知，脸还没完全恢复就硬着头皮入了职。

因为怕被嫌弃，她工作起来比谁都拼命，最终不仅顺利转正还升了职。然后她死命打拼，省吃俭用，再加上业余时间写文章卖版权，几年下来，她硬是在整容费之外又攒出了一套小房子的首付——对于江小笛而言，这是她最大的成就，也是她最大的骄傲。

"厉害啊，不错嘛。"室友欣赏地点了点头。江小笛抿唇，很轻地笑了笑："谢谢。"

"不过很可惜。它还是不要。"

果然，捡漏娘又在摇头了。江小笛见它这样，笑容一顿，心里越发慌了。

"你还有最后一次机会。"室友提醒道。

江小笛手指冰凉，几番张了张口又合上。

我还能开什么价？她茫然地想道。她手上最值钱的，除了那套小房子，就只有这张脸了。

江小笛陷入迟疑。就在此时，她脸颊上忽然覆上一层冰凉凉的触感。

是捡漏娘。

它从黑影中伸出了一只小手，轻轻地抚在了江小笛的脸上。

"你运气真好，它在向你要东西了。"室友立刻道，"它想要你这张脸。"

"这张……脸？"江小笛愣愣道，眼中满是愕然。她看向对面的捡漏娘，目光落在那张本该属于自己的、纯天然的脸上。

一张远算不上完美，但生机勃勃的脸。

而拥有这张脸的它，却向自己顶着的整容脸伸出了手。

这是什么意思？难道它觉得自己脸上这张比较好吗？

……既然如此，那就换掉好了。

江小笛定了定神，正要开口，又听室友道："哦对了，苏吉利托我告诉你，等你换回了脸，以后可以去他那里整形。他可以给你打八折。"

"……开什么玩笑？"江小笛愣了一愣，仿佛受到冒犯似的，难以置信地转过头，"我为什么还要整？如果还整的话那我换脸的意义在哪里？我当然……"

她话说一半，忽然停住，像是意识到什么一样，蓦地瞪大了眼睛。

室友见状，又补了一句："他还说，双眼皮埋线最近有优惠活动。想去的话要早点儿去。"

江小笛没有回应。

她看着捡漏娘那厚厚的单眼皮，久久没有说话。

她必然会去做双眼皮埋线，在她将脸换回后——江小笛突然意识到了这个事实。

只要有任何一个人——不管那人是不是她妈妈，对她的单眼皮表现出一点儿嫌弃，她就会扭头走进整形医院，她一定会的。

　　回到原点，不代表她不会在错误的道路上再走一遍。而很显然，苏吉利比她更早看明白这点。

　　"江小笛？"室友在旁边催她，"该你表态了。你愿意吗？将现在的脸换出去？"

　　江小笛咬了咬唇，反问道："苏医生，他还说什么了？"

　　室友笑了一下，回答道："他还让我告诉你，要换脸不难，难的，是要换心。"

　　江小笛怔了片刻，又一次轻笑起来，笑容却有些发苦。她摇了摇头，将捡漏娘的手从自己的脸颊上拿了下来。

　　"……不。我……还是不换了。"

　　她看向室友："反正……最后的结果都一样，对吗？"

　　"这个看你自己。"室友说，"顺便一提，江小笛，你很厉害。我说真的。不是所有人都能在你这个年纪，获得你这样的成绩，也不是所有人都有寻求改变的勇气。光凭这两点你就可以挺直腰杆了。所以……何必把自己困在巴掌那么大的一张小脸上呢。"

　　"你不需要去追逐别人的喜欢和肯定。你需要的，是喜欢你自己。"

　　江小笛弯了弯唇，这一次她的笑没那么苦了。

　　"谢谢。"她说。

　　捡漏娘鸣了一声。室友尽职替它翻译："它有点儿失望。它是真的觉得你这张脸好看，很喜欢。"

　　"……谢谢。"江小笛回答道，用力呼出一口气，"希望有一天，我也能发自内心地喜欢上它。

　　"另外……我能再冒昧提个请求吗？"

"所以，最后的最后，她只是带走了一张照片？"

一个小时后，听完室友讲述的苏吉利如此总结道，室友赞同地点了点头。

"对，她说想带回去做纪念，毕竟那是她错过的东西。"室友补充道，"顺便一提，在送她回去的路上，我有按照你说的，建议她去做心理辅导。她答应了。"

"那就好。"苏吉利松了口气，"我就知道你口才不差。"

"你脑洞也不差。"室友笑道，"还找捡漏娘一起做局？三次开价能换回一件东西？亏你想得出来。要真这么方便，世上就没那么多人求后悔药了。"

苏吉利不好意思地笑笑："我只是觉得这样她会更容易接受……总之，这次真的谢谢你了，还有那个捡漏娘。"

"记得请吃饭就好。不过捡漏娘就别请了，它只要别人不要的。"室友说着，"说起来，你今天怎么回来这么早？我以为你有手术。"

苏吉利搔了搔脸，说道："本来有，但是我给搅黄了。"

室友："嗯？"

"就是那个小女孩的隆鼻手术，我找了个时间，跟她又好好地谈了一谈。我给她讲了一个关于捡漏娘和被弄丢的脸的故事，她听完后，决定再等两年。"

苏吉利呼出口气，重重坐在了沙发上："我估计院长肯定很生气……管他呢。"

"起码做完这件事，我更喜欢我自己了。"

平原夜话

王有尾

日本兵打进来的时候，我奶奶刚好二十岁。

如今一百岁的奶奶已经记不得她当年给我讲的故事。我也是写故事时苦于无事可编才想起了这些零零散散的事。有些已经久远得不可考，一些甚至还有杜撰的嫌疑。

当我整理完再读给奶奶听时，得到的回答是："大概就是这样吧。"

这更坚定了我把它们整理出来的信心，虽然都是些碎片和传说，考据的意义并不大，但说不准是为来者还是为逝者稍做心灵的宽慰。

大概也就是这样吧。

上午的时候，奶奶就听见一阵激烈的枪声。

那是 1939 年夏天，日本兵正和东明一个独立团激战。

到了晚上，枪声已经平息了，我奶奶正在地里打草。新婚还没几天的奶奶，就去树林里打草了。

在那个靠天吃饭的年代，地处平原的鲁西南更是年年有灾，不是旱灾就是涝灾。

这些对于刚刚在一场大地震中存活下来的奶奶来说，算不上什么。但今年天气异常得厉害，夏收一完，就再没见过一滴雨。

本来家里存粮就不多，奶奶还养了几只青山羊，所以必须给它们提前备些草料过冬。

跟我奶奶一块儿去的还有外姓的一个刚结婚不久的新媳妇。我奶奶叫她李大姐。

两人相约到了村南边的荒树林里。

这片荒树林有一百多亩大，土地多为沙碱地，相传已经有一千多年了。奶奶说，她也是听她奶奶跟她讲的，当年黄巢起义时，大军路过此地，在这里生火造饭。后来据说是军队里出了内奸，于是黄巢肃清军队，杀了好多人，掩埋于此。

正是晌午时分，阳光刺得人发晕。低处的树叶已经被人撸完了，只有高处还剩些，像是一把大伞。树脚下的灌木都是牛羊不爱吃的硬草，所以两个人还得爬到树上撸那些高处的树叶。

奶奶占据了一个有利位置。那是一个特别高的坟头，它旁边是一棵老柳树。多年之后，奶奶给我讲这个故事的时候，我问奶奶，羊不是不吃柳叶嘛，奶奶总是说，那是饿得轻。

李大姐则爬上一棵老榆树，榆树的叶子要比槐树的大，她在树上欢快地撸着榆树叶，时不时地还远远地喊奶奶一声。

总之没有要发生任何事情的前兆。

直到我奶奶在树上喊了一声："哎呀！有人！"多年之后，奶奶跟我说，她肯定说明白了，而且不只喊了李大姐一次。但李大姐就是死活不从树上下来。

每当说起这件事的时候，奶奶总是加上一句："唉！人的命，天注定！"

我奶奶确实看见了人。不是一个，而是一群，准确点儿说叫一队日本兵。

我奶奶喊了李大姐，李大姐也看见了有人正朝树林里走来，但两个人选择了不同的方案。

我奶奶选择"哧溜"一下从树上下来，躲到了草丛里。

李大姐则选择待在树上，静观其变。

就是这两种看似最平常的选择，决定了两个人的命运。

我奶奶躲在草丛里大气都不敢出。她几乎能听见自己怦怦的心跳。

约莫过了半个小时，奶奶听见一阵笑声，但笑声和自己常听见的笑声又不太一样。她小心翼翼地微微抬起头。

李大姐所在的那棵树下围了一群人，就是那群人在笑。他们一边笑还一边摇树，李大姐在树上大哭起来，喊我奶奶的名字。那群人也不理会，照样摇树。

奶奶赶紧低下头。又过了一阵儿，只能听见李大姐的哭声和叽里呱啦的说话声，最后连哭声也没有了。

日落西山的时候，外面一点儿动静都没有了，奶奶这才胆战心惊地出来。

刚才李大姐所在的那棵树下，除了零碎的脚印，什么也没有。奶奶喊了几句李大姐，没人回应。她也不敢久待，就赶紧挎上草篮子回家了。

奶奶赶回村里，先去了李大姐家。

李大姐她男人正在用木头盖羊圈。我奶奶问李大姐回来没有，李大姐男人说没有，还反问我奶奶："中午不是你俩一起出去打草了吗？"

我奶奶说："坏了。刚才打草时来了一群人，也看不清样子，也听不懂说话，然后李大姐就不见了。"

李大姐男人一听，立刻扔下手里的木头，去村里找了几个年轻的小伙子。天已经黑了，大家有的拿着煤油灯，有的举着火把，去李大姐失踪的那片树林里找。

这片荒树林，大家晚上基本都不敢进去。里面的坟头已经说不清是什么时候的，而且一到晚上，就会有各种稀奇古怪的鸟叫，再加上历代老人的演绎杜撰，这里成了村里的一个夜晚禁区。

几个年轻人找了半宿没找见人。李大姐男人又找来村里的老族长问吉凶。老族长端了一盆凉水，拿了几根筷子，算来算去，算不出个所以然，最后只好摇着头说："不祥！不祥！"

李家男人急得没有办法，大家都宽慰他，说不定李大姐回了娘家，明天去问问不就知道了。

奶奶回家后，和爷爷说起这件事，爷爷说，肯定是我奶奶眼花了，大白天的，还有人敢抢人不成？

奶奶一晚上都没睡好，等到天蒙蒙亮的时候，才昏昏沉沉地睡过去。

第二天晌午时分才起床的奶奶，听到的第一个消息就是李大姐的男人疯了。

奶奶脸都没洗，就跑到村东头的李家。李家男人正躺在院子里口吐白沫，村里的几个老人在年轻人的帮助下，正往他嘴里灌刚烧成灰的符咒。

李家男人挣扎着，口里喊着李大姐的名字。几个年轻的壮劳力死死地摁住他，村里的族长一边灌一边说："真是造孽啊！真是造孽啊！"

又过了一阵儿，李家男人终于没了力气，躺在地上不动了。

族长对闻声前来的人说："都散了吧！李大姐因为动了当年一个杀人狂的坟地风水，可能已经被众鬼给谋害了。"

按奶奶的判断，这种说法显然站不住脚，死了尸体总还在吧。

但她当时并不敢把自己的疑问说出来。既然族长大人已经算出来了，大家也就作鸟兽散。

在很久之后，奶奶才知道，族长的儿子第二天去镇上办事时顺便就被收编成了伪军。

当然这是在李大姐失踪之后的事，当时可没有往这方面想。

李家男人疯了之后，成天在那片荒树林里游逛，有时候晚上也不回家。一开始村里的好心人还把他弄回来，后来索性不管了。

再后来，大家似乎都记不得他到底是谁了。

直到日本兵来征粮。

那天，负责征粮的是族长的儿子，他领着两个穿着绿军衣的人，挨家挨户征粮。

奶奶被爷爷藏在地窖里，虽然看不见人，但听见叽里呱啦的说话声，就觉得熟悉。等日本兵走了，奶奶回想起荒树林里李大姐的失踪，认为肯定和这些人有关系。但她跟爷爷说了之后，爷爷根本不相信。

爷爷一本正经地说："族长已经说了，李家大姐是被杀人狂魔统领的众鬼给收了去，我们无凭无据地在这里胡说啥呢。"

奶奶就没再说什么。

但从那天开始，奶奶每天都能梦见李大姐。

李大姐骑在高高的榆树上叫奶奶。

奶奶说："你都死了还折腾我干什么？"

李大姐就说："我怎么死的，你知道吗？"

奶奶说："不就是被杀人狂魔统领的众鬼收了吗？"

李大姐说："不是啊！不是啊！"

奶奶又问："那究竟怎么死的？"

然而李大姐却答不上来，还在树上挠头反问自己究竟是怎么死的。

奶奶虽然胆子很大，但反复做这个梦就觉得有点儿蹊跷。迷信的她托人去镇上买了黄纸烧也不顶用。

最后实在没办法了，奶奶就把自己的猜想，告诉已经疯了的李家男人。

多年之后，奶奶还是不敢相信，李家男人能做出杀人的事来，因为当时我奶奶告诉他自己的猜想之后，李家男人脸上一点儿表情都没有，嘴里还念叨着："这不可能！这不可能！"

但很快，族长的儿子莫名地失踪了。

上午的时候，几个村里的壮劳力还到他家吃酒。已经有些醉意的族长儿子，给在座的人说他在镇上的见闻。中途还谈到了李家大姐，他说这个女人真不简单，把皇军迷得五迷三道的。

我爷爷当时也是其中的壮劳力之一。听见这个消息的他惊恐得不行，吃了两杯酒就回去了。我奶奶回忆说，也就是下午的时候，有人看见族长的儿子去了荒树林，之后就再没有出来过。

族长急忙召集了全村的青壮劳力，大家拿着铁锹，举着火把，又进去了荒树林。

村里人找遍了荒树林，仍然不见族长儿子的踪影。

我爷爷问族长："不会也被杀人魔王统领的众鬼给收了吧？"族长恶狠狠地瞪了我爷爷一眼，吩咐大家一定要仔细找。

最后族长儿子没找到，却找到了躺在荒草里睡觉的李家男人。

族长问李家男人见着他儿子没。李家男人神秘地笑着说，他被众鬼给撕了，自己亲眼看见的。他话刚说完整个荒树林就刮起了风。

已经是夏夜，但大家都觉得凉得很，只好先回家，约好明天再来找。

据奶奶说，最后怎么都没找到族长儿子的尸体。族长似乎也信了自己的儿子被众鬼撕了的传言，就在那片荒树林里给自己的儿子起了一个衣冠冢。

出殡那天，几个人抬着一个空棺材。族长儿媳妇还没有来得及给族长生个孙子，所以连个打幡的人都没有。只有几个壮劳力忙活了一上午，等空棺材下了葬，回村吃了一顿白菜炖粉条。

后来的天实在旱得厉害。

奶奶一个人也不敢去荒树林里打草了。

日本兵征粮之后，村里的人没几天就揭不开锅了。这个时候奶奶已经怀上了身孕，家里实在待不下去了。正当奶奶和爷爷准备沿着黄河讨饭的时候，村里又发生了一件奇怪的事。

有人在荒树林里发现了一个日本兵尸体。

日本兵勒令族长集合全村的人到午门底下开会。

说起午门，奶奶说，她也是听人说的，还是燕王征北的时候，路过此地，为整顿军纪杀了不少人，所以一直叫午门。

总之村里的人都被集合去了午门底下。其实那时村里也没几个人了，大部分的人前几天都出去逃荒了，也就剩下一些跑不动的老人。

奶奶照例被爷爷藏了起来。

过了有一顿饭工夫，爷爷慌慌张张地从外面跑回来。

爷爷告诉奶奶，可能是李家男人杀的那个日本兵。刚才日本人，当着全村人的面活活把李家男人给挑死了。

村里是不能待了，爷爷让奶奶收拾收拾连夜跑。

奶奶赶紧收拾了一些东西，看了看空空的羊圈。

羊圈的羊被充了日本人的皇粮。奶奶偷偷藏了一只小羊羔，奶奶问爷爷要不要带走。

爷爷骂奶奶："都啥时候了，还想着一只羊羔。明天日本人说不定还会来屠村呢。"

奶奶跟着爷爷去族长那里告别。族长告诉他们，他占卜算出了其中的因果，原来李家大姐前世是个狐狸精，李家男人就是被她害死的，他的儿子也是被她害死的，还有那个日本兵也可能就是被她害死的。

我爷爷也无暇顾及，甚至懒得跟族长理论这些没影的事，长话短说地道别后就出了族长家的门。

村里黑压压一片。

爷爷奶奶不敢走大路，因为害怕再碰上日本兵，就七拐八拐地来到了那片荒树林。

按照奶奶的话，要是搁在涝年，这片荒树林一到晚上，知了、青蛙、猫头鹰叫成一片。

可是那年是三十年不遇的大旱之年，荒树林里一片死寂的静。

奶奶被爷爷紧紧地拉着跑，一不小心就被荒草绊了一下。

奶奶讲起这一段的时候尤其精神。

她说，等她再站起来提鞋时，就看见李家大姐骑在那棵大榆树上，冲她招手。

她喊了一句"妈呀"，等爷爷回过头来，李家大姐就不见了。

当他们路过族长家儿子衣冠冢的时候，奶奶又绊了一跤。这时，她又看见李家男人手拿短刀正和日本兵互砍。

后来呢？

后来，奶奶就流产了。那时候我爸爸还未出生。

所以奶奶当时流掉的那一个孩子，不是我姑，就是我大爷。

用我奶奶的话说，就算她当时没有站出来救李家大姐，但现在一命抵一命，她俩总算两清了。

墙中袋

一之泽猫又

二十三

绝对不能让其他人知道墙中袋的存在。

那是正月间的事了。

素子发现它时，它正匿在高处，一副困顿颓然的样子，唯有细长的袋口兀自垂下，从暗处探出头来。

清冷的弦月在晚风里蒙蒙透着光，一如水面的波纹，模糊了万物的姿态。素子眯了眯眼，索性将灯笼抬过头顶，好再看得清楚些——

那是一块位于土墙上方的隆起，形状倒与米袋有几分相似，颈部清瘦如笔，浑圆的空腔却足有成人的两个拳头那么大。它的表面十分平滑，有着宛若鱼鳔的质地，通透、朦胧，在烛火的映照下，不时泛起细碎的红光。

近来并无雨雪，自然不是漏水造成的墙面空鼓，单看形状，也不似虫茧那类平常的东西。

"真是个奇怪的家伙。"素子小声嘟囔道。

母亲就跟在素子身后，听她这么说，也循着她视线的方向抬头望了望。

"再不快点儿回家，烤好的年糕就要被其他人吃完了。"

什么也没看到。母亲朝掌心哈了口气，柔声提醒着。

"没关系，阿清说他会给我留……"

素子此时好像想起些什么，忽地收回灯笼，反过头来开始催促母亲快走："糟了，我把这件事给忘了！"

按照哥哥们的脾气，又该为年糕的事欺负阿清了。

母女俩到家的时候，果然就见阿清被绑在厨房后面的土仓房里，身上草草裹了床被子，看样子已经睡着了。"阿清！"素子拆下绳子，摇醒了他，阿清则一副睡眼蒙眬的模样，看到素子，立马露出笑脸，低声叫了一声"姐姐"。

"那两个家伙太过分了！"素子用手背擦了擦眼泪，背起阿清，怒气冲冲地冲进院子。

几个用人不明所以，被突然出现的素子吓了一跳。

"都是要出嫁的人了，还这么冒冒失失的。"

"哎呀，一定又是阿清少爷被捉弄了。老爷也在家吧，今天晚上家里该热闹咯。"

素子出生在藤屋，家中四代都是开酒厂的，在上野一带鳞次栉比的酒家中，也算叫得出名字的老字号。到了素子这一代，家中一共诞下五个孩子，素子排行老四。

大姐孤傲，相比与弟妹做游戏，更热衷于习字、古筝、舞蹈，出嫁后一直住在越中，几年也难得回来一次。两个哥哥则早在素子懂事前就在家中的铺子做起了学工，跟着父亲手下的老师傅们学习酿酒的手艺，除了晚饭时的闲聊，平时也与素子没太多往来。

余下的那个便是阿清，藤屋年纪最小的孩子，也是和素子最亲近的一个。

素子疼他，倒不完全因为他年纪小。

阿清一岁那年，被高处落下的酒坛砸中了后背，虽然捡回一条命，可到家的医生都说，酒坛砸坏了他身上一种名为"神经"

的东西，还说，除非佛祖显灵，否则阿清这辈子都没法再走路了。

母亲为此哭了半个月。彼时刚满六岁的素子见母亲这般伤心，也不禁对这个弟弟心生怜悯，默默立誓，日后一定要好生照顾他。

如今阿清十岁，早就过了去店里做学工的年纪，可家里却没人提及这件事。晚饭时分，但凡哥哥们谈起当天学工时发生的趣闻，素子都会在阿清脸上看到落寞的表情。

"父母亲大概有他们的打算吧。"素子每每问起，阿清都会如此宽慰道。

久而久之，她也就不好再强出头为阿清讲话了。

"素子姐姐，这个给你。"

等父亲教训完两个哥哥，夜雾已消散了大半。素子和用人一起将阿清送回房间，趁用人准备褥子的时候，阿清从怀里掏出了两块年糕。

"用手炉的火热热就能吃了。"

"下次他们要抢，给他们就是了，别老为了这种小事被捉弄，知道了吗？"

"不怕，反正有姐姐替我报仇。"

素子假意瞪他。

"什么报仇不报仇的，小小年纪，尽会乱说。"

阿清笑着眨眨眼，没搭话，又过了一会儿，他碰碰素子的袖口，蓦地指了指墙角的位置。

"素子姐姐，你看那是什么？"

素子回过头，顺着阿清的手指望去。只见不久前还攀在路边土墙上的袋状物，此时正悠然地趴在阿清房间的木质横梁上，往拉门的方向过去。原本以为是袋口的部分，现在看来倒更像是它的尾部，随着空腔的蠕动，轻盈地摆来摆去。

"我回来的路上见过它，应该是某种虫子。"素子看看阿清，

"要捉下来扔掉吗？"

"现在正是冷的时候，扔出去太可怜了。"

"也是。"

"话说回来，年节里还要去三弦师父家上课，姐姐也真够辛苦的。"

"啊，别提了，今天还被师父骂了呢，说我练习不够，气死我了。"

"师父说得没错，姐姐最近懒得很，只记得吃年菜了。"阿清说着，眼神不自觉地再次飘到墙上，"啊，尾巴张开了！"

乍一望去，膨开的袋口一如猝然盛开的牵牛花，淡红的亮光从里面透出来，仿佛烛火照过皮肤的颜色。像一盏花灯，素子想着，心下不觉升起一股暖意。

她让用人抬来房里的矮桌，以她的个头，站上去应该刚好能望见袋口里面。而待素子再抬眼时，目之所见竟是几点花蕊，不，是形似花蕊的触须，纤细如发，直通空腔的部分。它们一边闪着微弱的光晕，一边翩然摇动，衬在冬夜幽暗的荫翳中，竟显得熠熠夺目。

等素子再反应过来，自己手里已经捻下一小块年糕，从裂口的地方喂了进去。

触须仿佛是嗅到了糯米的香味，立刻将年糕包覆起来，带动袋口的部分依次收紧，眨眼的工夫，原本洞开的裂口已然合拢，恢复了之前细长的样子，只有含着年糕的部分凸了起来。伴随着轻微的咀嚼声，凸起慢慢滑向空腔的位置。再然后，它就不动了。

"这么快就吃饱了？"素子意犹未尽，又在矮桌上站了一会儿，直到确定它不会再张口后，才回到阿清身边。

"明明刚才还说要把它扔出去，结果马上又给它喂东西吃了。姐姐真是家里最口是心非的人了。"

怪谈故事集：龙的基因

素子把剩下的年糕用手帕包好："这个还是留给它吃吧，先放你这里，明天我们一起喂它，好吗？"

"嗯。"

第二天天还没亮，素子隐约听到外面有人大喊"阿清"，以为他出了什么事，赶紧从被窝里爬出来，披了件外衣，往声源的方向跑去。

她到的时候，阿清房外的空地上已经围满了住店的伙计，在厨房帮工的阿雪站在缘廊上，怀里还抱着一捆柴火，正绘声绘色地给他们讲着自己早上的奇遇。

"怎么回事？阿清没事吧？"

素子拨开前面的伙计，却只看到人群中央一座由白色年糕垒起的小山。

该有上千块年糕了吧，每一块都有烤过的痕迹，层层叠叠，大约有半人之高，从阿清的房门前，一直垒到了院子三分之一的地方。素子看得出神，一时竟忘了阿清的事。

没一会儿，父亲也循声赶到了，后面还跟着掌柜。两人平日里就步伐急促，一听到这样的脚步响起，众人的讨论声瞬间消失无踪。了解完事情的起因，父亲没表态，掌柜则皱着眉叫阿雪到房里说话，然后打发大家回去做自己的事。素子本打算跟过去，却又担心阿清，想了想，还是绕过年糕，先去确认阿清的情况。

没想到理清头绪的阿清倒比家里的任何人都要冷静，只开了句玩笑说："这下哥哥们再不会来抢素子姐姐的年糕了。"

没有人能够解释这些年糕的由来。

按照阿雪的说法，她早上起来的时候院子里还什么都没有，只是去土仓房后面取了个柴火，那些年糕就出现了。

"就像街上变法术的人玩儿的把戏。"末了，她补上这么一句。

父亲也觉得纳闷，甚至请了附近寺庙的主持到家里，可惜求教无果，最后只能把事情归到两个儿子的身上：二人一定是因为对前一晚捉弄阿清的事深感羞愧，所以买来年糕向阿清赔礼道歉。

老爷开了口，用人和伙计们自然不敢再说什么。

等到正月过完，这件事早就被大家忘到了九霄云外。

只有阿清笃定地认为，这是墙中袋的报恩。

"一定是因为素子姐姐喂了它年糕吃，它才送我们这么多年糕的。"

"墙中袋算哪门子的名字？"

"我自己起的，总不能一直'它、它、它'地叫吧。"

素子叹了口气，望了眼挂在横梁上的墙中袋："家里好像也只有我们俩能看到它。"

"这不就跟河童的传说差不多嘛，人到了一定年纪就看不到它们了。"阿清一脸兴奋地说道，"我觉得我们应该再试一次。"

"什么意思？"

"喂它吃点儿别的。"

"不行不行，再发生一次这种怪事，父母亲会操心的。"

阿清却根本不予理会，径自继续说着："哎呀，姐姐就帮帮忙吧，难得碰上这么有意思的事。"

素子拗不过，只好"啪"一声，用力拍了一下阿清的额头。

"你啊，真是个爱耍淘气的孩子！"

自那之后，素子每晚都会在阿清房间待上一会儿，陪他下棋，或是干脆说说闲话。可她连续去了三四天，墙中袋都没有再张开袋口。

阿清说，它偶尔会在夜里发出轻轻的响声，就像是女人在哭。

"你可别吓我了。"

素子如此抱怨着，阿清却只是笑笑："它在我房里，我都不怕，姐姐有什么好怕的。"

又这样过了几日，直到第七天夜里，墙中袋才终于再一次张开了袋口。

"姐姐你快去院子里捧一把雪。"阿清突然回过头对着素子嚷了一句。

"什么？"

"你就听我的吧！"

素子不由自主地噘起嘴，却还是顺着阿清的心意去了院子。

二月伊始，仿佛是为了化解正月无雪的尴尬，从月头起这雪就连着下个不停，连缘廊都快在一片白茫中绝迹了。来不及铲雪的时候，总有用人踩空从上面跌下来。

素子特意选了墙角没人踩过的地方，揉了一个雪团子，再次回到阿清的房间。

"没问题吧？别搞得明天整个藤屋都被雪埋了。"她一边将雪团喂进袋口，一边扭头问阿清。

"那就只能去向父亲请罪了。"阿清抱住胳膊，学着父亲的样子，重重呼出鼻息。

素子想笑，却没来得及——她清楚听到墙中袋发出一声类似叹气的响动，之后猛然伸出触须，一口吞下了她手上的雪团。

凸出的部分照旧缓缓向下滑动，然后墙中袋就又没了动静。

素子一夜没睡，惊惶失措得犹如一个闯了祸的小孩，不断地起身确认外面的情况。

一切如常，院子里的积雪似乎也只是在以正常的降雪速度不断变厚。素子再一次抚着心口重新躺下，可过不了多久，就又翻身起来，借着拉门的缝隙往外看。

等素子最后一次起身的时候，雪已经停了，清亮的日光穿过树丫，落满了整个藤屋。

——什么也没发生，只有晶莹的雪面默默闪着光。

"真是白操心了。"

素子悬了一晚的心总算落了地。

兴许是因为心情大好，沐浴着久违的阳光，她忍不住眯起眼，轻轻伸了一个懒腰。

"就像街上变法术的人玩的把戏。"

不知为何，她陡然想起之前阿雪的话。

当时的她自然不会知道，当她再次望向院子的时候，心中涌现出的念头会与阿雪的说法如出一辙。

不仅是院子，放眼望去，屋顶、外廊、水塘，都已没了积雪的痕迹。整个藤屋仿佛被隔绝在这场冬雪之外，除了零星的水渍，这里再也找不到曾被大雪滋扰的证据。

众人面面相觑，纷纷猜测是哪个勤快的家伙做了这等天大的好事，素子没理问安的女仆，光脚冲进了阿清房里。

阿清刚睡醒，看到面色通红的姐姐，一脸惶然。

"不见了，雪。"素子有些语无伦次，"整个藤屋的雪都不见了！"

阿清的眼睛顿时亮了起来。

"这样啊……"

"你是不是早就料到会变成这样？"

听到素子这样说，阿清忽然正色，低头向姐姐道歉："确实猜到了一点儿，但我怕说错，所以就没告诉姐姐你。"

"同样是喂它吃东西，为什么上次送了我们年糕，这次却是让雪都消失了？"素子的语气中满是疑惑。

"我猜，墙中袋会依据我们对事物的态度，来选择回报的方式。年糕是被姐姐和我珍惜的东西，所以吃下年糕的它会以'增'

怪谈故事集：龙的基因

的方式回报；反之，这雪害得家里好几个用人受了伤，是我们厌弃的东西，于是吃下雪团的它会以'减'的方式回报。"

素子微微皱起眉，努力思索着阿清的说法。

"你的意思是，它会增加我们认为好的东西，减少我们认为坏的东西？"

阿清歪了歪头，说道："确实可以这么理解。"

"阿清的脑子可真好。"

素子眼中流露出赞赏之情，这让坐在她对面的阿清不禁涨红了脸。

这天也是医生来家里给阿清做复诊的日子。

早饭的时候，素子注意到日历上母亲做的记号，知道医生会在傍晚前过来。

父亲和哥哥们去了工厂，偌大的房间只剩母亲、素子和阿清三人，不免显得空荡。母亲近来胃口不好，吃了几口，早早便放下筷子，开始招呼用人们在院子里架火煮毛豆。

末了，她告诉姐弟俩，前两天大姐来信，说是今年也不回来了。

阿清知道母亲是因此心里不痛快，连忙说起最近在私塾的见闻，先是模仿吉田先生讲到自己主办的杂志时意气风发的样子，之后干脆学着他摇头晃脑地吟起了诗。母亲向来严肃，这会儿也忍不住粲然大笑起来。

"哎呀，可千万别被你们的父亲看到，要是让他知道有人调侃私塾先生，他可是要拿藤条打人的。"

"那我宁愿挨打。实在是不想看到母亲不高兴的样子。"

望着阿清笃定的神情，母亲一时无言，默默掏出怀纸开始擦眼泪。素子看了鼻子一酸，眼泪也跟着涌了出来。

吃完饭，母亲叫素子陪她去一趟寺里，说是有段时间没参拜观音大士了，素子知道她是去给阿清祈福，立刻答应下来。

雪后的路不好走，一行人走走停停，等她们抵达寺里时，已经是正午时分。

素子忽地觉得热了——明明是凛冬时节，太阳照在身上，竟让人浑身暖洋洋的——看到旁边树上挂着的红色酸浆果，她一时没忍住，伸手准备摘一串，眼光一转，却正好迎上母亲的目光。

母亲的眼神里并没有责备的意思，可她还是慌忙停下了手里的动作。

"素子……"母亲欲言又止。

"抱歉母亲，我不该在寺里……"

"不，不是这个。我是想问你，早上的事，你怎么看？"

素子一愣，接着马上明白过来：母亲是在问之前积雪消失的事。

"绝对不能让其他人知道墙中袋的存在。"

她想到阿清的嘱咐，抿了抿被冷风吹枯的嘴唇，摇头佯装不知。

"你这孩子也老实得很，什么事都喜欢藏着，跟你弟弟一样，"母亲笑笑，摘下几颗浆果，放进素子手心，"在私塾被同学打也不说，想去工厂帮忙也不说……"

"母亲知道？"

"家里谁不知道？只是做学工太苦，你父亲担心他的身体吃不消，又怕伤了他的自尊，才不提。"

"是这样吗？"

话题顺着不可思议的方向展开了，这让素子有些意外。

"藤屋的男人啊，都不太会表达自己，你那两个哥哥也是，觉得对阿清客气才是瞧不起他，便总为一些小事捉弄他。其实他们打心底里是很心疼阿清的，平日的工钱也都捐给寺里了，希望观音能保佑他。"

母亲说着，眼神黯淡了下来："最近家里又是有人送年糕，又是有人帮忙除雪，用人们都在说什么'藤屋里住进了神明'。一群胡说八道的家伙，要真有神明听到我们一家的祈愿，住进了藤屋，阿清的病早该好了。医生不也说了吗，只要佛祖显灵……"

母亲之后的话，素子没太听清，她的思绪早已飘到了其他的地方。

神明吗？

素子感到喉咙干涩。

说起来，她和阿清从来都只拿墙中袋当在家中避寒的大虫子，不曾考虑过其他的可能。仔细想想，神明不也就是这么回事儿吗？

给人们他们想要的，驱走他们不想要的。

素子仿佛一下子开了窍，脸上不禁浮现出轻松的神色。

"母亲，听我说，藤屋里说不定真的有神明！"

"我有事要跟你说。"

阿清从私塾回来，立刻被素子抓进了房间。

"等一下。"阿清摇着头，"姐姐的意思是，让墙中袋吃掉我的药签？"

"没错，让药签全部消失，不仅是之前的、现在的，还有将来的。这样的话，岂不意味着没收到药签的你身体已经好了？"

阿清张大嘴巴，接着大声笑了出来。

"你不信我？"

"不是，只是这个效果实在没办法估量，单说药签消失还说得过去，我的病就……"

"我当然也想过各种可能。"素子抓起阿清的手，用力握了握，"阿清也想站起来吧，自己走路去私塾，跟哥哥们一起做学工。反正事情都这样了，不妨试一试。"

阿清再次陷入沉思："素子姐姐，你自己也常常教导我，要求太多，可是要遭天谴的。"

"不管了，反正待会儿我会向医生多要一份药签，阿清只要等着墙中袋把它吃下去就好了。"

见素子这般坚持，阿清也只好答应下来。

那晚，素子不顾用人的劝阻，带着褥子搬到了阿清的房间，在靠近墙中袋的一侧和衣躺了下来。

两个人聊起了白天母亲在寺里说的那些话。

"其实他们的心思我大概知道。"阿清微微一笑，"现在想来，家人之间其实更难做到坦诚吧，有些事明明说出来大家都痛快，却没有人愿意先开口。"

素子默默望着阿清。阿清发现了，扭头朝她做了个鬼脸，之后害羞地把头埋进了被子。

"没关系的，等你身体好了，这些事就都不存在了。"

阿清在被子里点点头，很快，他就发出了均匀的呼噜声。素子望着他的侧影发了一会儿呆，也跟着迷迷糊糊睡了过去。

不知道睡了多久，兴许只有半个时辰吧，素子被门缝蹿入的冷风吹得一激灵，陡然醒了过来。她缩着身子，想把门关拢些，于是举着灯台慢慢挪到门前，发现墙中袋居然早她一步，蜷伏在拉门左侧墙脚的位置。

"既然不睡觉，就快点儿张开嘴巴让我喂东西给你吃啊。"素子一时兴起，轻声嘟囔了一句。

结果，墙中袋竟真有了动静。

只见它空腔的部分迅速瘪了下去，成了松软绵稠的一团，在烛火的笼罩下，有如病人的胸腔，一边急促而快速地起伏，一边发出"呜呜"的声音，仔细听来，就像是女人的哭声。

素子吓得往后一缩，手里的烛火也跟着摇晃起来。

没想到哭声又大了一些，这让素子不由得手足无措起来，是自己的鲁莽惊动了墙中袋吗？想到这里，她慌忙跪倒在地，见它没停，又一连拜了几下，祈求它的原谅。

素子的手中还握着灯台，一来二去，她发现只有在烛火靠近墙中袋的时候，它才会短暂地停止呜咽，一旦挪开，它就又会爆发出新一轮的哭声。

夜风灌进来，惹得素子打了一个寒战。

"莫非，你是因为太冷才哭的？"

她睁大眼睛，似乎也被自己的这个想法吓了一跳。素子往前挪了挪，小心翼翼地将灯台放在了距离墙中袋只有一拳的位置。

哭声逐渐轻了下来，素子把灯台继续挪近半寸，呜咽消失了，只有呼啸而过的寒风吹过耳际的呼呼声。

素子瘫在榻榻米上，回头望了一眼阿清。还好，那孩子没被吵醒。

墙中袋的空腔再次鼓了起来，并一点点地向烛火挪过去。素子见状，取来房里另一盏灯台，一并放在了它的附近。火光倾泻而下，将墙中袋的影子拉得老长。

"好了，这下你应该不会冷了。"

素子舒展了眉头，想了想，低头对墙中袋说道："你要健健康康的啊，我还等着你帮阿清治病呢。"

说完，借着幽暗的光，素子重新回到被子里。不出一刻，她再次沉沉地进入了梦乡。

她的手中，还握着阿清的药签。

恍惚间，素子似乎做了一个甜甜的梦，梦里，阿清正从长街的尽头向她打着招呼，一边"姐姐、姐姐"地叫着，一边举着团子往前疯跑。

另一边，仿佛是听懂了素子的话，墙中袋逐渐泛起红光，又一次缓缓张开了袋口。

火是从什么地方烧起来的，没人说得清，那时藤屋里所有人都睡着了。等素子被烟味呛醒，火光已经吞噬了大部分屋顶，火舌轻易地穿过房与房之间狭窄的缝隙，向着下风的方向不断蔓延。

当热气扑到脸颊上时，早被吓软了腿的素子才重新振作起来。

她将阿清从被子里拖出来，又试了三次，才终于成功把他背到背上。

素子压抑着内心的恐惧，小心地避开可能倒下的门板和柱子。外面逐渐传来脚步声，阿清伏在她的肩头，开始大声呼救。

由于跑得太猛，素子冲到院子里的时候脚滑摔了一跤，整个人连同阿清一起飞了出去。有用人从其他方向冲出来，见状赶紧过来扶他们。

"老爷和夫人呢？"

"没看到。"

"你先去找其他人，大门的方向似乎火还小，这里我一个人就行了。你快去！"

素子吩咐完，顾不上手上的伤，再次背起阿清，往门口跑去。然而，火势的蔓延比她想象的要快得多，通往大门的门廊已经化为一片火海。

"退去仓库吧，那里有水槽。"

阿清拍着呆立在原地的素子的背，将她推向藤屋的最深处。他用水槽里的水将身上浇湿，又让素子也照做。素子茫然地看了一会儿猩红的天空，绷着发酸的喉头，又往阿清身上多浇了两瓢水。

"实在不行只能硬往外冲了！"

就在这时，从对面的屋子里，一个浑身是火的家伙趔趄走出来，甚至来不及朝他们的方向望一眼，只发出含糊的一声，就倒下了。

素子终于崩溃了似的放声哭起来。

"阿清，你闻到了吗？是皮肉烧焦的味道。"

"别看！捂住口鼻！"

"父亲和母亲会不会也变成这样？"

"不不不，不要这样想，你刚才已经让用人去看了对不对？而且说不定父母亲早就逃出去了。姐姐，你冷静一点儿啊，会没事的。不是还要等我好起来，全家人一起去看花灯吗？记得吗？"

花灯，是啊，自己不是和阿清约好去看花灯的吗？父母上了年纪，睡眠浅，肯定老早就惊醒逃出去了。

素子深深吸了一口气，将滴水的额发往后拢了拢，努力让自己看起来镇定些。

可才刚刚镇定下来，她的脸色又倏地一变，猛抬起头，朝阿清房间的方向望去。

墙中袋还在那里。

"阿清你就待在水槽边，在这里等我。"

"你干什么去啊？姐姐！素子姐姐！"

阿清的声音被抛在了身后。

素子狠下心没有回头，举着袖子，凭借印象走在早已面目全非的家中，努力分辨着阿清房间的位置。

药签还没有喂给墙中袋吃，如果这时候它受伤或是死了，阿清的身体就真的没指望了。说不定，说不定靠它，还可以救回其他人！它不是神明吗？就算父母亲真的……

素子的心中蓦地腾起一种前所未有的恐惧，她分不清这恐惧是来自对火焰的畏惧，是对机会稍纵即逝的忐忑，抑或是对错误的预感。她分不清，只能在木灰、火舌和夜风的呼啸中，继续向前走，跨过缘廊，努力搜寻着阿清房间里被火光覆盖的墙面。

尖叫声，呼救声，心跳声。

还有素子头顶传来的巨响，噼啪，噼啪，噼啪，每一声都挑动着她脆弱的神经。

黑烟又浓重了些，素子感觉自己已经吸不上气了，然而，她之后看到的场景，才真正令她煞白了脸色。

在素子的正前方，墙中袋已经长到前所未有的尺寸，袋口赫然洞开，足以轻易塞下素子本身。它正伸着手腕粗的触须，大口吞食火焰。它每吞下一口，空腔的表面就会浮起数十倍大的火团，冲破屋顶，向外飞去。

素子的脸变得苍白又火热。

她看到两只金属灯台横在榻榻米上，一左一右，边缘似乎已经融化了。

——给墙中袋取暖的火。

——因为是好的火，所以加倍奉还吗？

"要求太多，是会遭天谴的。"

她感到胃中一阵搅动，忍不住干呕起来。

——毁掉这个家的罪魁祸首，是我吗？

"轰——"

又是一声巨响，强大的气浪掀翻早已虚弱无力的素子，裹挟着热浪，快速向外涌去。

是仓库的方向。

——为什么会犯这样的错？

——阿清，不行，我要去找阿清。

这样想着，素子的身体却动弹不得，猝然倒在一片绯色之中。

即便紧闭双眼，她依然能感受到火焰对藤屋的舔舐，木质的梁柱不断倒塌，震得地面轰隆作响。素子忽然觉得自己哭不动了，她捂住耳朵，发出最后一声凄厉的长吼。

没有人回应。只有墙中袋，停在她身后，扬着头一动不动。

"小姐！"

恍惚间，素子听到了掌柜的声音，他的身后还跟着另外一个伙计。两个人一起将素子架住，往外面拖去。

"阿清……仓库……阿清……"

素子含糊地说着，掌柜与伙计两人彼此交换了眼神，都没吱声，只是埋头继续往外走。

那一晚，名振上野的酒家藤屋化为乌有，店中十几间屋子悉数倒塌，仓库更因为高温，发生了小规模爆炸，所幸没有波及邻居。

家中三十五人，死了大半，其中包括老板、老板娘和他们年幼的儿子。

人们花了很久，也没有找到起火点，最后调查只能不了了之。

但若问起当晚参与救火的人，他们一定都会提起在藤屋之外，一个浑身湿透的女孩梦呓般地喃喃自语。

"墙中袋。"

"墙中袋。"

"墙中袋。"

朱砂痣

猫太太

二十四

二十四

这个消息对我犹如晴天霹雳，我顿时感到天旋地转，昏了过去。

三重天之南，玉华山下，我第一次见晏青哥哥。母亲送兄长过来跟着玉华道姑修炼御剑术，我缠着母亲带我一起前来，巴望着玉华道姑也能看上我，收了我做弟子，可我终究根基不够。

自那以后，晏青哥哥时常来家里，隔着屏风我能闻见他的气息，他与兄长叙话时，喉结上下移动，嘴角上扬，好看。

陌上人如玉，公子世无双。

与晏青哥哥一同来的还有东海龙王的长子，他们与兄长一起拜于玉华门下，志同道合，他们要护天下苍生周全，遵循天道，悠远绵长。

只是我隐约听见父亲常跟兄长提及，不可与东海龙王府的人深交云云。父亲掌管魔界通道，兄长辅佐。东海龙王曾搅乱天庭，关在海底数百年，刑满释放刚过三十春秋。但我才不在乎这些，只要晏青哥哥能常来家里，那便足矣。

我时常屏住呼吸躲在亭子后偷看晏青哥哥，他的言谈举止常常出现在我的梦中。哥哥也喜欢我吗？

春日午后，我与贴身侍女玉奴在园子里放纸鸢，那纸鸢被玉奴施了法术，见哥哥从那儿路过便从他身边掉了下来。哥哥捡来给我，问我："你是月儿妹妹？"我小鹿乱撞的心思不知被哥哥看出来没有，匆忙行礼："见过晏公子。"便匆匆跑开。

玉奴说，府里的人都在传，等晏公子御剑术学成就会来家里提亲。我听见，羞红了脸，心生欢喜。

再过三年，晏青哥哥就会是我的夫君。

母亲常常与我说，我们天人还在三界中，依然有轮回、情欲，仍在五行之中。

只是天人比人间百姓活得长久些。人间七十古来稀，我们却能活上千岁。人间百姓天目未开，功能被束缚，而我们自懂事起就要修炼法术，逐一打开各功能，修炼到一定境界便要执掌人间事。再继续修炼，我们头顶上的功柱达到九重天之外，方可超出三界，摆脱轮回之苦。

我担心晏青哥哥跟着玉华道姑潜心修炼，从此修心断欲，不要我了，母亲扑哧一笑道："道家法门，师父带徒弟啊，能得真传的只有一人，其他人修炼法术，为的是修身，平天下。你晏青哥哥不是那大根器之人。"

我从小体弱，母亲对我疼爱有加，不忍让我受修炼之苦，如今我连化作飞鸟的本事都还没有学会，玉奴倒是学会了。

"母亲，为何您能看清人间事，却看不清我们自己的事？我想请您给我看看，我嫁与晏青哥哥以后的模样。"

"傻孩子，天人由上神掌管，他们才能看清你未来的模样。高层掌管低层，这就是天道啊。"

天人要修炼到一定程度，证得果位才会出三界，也并非易事。

我听后，觉得自己福薄缘浅，根基不够也并非坏事。如果我不能与晏青哥哥结为夫妻，就算叫我去做上神，我也不愿意。

三界天、地、人，三重天人掌管人间烟火，母亲便要时时去人间查探。

母亲说人间也有修炼之人，只是修炼到一定果位何其难啊！父亲就是人间修炼后得福报来三重天之人，修炼没有证得果位，也会转化业力得福报。

二月十五，母亲说带我去人间玉清观，我身子懒，跟她推辞。再说，人间与三重天的光景也差不了多少，四季分明，除了冷暖不同，也没有什么特别之处，不好玩儿。

三重天内虽有四季，只为不同景色而设，温度没有什么不同。所以人间比天人苦，冷了热了都不行。

母亲又说晏府老夫人喜热闹，每逢十五，晏府的大公子都会陪同祖母前往，看人间烟火，受百姓供奉。

我便说玉清观的桃花这时节甚艳，我想陪母亲去看看。

玉清观的桃花林是通往人间的路，桃之夭夭，灼灼其华。我眼花缭乱，心花也在怒放。

晏青哥哥站在桃花下，春光灿烂，微风拂过他的衣衫，也拂过一个少女的豆蔻年华。

我向晏府老夫人行礼。老夫人慈眉善目，抓着我的手问母亲："这是二丫头吧？出落得更加精致了。"我抬起头，撞见哥哥的眼神，温柔似水，熠熠生辉。

我的脸越发烫了。

再过两年，晏青哥哥就会来我家提亲。

我总求母亲再去人间时带着我。母亲偶尔应允。

入冬，初雪。玉清观的蜡梅花儿清香悠远。

"哥哥，我爱这蜡梅香。"我说。

哥哥摘一朵戴在我的发髻上。他说："月儿妹妹真好看。"

来年春天，哥哥就会来我家提亲。他会成为我的夫君。执子之手，与子偕老。

从玉清观回来，父亲还没有从天庭归来。母亲被祖母叫了去。我摸着发髻上的蜡梅，指有余香。

父亲第二天早上才回来。家里气氛紧张，家丁不时地交头接耳，管家呵斥后才散开各司其职。

晚间，父亲神情凝重。我亲手做了梅花玉露羹给他端过去，父亲没有尝几口。我问他发生了什么事情。父亲不语，母亲说可能要让晏府早些来提亲。其他，母亲不与我多言。

我让玉奴向父亲的坐骑打听到，东海龙王谋逆证据确凿，惊动九重天，天庭盛怒，父兄恐受牵连。

父亲定是被冤枉的，他常与兄长交代不与东海龙王府来往。

母亲打算早些将我嫁去晏府，晏青可护我安好。可是晏青哥哥也与东海龙王长子素来交好，他为何不受牵连？

我来到母亲房中，母亲双眉紧蹙，愁云惨淡。

"母亲，他们说的都是真的吗？"我怯生生地问。

"月儿别怕，母亲明天去晏府。"我扑在母亲怀里，母亲轻轻拍着我的肩膀。母亲说她看得出晏公子对我的真心，我们以后定会和和美美，白首不离。

我将心中疑问诉与母亲，母亲答晏上仙除魔有功，谋逆的是东海龙王，龙王长子并不知情。晏青即使牵连其中，晏上仙也会保其周全。

"母亲，我出阁后，您和爹爹怎么办？"我泪流不止，纠结不已，既欢喜我能早日嫁与晏青哥哥，又担心父亲与兄长前途凶险。

"自有办法。"母亲安慰我。

晏府以我年纪还小为由，拒绝了母亲将我提早嫁与晏青哥哥的请求。

这个消息对我犹如晴天霹雳,我顿时感到天旋地转,昏了过去。

醒来时,府里乱作一锅粥,父亲和兄长被扣押,祖母病倒,母亲呆坐在祖母床榻前。

祖母唤我去她跟前,摸着我滚烫的脸说:"月儿,我可怜的孩子,不要心生怨恨,我与晏老夫人相交多年,晏府为人,我最清楚,他不娶你过门,定有缘由。"

我紧咬嘴唇,不让自己哭出声,眼泪大颗大颗打在手上,生疼。

我不甘心!

又到十五,父亲与兄长已被扣押近一个月,母亲为此四处奔走,祖母身体越来越虚弱了。

我让玉奴化作飞鸟去玉清观等晏青哥哥。

"姑娘!"玉奴回来了,我给她端了碗热浆,让她在丹炉旁坐下。

"见到哥哥了吗?"我问玉奴。

"姑娘,晏公子让我把这个给你。"玉奴掏出一块手帕,那是今年夏至,我递给晏青哥哥的那块。

打开手帕后,我心如刀绞。

"姑娘,帕子上写了什么?"玉奴看出我的异样,急切地问我。

"一别两宽,各生欢喜。"

我望眼欲穿地熬到今日,为的是晏青坚守诺言。如今我家中变故,母亲奔走,受尽冷落,他也弃我不顾。

什么君当作磐石,什么相思似海深,什么结发为夫妻,恩爱两不疑!

都是笑话,都是笑话!我恨!我恨!我失心疯般狂笑不止。

"姑娘,那晏公子背信弃义,你别为他疯魔了去!自己身子要紧啊!"我看着玉奴,喷出一口鲜血。

我昏迷了三天三夜,做了一个很长很长的梦。

来年，春暖花开，哥哥与我永结同好。之子于归，宜其室家。

哥哥在桃花下等我，光影斑驳，衣袂飘飘。我羞红了脸颊，靠在他肩头。哥哥抱着我，抱紧我。

"月儿，我的孩子。"醒来时，母亲哭红双眼，欲言又止。玉奴跪在门外。

"母亲，不要难为玉奴，我让她去的。"自我上月昏厥，母亲担心我思虑成疾，身子禁受不住，下令不许再提晏府半字，不许与晏府再有来往。

"月儿，你父亲和兄长身陷囹圄，祖母缠绵病榻，你再有个三长两短，叫母亲怎么活？"母亲近月一直为父兄奔波，我看母亲形容消瘦，双鬓添了好些白发，好生心疼。

"母亲，我忘了晏青哥哥便是。"

祖母终究没有熬过这个月，撒手人寰。

来年春天，玉奴听说晏青为求前程娶了镇海司的女儿海灵岚，听说海灵岚从小修炼跟着父亲四处征战除魔，名声在外。镇海司执掌海域，法力无边。我这个罪臣之女，他早就抛之脑后了吧。

父兄秋后被消去法力，受九九八十一道雷击之刑后，与母亲一起下诛仙台，被贬去人间再受饥寒之苦，十生十世不得返回三重天。府里其他女眷则被贬去人间三生三世沦为娼妓。

我的世界就此天崩地裂，不知该何去何从，该如何是好。我感到无助而绝望。

我怕牵连玉奴，赶她走，但她死活不肯，抱着我，任我打骂，不肯放手。"玉奴妹妹，如若我沦为人间娼妓，便不想活，你一定要好好活着。"说完，我一头撞在玉柱上，昏死过去。

然而我没死成。醒来时我头疼欲裂，玉奴在我身边。

"这是哪里？我怎么会在这？"我问。

"这里是晏府。"因为家破人散，玉奴没有办法，只能跑去晏府求晏老夫人救我一命。

"玉奴，你怎可如此？"身在晏府，我宁可去死啊！

"姑娘，你别动气，草葫上仙说了，如若不好好养，这头上怕是会留下伤疤。"玉奴说话时，晏老夫人缓缓走过来。

她老态龙钟的模样，看上去身子也大不如前了。

"别听玉奴瞎说，二丫头头上的疤痕自会痊愈。"我欲下榻行礼，老夫人制止道。

"二丫头啊，好孩子，你受苦了！你就在这儿安心养伤，有我护着你。"老夫人声泪俱下，哀伤不已。

"谢老夫人救命之恩，月儿无以为报。"我虚弱得已经快没有说话的力气。

老夫人让我什么都不要想，好好养伤。

我在晏府和玉奴相伴，心中抑郁稍有排解，只是我虽有按时服用丹药，但这头上的伤疤总不平复，恐与我内心郁结相关。

这几天天气甚好，玉奴与老夫人说，带我去园子中走走。老夫人应允，让我们去僻静些的地方。老夫人定是担心我怕别人见着我伤疤，心生悲切。

很久没出过房门，空气清冷也新鲜，我又燃起活下去的欲望。

玉奴见四下无人，带着我看那些得了灵气的菊花，白的若雪，绿的如玉，清幽淡雅。它们迎风朝我微笑，跟我行礼，亲切说道："月儿姑娘好。"晏祖母亲手种下的菊花知道晏祖母喜欢我，自然也愿意与我亲近。

我的闺房门外，母亲也曾种下菊花，朝饮木兰之坠露兮，夕餐秋菊之落英。如今我寄人篱下，母亲不知可好。

"姑娘，晏公子和海灵岚过来了。"玉奴将我从思绪里拉回。

这里竟也没有躲避之处，我用手遮着伤疤，一时不知所措。菊花们见海灵岚走来，纷纷低下了头。

"见过晏公子、少夫人。"我不敢抬头，怕看见那张曾让我痛彻心扉的脸，也怕他看见我这般模样。

"月儿妹妹，相公和我常去祖母房中，我想探望你，祖母说你未愈，不便打扰，你如今可好些了？"海灵岚声音清脆，过来拉我的手，我本能地抽开。

"多谢少夫人、晏公子，我如今好些了。只是还受不得风，我先回房了。"我低着头往回走，晏青没有说话。我瞥见他的荷包还是我亲手绣来送给他的，心头一紧。

"姑娘，这个海灵岚似要与你亲近，但看上去不像个善茬，我们要当心她。"玉奴边给我上药，边说着。我若有所思。

"玉奴，草葫仙人说如果坚持用药，这伤疤几日能好？"

"仙人说了，只要坚持用药，半个月便可平复，可如今都快一个月了，怎么还这般模样？"

"玉奴，以后我的丹药，你亲自炼制，用药也得亲自去取了来。"我交代她。她点头，忽然间明白什么，停止上药，将它们丢了出去。

这伤疤三日不用药，竟干燥了些，其中定有蹊跷。

我让玉奴炼药时躲起来，守了七日，也不见动静。定是这药方与药不相符了。

我又让玉奴去草葫仙人的药铺上核实，果真不出我所料。

晏府要害我之人，不言而喻。我的额头上绝不能留下疤痕，毁我容貌。

晏老夫人体弱，不可再惊动了她。镇海司势力如日中天，我是戴罪之身，除了老夫人再无依靠。我摸着祖母留给我的镯子，心疼不已。

三重天的玉石能护体保命，也可伤体损命。祖母怜我体弱，将这玉镯净化千日后才将它亲自戴在我手上。

祖母，月儿不孝。可月儿要活下去。

我让玉奴拿着我的玉镯换成丹药拿回来。不出半个月，伤疤平复了，两个月后竟再也看不出疤痕。

晏府老夫人咳疾又犯，躺了些许日子。我尽心侍奉左右。

这日，晏青摘了些蜡梅让玉奴插在老夫人房中，暗香浮动。我自来晏府还没有好好看过他。今日我躲在屏风后，细细打量他。我还是那个我，只是哥哥已经不是那个哥哥。

"相公，来拜见祖母怎么不叫我？"海灵岚过来，亲昵地拉着哥哥的手。

今日的海灵岚格外明艳，着一身月白衣，搭上雪羽肩，肤若凝脂，气若幽兰。我的心在坠落。

"祖母咳疾，不便亲自去园中观赏蜡梅，我送过来。"哥哥话间透着柔情，我的心一片荒芜。

不一会儿，老夫人就让他们走了。

"月儿，你出来吧。"老夫人唤我过去。

老夫人恐自己时日无多，我与玉奴待在晏府不是长久之计，她请求玉华道姑收我为徒，叫我拜她门下，好让我有个落脚之处。

"月儿，你定要安好，否则九泉之下见到你的祖母，我无颜面对她啊。"晏老夫人掩面而泣。

"晏祖母，您一定会好好的，别说这些丧气话。"我亦泪流满面。

老夫人歇了口气，继续与我说。

那日母亲来晏府商量亲事，是老夫人与母亲一起叫晏青哥哥莫娶我。晏青哥哥跪在祖母房外痛不欲生。

天庭纷争，父亲为人耿直，得罪不少同僚。"东海龙王谋逆"案中，父亲不慎，遭人构陷，九重天天庭坚信父亲参与谋逆，父亲再喊冤无用。

九重天天庭钦定镇海司主审"龙王谋逆"案。镇海司意与晏府结亲，他的小女儿海灵岚去人间游玩，在玉清观瞧见晏青后，念念不忘。

晏府与尚府交好，镇海司答应只要晏青娶了海灵岚，便可保我父兄不堕炼狱，免去永生受烈火焚身之苦。人间十世，天庭十年，父兄便可归来。

老夫人告知母亲其中利害，母亲为保全父兄，恳请晏青娶了海姑娘。老夫人还跟晏青说，尚府曾对晏府有恩，知恩要图报。

"月儿，好孩子，青儿母亲早逝，是在我房里养大的。他心里苦啊，你莫怪他，莫怪啊！"

"晏祖母，我不怪哥哥，这都是命。"

晏祖母说晏青哥哥知道我喜欢蜡梅香，才亲自摘了送来。

晏祖母也早就知道海灵岚对我不善，她不语，是要看看我如何应对，日后若失去她的庇佑，我会如何生存下去。尚府所有女眷被发配人间沦为娼妓，就是海灵岚的毒计啊！她知道晏青哥哥心里有我，怨恨不已！

晏祖母从玉枕下拿出一方金丝手绢包好的东西，打开看，是我的玉镯。

"青儿为寻这玉镯，花费了好些时日，你切莫再弄丢了。"晏祖母叫我好好保管。我泣不成声。

昔我往矣，杨柳依依，今我来思；雨雪霏霏。我带着玉奴，离开了晏府。

玉华山下，晏青哥哥御剑飞来。

"姑娘，晏公子一直跟着，你不下来见他一面吗？"玉奴拉开轿帘，头向外望去。

"见了又能怎样，徒增伤感。不见也罢。"

师父命我洒扫庭院、浆洗衣物已两月有余。玉奴愤愤不平，不教我们法术，专门让我们来干粗活。我让她住口。

一日我给师父烹茶，师父说：再高的法术，都需要更高一层的心法统摄，否则就会走火入魔。

"你的心性还需再修。"师父不与我多言，我知道自己天性愚笨，根基尚浅，师父不喜欢我理所当然。兄长与晏青拜于她门下，师父也只是教了他们御剑之术，又怎会教我更多？

日子在清冷中慢慢走着，我期望着师父某天去人间历练时，能带上我，我想念母亲，不知此时，她变成了哪家的妇人？受着人间何种病痛与饥寒？

师父依旧只是让我做些杂事。我收拾杂物间时，听见其他弟子在传，我父兄谋逆，惊动九重天，故师父不教我法术，怕我学成，做出有违天道之事。

玉奴气不过，与他们争执不休，打破杂物间里的青花瓶。师父命我与玉奴跪在山门外三天三夜。

"尚玄月、尚玉奴你们两个也配来玉华山修炼，趁早滚出山门，免得污了玉华山门庭！"与玉奴起争执的弟子见师父罚我们，跑来山下奚落我们。玉奴恨得咬牙切齿，我叫她省点儿力气。

既来之，则安之！我与玉奴除了玉华山，又有何地容身呢？

月色轻柔，清风微抚。师父叫我起来，跟她去炼丹房。

"尚玄月，你可知修炼之人，心性多高，功柱就有多高？你在入我门修炼之前，心性达不到，我不会收你，如今看来，你尚且可教。"师父说完，传授御剑术心法于我，叫我铭记。

师父还说，上士闻道，勤而行之，中士闻道，若存若亡，下士闻道，大笑之，不笑不足以为道。

我且懵懵懂懂地听着，完全不知是何意。若此，我连下士都不如，我曾只想与我的晏青哥哥白头偕老，恩爱不移，如今哥哥娶了别人，我被迫落于此地而已。

师父似乎能洞悉一切，她定睛看我时，我低下头躲开她那犀利的眼神，惶恐至极。

师父又道："修炼之人，须修心断欲，你可知你父亲为何会下诛仙台，被贬人间？"

我摇摇头。

父亲在人间修炼一世，因争斗心、名利心未去，未得正果，辗转来到三重天又经修炼掌管魔道通关之路。

天庭一共九重，三重天最为接近人间，九重天统管三界万事万物。龙王撺掇父亲，只要在他谋逆之日打开魔门助他一臂之力，九重天位置，任由他选。父亲思虑几日后答应了。玉华道姑率领众弟子与魔界众生大战半日，眼看寡不敌众，父亲幡然醒悟，才将魔门重新封上。

而今魔界众生在九重天乃至人间肆虐横行，苍生涂炭。

我惊愕不已！父亲犯下的是滔天大罪啊！

这一瞬间，我知道自己再也不能够是那个心里只有晏青哥哥的少女。我要潜心修行斩妖除魔，去弥补父亲犯下的错！

师父说，修炼就是为自己所守护的众生负责。

春去秋来，我苦练心法与道术，有望能在师父斩妖除魔之时助她一臂之力。

一日练剑，竹林沙沙作响，玉奴去查探究竟，我坐下歇息时，有个身影站在我身后。

"月儿，别怕，是我。"晏青哥哥的声音那么熟悉，那么温柔。我不回头，我害怕，我抑制不住自己内心的情感。师父有心栽培，我不能再儿女情长。

我头也不回地走开时，潜然泪下。

子夜，师父打开我的天目，让我观人间，青龙山妖魔横行。师父问我可愿随她斩妖除魔，我说愿意。师父说下月初三随她下山。

与师父下山途中，镇海司一行百人挡了去路。海灵岚领头，身骑灵兽，一身战衣，意气风发。

"玉华道姑，我奉命缉拿要犯，还请您行个方便。"海灵岚扬着她高傲的头颅，微微瞥了我一眼。师父揽我到她身后。

"海灵岚，你这个贱人，几次加害我家姑娘不成，如今又撕破了脸子来害我们！"玉奴气急，大骂起来。

我让玉奴住口。

"海姑娘是要带我这两个徒弟去哪里？"师父开口问道。

"去诛仙台伏法。"海灵岚说话时，目露凶光，我不寒而栗。

"尚玄月、尚玉奴二人既已归我玉华门下，我谅你也带不走她们，九重天怪罪下来，自有我玉华门承担。"师父说完，自顾往前走着，我和玉奴紧跟其后，海灵岚按兵不动。

玉奴悄悄跟我说，那日晏青来找我，竹林里的人是海灵岚，她见哥哥对我念念不忘，定是气急，才这样大动干戈，我默不作声。

人间，青龙山妖雾弥漫，师父叫我们各自小心。此时山中树叶一阵颤动，数十道黑影掠过，一道红光从天而降，打在我脚下，顿时砂石杂乱飞起。我暗自庆幸没有打在我身上，否则免不了穿胸断骨之痛！

空气中传来一阵嘶啸，黑影幻化成毒蛇向我袭来，我见情况不妙正要躲开，师父利剑如光，隐隐化作一道道金线将其千刀万斩。黑影在我眼前扭曲盘旋之际狂风暴起，我身后一剑刺来，后背一凉，钻心的疼痛。

"尚玄月，你受死吧！"我回头望去，一黑袍人举剑站在我身后。我来不及分辨是何人，正要与其对抗之时，她如蛟龙般腾跃而起，眸如冷电，长剑如虹，我连连后退，无法与其抗衡。命悬一线之际，晏青不知从哪里过来，紧紧抱住了我。

此刻，鲜血四溅。那剑刺穿了晏青的喉咙。

"相公！"黑袍人急忙收剑，摘下面罩，抱住晏青，是海灵岚。

"岚儿，切莫再修邪法，你……"晏青还未说完，口中鲜血直流，已无法发出任何声音。我肝胆俱裂，哀哀欲绝！

"尚玄月，你伤势过重，先随我回玉华山疗伤。"师父的命令容不得半点儿含糊，可我已生无可恋，哥哥不在，我也不想独活！哥哥是为救我而死啊！

"哼，尚玄月，这剑上涂有邪毒，你仙体受损，不能再继续修炼。除非你舍去人身，否则三日内伤口溃烂发臭弥漫至全身，你这人身便是最毒之物！哈哈哈！"海灵岚的笑声划破这长空。

我已万念俱灰，玉奴掐着海灵岚的脖子让她交出解药。海灵岚不屑一顾，说让玉奴掐死她，好让她与晏青一同归去。

师父带我回玉华山，尝试各种方法后说："此毒无解。"我也想早日解脱，与哥哥再次相见。师父看出我的心思，与我说道："你修炼时日虽短，但大有可为，渡过此情劫，降妖除魔、守护一方众生不在话下，你可愿意放下仙体，重新来过？"

我思虑一番，点了点头。我曾心心念念的晏青哥哥，他刻在我心间，如何也抹不去。那时，山下樱花开，花瓣便是哥哥，清理院内落叶，落叶便是哥哥，就连去山下练剑，剑影中出现的也是哥哥。

师父说把众生当作晏青哥哥去喜欢，便是慈悲，便是修行。

师父说要将我元神封印，化作白狐，去青龙山重新修炼再得人身。悠悠人间路，此会再何年？桃花树荫下，不会再有少年郎。

若有来世，我多希望我只是哥哥胸前的一颗朱砂痣。

龙的基因

胖子不二肥

二十五

他看到海水中自己的倒影，吓得背脊发凉，仿佛置身于冰窖之中。

有这样一个传说，不知道你们听没听说过。

传说的主人公是个渔夫，有一年流年不利，无论他去何处下网都打不到鱼。

为生活所迫，他不得不在一个狂风骤雨的夜晚，冒险出海。哪知在海上遇到了大风浪，但幸运的是他没有死，而是意外地被卷入龙宫，还受到了龙王的热情款待。

半月之后，渔人有些想念家乡了。于是便请求龙王将他送回岸上。

龙王见他情真意切，不似作假，便没有多做挽留。只在其临走前，交给他一个锦盒，请他转交给崀山紫金观中的老道士，并千叮万嘱，无论如何也不能擅自打开。

就这样，渔夫从龙宫上岸，背着那个锦盒走了一天一夜，来到崀山脚下。

本来渔人只要将锦盒交给紫金观中的道士，便没事了。可他抵抗不住好奇心的诱惑，心想："我只是打开看看，又不是偷。看完了，我再把锦盒送上紫金观，龙王也不会责怪于我的。"

就这样，渔人违背了和龙王的约定，打开了锦盒。

谁知那锦盒之中，装的不是金银财帛，也不是稀世奇珍，而是一团如星辰一般的雾气，隐隐闪着黯淡的光。

盒子一打开，渔人就像是被钩了魂似的，看得出了神。而那团雾气仿佛有了生命一般，慢慢张开了一张大网，将他包裹住。

当渔人回过神，想要逃跑时，为时已晚，那团雾气已经顺着其七窍钻入体内，行遍四肢百骸。

渔人再次恢复意识时，已经不知过去了多少时日，他发现自己竟然躺在海边的沙滩上。他的渔船被风暴打得支离破碎，只剩一些破烂的木板四散着。

"是一场梦吗？我没去过龙宫，也没见过龙王？更没有打开什么锦盒？"渔人在心中问自己。

忽然觉得脸上有水在不停地往下滴，他伸手摸摸脸，感觉黏糊糊的，不知沾了什么脏东西，于是他来到水边想要洗干净。

他看到海水中自己的倒影，吓得背脊发凉，仿佛置身于冰窖之中，他想要惊叫却浑身无力。

一 罗船头

"后来，怎么着了？"

"对啊，那渔人到底怎么了？你快讲啊，罗船头。"

酒馆里，村中几个熟人围着一个男人，听他讲海城周围曾发生过的稀罕事。

男人姓罗，大家都叫他罗船头，他今年四十多岁，天生一张国字脸，皮肤黝黑，眉宇间带着胶东人的淳朴。

最近，他的日子可不好过啊。

他家的船接连在海上遇到怪事，已经折损了两名船把式，今天出海要是再出事，恐怕就得卖船了。

酒馆的另一边，罗船头的老对手李五爷，开了一瓶五粮液，悠闲自在地与生意伙伴对坐而饮。

大家面上都不动声色，但他们都在等着海上传来消息，等着老罗家的船再出事，好趁机低价收购他家的渔船和渔牌。

别看现在罗船头眉飞色舞地讲着故事，心里其实紧张极了。他也在等着海上的消息。他就不信这么邪门，每次出海都是他家的船出事。

为了掩饰自己的紧张，他还是要将刚才那个渔人的故事讲完。

"嗨，那渔人真是被自己水中的倒影吓到了。"

"怎么就被吓到了？"

"因为，他在水里看到的已经不是一个人，而是一个顶着鱼脑袋的怪物。"

"咋变成怪物哩？"听故事的人都觉得稀奇，忙不迭地追问。

"这渔夫当然不知道是怎么回事。跟我说这故事的老先生后来告诉我，那崮山上的道士，和龙王是老朋友。龙王想邀请老道士来龙宫做客。于是，就把变换的法术，藏在了锦盒里。谁知道被渔人提前打开，他不知道这法术的要诀，最后就变成了鱼头人身的怪物。"

"后来呢？后来这渔夫怎么样了？"众人听得津津有味，无不好奇地问道。

"后来啊，渔夫想要回家，却被自己老婆用扫帚赶了出来。他想去龙宫找龙王帮忙，却发现自己并没有鱼类的鳃可以在水下呼吸。"

"那可咋整啊？"

"咋整？渔夫也不知道咋整，只能每天坐在海边哭啊哭！最后，他流干了眼泪，变成一条咸鱼，被其他渔民捡回家炒菜去咯。"

酒馆中的人听完这个故事哄堂大笑。只有经常与老罗作对的李五爷不以为意，他喝了一口五粮液，起身说道："各位请听我一言。"

众人见李五爷说话，瞬间安静下来。罗船头斜睨着这老家伙，心想他那两片厚得像香肠一样的嘴唇里，一定放不出什么好屁。

"传说故事自有它的异常之处，但你们有没有想过这些故事背后隐藏的真相是什么？一个人又怎么会长出鱼的脑袋呢？"

"长出鱼的脑袋有什么好稀奇的。"没等李五爷说完，老罗就立刻接口道，"《山海经》里既有长着鸟头的乌龟，还有胁下长眼的人头马。就连传说里的老神仙……"

"我知道你说的那些。"李五爷打断了罗船头，自顾自地说道，"传说中，人类的祖先女娲和伏羲是人首蛇身，而与周穆王巫山云雨的西王母，则长着老虎的脑袋。"

二 传说

酒馆中人见李五爷开了话头，知道还有故事能听，于是又点了些下酒的小菜，围坐在一起等着听下文。刚才还被众人围在中间的罗船头，就这样被晾在了一边。

"其实，我们现在口耳相传的这些传说都可归入民俗学范畴。早在民国年间，闻一多先生就得出结论，传说总是将人与猛兽拼接在一起，其实是源于最古老的图腾崇拜。"

"那是什么啊？"周围有好事的听众，一边剥着手中的花生，一边问道。

"在长枪火炮这些工具没有诞生之前，人类在大自然面前其实很渺小。所以我们会将森林中的老虎、豹子当作神明一样崇拜。而部族的首领，为了证明实力，也会用一些面具或者油彩，将他和这些动物联系在一起。非洲的一些原始部落至今还依然保留这样的习俗。所以，神话中长着老虎脑袋的西王母，也许不过是昆仑山附近一个常年戴着老虎面具的部落女首领，毕竟没有哪个正常人，会跟长着老虎脑袋的女人上床。"

听到这里，酒馆中的人又是一阵哄笑。故事到这儿本该告一段落，却难免有好事之徒，知道李五爷和罗船头素来不合，还全无顾忌地挑起事来：

"照五爷这么说，刚才罗船头那个故事就应当是瞎编的吧。"

"对啊，是瞎编的吧。"

周围人附和着起哄，已经让老罗黝黑的皮肤上泛起了红晕，谁知这李五爷更不是什么好人，紧接着补充道：

"钱钟书曾经说过：天下间就没有什么偶然，那不过是化了妆的、戴了面具的必然。我的一位民俗学家朋友，专门研究胶东一带的民间故事。他告诉我，在过去，打鱼可不是什么轻快工作，渔民出海经常三四年无法回家。等回到家来，老婆很有可能已经跟家中的小力巴搞在了一起。渔夫回来撞破了两人的奸情，他们没办法，只能谋财害命，再编个渔夫变鱼头人身的故事出来，糊弄乡里。"

酒馆中人大多是同乡。听李五爷这么说，都知道他是什么意思。小力巴是胶东地区对家中小伙计的称呼，罗船头家中恰好有这样一位小力巴，是他的远房表弟，年纪轻轻不去大城打拼，反而回了偏远的渔村，给家里帮忙。

村中早有传说，罗船头这位学海洋工程出身的高才生表弟，从小就觊觎嫂嫂的美色，所以放着大城的高薪职位不干，要回乡一亲芳泽。

罗船头也清楚，村子里类似的谣言早就传开。可他清楚表弟回到渔村的真正原因。

当年，有人从海城附近的大海之中挖出了一整只龙骨化石。

经过科学家的研究，那应该是生活在三叠纪晚期的恐龙骨架。

罗船头的表弟恰好在挖出龙骨化石那一年毕业，被分配到这个工作小组，负责研究这组化石的基因。当时，表弟还笑着说，要在几十年后，弄出个"三叠纪海洋公园"，供游客观光。

可事情却不像表弟想象的美好，这个项目在前不久突然被叫停。心灰意冷的表弟，这才离开大城，回老家躲清静。

虽然吃住都在罗船头家，但他这书呆子表弟，对自己那个生了三个孩子、身材早就走样的老婆，却是没有半点儿意思。

如今竟然被村里人传得如此不堪，还有鼻子有眼的。

这些话平时在他背后说说也就算了，今天李五这家伙，竟然敢当着他的面胡编乱造，罗船头这下可是忍不了，抬手便在李五的脸上狠狠给了一拳。

眼看就要发生一场恶斗，此时有人从外大步走来，一脚踢开酒馆大门，朗声说道：

"老板，老黎的右手让怪鱼叼走了，你快去看看吧！"

三 怪鱼

被村中人称作小力巴的罗聪，向自己的老板兼表哥报告完消息后，跟酒馆的掌柜要了碗烂肉面，蹲在墙角大口大口地吃了起来。

他刚刚才亲眼看见老黎的右手让怪鱼叼走，现在却像没事人一样吃着碗里的面，冷眼看着码头上发生的一切。

自从他来到老罗家渔船做事后，便接二连三有怪事发生。

先是船板被掀去半截。

这还不算完。

前几日，有个水手半夜起来撒尿的时候，莫名感到眼中有水淌出来，接下来就是钻心的疼痛，他感觉自己的左眼眼眶里空洞洞的，什么也看不见了。于是找了个有光的地方，对着镜子一瞧，才发现他的整个眼珠都凭空消失了。

但一整个眼珠又怎么会凭空消失呢？

那一夜黑灯瞎火，没人看得清事情发生的经过。今天则不然，所有人都看见了，他们都看见了老黎的右手是怎么被怪鱼叼走的。

自从有伙计的眼珠凭空消失后，老罗家的渔船就好像被诅咒了一样，无论在哪里下网都打不到鱼。舵手老黎不信邪，连着换了十几个地方下网，依旧一无所获。

最后，渔船竟然误打误撞进了垛子岩。

垛子岩中常常会有怪事发生，GPS到了这里都不好用。这里时不时还会生起海雾，渔船进到这里多半会失踪，几十年来都是海城渔民的禁地。

船上的水手发现来了垛子岩，纷纷表示要离开。老黎却一意孤行定要在此处下网。

"大家莫要害怕，那些都是传说罢了。"他伸手指向没有一丝波澜的海面，手上的大金戒指在阳光的反射下，闪烁着令人不安的光芒，"今天没有海雾，我们一定不会迷路的。今天要是打不到鱼回去，我们所有人都要没饭吃了。"

老黎本想说点儿什么鼓励大家的士气，没想到却引来了不祥之物。

他刚刚说完话，想要把手收回来的时候，沉静得如黑色镜面的海面，突然蹿出一条全身溃烂、散发着腐败气息的怪鱼，它嘴中喷出一条标枪般的舌头，刺穿了老黎的右手，并将那只右手腕子以下的部分截断，然后叼走了。

罗船头等一行人离开酒馆来到码头边。

待渔船靠岸，船上的人上岸后，罗船头立刻叫来120，老黎被救护人员带走前，还一直拉着罗船头的衣袖说：

"老板，求求你，找回我的手，说不定还能接上呢。"

以现在的医疗水平来说，如果 48 小时之内能找到老黎的右手，说不定真的可以接回去。但是大海茫茫，他们要去哪里找怪鱼呢？

这简直就是一项无法完成的任务。已经被怪鱼传闻吓坏的罗船头，哪还敢再开着船出海？还好这个时候，一直在旁边默不作声的李五爷，给了罗船头冒险一试的勇气。

"老罗，我看你今年真是诸事不顺啊。以后还是不要做这海上买卖了吧。"

他几句夹枪带棒的话，挤对得罗船头脸上青一阵儿紫一阵儿。他老罗在海城也算得上是一号人物啊！

为了面子也好，为了自己的渔船也好，这时候他总要站出来。

"李五，你哪来这么多废话，常在海边走哪有不湿鞋。我就不信你李五家的船，永远风平浪静，没有半点儿是非。"

"你……"李五爷一时语塞，船上生意不好做，谁都有个马高镫短的时候，谁也无法保证自己的渔船不出事，没人敢夸这样的海口，怕就怕得罪了龙王爷，从此买卖不好做。

见李五爷输了气势，罗船头乘胜追击，接着说："今天我倒要去海上会会这怪鱼，看看他到底有什么神通，还能是龙王爷家的亲戚不成。你们几个小子谁跟我去？"

罗船头环视自己的小伙计，大家都纷纷往后缩，没人敢站出来。

这时人群外传来一个声音："老板，我跟你去。"

众人回头看去，应声的人正是罗老板的表弟，"小力巴"罗聪。

说这话时，他刚好吃完最后一口烂肉面。

四 垛子岩

兄弟俩乘船出海，来到了老黎出事的地方。

来到此处，只见青黛崭削的峭壁横于海上。石壁早已被海风侵蚀，罅隙间仿佛有千百只龙首向过往的船只咆哮。

因为这里崖身上层层的岩隙，像是传说中精卫鸟口衔石片，一块块摞起来的，所以海城当地人习惯称这里为垛子岩。

关于这个地方，有很多古怪的传说，传说此处是天帝为了封印一条在民间作祟的恶龙而特意设置的缚龙岩。

谁知道多年后，人们真的在此处海底找到了三叠纪海龙的化石。可见传说也并非空穴来风。而这海底的龙化石，不正是罗聪在大城的科研项目吗？这一切巧合得让人难以置信，但罗船头一时也找不到这其中的关联，于是他试探着问罗聪道：

"你小子听过这里的传说吗？"

表哥突然间这么问，罗聪也是一愣。此处常年有海雾，岸上的人也常能看见海市蜃楼的奇景。

有的说此处升腾的雾气，和秦皇汉武东巡要拜谒的仙人有关，有的则说曾经有个书生为了娶龙女，在这里搭锅煮海，才是雾气形成的原因。

"表哥说的究竟是哪个传说呢？"

"我说的是戚将军大破倭寇的传说。"

"戚将军借鬼兵大破倭寇？"

"没错。"

在中国古代，关于地府的入口，有三种传说最为百姓认可。一说，地府的入口，是位于四川的酆都城。一说，是在东岳泰山脚下。不过，最为海城居民信服的还是在海上。

相传在茫茫大海中，有一棵扶桑树，扶桑树的树根下就是地府。神荼和郁垒每日以雷霆之力击打扶桑树，以镇压树下的冤魂，让他们不能从地府回到人间。而垛子岩封印孽龙，生人无法进入，就成了那些逃出来的冤魂逃离扶桑树后聚集的地方。

"那戚将军借鬼兵大破倭寇又是怎么回事？"罗聪听出了兴趣，忙不迭地追问道。

"这事啊，要从明朝末年说起……"

罗船头看着垛子岩平静无纹的海面，仿佛看见传说中的场景。

"戚将军因被贪财好色的上司出卖，带着十几个兵丁，在海上与几倍于他们的倭寇作战。最后，还是力有不逮，败下阵来。只能带着剩下的船只来到垛子岩躲避。

"那天海上升起了浓浓的海雾，倭人一时之间也找不到戚将军他们的船藏在了哪里。他们只能在可见度很低的海面上航行。

"很快天就黑了，为了方便寻找戚将军他们的下落，倭寇点燃了火把。但他们不知道的是，象征光与热的火焰，却成了他们通往地府的指路灯。

"在所有人还没有意识到危险已经在他们身边出现时，一名倭人惨叫一声掉入水中。他的同伴想要救他，却只看到海面上飘起了鲜红的血花，而那人已经不知下落，尸体久久没有浮上水面。

"看到这一幕的倭寇都害怕极了，哪还有心思寻找戚将军。他们第一时间想到的都是如何能快点儿离开这鬼地方。"

"结果呢？"罗聪问。

"结果，他们没有一个人逃出了垛子岩，而是一个接一个地掉入海中，不知道被什么怪物拖入海底，只留下被鲜血染红的海面。戚将军也因此得救。回到军营后，他说多亏了东岳大帝保佑，借鬼兵帮他对付倭寇，于是，这个传说便流传下来。"

"这世界上根本没有鬼兵。"罗聪喃喃地说。

"没有鬼兵？那你说戚将军是如何打败倭寇的？"罗船头当

然知道这个故事背后的真相，但为了考校自己这个学海洋生物出身的表弟，他故意这么问道。

"是海洋中的生物帮了戚将军。"

罗聪记得自己曾在书上看过，在海城周边的大海中，曾生活过一种珍贵的鱼类，名曰鼍鱼，其最早出现的年代大约是三叠纪，被认为是《山海经》中赤鱬的原型。

鼍鱼有种特殊的习性，就是在产籽的时候很害怕受到惊吓。尤其是亮光，它们一看到亮光，就会不顾一切地扑过去。再加上这种鱼和剑鱼类似，上颌向前生长成一条长长的尖刺。所以，当它们扑向灯火的时候，很容易就杀死了举着灯火的人。

而垛子岩正是这些鱼类聚集产卵的地方，倭人不知道他们的习性，于是点燃火把。火把的亮光让这些本就很焦虑的母亲，变得歇斯底里起来，于是就越出海面，将他们一个个带走。

到如今，上了年纪的老人还会劝诫小孩，不要在每年的五月到十月这段时间，举着火把在沙滩行走。但老人们不知道的是，鼍鱼已经绝种了。

就在十几年前，科学家宣称从鼍鱼的大脑里发现一种特殊物质，吃了之后可以提高人类的智力，被当时的人称作"脑黄金"。

于是，渔民们开始大肆捕杀鼍鱼，为了能在更短的时间内有更多收获，他们利用了鼍鱼产卵期间的焦虑情绪，在沙滩上搭建大型的探照灯和弩机，让它们跳上沙滩，再一个个刺死。

"这就是竭泽而渔啊。"罗船头不免感叹。他不由得回想起那些年被鲜血染红的海滩，以及可以覆盖整个海滩的鼍鱼尸体。

"鼍鱼早在海洋中绝种了，现在只有零星几只，都是科学家用基因技术培育的样本，被养在实验室中。"

没错，鼍鱼就这么绝种了，像罗聪这个年纪的孩子根本没见过它，但这并不妨碍他理解罗船头的意思。

"老板，你认为三番五次袭击咱们家船的怪鱼跟这鼍鱼是同类？"

"那就要试试才知道。"

罗船头憨厚地笑了笑，淳朴中却藏着不易被人发现的杀机。他从船舱里拿出早就准备好的弩机，那是他父亲从前在沙滩捕捉鼍鱼的武器。

其实他心里已经猜了个八九不离十，他家的船前几次遇袭都是在夜里，肯定是船上的夜灯引来了怪鱼。

而最后这次遇袭虽然是白天，但他知道舵手老黎与其他人的不同之处。老黎习惯每次出门都将他那和鹌鹑蛋一样大的金镏子戴在手上，很有可能是那东西的反光，引来怪鱼把他的手叼走了。

五　夜袭

"穿林海跨雪原气冲霄汉……"

罗船头听着广播中播放的《打虎上山》，和罗聪相互配合，将机关安装完毕。

现在他就等着太阳落山。

随着太阳一点点西沉，海上也升腾起诡异阴森的海雾。无线电仿佛短路一般，发出沙沙的声响。

"哎？无线电好像不好用了。"

"是啊，怎么会突然不好用了呢？"

哥俩一问一答，都没有意识到危险正在慢慢靠近。也就是这一恍神的时间，船尾不知被什么东西狠狠撞击，整个船都差点儿倾覆。

"怎么了？"罗船头带着罗聪去甲板查看。

"老板，船身被人撞了个大洞，都漏了。"

"傻小子，这不是人干的。"罗船头纠正着罗聪的口误，他已经看到了危机的苗头。船上的无线电无故失灵，而刚才的撞击，恰好给船的油箱开了个大洞。

这下他们哪里也去不了了，只能在这里等着怪鱼找上门。

正在此时，罗船头身后一个微不可见的光点正在慢慢地向他靠近。

"老板，快闪开。"

罗聪一把将他表哥推开，他的肩膀也在同时被利刺洞穿，汩汩地流出鲜血。

那利刺是从怪鱼嘴里吐出来的，怪鱼已经在他们不知情的情况下爬上了甲板。

罗船头这才发现，这种怪鱼已经不是当年的鼍鱼，只会在怀孕期间歇斯底里随便袭击人类。

相反，这种怪鱼聪明异常，很有可能已经洞悉了他们的计划，所以先下手为强，刚才撞击船身、破坏油箱的计划都是有意为之。

而这智慧又来自哪里呢？是死去同类的冤魂附体，还是某个科学怪人的心血结晶？此时的罗船头就无从得知了。

怪鱼缓慢爬行着，走出了黑暗。

罗船头从来没有见到过这样的怪物，它身上的皮肉撕裂溃烂，已经可以看见骨骼。黑漆漆的就像一块腐肉，背脊上还有一颗仿佛人类眼球一样的眼睛，一转一转地，打量着周围的一切。

黑暗中，它似乎可以在旱地自由行走，脖子底下还微微闪着亮光。还没等罗船头看清，那怪鱼就如同猎犬般飞身而起，向他扑了过来。

到了此时，他才发现怪鱼脖子下闪动的微光是一枚金戒指。如果他没认错，那是老黎天天戴在手上的金镏子，而现在戒指和老黎的右手一起长在怪鱼的下颌上。

　　　　　　　怪谈故事集：龙的基因

"那是什么啊？"

罗船头被眼前的一切吓得不知所措，怪鱼飞身扑来，他也没时间反应，被冲击得摔倒在地。

鱼头下，老黎的五根手指紧紧地扣住了他的脖子。罗船头越想反抗，那手指籀得就越紧。而罗聪早就没了踪影。

"那小子不会真的想害死我，然后谋我家产吧？"罗船头心中突然冒出这个想法。

可没等他继续怨天尤人，怪鱼就张开了满是腐败气味的巨口，罗船头看着一块块鲜红的血肉，在怪鱼嘴中如旋涡旋转，最后凝结成坚韧细长的利刃。

罗船头听过船上人的描述，知道老黎的右手就是被这怪鱼如标枪般的舌头截断的，现在他的脖子被怪鱼牢牢籀住，这一下明显是冲着他的脖子来的。

这要是把脑袋从脖子处齐齐地切下来，他就不知道自己有没有老黎的右手那么"幸运"，还能"活生生"地长在怪鱼的身子上。

"阿弥陀佛。"罗船头口念佛号，以为自己死定了。这时船顶上的探照灯突然亮了起来，那怪鱼背上的"人眼"左右转动着，找到了光的来源。

罗船头料想的没错，光的确是这怪物的弱点。在看到探照灯光亮起的一瞬间，他本能地收回了要攻击罗船头的舌头，飞也似的向那灯光扑了过去。

随着一声脆响，探照灯被怪鱼刺破，早就布置好的鱼枪同时被触发。黑暗中，只能听见怪鱼落水的扑通声。

之后，就只剩下兄弟二人粗重的喘息。

"它死了吗？"过了很久，罗船头才想起问。

罗聪拿出工具箱中的手电筒，先照了照已经被打得粉碎的探照灯，又转向如死尸般躺在甲板上的表哥，有气无力地说了句：

"没呢。只切掉它半截舌头。"

"妈的。"罗船头口中啐道，本能地将身体挪出手电照射的光圈，躲入了黑暗中。

六 红皇后

经过这场风波之后，兄弟俩躲在舱内，再也不敢越雷池一步。

直到黎明时分，罗船头才稍稍放下心来，浅浅地让自己打了个盹。

半梦半醒间，他听见船上的无线电，再次发出了噼噼的声音，似乎是他们已经随着海浪，漂离了垛子岩附近，或者是因为海雾散去，船上又重新收到外界的信号。

罗船头立刻和岸上取得了联系，叫人来海上救他们。得到对方肯定的回答后，他才发现罗聪又一次不见了。

"这小子又去哪儿了？"罗船头一边想，一边向甲板看去，看到罗聪站在船边，向海里倾倒着什么东西。

罗船头想出去看看，又下意识地拿了专门猎杀怪鱼的鱼枪。所有和怪鱼有关的事情，仿佛都能联系到罗聪身上，虽然现在罗船头还没找到关键所在，但人类的本能无时无刻不在提醒他：提防罗聪。

他悄悄来到罗聪身后，想知道对方在做什么，没想到怪鱼突然从海上跃起，口中吐出的尖刺不偏不倚地射中了罗聪的心脏。

罗船头被吓得一个趔趄，他定了定心神，举起鱼枪要射，却听到罗聪气若游丝地说道：

"老板，不要。"

罗船头闻言大惊，心想：心脏都被刺穿了，还能说话？

他反复打量倒在地上的罗聪，发现那只怪鱼刺穿他的心脏后，并没有马上离开，而是和他的身体渐渐融合在一起。

"这是怎么回事？"

"老板，对不起。是我骗了你。"

"你骗我什么了？"

"是我一直在寻找这怪鱼，所以你的船才会接二连三被攻击。"罗聪将一个棕色的药剂瓶扔到罗船头脚下，"这条鱼，是我倾注了大量心血的那项科研的产物，也是仅存的唯一样本。但是实验并不成功，这种全新的生物，必须定期摄入融合剂，否则它身体上的细胞就会一个个分裂，看在外人眼中，就像是尸体腐烂一般。"

怪鱼表皮溃烂的肌肤，浮现在罗船头眼前，他的脸色也不免发青，问道：

"你的实验产物？你不是在大城克隆恐龙吗？怎么研究出了这怪鱼？"

"我的确在从事克隆研究，但我克隆的不是恐龙，而是龙。"

"龙？你说的是神话中的龙？"

"对，的确是你想象的那种龙，但它不仅仅存在于神话中。"

"怎么不是存在于神话中？现实中怎么可能会有一种生物，长着鹿的角，马的头，蛇的尾，鱼的鳞？"

"并不是不可能。只是因为现代人类的基因缺少了一个片段，那是属于龙的基因。"

"龙的基因？"

"没错，科学家在做基因测序的时候，就发现人类的基因序列上，总是缺失一些片段，这些缺失的片段被称作内含子。本来他们认为是人类在长期进化过程中，为了规避一些疾病，染色体自发剪除的。其实并非如此，那些是属于龙的基因。上古可能有某种外星生物造访地球，他们创造出早期文明后，便取走了龙的基因。正因为缺失了它们，地球上已经近千万年都没有进化出新物种了。"

按照罗聪的解释，龙的基因可以让不同的物种进行融合。因此在上古洪荒，才会出现那么多珍奇异兽，或是人兽合一的神人。

也正是因为有了龙的基因，所以罗聪就算被刺穿心脏，也可以借用怪鱼的心脏继续存活，就像老黎的右手一样，"它们"现在都成了怪鱼的一部分。

从这个角度来说，罗聪他们的实验是成功的。龙的基因真的存在，有了它，地球上的物种就能相互融合，再次进化出洪荒故事中的那些神兽。

但罗船头很不理解他想干什么，于是问道：

"龙的基因？有了它，人就能变成龙吗？"

"也许的确可以这样。"罗聪充满希望地说，"在人类文明还没有诞生前，地球上出现过千奇百怪的生物，恐龙，两米长的蜻蜓，长着翅膀的乌龟。这些神奇的物种，被记录在神话中就成了洪荒时代的上古巨兽。它们的诞生，正是因为有龙的基因。它消除了物种间的生殖隔离，导致寒武纪物种大爆发，正因如此，像人类这样精密的生物才能在一次次迭代后出现啊……"

"等等……"罗船头打断了侃侃而谈的罗聪，"这就是你一直从事的研究，研究人类如何跟老虎交配，生出一个长着老虎脑袋的女人？"

"并不仅仅如此，生殖隔离打破后，可能迎来新一轮的物种大爆发，到时候人类就能突破红皇后假说的瓶颈，成为神人也说不定。"

罗聪所说的红皇后假说，出自十九世纪奇幻小说《爱丽丝镜中奇遇记》。在书中，红皇后对爱丽丝说："在这个国度中，必须不停地奔跑，才能使你保持在原地。"

生物进化学家范瓦伦以此为灵感提出了红皇后假说。他认为人类出现后，生态趋于稳定，地球上的物种已经太久没有出现过跃迁了。这并不是什么好兆头。地球上的物种可能因此全部消亡。

"什么红皇后？什么白皇后？我才不要和老虎交配生孩子。"

"并不需要你和老虎交配，看到了吗？我们的研究成果。"罗聪指了指正在慢慢跟他融合的怪鱼，"只要拥有龙的基因，物种之间就能完成自由融合，并不拘泥于现在的性关系才能繁衍后代。人类也将拥有更加强大的能力。但是有些人看到我们的研究成果，认为它会危害世界。毕竟融合和再进化的方向是不确定的。基因的融合可能越变越好，也可能让世界上的物种一夜之间回到雪球地球时代，所有人都进化成草履虫。于是，相关机构命令我们销毁所有实验样本。只有这一只被我偷偷放走。我一直在寻找它，因为没有融合剂，它活不了多久。"

"我看你是疯了。"

"我没疯，我知道很多人局限于人类的设定，无法超越现在的样貌，变成神人。所以我也不想强迫所有人接受，我只想和这条鱼融合，然后躲起来，保留这最后的龙的基因。"

"休想。"罗船头毫不犹豫地扣动了扳机，弩箭射穿了罗聪的头颅。他再也不能说话。

罗船头可不想和老虎交配，也不想自己的老婆长出狐狸的尾巴。现在这样就挺好，为了家庭，为了生活，忙碌一生不就为了活得像个人，何必降低自己的档次与畜生为伍，那样人还是人吗？

虽然弩箭射穿了罗聪的颅骨，罗船头害怕他没死，又拿起船上的工兵铲，一铲下去，将他的脖子砍成两段。

罗船头确定罗聪断了气，这才稍稍放下心，转身找工具来处理尸体。没想到他刚转过身，就感觉心脏一阵刺痛。他发现自己心脏位置被刺了个透心凉。

罗船头缓缓地转动脖子，发现罗聪的脑袋扎着弩箭倒在地上，正瞪大了眼睛看着他，但那双眼早就失去了生气，应该已经死掉了。而他的额头上却长出了第三只眼，那是怪鱼背上的眼，是他的船员被夺走的眼球。那只眼睛现在正被一团黑色血肉包裹着，顺着刺穿他心脏的尖刺，一点点转移到自己身上。

罗船头这才意识到，他的确杀死了罗聪，但他没有杀死龙的基因。那些曾经属于怪鱼的血与骨，现在正一点点转移到他的身上。

尾声

罗船头再次醒来时，发现自己躺在海边的沙滩上。

此时，他的身边没有怪鱼，也没有罗聪身首异处的尸体，只有被大海撕碎的船只残骸。

他看了看自己依旧健全的四肢，心口处也没有被什么奇怪的生物寄生。

"难道昨天是做梦不成？"罗船头在心中问自己。

不过，这噩梦也太可怕了吧。现在想起也不免满头大汗。他伸手擦拭脸上的汗水，谁知道擦下来的却是一些黏稠的液体。

罗船头不知那是些什么，想在衣服上蹭干净。哪想到越擦越多，无奈只能走到海边清洗。

但从海水的倒影中，他看到的却是此生都不愿见到的东西……

是了，是那怪鱼。

此刻，才真正是大梦初醒。突如其来的打击，让罗船头差点儿昏厥过去。

"怎么会，怎么会！"他独自一人立于沙滩，惊恐地喊叫着，"我怎么会长出鱼的脑袋？！"

作者简介

何殇

陕西人，现居西安。1981年出生于晋陕蒙三省交界处，受当地杂糅民间文化启蒙，对万事万物持开放态度。个人经历丰富，曾从事通讯、矿产、教育、建筑、投资、影视等十多个行业。涉猎广泛，对历史学、人类学、民间传说、古生物学、诗学和神秘文化均有深入研究。长年从事诗歌、小说和民间故事的写作和翻译。

刘菜

生于1990年，金牛男；编过杂志，开过面馆，做过文秘，性格固执；发表过一些小说，出过一本书，编过几个剧。2017年辞职成为自由作家。

抱南楼

女，湖南株洲人，公务员。喜欢日漫、小说和美食。以前写过网文，创造故事世界是用来逃避和休息的地方。目前努力健身中，每天在“贪吃”和“忍住”的无间地狱徘徊。

陈也

厦门人，毕业于四川大学华西临床医学院，现留学日本。喜好写作、摄影、搜集日常的碎片。

寸君

幻想小说作者，出版社编辑。江湖十年雨，灯下记梦人。灵台方寸的寸，云外仙君的君。最大的超能力，是做梦能记住。出版有随笔集《以我寻欢，许你莫愁》，曾在磨铁中文网签约连载《观音座下的独白》等书。

周方军
❋

编剧作品曾获"西湖IP大会"评委会大奖、入围"香港国际影视展"，小说散见于"怪谈文学奖""不存在科幻"《今古传奇·故事版》等。

青春青理
❋

宅，安静，梦境碎片整理者，偶尔灵感爆棚，一个闲来写文自娱也自愈的幻想系新人。

酥酥月亮
❋

女，现居江苏南京。一个热爱奇幻、魔幻、科幻故事的人。作品主要发表于童话类杂志，也常常会想写一些不那么单纯可爱的故事。认为幻想类故事就像天空中的点点星光，它们永远摸不着，但又永远看得见。

泡菜
❋

男，新南威尔士大学工科硕士，喜欢做梦讲故事。

苏白莎
❋

自幼喜欢悬疑推理小说，怀着对文字的热爱将脑中的奇思妙想落实到纸面上，向读者呈现扣人心弦的故事。

莫黑
❋

1993年生人，民俗怪谈小说作家，创造力教练，一本读书创始人。自诩为："讲道理的人里最会写小说的；写小说的人里最会讲道理的。"

余观鱼
❋

95后，古典文学爱好者。学海无涯，未达彼岸。
食不可无肉，居不可无书。埋首故纸间，阖眼观云烟。
爱做白日梦，执笔说从前。曳尾泥涂中，劳生且悠闲。

霄翰
✳

原名王晓瀚，男，自由撰稿人。喜欢将笔下的人物置身于亦真亦幻的时空背景，通过在叙事中点缀少许超现实元素，营造出独特的阅读体验，呈现给读者一段耐人寻味的奇幻经历。

茶鲤 cold
✳

极度注重细节的脑洞型写手，喜欢在网络的一角，慢慢编织一些奇怪暖心的故事。

王有尾
✳

1979 年生，山东东明人，现居西安。

一之泽猫又
✳

毕业于武汉大学，科幻作者、译者，兼职魔法少女。自驾游十级玩家，最近的爱好是改装车和捏泥人。

猫太太
✳

本名杨雪芳，80 后撰稿人，居昆明，从事高校教学管理工作。

胖子不二肥
✳

前游戏策划，参与过中国风游戏《寻仙》任务制作，国漫《勇者大冒险》剧本策划。现就职于国内某高校。热衷挑战"科幻写作"这款游戏，要成为制霸"人机模式"的青铜玩家。

怪谈文学奖

文学奖

由捧读文化发起
鼓励原创小说创作

全国总经销

捧读文化
触及身心的阅读

出 品 人　张进步　程　碧

特约编辑　孟令堃

插画绘制　陈婷婷

封面设计　陈旭麟 @AllenChan_cxl

内文排版　捧读文化·冯紫璇

怪谈文学奖
微信公众号

关注我们
免费阅读小说，了解大奖征文详情

出版投稿、合作交流，请发邮件至：innearth@foxmail.com

了解新书，图书邮购、团购、采购等，请联系发行电话：010-85805570